WILLIAM DIETRICH

William Dietrich, lauréat du prix Pulitzer, est journaliste, historien, professeur et écrivain.
Les Éditions du cherche midi ont publié *Les Pyramides de Napoléon*, en 2009, suivi de *Hiéroglyphes* (2010), de *La Piste des Templiers* (2012), de *L'Ombre des Templiers* (2013) et de *La Légion secrète de Napoléon* (2014).

Retrouvez toute l'actualité de l'auteur sur :
www.williamdietrich.com

LA PISTE DES TEMPLIERS

DU MÊME AUTEUR
CHEZ POCKET

LES PYRAMIDES DE NAPOLÉON
HIÉROGLYPHES
LA PISTE DES TEMPLIERS
L'OMBRE DES TEMPLIERS

WILLIAM DIETRICH

LA PISTE DES TEMPLIERS

Traduit de l'anglais (États-Unis)
par Pierre Szczeciner

CHERCHE MIDI

Titre original :
THE DAKOTA CIPHER

Éditeur original :
HarperCollins

ISBN : 978-2-266-23023-0

À mon gendre, Sebastian

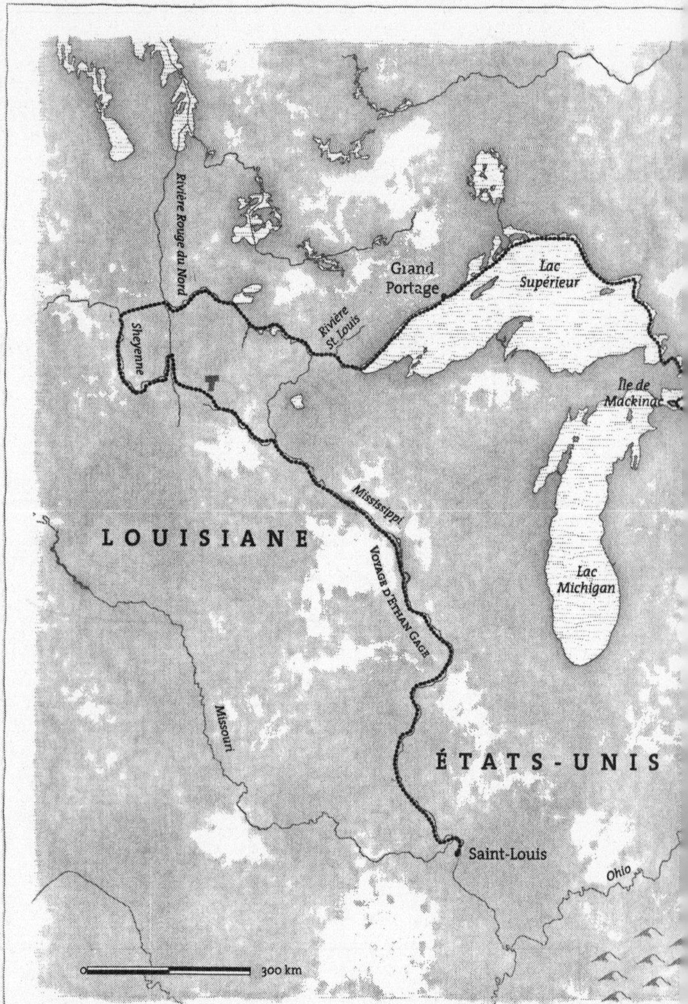
Rivière Rouge du Nord
Grand Portage
Lac Supérieur
Rivière St. Louis
Sheyenne
Île de Mackinac
Mississippi
LOUISIANE
VOYAGE D'ETHAN GAGE
Lac Michigan
Missouri
ÉTATS-UNIS
Saint-Louis
Ohio
300 km

CANADA
Saint-Laurent
Montréal
Lac
Huron
Lac Ontario
Boston
VOYAGE D'ETHAN GAGE
Détroit
Lac Érié
Allegheny
New York
VOYAGE D'ETHAN GAGE
Philadelphie
Pittsburgh
Monongahela
Baltimore
Potomac
Washington, D.C.

1

Affirmer que j'ai, à moi seul, consolidé le pouvoir de Napoléon et changé le cours de l'histoire serait exagéré. Cependant, sans moi, il n'aurait certainement jamais traversé les Alpes pour déborder les Autrichiens et il n'aurait certainement jamais remporté la bataille de Marengo, même si, il faut bien le dire, mon rôle fut quelque peu fortuit. Et alors ? Ce n'est pas en jouant les modestes qu'on s'attire les faveurs de ces dames. Et autant moi, Ethan Gage, suis un modèle de sincérité quand cela sert mes intérêts, autant je suis enclin à l'exagération quand la bagatelle entre en compte.

C'est vrai, mon intervention en Italie du Nord me valut d'entrer à nouveau dans les bonnes grâces de Napoléon, mon charme joua un rôle déterminant dans l'établissement du traité de Mortefontaine avec les diplomates américains, et ma réputation d'aventurier me permit d'obtenir une invitation au château pour les festivités grandioses organisées pour l'occasion. Entre quelques parties de roulette, le nouveau jeu à la mode, et un faux pas tumultueux avec la sœur mariée de Napoléon, je trouvai tout de même le temps de manquer me faire tuer par des feux d'artifice. J'ai peut-être tendance à enjoliver les choses quand je parle à une femme, mais moi, au moins, j'ai des choses à raconter.

Malheureusement, mes rodomontades inconsidérées convainquirent également un Norvégien à moitié fou de m'engager dans une improbable quête mystique qui allait se révéler tout sauf une partie de plaisir – preuve s'il en est que la vantardise n'est pas sans danger et que la modestie est une voie bien plus sage. Mieux vaut parfois se taire, au risque de passer pour un imbécile, que gloser et en apporter la confirmation.

Mais que voulez-vous ? J'avais en face de moi les seins de Pauline Bonaparte, gonflés comme deux coussins blancs sous sa robe envoûtante, et les vins de son frère me tournaient la tête. Aussi, quand des hommes d'influence me pressèrent de leur raconter mes exploits, je m'exécutai – je donnai même dans la surenchère car, après tout, j'avais soulagé lesdits hommes de cent francs à la table de jeu, et on digère mieux la défaite face à un adversaire prestigieux. Je me mis donc à narrer mes aventures. Le Scandinave à la barbe de feu n'en perdait pas une miette, m'observant d'un œil de plus en plus intéressé, mais je n'y fis pas attention, trop occupé que j'étais à détailler l'enjôleuse Pauline. Elle était mariée au général Charles Leclerc, mais personne n'ignorait qu'une chatte de gouttière une nuit de pleine lune lui aurait été plus fidèle. La coquine avait la beauté de Vénus et le discernement d'un marin dans un bar à rhum. Je ne fus donc pas surpris quand elle me fit un clin d'œil.

Nous étions le 30 septembre 1800, ou le 8 vendémiaire an IX selon le calendrier révolutionnaire. Napoléon avait déclaré que son arrivée au pouvoir sonnait à la fois l'apogée et la fin de la Révolution. À en croire la rumeur qui circulait, il cherchait à passer un accord avec le pape afin de rappeler les prêtres catholiques, et nous espérions tous que cela ferait vite disparaître ces interminables semaines de dix jours. Personne ne regrettait la messe, mais nous étions tous nostalgiques du dimanche chômé. Comme d'habitude, Napoléon n'en faisait qu'à sa tête. Il n'avait pris le pouvoir que dix mois plus tôt (en partie grâce au mystique Livre de Thot que j'avais trouvé dans une cité perdue) et il s'en était fallu de peu qu'il ne perde la bataille de Marengo. À présent, s'il souhaitait consolider son pouvoir, il n'avait d'autre choix que de résoudre le conflit qui couvait entre la France et l'Amérique (mon pays avait remporté d'impressionnants duels contre des navires de guerre français et avait dévasté la flotte du Général). Après tout, malgré leurs querelles, nos deux nations étaient les seules républiques au monde, même si le terme de « république » pouvait paraître usurpé dans le cas de Napoléon. Et un traité ! Ce n'était pas un hasard si l'élite de la France avait été conviée à Mortefontaine pour célébrer l'événement : pour un militaire, Bonaparte n'avait pas son pareil pour attirer l'attention sur ses accords de paix.

Le charmant château de Mortefontaine est situé à quelque trente-cinq kilomètres au nord de Paris. En d'autres termes, il était suffisamment éloigné de la capitale pour que les dirigeants français puissent profiter d'une fête digne de ce nom, loin de la populace qui les avait placés au pouvoir. Comme c'était Joseph, le frère de Napoléon, qui en avait fait l'acquisition, aucun des convives n'aurait osé suggérer que c'était peut-être un tantinet ostentatoire pour des héritiers de la Révolution. Je n'avais jamais rencontré plus fin observateur de la nature humaine que le jeune Napoléon (trente et un ans à peine) qui, sitôt au pouvoir, n'avait pas hésité à rendre à la France une partie de son apparat royaliste, disparu depuis que le roi Louis avait été guillotiné – une fin qui avait condamné les dentellières du pays à la mendicité. Il était à nouveau permis d'être riche ! Ambitieux ! Élégant ! Le velours, interdit pendant la Terreur, était non seulement autorisé, mais à la mode. La perruque, vestige du siècle passé, avait été remplacée par les galons militaires. Les magnifiques dépendances fourmillaient d'hommes nouvellement puissants et de femmes nouvellement séduisantes, et l'abondance de soie et de brocarts redonnait le sourire aux mercières parisiennes – un sourire toutefois plus républicain qu'auparavant. Lafayette et La Rochefoucauld avaient invité tous les Américains en vue qui se trouvaient à Paris, moi compris. Nous étions deux cents, grisés par le triomphe de l'Amérique et le vin français.

Bonaparte avait pressé Jean-Étienne Despeaux, son maître de cérémonie, pour qu'il atteigne la perfection en un temps record. Pour remettre en état le théâtre, Despeaux avait donc engagé l'architecte Cellerier ; il avait recruté une troupe de la Comédie-Française pour jouer une pièce gaillarde sur les relations transatlantiques, et, pour finir, il avait organisé le feu d'artifice dont je n'allais pas tarder à faire les frais.

On avait dressé trois grandes tables dans l'orangerie, dans trois salles contiguës. Dans la première, la salle de l'Union, on pouvait admirer un cartouche représentant l'océan Atlantique, avec Philadelphie d'un côté et Le Havre de l'autre, surplombé par une allégorie de la paix : une femme à demi nue, en suspension, tenant à la main un rameau d'olivier. Je ne saurais dire pourquoi, dans les peintures européennes, les catins n'arrivent jamais à garder leurs vêtements, mais il faut admettre qu'il s'agit là d'une coutume que mon Amérique plus guindée devrait adopter. Sur le mur, à côté de la fresque, il y avait suffisamment de feuillages, de fleurs et autres branchages pour allumer un feu de forêt.

Dans chacune des deux autres salles, on trouvait un buste, respectivement de mon regretté mentor Benjamin Franklin et de George Washington, mort depuis peu. Dans le parc, on avait élevé un obélisque décoré de représentations symboliques de la France et de l'Amérique et paré de guirlandes tricolores. Des pétales de rose flottaient dans les plans d'eau et les fontaines, des paons, loués pour l'occasion, se pavanaient sur le gazon, et des salves d'artillerie rythmaient le tout. De toute évidence, Despeaux n'avait pas volé son salaire ; quant à moi, je me sentais enfin entouré d'amis.

À la demande de Joseph Bonaparte, j'avais apporté le long rifle que j'avais aidé à forger à Jérusalem. Un fieffé voleur nommé Najac avait abîmé l'objet, mais je m'étais débarrassé de lui en lui enfonçant une baguette dans le cœur. Contre vingt francs, j'avais ensuite pu faire restaurer la finition de la crosse. Je fis la démonstration de la fiabilité du fusil : je brisai une tasse à cent pas et perforai une cuirasse de cavalier cinq fois d'affilée à deux cents pas, ce qui ne manqua pas d'impressionner les officiers habitués à la précision approximative des mousquets. Plusieurs soldats firent des remarques sur l'inconvénient que présentait le temps passé à recharger, mais ils ajoutèrent que c'était sûrement ce qui motivait les pionniers des guerres coloniales à ne jamais manquer leur cible.

« Une arme de chasse, observa un colonel. Légère, diablement précise. Mais regardez l'étroitesse de ce canon ! Le premier soldat venu briserait cette merveille comme de la porcelaine.

— Ou il apprendrait à en prendre soin. »

Je savais pourtant qu'il avait raison et que cette arme ne conviendrait jamais à une armée, car après une demi-douzaine de tirs, le résidu de poudre bouche le canon. Les mousquets rudimentaires peuvent être utilisés par n'importe quel imbécile – l'arme du soldat par excellence – mais le long rifle, lui, est une arme de tireur d'élite. Je fis feu de nouveau, transperçant cette fois un louis d'or à cinquante pas. De jolies dames applaudirent en s'éventant, des hommes en uniforme baissèrent leur canon et des chiens de chasse se mirent à japper en tournant sur eux-mêmes.

Napoléon arriva dans le rougeoiement de cette fin d'après-midi d'automne, dans une calèche tirée par six chevaux blancs et entourée d'une escorte de cavaliers coiffés de casques dorés. Il fut accueilli par une salve de canons. Cent pas plus loin, son épouse suivait dans un carrosse ivoire brillant comme une perle. Ils firent halte de façon théâtrale : des valets de pied ouvrirent grand les portes et les grenadiers se mirent au garde-à-vous, tandis que les étalons s'ébrouaient et pissaient sur le gravier. Bonaparte sortit, vêtu de l'uniforme de sa garde personnelle, un habit bleu avec un collet rouge et blanc et une épée dont le fourreau représentait en filigrane des guerriers luttant et des déesses allongées. Loin d'être hautain, il était au contraire gracieux : la gloire des victoires aux batailles des Pyramides et de

Marengo se suffisait à elle-même ! On ne devient pas Premier consul sans un certain charme, et Napoléon n'avait pas son pareil pour séduire officiers grisonnants, dames de salon, politiciens opportunistes ou hommes de science. S'il le fallait, il était même capable de les séduire tous à la fois. Sa sociabilité calculée était de sortie ce soir-là. Il s'inclina devant Lafayette, qui avait aidé mon pays à gagner son indépendance, et fit visiter les jardins aux ambassadeurs américains de la paix, tel un gentilhomme campagnard. Enfin, quand l'horloge sonna six heures, Charles-Maurice de Talleyrand-Périgord, le ministre des Relations extérieures, nous appela pour la lecture du texte du traité.

Joséphine aussi était descendue de son carrosse, et je m'appliquai à dissimuler mon antipathie. Le pouvoir l'habitait, je dois l'admettre. Même si elle n'était pas belle (un nez un peu trop pointu, des dents un peu trop décolorées), elle dégageait un charme indiscutable. Elle arborait un collier de perles dont on murmurait qu'il avait coûté deux cent cinquante mille francs, et pour lequel elle aurait amadoué les agents du ministère des Finances afin qu'ils trafiquent les registres et que le bijou échappe au contrôle de Bonaparte. Mais personne d'autre n'aurait osé le lui reprocher. Autant son mari pouvait être lunatique, autant elle gardait toujours ses bonnes manières lors de ce genre de mondanité et arborait un sourire sincère, comme si elle se souciait personnellement du bien-être de chacun de ses invités. Grâce à mon aide, elle avait évité le divorce après avoir trompé Napoléon et, dans quelques années, elle serait couronnée impératrice. Mais cette ingrate nous avait trahis, mon amante égyptienne Astiza et moi, et nous avait fait enfermer à la prison du Temple. Et c'était précisément parce que je ne lui avais pas pardonné que prendre le risque de coucher avec Pauline, la sœur de Napoléon, m'apparaissait d'autant plus tentant. Après avoir été possédé par une Bonaparte, il me fallait une Bonaparte à posséder. On s'était moqué de moi (ce n'était pas la première fois), et la présence de Joséphine était comme un nuage venu gâcher cette magnifique journée. Elle rayonnait comme si elle avait remporté la loterie de la Révolution, ce qui était d'ailleurs effectivement le cas : devenue veuve sous la Terreur, elle avait parié sur le jeune Corse et s'était retrouvée miraculeusement propulsée au palais des Tuileries.

Si Joséphine me replongeait dans les souvenirs douloureux de ma séparation avec Astiza, je me sentis flatté que les ambassadeurs américains à qui j'avais prodigué des conseils aient la générosité de m'inclure dans leurs remerciements publics. Oliver Ellsworth avait participé à la rédaction de la Constitution de mon pays et avait été président de la Cour suprême avant qu'on ne lui confie cette tâche diplomatique. Les deux Bill étaient aussi connus l'un que l'autre : William Richardson Davie, héros de la guerre d'Indépendance, et William Vans Murray, député du Maryland, désormais ambassadeur aux Pays-Bas. Tous trois avaient risqué la rebuffade qu'avaient essuyée de précédents émissaires dans l'espoir de sauver la présidence défaillante de John Adams. Quant à moi, leur jeune conseiller moins illustre, j'étais un chasseur de trésor frustré, un joueur, un fin tireur et un aventurier qui s'était retrouvé à la fois côté français et côté anglais lors des récents affrontements en Égypte et en Terre sainte. J'avais également été brièvement l'assistant du grand et regretté Benjamin Franklin, j'avais une réputation grandissante d'« électricien » et, par-dessus tout, je jouissais de l'attention de Napoléon quand il était disposé à m'écouter. Nous étions tous deux des fripouilles (Napoléon était tout simplement meilleur que moi à ce jeu-là), et en tant que collègue opportuniste, j'avais gagné sa confiance. Les gens intègres sont difficiles à contrôler, mais les gens comme nous, dotés d'un bon sens intéressé, sont plus prévisibles. Après la bataille de Marengo, j'avais donc été engagé comme intermédiaire, faisant la navette entre Talleyrand et les Américains impatients, et je me retrouvais donc là, à faire la paix.

« Ce que j'aime chez vous, Gage, c'est que vous vous concentrez sur ce qui est pratique, pas sur ce qui est loyal, me murmura à un moment Bonaparte.

— Et moi, ce que j'aime chez vous, monsieur le Premier consul, répondis-je joyeusement, c'est que vous êtes aussi heureux d'utiliser un ennemi que de le détruire. Combien de fois avez-vous tenté de me faire exécuter ? Trois ou quatre ? Et aujourd'hui, nous nous retrouvons artisans de la paix, partenaires. »

Tout se termine de façon formidable, m'avait un jour dit le capitaine anglais Sir Sidney Smith.

« Pas partenaires. Je suis le sculpteur, vous êtes l'outil. Mais je sais prendre soin de mes outils. »

On pouvait difficilement faire moins flatteur, mais une partie du charme de cet homme résidait dans son honnêteté abrupte, parfois maladroite. Il n'hésitait pas à dire à une femme qu'il trouvait sa robe trop colorée, ou sa taille trop large, parce qu'il aimait les femmes minces, discrètes et de blanc vêtues – cela faisait apparemment partie de son fantasme de la beauté virginale. Ce genre de remarque ne manquait jamais de jeter un froid, mais il s'en tirait toujours, car aucune ne résistait à cet aphrodisiaque puissant qu'est le pouvoir. Quant à moi, je découvrais les subtilités du métier de diplomate.

« Et Paris est une merveilleuse boîte à outils. »

Je sais me faire obséquieux quand je suis d'humeur, et je savais que les chambres de Napoléon aux Tuileries étaient jonchées de plans immenses pour faire de sa ville la plus belle du monde. Le théâtre était florissant grâce aux nouvelles subventions du gouvernement, le Code civil et le Code d'imposition étaient presque prêts, l'économie se redressait et les Autrichiens étaient vaincus. Même les prostituées faisaient des efforts vestimentaires ! Cet homme était une fripouille de génie et les salons de jeux étaient tellement pleins de nouveaux venus que je pouvais compléter mon modeste salaire par mes gains contre les ivrognes et autres crétins. Tout allait tellement bien, en fait, que j'aurais mieux fait d'aller me cacher dans un trou en me préparant au pire, mais l'optimisme a cela de commun avec le vin qu'il nous fait prendre des risques.

Je me trouvais donc dans le château du frère du Premier consul – un homme plutôt méprisable selon mes confrères américains – avec l'appellation de savant, car j'étais parvenu à charger une chaîne pour électrocuter des soldats attachés entre eux lors du siège de Saint-Jean d'Acre, en Terre sainte. Lors de cet exploit, je me battais du côté des Anglais et non des Français, mais personne ici ne semblait y trouver à redire, puisque tous pensaient que je n'avais ni loyauté, ni convictions. Par ailleurs, les rumeurs (absolument fausses) selon lesquelles j'aurais assassiné une prostituée et brûlé un sorcier (vraies, mais il l'avait cherché) ne faisaient qu'ajouter à mon charme. De plus, comme je ne me séparais jamais de mon long rifle et de mon tomahawk, je passais pour un homme potentiellement dangereux, ce qui – vous le savez – ne laisse pas les femmes insensibles.

Je restai complaisamment assis pendant les interminables discours (mon nom fut d'ailleurs mentionné deux fois) et dévorai avec appétit le repas officiel qui me changeait de mon ordinaire. Puis j'usai de fausse modestie pour narrer mes aventures et, quand j'eus fini, tous me prenaient pour un mage pratiquement invincible. Comme de nombreux dirigeants américains étaient francs-maçons, toutes ces histoires de Templiers et de mystères anciens les intriguaient.

« Peut-être y a-t-il plus chez ces divinités du passé et dans ces anciennes croyances que ce que nous autres hommes de science avons longtemps cru, déclarai-je avec grandiloquence comme si je savais de quoi je parlais. Il existe toujours des secrets qui méritent d'être révélés, messieurs. Des mystères à dévoiler. »

Puis nous portâmes un toast aux martyrs pour la liberté avant de nous lever pour la cérémonie. Ma vanité satisfaite, j'attendis avec impatience la nuit de jeu, de danse et de conquête sexuelle qui s'annonçait.

La musique débuta tandis que j'admirais bouche bée, en bon Américain, la splendeur de l'architecture française. À côté de Mortefontaine, les maisons luxueuses de chez moi passaient pour des étables et, maintenant que sa tribu avait accès aux finances du pays, Joseph ne regardait pas à la dépense pour que tout ait l'air encore plus somptueux.

« Grandiose, mais pas si différent de notre nouveau palais présidentiel », entendis-je une voix murmurer à côté de moi.

Je me retournai. C'était Davie, d'humeur joyeuse après quelques verres de champagne. Il était bel homme, avec ses cheveux épais, ses longs favoris et sa fossette au menton. Il avait un peu plus de quarante ans, j'en avais trente.

« C'est vrai ? Si elle est capable de faire émerger un tel monument du marais qui sépare la Virginie du Maryland, ma nation a vraiment fait de gros progrès.

— Le palais présidentiel est en fait inspiré d'un bâtiment officiel irlandais – un ancien temple maçonnique, il me semble – et, je l'admets, c'est assez grandiose pour une nouvelle nation.

— Vous plaisantez ? Ils ont vraiment utilisé une loge maçonnique pour le président ? C'est presque aussi absurde que l'idée de construire la nouvelle capitale au milieu de rien !

— C'est précisément parce qu'il n'y avait rien – et parce que c'était proche de la demeure de Washington – qu'un accord a été possible. Je ne vous cache pas qu'il s'y trouve toujours plus de souches que de statue, mais d'après les experts, notre capitale, Washington ou Columbia, devrait bientôt voir sa population augmenter considérablement. D'ailleurs, le nombre d'Américains a doublé depuis les batailles de Lexington et de Concord, et la défaite des Indiens a ouvert le territoire de l'Ohio.

— Les Français disent qu'ils copulent comme des lapins, alors que nous autres Américains nous nous reproduisons comme eux !

— Êtes-vous un expatrié endurci, monsieur Gage ?

— Plutôt un admirateur endurci de la civilisation qui a conçu ce château. Je n'aime pas toujours les Français – je les ai même combattus à Saint-Jean d'Acre – mais j'aime leur capitale, leur nourriture, leurs vins, leurs femmes et, puisqu'il en est question, leurs maisons. »

Je ramassai sur la table une petite nouveauté : du chocolat qui avait été durci en forme de carrés plutôt que servi liquide dans une tasse. Un Italien ingénieux avait solidifié ce mets raffiné et les Français l'avaient mis à la mode. Conscient de la vitesse à laquelle la chance peut tourner, j'en mis une poignée dans ma poche.

Je fis bien, car ces petits carrés allaient bientôt me sauver la vie.

2

« J'imagine donc que vous n'avez pas l'intention de rentrer chez vous ? me demanda Davie.

— Pour tout vous dire, c'était prévu, mais je me suis laissé entraîner dans la dernière campagne de Napoléon en Italie et dans les pourparlers que nous célébrons aujourd'hui. L'occasion ne s'est pas présentée, et, quoi qu'il en soit, je serai certainement plus utile à ma patrie en restant en France. »

Ce pays m'avait séduit, tout comme il avait séduit Franklin et Jefferson.

« Je vois. Et vous êtes un disciple de Franklin, c'est cela ? Notre nouvel expert dans la science de l'électricité ?

— J'ai fait quelques expériences. »

Je pris soin de ne pas faire allusion à l'épisode de la cité perdue, où j'avais utilisé la foudre pour mettre le feu à mon pire ennemi. Des rumeurs circulaient et elles suffisaient amplement à établir ma réputation.

« Si je vous pose la question, c'est parce que notre délégation a rencontré un homme venu de Norvège qui s'intéresse beaucoup à vos compétences. Il pense que vous auriez beaucoup de choses à apprendre l'un de l'autre. Souhaiteriez-vous le rencontrer ?

— De Norvège ? »

J'imaginai immédiatement une économie moyenâgeuse sur fond d'étendues neigeuses et de forêts humides. Je savais que des gens y habitaient, mais j'avais du mal à comprendre pourquoi.

« La Norvège est sous tutelle danoise, mais aspire de plus en plus à l'indépendance depuis que nous avons montré l'exemple. Il s'appelle Magnus Bloodhammer – un nom d'origine viking sans doute – et quand vous le verrez, vous vous apercevrez que son patronyme de *marteau sanglant* n'est pas usurpé. Comme vous, c'est un excentrique.

— Je me considère plutôt comme un individualiste.

— Je dirais que vous êtes tous deux… ouverts d'esprit. Si nous le trouvons, je vous présenterai. »

Je savais que la notoriété, si dérisoire fût-elle, nécessitait de se plier à un certain savoir-vivre. Aussi haussai-je les épaules en signe d'acceptation. Cependant, je n'étais pas impatient de parler électricité avec un Norvégien (la vérité, c'est que je craignais toujours de trahir ma propre ignorance en la matière) et sautai sur la première distraction venue pour faire diversion. Il s'agissait d'un nouveau jeu d'argent, la roulette. Pauline était installée à la table.

Les Français ont repris un concept anglais et l'ont amélioré, en y ajoutant deux couleurs, une table à motifs et plus de chiffres pour permettre de fascinantes possibilités de mise. On peut parier sur tout, du simple numéro à la moitié de la roue, et on joue en fonction des statistiques. Cette nation, fascinée par le risque, le sort et le destin depuis la Terreur se l'était immédiatement appropriée. Je ne joue pas à la roulette autant qu'aux cartes, car il n'y a guère besoin de talent, mais j'apprécie la convivialité qu'on trouve à la table : les hommes sentent le tabac et le parfum, les femmes se penchent de façon provocante pour laisser entrevoir leur décolleté, et les croupiers ratissent les jetons avec autant d'habileté qu'un escrimeur. Napoléon n'appréciait ni la roulette ni ce nouvel exhibitionnisme féminin, mais il avait l'intelligence de ne pas l'interdire.

Je persuadai Davie de placer une ou deux mises, qu'il perdit immédiatement. Pris par le jeu, il paria encore, puis encore, et perdit toujours plus. Certaines personnes ne sont pas faites pour cela. Je remboursai ses pertes avec les modestes gains que j'avais obtenus par des mises prudentes sur une colonne ou une transversale. Pauline, penchée en face de moi et excitée par le jeu, pariait de manière plus inconsciente. Elle perdait tout l'argent que lui avait probablement donné son illustre frère, puis tira finalement son numéro à 35 contre 1 et se mit à applaudir, m'offrant la vision enchanteresse de ses seins pressés l'un contre l'autre. C'était la plus jolie sœur de Napoléon, et portraitistes et sculpteurs se l'arrachaient. D'aucuns disaient qu'elle posait nue.

« Madame, il semblerait que votre talent n'ait d'égal que votre beauté, la complimentai-je.

— J'ai autant de chance que mon frère ! »

Elle ne brillait pas par son intelligence, mais elle était loyale et resterait fidèle à Bonaparte bien après la désertion des autres membres de sa famille et de ses amis les plus rusés.

« Nous autres Américains avons tout à apprendre d'une Vénus telle que vous.

— Mais, monsieur Gage, répliqua-t-elle en battant

rapidement des cils, je me suis laissé dire que vous étiez déjà un homme d'expérience. »

Je m'inclinai légèrement.

« Vous étiez au service de mon frère en Égypte avec d'autres savants, poursuivit-elle. Et pourtant, vous vous êtes retrouvé contre lui à Saint-Jean d'Acre, à ses côtés le 18 brumaire quand il a pris le pouvoir et de nouveau allié à lui à Marengo. Vous semblez maîtriser toutes les positions. »

Cela avait le mérite d'être clair.

« Comme dans une danse, ce qui compte, c'est le choix du partenaire », répondis-je.

Davie, conscient sans doute que badiner avec la sœur mariée du Premier consul laissait présager une catastrophe diplomatique, s'éclaircit la voix.

« Contrairement à vous deux, il semblerait que la chance ne soit pas au rendez-vous pour moi.

— Mais si, mais si, l'encourageai-je. Je vais vous dévoiler le secret du jeu, Davie. Vous perdrez toujours, aussi certainement que vous mourrez un jour. Le jeu représente l'espoir, les statistiques représentent la défaite et la mort. Le tout est de vaincre les mathématiques pendant un temps, de récupérer ses gains, et de filer. Rares sont ceux qui y parviennent, car l'optimisme altère la lucidité. Le mieux, c'est de posséder la roulette, pas d'y jouer.

— Pourtant, vous avez une réputation de joueur qui gagne, monsieur.

— Les batailles, oui, pas la guerre. Je ne suis pas riche.

— Mais vous semblez honnête, alors pourquoi jouez-vous ?

— Je peux apprivoiser la chance en jouant contre

des novices. Le plus important, c'est de jouer, m'a dit une fois Bonaparte. Jouer, voilà tout.

— Vous êtes philosophe !

— Les mystères de la vie ne nous donnent-ils pas à réfléchir ? Ceux d'entre nous qui n'ont pas les réponses se contentent de distribuer les cartes.

— Peut-être devrions-nous donc passer à une autre table pour vous permettre d'augmenter vos gains au pharaon, répliqua-t-il, le sourire aux lèvres. J'imagine qu'il ne vous sera pas difficile de manœuvrer vos rustiques compatriotes. Je vois d'ailleurs Bloodhammer là-bas. Il brûle de vous rencontrer et d'en savoir plus sur vos expériences. De plus, je me suis laissé dire que vous aviez été autrefois dans le commerce de fourrure ?

— Dans ma jeunesse. Je peux me permettre de dire que j'ai parcouru le monde. Une planète cruelle, fascinante et peu fiable si vous voulez mon avis. Reprenons donc du bordeaux et vous pourrez me demander ce que vous voulez. Madame souhaiterait-elle se joindre à nous ?

— Quand ma chance aura tourné à cette table, répondit-elle avec un clin d'œil. J'ai bien peur de ne pas avoir suffisamment de volonté pour battre en retraite quand je gagne. »

Je m'assis avec les hommes et participai à la conversation d'un ton agacé. J'avais hâte que Pauline – que je surnommais déjà *jolie Paulette* dans ma tête – nous rejoigne. Ellsworth voulait entendre parler des monuments égyptiens qui inspiraient déjà Napoléon pour ses plans de Paris. Vans Murray voulait tout savoir sur la Terre sainte. Davie fit un signe à l'homme hirsute tapi dans l'ombre – le Norvégien dont il m'avait parlé – et lui proposa de s'asseoir. Ce Magnus était aussi grand que moi, mais il était plus épais, avec une tête de pêcheur, rugueuse et rougie. Il portait un bandeau sur l'œil comme un pirate – son autre œil était d'un bleu glacial – et il avait le nez épais, le front haut et une barbe touffue. En matière de mode, on pouvait difficilement faire pire. Par ailleurs, il avait le regard inquiétant de l'éternel rêveur.

« Gage, voici l'homme dont je vous parlais. Magnus, je vous présente Ethan Gage. »

Bloodhammer ressemblait à un Viking, c'est vrai, et il avait l'air aussi à l'aise dans son costume gris qu'un bison affublé d'un bonnet. Il agrippa la table comme s'il allait la renverser.

« Ce n'est pas tous les jours qu'on rencontre un septentrional, monsieur, déclarai-je, sur la réserve. Qu'est-ce qui vous amène en France ?

— Le savoir, répliqua le Norvégien d'une voix de basse grondante. J'enquête sur des mystères du passé dans l'espoir d'influencer le futur de ma nation. J'ai entendu parler de vous, monsieur Gage, et de votre remarquable érudition.

— De la curiosité tout au plus. Je suis plutôt un savant amateur. *(Eh oui ! En l'absence de femmes, je sais faire preuve de modestie.)* J'ai la conviction que les Anciens savaient quelque chose sur les pouvoirs étranges de l'électricité, et que ce savoir a été oublié. Bonaparte a failli me faire fusiller dans le jardin des Tuileries, mais il a décidé de me garder au cas où je pourrais lui être utile.

— Et mon frère a également épargné une belle Égyptienne à l'occasion, m'a-t-on dit, murmura Pauline qui s'était glissée derrière nous, avec sa délicate odeur de violette.

— C'est vrai, mon ancienne compagne Astiza. Elle a décidé de rentrer en Égypte pour continuer à étudier quand Napoléon a commencé à parler de m'envoyer en Amérique comme émissaire. Si douce fut la tristesse de nos adieux, comme on dit. »

En vérité, j'étais partagé entre le désespoir que m'inspirait son absence et le soulagement d'être enfin libéré de l'intensité qu'elle dégageait. J'étais seul et vidé, mais j'étais libre.

« Mais vous n'êtes pas en Amérique, fit remarquer Ellsworth. Vous êtes ici, avec nous.

— En fait, comme le président Adams avait décidé de vous envoyer tous les trois ici, je me suis dit qu'il valait mieux vous attendre pour vous prêter main-forte. Je dois l'admettre, j'ai le démon du jeu, et la roulette est obsédante, vous ne trouvez pas ?

— Est-ce que votre savoir a aidé votre passion du jeu, monsieur Gage ? »

La voix de Bloodhammer résonna, teintée d'agressivité, comme s'il voulait me tester. Mon instinct me dicta de me méfier de lui.

« Les mathématiques m'ont aidé, en effet, grâce aux conseils des savants français que j'ai eu la chance de côtoyer pendant mon voyage. Mais comme je l'expliquais à Davie, la parfaite maîtrise des statistiques ne sert qu'à prouver l'impossibilité de gagner, à terme.

— C'est bien vrai. Et si on additionne les trente-six numéros de la roulette, savez-vous combien on obtient, monsieur ?

— Je dois admettre que je ne me suis jamais posé la question. »

Le Norvégien nous regarda intensément, comme s'il s'apprêtait à révéler un sombre secret.

« Six cent soixante-six. Ou 666, le nombre qui désigne la Bête dans l'Apocalypse. »

Il attendit solennellement une réaction, mais il n'eut droit qu'à un battement de paupières de notre part.

« Ah, mon ami, finis-je par reprendre, vous n'êtes pas le premier à suggérer que le jeu est l'instrument du démon. Et je ne peux pas vous donner tort.

— En tant que franc-maçon, vous devriez pourtant savoir que les nombres et les symboles ont un sens.

— Hélas ! J'ai bien peur de ne pas valoir grand-chose comme franc-maçon.

— Peut-être même les nations ont-elles un sens, ajouta-t-il avec un regard troublant d'intensité en direction de mes compagnons. Est-ce vraiment une coïncidence, mes chers amis américains, si la moitié des généraux de votre révolution et signataires de votre Constitution étaient francs-maçons ? Si tant de révolutionnaires français l'étaient également ? Si la société secrète des Illuminés de Bavière fut fondée en 1776, la même année que votre Déclaration d'indépendance ? Si la première borne pour marquer l'emplacement de votre capitale fut érigée lors d'une cérémonie maçonnique, tout comme les pierres angulaires de votre Capitole et celles du palais de votre président ? Voilà pourquoi je trouve vos deux nations si fascinantes. Il y a un fil secret qui lie vos révolutions. »

Je dévisageai les autres. Aucun n'avait l'air convaincu.

« Honnêtement, je n'en sais rien, répondis-je. Napoléon n'est pas franc-maçon. Et vous, Bloodhammer, en êtes-vous un ?

— Comme vous, je suis enquêteur, et je m'intéresse à l'indépendance de ma propre nation. L'unification du royaume de Scandinavie remonte à 1363, une curieuse époque dans l'histoire de notre région. La Norvège vit depuis dans l'ombre du Danemark. En tant que patriote, j'espère que nous serons bientôt indépendants. Je pense que nous aurions beaucoup de choses à apprendre l'un de l'autre.

— Vraiment ? Qu'avez-vous donc à m'apprendre ? répondis-je, piqué par l'arrogance du Viking.

— Plus de détails concernant la création de votre nation, peut-être. Et également quelque chose d'encore plus mystérieux et de plus puissant. Quelque chose d'une valeur inestimable. »

J'attendis.

« Mais ce dont je souhaite vous entretenir ne doit pas être entendu de tous.

— La mise en garde habituelle. »

Les gens ont toujours tendance à faire de grandes phrases quand ils cherchent à me soutirer des informations. C'est devenu une sorte de jeu.

« Je vous demande donc un entretien en privé plus tard dans la soirée, monsieur Gage.

— Bon, répondis-je en jetant un regard à Pauline (car si je voulais un entretien privé, c'était plutôt avec elle). Quand j'aurais honoré mes autres engagements, avec plaisir ! »

Je souris à la dame, et celle-ci me rendit la politesse.

« Mais d'abord, l'Américain doit nous raconter ses aventures, dit-elle.

— D'ailleurs je suis curieux de savoir comment vous vous êtes retrouvé en Italie », ajouta Ellsworth.

Je me mis donc à raconter mes exploits de la saison passée avec force embellissements, plus soucieux d'explorer la sœur friponne de Napoléon que de découvrir les origines de ma nation :

« Au printemps dernier, souvenez-vous, la France était cernée de tous côtés par ses ennemis. Napoléon devait remporter la paix en Europe afin d'être en position de négocier une trêve avec l'Amérique. Bien qu'il ne fît pas confiance à mon sens de la loyauté et qu'il ignorât mes motivations véritables, il me convoqua aux Tuileries pour me poser des questions sur mon pays. Et ce fut une réflexion de ma part sur la Suisse qui allait précipiter le cours de l'Histoire, ajoutai-je avec un sourire pour Pauline. Sans trop me vanter, je pense pouvoir affirmer avoir joué un rôle essentiel dans la victoire française à Marengo. »

Elle s'éventa ; la foule et les bougies nous donnaient chaud à tous les deux. Une légère moiteur scintilla dans le vallon que formaient ses deux seins.

« Je trouve cela grandiose que vous ayez pu aider Napoléon comme Lafayette a aidé Washington, roucoula-t-elle.

— Je n'ai rien d'un Lafayette ! répondis-je en riant. Mais il est vrai que j'ai dû tuer un agent double… »

3

Le palais des Tuileries, négligé après la construction de Versailles puis endommagé pendant les échauffourées parisiennes de la Révolution, sentait toujours l'émail et la colle à papier peint lors de ma convocation par Napoléon au printemps précédent.

Depuis qu'il m'avait gracié et proposé un emploi inattendu en novembre 1799, je me concertais régulièrement avec ses ministres au sujet des lentes négociations avec l'Amérique. Cependant, outre apporter mon point de vue d'ignorant – je ne m'étais pas tenu informé des actualités de mon pays depuis longtemps – je n'avais pas fait grand-chose pour ma mission, à part renouer des liens et lire des journaux américains périmés de plusieurs mois. Apparemment, les républicains de Jefferson gagnaient des points contre les fédéralistes d'Adams. Mais cela ne m'intéressait guère. De mon côté, je profitais de ma convalescence, suite aux blessures contractées lors de mes dernières aventures, pour jouer et courtiser les dames. Je pouvais donc difficilement me plaindre lorsqu'en mars 1800, on me donna finalement l'ordre de me mettre sous les ordres du Premier consul. Il était temps que je gagne de quoi vivre.

Bourrienne, le secrétaire de Napoléon, m'accueillit à huit heures du matin et me conduisit à travers les couloirs que je me souvenais avoir arpentés lors de mon duel avec Silano à l'automne précédent. Ils étaient à présent rénovés et éclatants, les sols reluisaient et les fenêtres lumineuses étaient réparées. Alors que nous approchions des appartements de Bonaparte, j'aperçus une série de bustes soigneusement choisis, illustrant la sensibilité historique du personnage. Il y avait un Alexandre (son héros de jeunesse) en marbre et d'autres incontournables tels que Cicéron et Scipion. Lorsque les geôliers du cavalier Lasalle avaient demandé à leur captif l'âge qu'avait son jeune commandant lors de la première campagne d'Italie, il avait répondu, non sans esprit, *le même âge que Scipion quand il vainquit Hannibal !* Immortalisés dans le marbre, on trouvait également les bustes d'autres personnages illustres qu'admirait Napoléon : George Washington pour son amour de la démocratie, César pour son sens du commandement au gouvernement, et Brutus pour avoir assassiné César. Bonaparte jouait sur tous les tableaux.

« Il commence sa journée par un bain, il va vous recevoir », déclara Bourrienne.

L'idée romanesque de prendre un bain tous les jours constituait la nouvelle lubie des révolutionnaires français.

« Il peut passer deux heures dans son bain à lire sa correspondance.

— Dans mon souvenir, il n'était pas si délicat.

— Il suit un régime draconien d'hygiène et d'exercice. Il répète sans cesse qu'il craint de grossir, bien que je ne puisse imaginer comment cela pourrait arriver. Son énergie brûle toute sa graisse et nous épuise. Il reste mince comme un jeune homme. Il est curieux qu'un homme dans la force de l'âge puisse s'imaginer plus lourd et amorphe dans le futur. »

Curieux, à moins, comme l'avait fait Napoléon, de s'être allongé dans le sarcophage de la Grande Pyramide et d'avoir eu peut-être des visions sur son propre avenir. Mais je ne dis rien de tout cela et me contentai de désigner un des bustes.

« Et le barbu, là, qui est-ce ?

— Hannibal. Le meilleur tacticien et le pire stratège de tous les temps, d'après Bonaparte. Il a gagné presque toutes les batailles pour finalement perdre la guerre.

— Ah oui, affirmai-je comme si ses considérations militaires m'enthousiasmaient. Hannibal et ses éléphants ! Ça devait vraiment être quelque chose.

— J'ai vu un de ces animaux à la ménagerie que les savants ont fondée au Jardin des Plantes, répondit Bourrienne. Le moins que l'on puisse dire, c'est que Dieu a de l'imagination.

— Franklin m'a dit qu'on avait trouvé des os d'anciens éléphants en Amérique.

— Votre fameux mentor ! Son buste mériterait d'avoir sa place ici ! D'ailleurs, je vais en prendre note. »

Sur ce, je fus introduit dans la salle de bains dont on referma la porte pour maintenir la chaleur. Il flottait un tel nuage de vapeur que j'avais du mal à distinguer Napoléon, ou quoi que ce soit d'autre.

« Gage, c'est vous ? Approchez, mon brave, ne soyez pas timide. On a tous vécu dans un camp. »

Je m'avançai à tâtons.

« Vous semblez apprécier votre bain chaud, mon général.

— Il y a quatre ans, j'avais à peine de quoi payer mon uniforme. À présent, je dispose de toute l'eau que je veux ! s'exclama-t-il en éclaboussant volontairement un pauvre domestique qui attendait dans le brouillard, une serviette à la main. Ma correspondance résiste mal à un tel traitement, mais en général, les idées étaient déjà moisies et la prose, ramollie. »

En m'approchant de la baignoire, je vis qu'il était d'humeur conviviale, ses cheveux bruns luisaient, ses yeux gris pétillaient et les fines mains dont il était si fier triaient des lettres venues de toute l'Europe. Des dauphins et des sirènes ornaient la baignoire en cuivre.

« Vous semblez plus détendu que la dernière fois que nous nous sommes rencontrés, lors de votre prise de pouvoir, fis-je remarquer, me souvenant que, à l'époque, il avait absolument tenu à me passer par les armes.

— Tout est dans l'apparence, Gage. À cause du Directoire, je suis en guerre contre la moitié de l'Europe ! L'Italie, que j'ai conquise il y a à peine quatre ans, a déjà été reprise par les Autrichiens. En Allemagne, nos troupes se sont repliées au niveau du Rhin. En Égypte, le général Desaix se serait rendu à Sidney Smith en janvier si un crétin d'amiral anglais n'avait refusé les termes, accordant à notre général Kléber l'occasion de les vaincre à nouveau à Héliopolis. Quoi qu'il en soit, sans flotte, combien de temps mes pauvres collègues pourront-ils tenir ? Et que faire avec les Autrichiens ? Ils sont en train de repousser Masséna vers Gênes. Je dois vaincre ou mourir, Gage.

La conquête m'a mené jusqu'ici, et elle seule saura m'y maintenir.

— Je peux vous garantir que mes conseils stratégiques ne vous seront d'aucun secours. »

Il se mit debout dans la baignoire et un domestique l'entoura d'une serviette.

« Ce que je veux savoir, c'est comment régler les choses avec les Américains. Je perds des navires à me battre contre votre pays alors que nos deux nations devraient être amies. N'allez pas croire que les Anglais ne veulent pas vous remettre la main dessus ! Croyez-moi, un jour, vous devrez de nouveau les combattre, et la France sera votre meilleur rempart. Quant à moi, l'absence d'une flotte digne de ce nom risque de causer ma perte. Je ne peux plus me permettre de perdre des frégates à me battre contre votre république, conclut-il avant que des domestiques le conduisent vers une autre pièce pour l'habiller. Dites-moi comment traiter avec votre président anglophile, Gage. Il se méfie de nous autres Français et pactise avec les perfides Anglais. C'est à croire que le président Adams habiterait à Londres s'il le pouvait ! »

Adams avait effectué sa mission diplomatique en France à contrecœur et avait trouvé Paris déliquescent et désordonné. À tel point que cela lui avait donné le mal du pays et qu'il avait arboré le même air renfrogné pendant tout son séjour.

J'attendis, gêné, pendant qu'on habillait Napoléon. On lui peigna les cheveux, on lui lima les ongles et on lui appliqua des onguents sur les épaules. Le général avait fait du chemin.

« John Adams ? répondis-je. C'est un nerveux, si vous voulez mon avis. Pour lui, tout cela n'est qu'un moyen pour jauger le sentiment patriotique. Lui et ses fédéralistes sont favorables à un gouvernement central fort, et ils profitent du conflit avec la France pour construire une plus grande flotte et lever plus d'impôts. Les républicains de Jefferson, au contraire, affirment que nous nous sommes trompés d'ennemi et que c'est l'Angleterre qui constitue la véritable menace. Burr et lui se disputent la prochaine élection. Si vous offrez à Adams une porte de sortie, je pense qu'il s'y engouffrera.

— J'ai accepté de nouveaux émissaires de paix. Vous travaillerez avec eux et avec Talleyrand, Gage, et vous tâcherez de faire entendre raison à tous. De l'Amérique, je ne désire que le commerce et l'argent, pas les salves d'artillerie. »

Il baissa les yeux et s'exclama :

« Bon sang, mais vous avez bientôt fini avec ces boutons ? »

Puis, enfin habillé, il se précipita vers une autre salle où une carte d'Europe hérissée de petites punaises était étalée tel un tapis sur le sol.

« Voyez comme mes ennemis m'ont encerclé ! »

Je regardai. Je n'y compris pas grand-chose.

« Si j'envoie des troupes pour secourir Masséna à Gênes, se plaignit Napoléon, la Côte d'Azur se transformera en étroits Thermopyles où Melas et ses Autrichiens pourront me bloquer. Oui, c'est par l'Italie que je pourrai déborder Vienne ! s'exclama-t-il en se jetant sur la carte comme sur un lit. Les Autrichiens sont plus nombreux, mes soldats sont coincés en Égypte, et je n'ai que des conscrits inexpérimentés comme recrues. Tout l'enthousiasme révolutionnaire est retombé, à cause de l'incompétence du Directoire.

Pourtant, j'ai besoin de victoires, Gage ! La victoire rétablit le moral des troupes, et seule la victoire pourra me rétablir au pouvoir ! »

Pour moi, il m'avait l'air tout à fait rétabli, mais j'essayai de trouver les mots qu'il fallait pour l'encourager :

« Je sais que le siège de Saint-Jean d'Acre s'est mal passé, mais je suis sûr que vous pouvez faire mieux.

— Ne me parlez pas de Saint-Jean d'Acre ! Vous et ce damné Smith ne devez la victoire qu'à la prise de mon artillerie de siège ! Si je découvre un jour celui qui a prévenu les Anglais au sujet de ma flottille, je le fais pendre au clocher de Notre-Dame ! »

Comme c'était moi qui avais prévenu les Anglais – je n'avais pas apprécié que la populace de Napoléon m'accroche au-dessus d'une fosse aux serpents avant de tenter de me massacrer – je décidai de changer de sujet :

« Dommage que vous n'ayez pas d'éléphants, lançai-je pour faire diversion.

— Des éléphants, vraiment ? Seriez-vous, une fois de plus, payé pour me faire perdre mon temps ? s'exclama-t-il, les souvenirs d'Acre et mon ignorance aux pyramides lui revenant certainement en mémoire.

— Comme Hannibal, dans le couloir. Si vous traversiez les Alpes avec des éléphants, ça attirerait leur attention, non ?

— Des éléphants ! finit-il par s'esclaffer. Quelle absurdité ! Ça me fait penser à ce sacré médaillon que vous vous trimballiez partout en Égypte !

— Mais Hannibal en a utilisé pour envahir l'Italie, non ?

— C'est exact. »

Il se mit à réfléchir et hocha la tête. Puis il se mit à ramper sur la carte et la regarda fixement avant de se tourner vers moi comme si j'avais dit quelque chose d'intéressant.

« Des éléphants ? Et dire que c'est un imbécile qui me l'a soufflé. Il est vrai que cela me permettrait de les prendre à revers. Et autant je manque de pachydermes, autant j'ai des canons. Traverser les Alpes ! Ça assoirait ma réputation, pas vrai ? Le nouvel Hannibal…

— Sauf que contrairement à lui, vous remporterez la victoire finale, j'en suis sûr. »

Jamais je ne me serais imaginé qu'il me prendrait au sérieux.

Il opina.

« Mais par où passer ? Les cols accessibles sont trop proches de Melas et de ses Autrichiens. Il m'étoufferait comme il le ferait sur la Côte d'Azur. »

Je regardai, faisant mine de connaître quelque chose à la Suisse. Je tombai sur un nom familier et un frisson me parcourut l'échine : je l'avais entendu prononcer en Égypte et en Terre sainte. Curieux comme certains noms ne cessent de résonner dans notre vie !

« Et le col du Grand-Saint-Bernard ? » avançai-je.

Ce col se trouvait plus au nord, loin des petites punaises. Des mathématiciens français m'avaient parlé de saint Bernard de Clairvaux, qui avait vu Dieu en long, en large et en travers.

« Le Saint-Bernard ? s'exclama-t-il. Aucune armée n'en aurait l'audace ! Il est à plus de deux mille cinq cents mètres de hauteur et pas plus large qu'un chemin de halage. Non, vraiment, Gage, vous n'avez pas l'âme d'un logisticien. On ne déplace pas une armée comme un troupeau de moutons. »

Il hocha la tête, le regard fixe et se mit à penser tout haut.

« Cela dit, c'est vrai que si nous descendions par là, nous les prendrions à revers à hauteur de Milan et nous pourrions nous emparer de leur équipement. Le général Melas ne le soupçonnerait jamais. Ce serait insensé ! Audacieux ! Typiquement le genre d'idée que pourrait avoir un aventurier de votre trempe, j'imagine. »

J'étais l'aventurier le moins enthousiaste du monde, mais je souris pour l'encourager. L'astuce, avec les supérieurs, c'est de leur mettre en tête une idée farfelue qui sert vos intérêts et leur faire croire qu'il s'agit de la leur. Si je parvenais à renvoyer Napoléon faire un tour en Italie, je pourrais rester à Paris sans être inquiété.

« Le Saint-Bernard ! reprit-il. Quel général aurait le culot ? Seul un… »

Il se remit sur les genoux.

« Gage, l'effronterie constituera peut-être votre salut. Je vais prendre le monde par surprise en traversant les Alpes comme un Hannibal des temps modernes. Votre idée est ridicule, tellement ridicule qu'elle est d'une logique parfaitement incohérente. Vous êtes un savant idiot !

— J'imagine que je dois vous remercier.

— Oui, je vais tenter le coup, et vous, l'Américain, vous partagerez ma gloire en partant en éclaireur jusqu'au col !

— Moi ? répondis-je horrifié. Mais je ne connais rien aux montagnes. Ni aux Italiens. Ni aux éléphants. Et puis, vous venez de dire que je devais aider aux négociations avec les Américains.

— Gage, encore une fois, vous êtes trop modeste ! Vous avez l'avantage de vous être battu avec courage en faveur des deux camps, personne ne pourra être sûr de qui vous soutenez cette fois-ci ! Il faudra des mois pour que la nouvelle délégation américaine arrive ici. Ne vouliez-vous pas voir l'Italie ?

— Pas vraiment, répondis-je, imaginant une contrée pauvre et superstitieuse écrasée par un soleil de plomb.

— Votre aide pour les négociations attendra l'arrivée des émissaires. Gage, grâce à vos éléphants, vous allez une fois de plus partager ma gloire ! »

4

Et quelle gloire ! J'appris à mes dépens que les Alpes au printemps sont gelées, venteuses et humides, et que la neige a la couleur de la morve. Le Saint-Bernard suisse n'avait de plus rien à voir avec saint Bernard de Clairvaux : il faut croire qu'il existe trop de saints en ce bas monde, dont deux Bernard à quelques centaines de kilomètres l'un de l'autre. Évidemment, personne ne me crut quand je racontai que je me rendais au col par simple curiosité, avec mon long rifle en guise de bâton. Au contraire, tout le monde crut précisément ce que je m'obstinais à nier, à savoir que j'étais un éclaireur de Bonaparte. Cette hypothèse était d'autant plus crédible que le Premier consul était en visite dans des cantonnements près de Genève pour expliquer au gros de sa troupe ce qu'il attendait d'elle : imiter les Carthaginois qui avaient pris d'assaut Rome. Comme personne n'était dupe de mon rôle d'agent, j'allai jusqu'à négocier l'approvisionnement en vivres des troupes de Napoléon avec les moines de l'hospice situé au sommet. Le Premier consul leur proposait quarante mille francs pour qu'ils dressent dans la neige des tables à tréteaux avec du vin, du fromage et du pain.

Ce que les pauvres moines ignoraient, en revanche, c'est que Napoléon achetait toujours à crédit et qu'il était passé maître dans l'art de l'évasion fiscale autant que dans celui de l'extorsion, dans les provinces qu'il avait conquises. *Que la guerre paie pour la guerre*, disaient ses ministres.

Par ailleurs, je tiens à rétablir la vérité concernant le fameux tableau de David montrant Bonaparte sur un destrier cabré : de l'absurdité à l'état brut ! En vérité, Napoléon effectua l'ascension des Alpes à califourchon sur une mule robuste et les descendit sur le derrière en poussant des cris de joie, comme ses officiers. La plupart de ses soixante mille soldats marchaient, ou plutôt trébuchaient, le long d'une route de plus en plus dégradée qui se transformait en une trace de boue et de glace sur les onze derniers kilomètres, avec des avalanches menaçantes en amont et des gorges béantes en aval. Toutes les heures, la troupe faisait une pause de cinq minutes pour fumer la pipe, un des deux seuls plaisirs de la vie militaire – le second étant de maudire la bêtise des supérieurs. Puis elle repartait ! Ce fut une ascension dure et périlleuse et, malgré le froid, les soldats étaient en nage. Ils dormirent au sommet, avec une couverture pour deux, en s'agglutinant en grappes comme des loups, et au matin, la moitié avait de la fièvre ou mal à la gorge. La glace tailladait les chaussures, les poumons tâchaient d'avaler un peu de l'air raréfié, et les guêtres ne parvenaient pas à empêcher la boue de pénétrer dans les chaussettes. Les soldats ne sentaient plus leurs mains ni leurs pieds.

Et pourtant, ils étaient fiers. Il s'agissait là d'une des plus audacieuses tactiques de l'époque, d'autant plus quand ils durent étouffer les bruits des bêtes en leur emmitouflant les sabots aux abords d'un fort autrichien situé de l'autre côté du col. Les canons furent transportés à travers les Alpes dans des pins évidés. Soixante mille hommes traversèrent ce col et chaque baril de poudre, chaque boulet de canon et chaque boîte de biscuits furent portés ou tirés par des hommes équipés de courroies frontales.

Ils chantaient des airs révolutionnaires. Je leur tendais des gobelets de vin pour les encourager quand ils passaient le sommet. Un moine était chargé de les compter.

Une fois le col passé, Bonaparte s'activa, comme de coutume. Caché dans des fourrés, il observa le fort de Bard perché sur son promontoire rocheux, ordonna le déploiement de ses canons et le fit capituler en deux jours. Nous entrâmes à Milan le 2 juin. Par un coup de maître, il avait surpris l'arrière-garde autrichienne et il n'était plus question de reddition à Gênes. (Le siège avait été si terrible que les cheveux de Masséna étaient devenus blancs.) Les Autrichiens avaient poussé leurs ennemis d'un côté de l'Italie pour voir l'armée de Napoléon les surprendre de l'autre ! Bien sûr, rien n'empêchait le général Melas d'effectuer la même manœuvre que Napoléon. Rien ne l'empêchait de traverser les Alpes par un autre col, laissant les Français isolés en Italie, de fondre sur Lyon et de forcer Bonaparte à la capitulation. Mais l'Autrichien avait quarante ans de plus et n'était pas aussi visionnaire. C'était un brillant tacticien qui voyait à l'échelle nationale. Napoléon, lui, voyait le monde.

Sauf quand il avait d'autres sujets de distraction. Autant les infidélités de Joséphine l'avaient presque poussé à divorcer, autant il ne s'imposait pas de telles barrières morales. Il rencontra à Milan la célèbre diva Giuseppina Grassini, qui conquit d'abord le général français par son chant, puis par son regard de braise, ses lèvres charnues et sa poitrine généreuse. Bonaparte passa six longues journées à Milan, essentiellement au lit, ce qui permit à Melas de faire faire demi-tour à ses troupes situées sur la côte italienne pour les diriger vers les Français. Quelque part entre Gênes et Milan, la grande confrontation aurait lieu. Ce fut à Marengo.

Quant à moi, j'avais prévu de ne pas être dans les parages au moment de l'affrontement final. J'avais vu mon lot de batailles dans l'Est, j'avais joué les éclaireurs pour Hannibal et j'étais plus que prêt à filer vers Paris. Aucune diva ne m'attendait à Milan, ni aucune autre source de divertissement d'ailleurs. L'Italie avait été conquise et reconquise au cours des dernières années, et les plus belles femmes avaient à présent l'embarras du choix entre les différents généraux.

Ce fut alors que Bonaparte trouva un moyen d'exploiter mes talents. Un espion, une espèce de lutin basané du nom de Renato, huileux comme une salade napolitaine, était venu le trouver pour lui dire que Melas et les Autrichiens étaient en fuite. Les Français n'avaient plus qu'à avancer pour récolter les lauriers de leur traversée des Alpes ! Pour prouver ses dires, l'espion transportait dans le talon de sa botte des documents autrichiens et affichait l'assurance de l'escroc. Cependant, étant moi-même une fripouille, j'avais des soupçons. Renato était un peu trop doucereux et il passait son temps à me jeter des regards comme à un rival. En fait, il avait l'air de me connaître.

« Vous n'avez pas confiance en mon espion, Gage ? me demanda Napoléon après le départ de l'agent.

— Il a tout de l'escroc, répondis-je, sachant pertinemment de quoi je parlais.

— Mais je paie mieux que les Autrichiens. Il ne peut en être autrement, vu ses prix. »

Voilà une autre chose qui m'énervait : Renato gagnait assurément plus d'argent que moi.

« Il est peut-être trop suspect pour être vraiment acheté.

— C'est un espion, pas un curé ! Vous autres Américains êtes trop prudes en la matière : les agents sont aussi nécessaires que l'artillerie. Vous savez, j'ai des doutes concernant tout le monde, me confia-t-il en me regardant droit dans les yeux. J'ai moitié moins d'hommes, mon armée ne vit que sur le butin saisi et je manque considérablement de canons. La moindre perte et mes rivaux me tiennent à la gorge. Je suis bien conscient de ne pas avoir de véritables amis. Dieu merci, Desaix vient d'arriver d'Égypte ! »

Louis-Antoine Desaix, son général favori, avait débarqué à Toulon le jour même où nous avions quitté Paris, et on lui avait confié une division en Italie. Loyal, modeste, timide avec les femmes et extrêmement compétent, il n'était vraiment heureux que quand il dormait sous un canon. Il avait le talent de Napoléon sans partager son ambition. Bref, c'était le subordonné rêvé.

« Peut-être devrais-je filer à Paris informer les ministres de la situation délicate dans laquelle vous vous trouvez ? proposai-je, ne voulant certainement pas me retrouver du côté du vaincu.

— Au contraire, Gage, puisque vous êtes si suspicieux, je veux que vous espionniez notre espion. Renato a suggéré un rendez-vous pour nous confier les dernières informations sur les Autrichiens et il a vanté votre audace. Prenez la route de Pavie et du Pô, suivez la piste de Renato, organisez le rendez-vous et revenez me faire votre rapport. Je sais que vous aimez l'odeur de la poudre autant que moi. »

Il valait mieux entendre ça que d'être sourd.

« Mais je suis un savant, monsieur le Premier consul, pas un espion. Et je ne parle ni l'allemand ni l'italien.

— Nous savons aussi bien l'un que l'autre que vous n'êtes qu'un dilettante, un vulgaire savant amateur. Cependant, quand vous vous donnez la peine de regarder, vous n'êtes pas aveugle. Faites-moi plaisir, Gage. Partez pour Gênes, confirmez ce dont on nous a informés et ensuite, seulement, je vous renverrai à Paris.

— Tout compte fait, c'est peut-être vous qui avez raison : faisons confiance à Renato !

— Et n'oubliez pas votre fusil ! »

5

Je pris donc la route sur un cheval confisqué aux Italiens (c'est le terme sophistiqué qu'utilisent les envahisseurs pour dire « volé »), nerveux comme une pucelle à l'idée de tomber sur l'armée autrichienne. Les comptes rendus de campagne ressemblent bien souvent à des cartes avec des rectangles et des flèches, une véritable chorégraphie de ballet. Mais sur le terrain, la guerre est une affaire à moitié aveugle et tentaculaire : des troupeaux d'hommes peu motivés qui se cherchent à tâtons sur des étendues gigantesques, pillant tout ce qu'ils peuvent emporter avec eux. Celui qui regarde a tôt fait de perdre le fil des opérations. Des coups de feu résonnent de façon alarmante : des tirs accidentels, des tirs causés par l'ennui ou parce qu'une querelle vient d'éclater. Des jeunes hommes de dix-huit ans, effrayés, souffrant du mal du pays, qui battent la campagne avec leur mousquet de six kilos équipé d'une baïonnette de soixante centimètres de long. Des colonels sur le retour qui rêvent de charges suicidaires pour restaurer leur réputation. Des sergents qui renforcent leur ligne dans l'espoir d'un galon à la boutonnière. Non, décidément, un champ de bataille ne convient pas aux âmes sensibles.

Le 9 juin, une heure après mon départ, j'entendis le grondement menaçant du combat. Le général de division Jean Lannes avait donné l'assaut contre l'avant-garde autrichienne à Casteggio et Montebello. À la fin de la journée, je passai à côté de longues colonnes de prisonniers autrichiens aux uniformes maculés de sang et de poudre et à l'expression fatiguée et amère. Des blessés français les insultaient copieusement. Chariots éventrés, granges en feu, cadavres de chevaux et de vaches ajoutaient à mon inquiétude. Les paysans locaux n'avaient d'autre choix que d'obéir aux ordres et ils enfouissaient les tas de cadavres dans des fosses communes. Pendant ce temps-là, les survivants s'occupaient de leur équipement : ils astiquaient machinalement leur *clarinette* – c'est ainsi qu'ils surnommaient leur mousquet – avec de la moelle de bœuf, et ils blanchissaient leurs bretelles de fusil avec de la terre à pipe. Certains soldats espéraient que la crasse ferait d'eux des cibles moins tentantes, d'autres pensaient au contraire que la minutie leur porterait chance. À l'aide d'une petite planche fendue, qu'ils appelaient *patience*, et de graisse de mouton, ils briquaient leurs boutons jusqu'à ce qu'ils brillent.

Les os craquaient dans ma division comme la grêle qui tombe sur les vitrages, confia plus tard Lannes à Napoléon. La bataille avait fait quatre mille victimes tous côtés confondus – une simple répétition générale – et ce fut à travers ce carnage que je me faufilai, dans le sillage des Autrichiens en déroute, en direction du royaume des ténèbres qui caractérise l'espace entre deux lignes ennemies.

Ce que Napoléon n'avait pas prévu, c'est que j'avais beau ouvrir l'œil, je n'y voyais pas grand-chose. La vallée du Pô est plate, ses champs sont entourés de grands peupliers et de cyprès, et il pleuvait à verse en ce mois de juin. Tous les ruisseaux débordaient, et le paysage spongieux n'avait rien à voir avec l'aridité de papier de verre de l'Égypte et de la Syrie. J'aurais pu passer à côté de l'armée de Gengis Khan que je ne l'aurais pas vue, tant les chemins boueux se ressemblaient et tant étaient nombreux les raccourcis et les haies. J'errais donc à travers la campagne. Je demandais mon chemin à des réfugiés italiens à grand renfort de gestes, dormais sur des meules de foin et louchais vers le soleil disparu. Si Renato mentait, je n'avais aucune chance de le prendre sur le fait.

Je ne le savais pas encore, mais c'est lui qui allait tout me confier.

Dans une ferme abandonnée près de Tortona, j'aperçus une écharpe rouge accrochée à un volet branlant : le signal convenu. Notre espion attendait avec de nouvelles informations. Les familles avaient fui les routes empruntées par les armées, telles des souris entre les sabots du bétail. Les soldats pillards avaient éventré les portes des maisons, mangé les animaux et brûlé les meubles. Tout ce qui restait, des murs et un toit en tuiles, offrait un abri contre la prochaine averse printanière. J'étais nerveux, mais les Autrichiens semblaient s'être repliés. D'après nos informations, l'ennemi avait détruit le pont menant à Alessandria, moins bien défendue, et d'autres Autrichiens se précipitaient au sud-ouest vers Acqui. En conséquence, Bonaparte avait divisé ses forces, avec d'un côté la division de La Poype fonçant vers le nord, et de l'autre celle de Desaix vers le sud. Dans la confusion, nous autres espions étions en sécurité. J'attachai ma monture, vérifiai que mon long rifle était bien chargé, et pénétrai prudemment dans la sombre bâtisse.

« Renato ? »

Je manquai trébucher. Il était assis sur le sol en pierre, les jambes allongées, des bottes crottées aux pieds. À côté de lui, le sol était jonché de bouteilles. J'entendis le cliquetis du chien de son pistolet.

« C'est moi, Gage, l'envoyé de Napoléon, déclarai-je.

— Tu excuseras ma prudence. »

J'entendis le bruit plus léger du chien qu'on abaisse. Mes yeux s'habituant à l'obscurité, je vis qu'il avait dirigé son canon vers le sol, mais qu'il tenait toujours le pistolet à la main. Un véritable chat aux aguets.

« J'ai pour ordre de vous rencontrer.

— Cela nous arrange tous les deux. Quelle est ta récompense, l'Américain ?

— Retourner à Paris », répondis-je sans mentir.

Il me salua du canon de son arme et éclata de rire.

« Ce sera toujours plus confortable que cette ferme gelée, pas vrai ? Tu as autant de loyauté qu'un moustique. Une goutte de sang, et te voilà parti. »

Je m'assis en face de lui, le fusil à côté de moi, à moitié rassuré par la franchise dont nous faisions preuve.

« Je ne suis pas un soldat. Quatre jours que je me promène sous la pluie, ce n'est un plaisir pour personne.

— Alors tu vas avoir besoin de ça, s'exclama-t-il en me lançant une bouteille qui se trouvait à côté de lui. J'ai trouvé la trappe de la cave, c'est du vin pétillant, exactement ce dont nous avons besoin pour une petite sauterie. À mon camarade espion ! Et autant je pourrais bien croire que tu es vraiment un moustique, agaçant et inutile, autant je me suis laissé dire que tu avais une réputation d'homme courageux et persévérant. Non, ne nie pas, Ethan Gage ! Alors tu es venu chercher ma dernière missive ? Ou tu es venu pour m'espionner ?

— Pourquoi ferais-je une chose pareille ?

— Parce que les Français n'ont pas confiance en moi ! Oui, nous autres, hommes de l'intrigue, y voyons clair. Je ne te reproche pas de vouloir rentrer en France. Tu t'imagines en soldat de ligne, épaule contre épaule avec une rangée d'abrutis identiques, à cinquante pas d'écart, faisant tous feu en même temps ? demanda-t-il en frissonnant. C'est extraordinaire ce que les armées poussent les conscrits à faire. Et si ces crétins survivent, ça restera leur moment de gloire. »

Je bus une gorgée, pensif. La bouteille était vide aux deux tiers, et le mousseux lui déliait la langue.

« Des gens qui valent mieux que moi affirment croire en quelque chose, Renato.

— Bonaparte ? s'exclama-t-il après avoir bu à son tour et s'être essuyé la bouche. Ce vieux con de Melas ? Pourquoi se battent-ils en vérité ? Demande à n'importe lequel de ces soldats de t'expliquer une guerre commencée il y a cent ans, il ne saura pas quoi te répondre. Et pourtant, ils iront tous se faire massacrer sans réfléchir. Ce sont des abrutis, tous autant qu'ils sont. Des abrutis universels. Mais pas moi.

— Mais vous êtes du côté des Français, vous aussi, non ?

— Hélas, reconnut-il avec un clin d'œil, les choux payent mieux que le Corse vaniteux.

— Au prix que vous lui coûtez, Napoléon aurait du mal à le croire.

— Je suis agent double, mon pauvre ami. Es-tu donc si naïf ? demanda-t-il en rotant avant de boire de nouveau. Quand je vais au rapport, j'espionne, puis je traverse les lignes pour aller au rapport de l'autre côté, et j'espionne encore. Pourquoi ne pas informer tout le monde ? En tout cas, maintenant, Napoléon va avoir une jolie surprise.

— Que voulez-vous dire ? demandai-je, prenant une lampée et refermant légèrement la bouteille, les yeux rivés sur le pistolet qu'il gardait sur les genoux.

— Les Autrichiens ne sont pas en déroute. Ils se rassemblent. Napoléon a divisé ses forces, et il va tomber sur une armée immense.

— Mais vous lui avez assuré le contraire !

— S'il voulait la vérité, il n'avait qu'à payer mieux que Melas, répondit-il avec un haussement d'épaules.

— Des hommes vont mourir !

— Parce que tu crois que ce ne serait pas le cas autrement ? Bonaparte a cru ce qu'il a voulu croire. Il se souvient des Autrichiens incapables d'il y a quatre ans et il ne prend pas Melas au sérieux. Mais ce vieil homme est un renard, fais-moi confiance. Suffisamment rusé pour me payer plus que Napoléon, en tout cas. Je dis donc aux Français ce qu'ils veulent entendre, et aux Autrichiens ce que j'ai dit aux Français. Et le petit despote n'aura que ce qu'il mérite. »

Il caressa la crosse de son arme. Je me sentais aussi à l'aise qu'une dinde le jour de Noël. Pourquoi me disait-il tout cela ? Je secouai la bouteille en réfléchissant.

« Eh oui, l'Américain, Napoléon va se faire taper sur les doigts. Quand il aura perdu, je continuerai à lui vendre des informations – il sera suffisamment désespéré pour me payer le double – puis je retournerai vers les Autrichiens, et je leur vendrai au triple ce que je lui aurai vendu. C'est comme ça qu'on fait des affaires dans notre métier.

— Notre métier ?

— Nous rapprochons les peuples, s'esclaffa-t-il.

— Vous avez le mérite d'être franc. »

Il haussa les épaules.

« Seulement à moitié ivre. Et j'ai confiance en ta discrétion.

— Parce que je suis aussi espion ?

— Bien sûr que non ! rétorqua-t-il le plus sérieusement du monde. Tu es un homme comme moi, l'Américain, tu connais la valeur des renseignements qu'on te donne. Tu me trahirais dans l'instant, comme j'ai trahi Bonaparte, et tu compterais tes trente deniers pendant que je me balancerais au bout d'une corde. Non, non, ne nie pas… Je ferais pareil à ta place. Ainsi va le monde ! »

Il leva son pistolet.

« Tu emporteras donc ce secret dans ta tombe ! poursuivit-il. Ah, laisse ton fusil à sa place ! À présent, tu dois bien te rendre compte que c'est toi qu'on m'a envoyé chercher et non Bonaparte. Mes véritables employeurs n'ont pas oublié tes crimes.

— De qui parlez-vous ?

— Le rite n'oublie jamais », dit-il en relevant le chien de son arme.

Il visa mon cœur. Je fis sauter le bouchon de la bouteille.

Voyez-vous, il m'avait confié un peu trop d'informations avec un peu trop de confiance. Ayant déjà eu affaire à des reptiles de son espèce, j'avais donc mis de la pression dans la bouteille de mousseux et fait sauter le bouchon au moment où il allait tirer. La bouteille explosa, le bouchon et son contenu fusèrent vers son visage, et cela suffit à faire tressaillir son arme au moment où je me jetai sur le côté. La balle fila près de mon oreille et se ficha dans le mur derrière moi dans un petit nuage de poussière. Il tâcha de se relever et tira un second pistolet, mais plus prompt, je lui décochai un coup au visage avec mon tomahawk. Il y eut un craquement quand l'arme le toucha entre le menton et les dents, de l'émail vola, et c'est alors que je sortis mon fusil. Nous fîmes feu en même temps, mais comme il est plus difficile de viser avec une machette en travers du visage, il manqua son coup. Moi pas.

La balle le propulsa en arrière et il tressaillit avant de mourir. Je rechargeai mon arme sans le quitter des yeux, prêt à l'achever. Puis je récupérai mon tomahawk resté fiché dans sa tête et en essuyai la lame sur son manteau. Ses lèvres fendues étaient figées en une horrible grimace. Je faisais un sale métier, mais après les événements des deux années précédentes, exterminer ce genre de vermine ne me faisait plus le moindre effet.

Le rite ? Mon appréhension s'expliquait enfin. Je traînai Renato dans son sang jusqu'à l'entrée afin d'avoir plus de lumière, et j'arrachai son manteau et sa chemise. Tatouée sur sa poitrine, une petite pyramide entourée d'un serpent. Apophis, le dieu serpent ! Je frissonnai. Cet espion faisait-il partie de la même organisation que mon vieil ennemi Silano, cette autre branche du perfide rite égyptien qui m'avait poursuivi en Autriche ? En attendant, à cause de cette canaille, Napoléon était en train de diviser ses forces alors que les Autrichiens se rassemblaient. Même si je me précipitais immédiatement auprès de Napoléon, il serait trop tard pour rappeler Desaix et La Poype. Le gros de l'armée serait submergé.

Maudit Renato !

À présent, plus question de retourner à Paris. Je ne suis certes pas un exemple de loyauté, mais je ne suis pas un traître, même si la France n'est pas mon pays. Il ne me restait qu'une chose à faire : galoper au-devant de Desaix, dont j'avais vaguement fait la connaissance en Égypte, et le presser de rentrer à toute vitesse pour la bataille sur le point d'éclater à l'arrière. Le délai était court, mais en me pressant, j'avais une infime chance d'arriver à temps !

Je jetai un coup d'œil au cadavre à mes pieds. Il ne faut pas vendre la peau de l'ours avant de l'avoir tué, comme je dis souvent. Quant à moi, non seulement pour une fois je servais à quelque chose, mais je développais même un sens de l'intégrité. Par tous les saints, comment Napoléon avait-il pu deviner que j'étais le bon cheval ?

L’espion avait le regard fixé au plafond avec cette expression surprise qu’ont les morts. Son corps nageait dans une mare de sang. Je reboutonnai sa chemise ensanglantée pour cacher son tatouage et remontai péniblement à cheval pour filer au secours de l’armée. Derrière une haie, je crus apercevoir du coin de l’œil une silhouette inconnue.

6

Le monde entier sait ce qu'il se passa ensuite. L'aube se leva, claire. L'air purifié par la pluie laissa place à un après-midi sous le chaud soleil italien. Le genre de temps qui permet à la cavalerie de charger, aux canons d'être déployés et aux mousquets secs de faire feu. Pour s'entre-tuer, rien de tel qu'une belle journée ensoleillée.

Comme l'avait prévu Renato, les Autrichiens attaquèrent en force à Marengo, d'innombrables longues lignes blanches traversant inlassablement champs et prés. Ils subirent d'effroyables pertes lors de la traversée de la douve constituée par la rivière Fantanone mais, entraînés à obéir, ils ne faiblirent pas. Il y eut des centaines de charges héroïques de part et d'autre, les hommes mourant pour un carré de vigne ou un enclos à chèvres. Le champ de bataille était un vaste brouillard et lorsque Napoléon s'aperçut qu'il avait face à lui toute l'armée autrichienne et qu'il avait beaucoup moins d'hommes, ses troupes étaient déjà en train de battre en retraite, subissant de lourdes pertes. Bonaparte avait vingt-deux mille hommes et quarante canons contre trente mille hommes et cent canons. Dès que les Français donnaient l'assaut, ils étaient immanquablement balayés par la mitraille. Hannibal avait trouvé plus malin que lui, et la carrière de Napoléon à la tête de la France s'apprêtait à toucher à sa fin avant même d'avoir vraiment commencé.

Je le rejoignis à la mi-journée avec une mauvaise nouvelle – Renato était en fait un agent double – et une bonne – Desaix arrivait à la rescousse. Puis j'assistai à la bataille, partagé entre l'horreur et l'admiration de son intransigeante discipline. J'avais vu la guerre en Égypte et en Terre sainte, mais cela n'avait rien de comparable avec cette brutalité européenne. Des régiments entiers marchaient, épaule contre épaule, tels des automates, s'arrêtaient et faisaient feu sur l'ennemi avec une détermination féroce et inébranlable. Comme ils avaient l'air clinquant, avec leurs shakos d'infanterie surmontés de plumes et leurs drapeaux comme des phares dans la fumée des fusils ! Le premier rang s'agenouillait, le second tirait par-dessus les têtes, et le troisième passait les mousquets rechargés. Les hommes penchés en sens contraire comme s'ils cherchaient à se protéger de la neige. Ils toussaient, hurlaient, tombaient, pour être inexorablement remplacés par d'autres marionnettes. Les morts et les blessés jonchaient le sol, l'herbe autrefois verte avait viré au rouge, mais les vivants ne cédaient du terrain qu'à contrecœur. Des compagnies entières préféraient se faire anéantir plutôt que reculer. Comment pouvaient-ils endurer cela ? Le soldat en tant qu'individu ne se rend pas compte que son sacrifice affecte le groupe, mais il sait pertinemment que son courage aide le microcosme de ses amis et de ses camarades. Les hommes se battent pour rester des hommes. Les rangs ployaient à chaque salve adverse, s'affaissaient, puis se renforçaient jusqu'à ce qu'une charge de baïonnettes les fasse reculer de cinquante mètres supplémentaires. Les Français tombaient les uns après les autres et Napoléon finit par engager sa Garde consulaire dans l'espoir d'assener un ultime coup décisif. Sa troupe d'élite ploya sous le feu cinglant des mousquets et des canons, tel un morceau de papier au contact de la chaleur. En quelques âpres minutes, l'honneur et le pouvoir étaient à terre. Une charge de cavalerie autrichienne fit quatre cents prisonniers.

La bataille était perdue.

C'est alors que je sauvai la mise.

Bien sûr, mon nom n'est pas entré dans l'histoire ; je n'étais qu'un agent sans statut officiel. Je n'étais qu'un des *courriers* dépêchés pour aller chercher Desaix. Cependant, j'étais arrivé auprès du petit général huit bonnes heures avant les premiers messagers envoyés par Napoléon et Desaix finit par arriver, juste à temps. Il s'arrêta à hauteur de Napoléon en fin d'après-midi, ses divisions bien alignées, et il écouta patiemment son compte rendu morose des événements de la journée.

« La bataille est perdue, admit le général Desaix. Il reste encore le temps d'en gagner une autre. »

Et sur ce, il contre-attaqua.

Après huit heures d'un combat acharné, les Autrichiens pensaient la victoire acquise. Le vieux Melas, sérieusement contusionné après deux chutes de cheval, avait laissé à ses subordonnés le soin de balayer les dernières résistances, pendant qu'il se retirait du champ de bataille. Les colonnes de Napoléon étaient en lambeaux, et ses adversaires, épuisés, s'imaginaient qu'ils pourraient dormir à San Giuliano.

Mais la division de Desaix, fraîchement arrivée, les frappa de plein fouet. Un chariot de munitions autrichien explosa, puis le général François-Étienne Kellermann aperçut une brèche et perça le flanc de l'ennemi avec quatre cents dragons français. Ce fut une charge magnifique, de celles qu'on représente dans les tableaux : un grondement comme un tremblement de terre, des mottes de terre verte volant sous le martèlement des sabots, des sabres scintillants et les plumes ondulant au-dessus des chapeaux en peau d'ours des dragons. Bref, une avalanche équestre qui prit les Autrichiens complètement au dépourvu. L'ennemi, victorieux une minute avant, était à présent en pleine débâcle. Les cavaliers s'élancèrent et firent des centaines de prisonniers. Je n'avais plus assisté à un tel spectacle depuis l'arrivée à point nommé de Napoléon au mont Thabor, en Terre sainte, qui avait vu l'armée turque passer de la victoire à la déroute en un seul coup de canon.

Bonaparte paraissait moins surpris.

« Le sort d'une bataille est le résultat d'un instant », fit-il remarquer.

Le brave Desaix reçut une balle à Marengo et mourut au moment de son plus grand triomphe. Cette tragédie, à l'instar de la traversée des Alpes de Napoléon, fit l'objet d'absurdités romantiques. On attribua par la suite les mots *Pourquoi ne m'est-il pas permis de pleurer ?* au conquérant, suggérant une tendresse que je ne l'avais jamais vu éprouver, ni à l'égard d'un homme ni à l'égard d'une femme. Napoléon, pleurer ? Pour lui, la vie, c'était la guerre, et les hommes, des soldats devant être utilisés. Il était triste, certes – Desaix avait autant de valeur qu'un bon cheval – mais certainement pas morose pour un cadavre de plus sur un kilomètre carré de carnage. En vérité, la balle pénétra dans le dos de Desaix. À ce jour, nous ne savons toujours pas si elle fut tirée par un Autrichien alors qu'il se retournait pour exhorter ses hommes au combat ou s'il s'agissait d'une balle perdue tirée par son propre camp. Le nombre de soldats tués ou blessés par leurs camarades agités, troublés ou effrayés est un des plus sombres secrets de la guerre.

Nous apprîmes plus tard que le général Kléber, aux côtés duquel je m'étais battu sur les plages d'Alexandrie et au mont Thabor – et que Napoléon avait laissé aux commandes des opérations en Égypte – était mort, assassiné par un fanatique musulman, pratiquement au même moment que Desaix. Ainsi disparaissent les gens qui ont jalonné les étapes de notre vie. On *dépense* les généraux comme de vulgaires pièces de monnaie. À la fin de la journée, on comptait douze mille morts et blessés dans les deux camps, des chevaux morts ou mourants, des caissons disloqués et des pièces d'artillerie détruites jonchaient le sol. On avait par ailleurs pris quarante canons aux Autrichiens et fait six mille prisonniers.

« Je viens de vous couronner », fit remarquer Kellermann.

Une vérité politiquement incorrecte qu'on ne lui pardonnerait jamais. L'honneur doit être accordé, pas arraché.

Je ne me permis pas ce genre de vantardise, même si j'aurais pu me le permettre : à 16 heures à Marengo, le règne de Napoléon était terminé ; à 19 heures, il était renforcé. Je me contentai pour une fois de ne pas ouvrir la bouche et parvins à m'introduire dans le carrosse rapide de Napoléon en route pour Paris après l'armistice accepté par les Autrichiens.

Pendant le trajet, Napoléon me confia que cette campagne n'avait fait qu'aiguiser son ambition.

« Oui, c'est vrai, j'en ai déjà fait assez, me dit-il. En moins de deux ans, j'ai conquis Le Caire, Paris, Milan, mais malgré tout cela, si je meurs demain, dans dix siècles, je n'occuperai pas plus d'une demi-page dans les livres d'histoire ! »

Qui d'autre que lui pouvait bien compter le nombre de pages qu'il occuperait dans mille ans ?

De retour à Paris, je me mis au travail et aidai les négociations avec les émissaires américains fraîchement arrivés. La confiance que m'accordait désormais Napoléon facilita les choses pour le traité franco-américain.

C'est ainsi que je conclus mon récit de bravoure à Mortefontaine, où nous nous étions rassemblés pour célébrer la paix. Nous portâmes un toast, les yeux de Pauline Bonaparte n'avaient cessé de briller pendant ma narration, et même le sinistre Magnus Bloodhammer me regardait à présent avec respect, mais à contrecœur.

Je vidai un autre verre et souris modestement. Qu'il est bon d'être le héros !

« Monsieur Gage, me susurra Pauline, voulez-vous visiter la cave de mon frère ? »

7

Une des grandes promesses de ce nouveau XIXe siècle, c'était la simplicité pratique des vêtements féminins. Jadis, franchir les jupons, corsets et jarretières d'une aristocrate pouvait se révéler aussi complexe que manœuvrer une goélette par gros temps. Combien d'hommes avaient oublié après avoir affronté rubans, baleines, lacets et épaisseurs pour atteindre la peau, la raison même de tous leurs efforts ? La nouvelle mode révolutionnaire, et je fus heureux de l'apprendre, était bien moins compliquée. Arriver à mes fins avec Pauline, coincée qu'elle était entre deux barils de vin, s'avéra aussi simple que d'affaler le grand perroquet par en haut, de hisser la grand-voile par en bas puis, après constat que la dame allait sans chemise, de carguer le peu de toile restant à mi-mât, pendant qu'elle vocalisait comme trente-six choristes. Dieu qu'elle était enthousiaste ! Sa poitrine était encore plus belle que ce que pouvaient laisser croire ses portraits, et ses cuisses étaient aussi prestes que des ciseaux. Nous bringuebalions comme un carrosse sicilien, Pauline chaude comme un poêle Franklin, et je l'aurais bien prise dans d'autres coins et recoins de la cave pour faire l'inventaire des différents millésimes au gré de nos ébats, si des mains vigoureuses ne m'avaient brutalement saisi pour me faire sauter en arrière comme un bouchon de champagne.

Je ne fis pas le fier !

Il est peu aisé de se défendre avec le pantalon aux chevilles, et, de toute façon, je fus bien trop pris au dépourvu pour réagir. Damnation ! Le général Leclerc avait-il fini par revenir de son cantonnement ? Je pouvais toujours essayer d'expliquer que nous étions occupés à épousseter les bouteilles, mais cela n'aurait pas paru crédible une seconde, puisque Pauline et moi étions aussi à découvert qu'un phare du Maine dans le hurlement du nordet.

« Il s'est jeté sur moi ! s'écria-t-elle, ce qui était tout aussi peu crédible étant donné sa réputation sulfureuse.

— Vous ne devriez pas vous compromettre dans un milieu qui n'est pas le vôtre », répliqua un de mes agresseurs avec un accent que je ne parvins pas à resituer, juste avant qu'un coup à la tête ne brouille ma vue et ne fasse céder mes genoux.

Ma virilité se flétrissait et mon long rifle ainsi que mon tomahawk avaient été déposés au vestiaire en compagnie de mon pardessus dans l'antichambre au rez-de-chaussée. Dès qu'il est question des tortures que mes éventuels ennemis pourraient me faire subir, je ne manque pas d'imagination. À moitié étourdi, j'entrepris donc de resserrer les cuisses.

« Ce n'est pas du tout ce que vous croyez... » balbutiai-je.

On m'enfonça un bâillon dans la bouche.

Plutôt que de me trancher la gorge, ou quelque chose d'autrement plus précieux, ils semblaient déterminés à me ficeler comme un saucisson. Ils m'entourèrent de corde tout en me rouant de coups de poing et de coups de pied, et je trouvai la présence d'esprit d'attraper dans ma poche une poignée de chocolats et de les glisser dans la manche de ma chemise au moment où ils entravaient mes poignets. Ayant été ligoté auparavant, j'avais déjà eu l'occasion de réfléchir au problème.

Je vis qu'ils avaient laissé partir Pauline : elle s'enfuyait, tenant comme elle pouvait ses vêtements transparents. On ne ligote pas la sœur de Napoléon ! Puis, après que mon propre pantalon eut été remonté, on me traîna dans un couloir sombre jusqu'à une porte donnant sur les jardins. Vu la situation, je ne m'attendais pas à ce qu'elle vienne à mon secours.

Je tentai donc de négocier ma libération. Malheureusement, le bâillon réduisait mes explications à une suite de grognements étouffés.

« Ne gaspille pas ta salive, l'Américain. Tu ne sais même pas dans quoi tu es impliqué. »

Ne venais-je pas de m'introduire dans la sœur du Premier consul ? S'agissait-il de quelque chose de complètement différent ? Je supposais que j'avais été maltraité par des sous-fifres vindicatifs du mari ou des frères de Pauline, mais peut-être ce châtiment n'avait-il rien à voir. J'essayai de passer en revue ceux qui auraient pu vouloir ma mort. Quelqu'un m'avait-il vu quitter la ferme italienne en ruine ? Sans doute Renato était-il le premier à vouloir venger le rite égyptien puisque j'avais fait périr le comte Alessandro Silano dans les flammes. Le culte égyptien du serpent d'Apophis m'avait-il suivi jusqu'à Paris ? Sans doute les Britanniques étaient-ils fatigués de me voir faire la girouette une fois de plus et me retrouver du côté des

Français. Et puis il y avait quelques jeunes femmes probablement froissées par notre rupture, une ou deux victimes de jeu, l'occasionnel créancier, toute l'armée autrichienne, les marins du *Dangerous*, dont j'avais gagné la paye aux cartes, les musulmans mécontents du mont du Temple à Jérusalem…

Pour quelqu'un d'aussi affable que moi, je ne manquais certainement pas d'ennemis potentiels. J'imagine qu'une fois mort, le fait de savoir qui nous a tué nous importe peu. Mais tout de même, on aimerait bien savoir.

On me traîna dans une allée comme une bûche, avant de me jeter dans une coquille de noix en forme de soucoupe, puis de me faire traverser à bord de ce frêle esquif le lac du château. Je m'attendais à être lesté et balancé à l'eau mais non, ils accostèrent sur l'île d'où devait être lancé le feu d'artifice et me précipitèrent par-dessus le massif d'arbustes où étaient fixées les fusées. Despeaux avait entassé suffisamment d'engins incendiaires pour accueillir comme il se devait la seconde venue du Christ.

« Tu veux toujours être au cœur de l'action. C'est comme ça que tu vas finir », déclarèrent mes assaillants.

Ils m'attachèrent à un poteau au milieu des fusées et des mortiers comme s'ils avaient l'intention de m'utiliser comme projectile. Je me rendis compte qu'au paroxysme des festivités de la convention de Mortefontaine, je m'embraserai comme un feu de Bengale. Si on arrivait à identifier mes restes, on conclurait que jouer avec des feux d'artifice était typiquement le genre d'imbécillité inconsciente dont pouvait faire preuve un électricien comme Ethan Gage.

« Quand le bâillon aura brûlé, tu pourras crier, de toute façon, personne ne t'entendra avec le bruit des explosions, m'assura un des cerbères, pas très serviable. À chaque cri, tes poumons s'empliront d'air brûlant. »

Puis ils allumèrent une longue mèche et repartirent sans se donner la peine de me dire adieu. Ils regagnèrent la rive opposée sans que leurs rames aient fait le moindre bruit.

J'étais condamné, sauf si le chocolat fondait.

Apparemment, l'astuce pour se désentraver, c'est d'avoir du mou. C'est pourquoi les artistes de l'évasion gonflent la poitrine et bandent les muscles avant d'être ligotés. Dans mon cas, le chocolat que j'avais caché dans mes manches avait augmenté la circonférence de mes poignets. À présent, il ne me restait plus qu'à les frotter l'un contre l'autre pour le faire fondre et pouvoir ainsi desserrer mes liens. Merci mon Dieu d'avoir créé la gastronomie ! Cependant, pouvoir bouger les mains ne signifiait pas pour autant que j'étais tiré d'affaire. Je fus pris de panique en voyant devant les fenêtres éclairées du château la foule enjouée se rassembler pour admirer le feu d'artifice. Des rires charmeurs me parvinrent et des lampions de papier furent déposés sur le lac. Je sentais l'odeur de la mèche incandescente.

En nage, incapable de crier, je tentais de libérer mes poignets à vif, j'utilisais mes pouces pour tirer des fils, et le chocolat fondu lubrifiait les cordes autant qu'il les rendait collantes. Enfin, je parvins à venir à bout d'un nœud principal.

Puis, du coin de l'œil, je vis une lueur soudaine accompagnée d'un grésillement. La fête allait commencer !

J'agitai mes bras pour me débarrasser des derniers liens entravant mes mains, libérant mes bras jusqu'aux coudes. J'arrachai immédiatement le bâillon et criai à l'aide.

Pour ne pas arranger les choses, l'orchestre entonna une version enlevée de *Yankee Doodle*, plus cacophonique qu'un vol d'oies. La foule poussa des cris en voyant l'étincelle brillante de la mèche s'approcher de la poudrière.

Par tous les moyens, je tâchai donc d'arracher les cordes qui me maintenaient au poteau. J'avais toujours le haut des bras attaché à la poitrine, mais mes avant-bras étaient suffisamment libres de leurs mouvements pour atteindre l'extrémité d'une corde et me permettre de me libérer tant bien que mal. Ma lenteur m'arrachait des gémissements. La première série de fusées décolla dans un sifflement strident, provoquant une fumée qui me cachait à présent complètement au regard des spectateurs. Elles explosèrent en une gerbe d'étoiles, et des morceaux incandescents retombèrent autour de moi. Des mortiers toussèrent et éructèrent, des projectiles fusaient. La température se réchauffait à toute vitesse, et j'étais trempé de sueur. Je me débarrassais de la corde petit à petit. Cette dernière s'allongeait et commençait à brûler alors même que s'intensifiait l'abominable chorale des explosions. Si je ne parvenais pas à quitter les lieux avant le bouquet final qui transformerait l'île en une fontaine de flammes, j'allais finir rôti. J'appelai de nouveau à l'aide.

Mais à présent, l'orchestre jouait la *Marseillaise* !

Enfin, je parvins à me dégager entièrement du poteau, m'élançai, et chutai. Mes pieds étaient toujours entravés ! Et quelque chose était accroché dans mon dos ! Les fusées volaient dans toutes les directions, des étincelles brûlantes tombaient sur mes cheveux et sur mes vêtements, et la lumière aveuglante m'étourdissait. Je me mis à sauter à pieds joints vers l'eau en arrachant les derniers liens que j'avais à la poitrine.

Puis l'île entière parut entrer en éruption.

Pour le plus grand plaisir de la foule en délire, le dispositif s'embrasa comme un soleil. D'immenses gerbes d'étincelles s'élevèrent en arc à plusieurs reprises, l'air se transforma vite en un enfer de soufre, de fumée et de cendres brûlantes. Les cordes autour de mes chevilles prirent feu, et si je n'avais pas eu mes bottes aux pieds (j'avais été un peu pressé par le temps avec Pauline), j'aurais été grièvement brûlé. Je poursuivis donc mes petits sauts de lapin paniqué, jusqu'à ce que j'aperçoive la barge en forme de soucoupe qui m'avait acheminé là. Je m'effondrai dessus et le choc la poussa dans le lac, maintenant mes pieds dans l'eau. Les flammes s'éteignirent en un grésillement. À présent, mes bras étaient pratiquement désentravés, mais il restait de la corde autour de ma poitrine et de mes biceps. Mes cheveux fumaient, je les aspergeai donc d'eau avant de me débarrasser des liens à moitié calcinés à mes chevilles. Enfin, je m'accroupis, tâchai de garder mon équilibre sur le radeau branlant, et pagayai à la main en direction de la foule, laissant derrière moi la scène d'apocalypse.

« Regardez ! Regardez ! Il y a quelque chose qui vient de l'île ! »

Ces crétins se mirent à applaudir, couvrant de nouveau mes plaintes. Ils pensaient que je faisais partie du spectacle ! Et, alors que je m'approchai suffisamment près pour hurler qu'on m'avait enlevé et torturé, mes cheveux faillirent reprendre feu !

En fait, il s'agissait d'une comète en fusion que mes cruels bourreaux m'avaient attachée dans le dos et qui était toujours maintenue par les cordes qui me liaient la poitrine et que je n'avais pas encore ôtées. Elle s'alluma dans un sifflement. Ils avaient coincé le support en bois à l'arrière de mon pantalon et, apparemment, la mèche s'était allumée alors que je fuyais l'île. À présent, la comète s'était transformée – et moi avec – en une torche incandescente. Je me saisis de la fusée et l'extirpai de mes liens avant qu'elle ait fini de me cuire, puis déployai tous mes efforts pour l'écarter de mon corps en la tenant par la tête, pendant que la queue crachait des flammes et des étincelles. La fusée illumina mon visage et m'entraîna légèrement vers les spectateurs. Tout le monde applaudissait.

« C'est Gage ! Quel personnage ! Regardez, il tient une torche pour fêter notre convention !

— On dit que c'est un sorcier ! Lucifer signifie *celui qui donne la lumière*, vous savez !

— Vous pensez qu'il a tout organisé ?

— C'est un génie !

— Une vraie diva ! »

Ne sachant que faire d'autre, je tins ma fusée à l'envers. Les flammes jaillissaient en l'air et tâchaient de rassembler leur restant de dignité fumeuse. Quant à moi, je serrai les dents en un sourire, pour oublier la douleur de mes brûlures. Là-bas ! N'étaient-ce pas des spectateurs encagoulés que je vis s'évanouir à travers les arbres ? Les dernières étincelles tombèrent en cascade devant mon visage et s'éteignirent au contact de l'eau, pendant que je touchais enfin terre, à la manière d'un Christophe Colomb.

« Bravo ! En voilà un qui sait comment voler la vedette ! »

Je saluai, encore bouleversé. Je n'y voyais presque plus rien, les fumées âcres me faisaient tousser, et les brûlures et les écorchures me faisaient grimacer. Mes larmes traçaient des sillons le long de mes joues noircies.

Les émissaires américains se frayèrent un passage vers le premier rang.

« Au nom du ciel, Gage, qu'est-ce que vous avez donc essayé de montrer ? » demanda Ellsworth.

Encore étourdi, j'essayai de penser vite.

« La liberté, je crois.

— Sacrée performance, dit Davie. Vous auriez pu vous blesser.

— Il a du cran, ce casse-cou, ajouta Vans Murray. Vous ne pouvez pas vous en passer, pas vrai ?

— J'aurais dû m'en douter, admit Napoléon qui était là lui aussi. Je suis bien content que vous ne fassiez pas de politique, monsieur Gage, sinon votre instinct vous dicterait de me surpasser.

— J'ai bien peur que cela soit impossible, monsieur le Premier consul », répliquai-je.

Son regard passa de moi à l'île, sceptique.

« Vous aviez donc prévu ce numéro ? demanda-t-il.

— Je vous assure qu'il s'agissait d'une inspiration de dernière minute.

— Bien, répondit-il en regardant les autres. Brandir cette torche était bien senti. C'est une soirée dont nous nous souviendrons tous. L'amitié entre la France et les États-Unis ! Gage, de toute évidence, vous avez du flair. Cela vous sera très utile quand vous porterez mes messages à votre président.

— En Amérique ? »

Je cherchai du regard le mari de Pauline, des disciples égyptiens du serpent, des fanatiques musulmans, des agents anglais. Peut-être était-il en effet temps de rentrer à la maison.

Un bras m'entoura l'épaule.

« Et maintenant, tu as de nouveaux amis pour te protéger ! déclara Magnus Bloodhammer en me serrant comme un ours. Gage et moi, nous nous sommes cherchés pendant longtemps, dit-il à Napoléon dans un sourire, et maintenant, moi aussi, je vais aller en Amérique ! »

8

Magnus m'entraîna vers les ombres en marge de la foule sans desserrer son étreinte. Son haleine sentait l'alcool.

« Tu n'aurais pas dû frayer avec cette garce de Bonaparte, me dit le Norvégien d'un ton doctoral. Tu aurais été plus en sécurité avec moi !

— Je ne pouvais pas deviner que les hommes de son mari se tenaient en embuscade, ni que celui-ci était un homme si jaloux. Bon sang, sa réputation de…

— Il ne s'agissait pas des hommes de Leclerc, imbécile. C'étaient des Danois.

— Des Danois ? »

En quoi cela les intéressait-il de savoir avec qui je couchais ?

« Ou des hommes d'Église, ou pire encore, répliqua-t-il. C'est trop tard pour toi maintenant, Gage, on t'a vu avec moi. Ils savent à quel point tu es capital pour notre cause. Ta vie est en grand danger.

— Mais de qui parlez-vous ? Quelle cause ? »

J'avais le chic pour attirer les fous et cette espèce d'ours me considérait comme un pot de miel.

« Avaient-ils prévu de te brûler sur cette île ?

— Oui. Sans cette invention révolutionnaire de chocolat solide…

— Ils veulent me décourager. Et faire passer un message. Ne va pas t'imaginer que les similitudes avec le bûcher médiéval de l'Inquisition soient fortuites. Ton incinération devait être un avertissement pour le reste d'entre nous. Ce qui ne fait que me convaincre que la carte n'est pas un faux. Je te le dis, Gage, ta nation a besoin de moi autant que j'ai besoin d'elle.

— Quelle carte ?

— Ils étaient combien ? Ils étaient bien armés ?

— Honnêtement, je n'ai pas vraiment pu les observer. J'étais plutôt occupé…

— À qui pouvons-nous nous fier ? Nos chances sont bien minces. As-tu le moindre allié ?

— Bloodhammer…

— Tu peux m'appeler Magnus.

— Magnus, peux-tu retirer ton bras de mon épaule, s'il te plaît ? Nous nous connaissons à peine. »

Le colosse s'exécuta à contrecœur, me laissant un peu de place pour respirer.

« Merci. Bon, je ne connais pas de Danois, l'Église a été interdite en France depuis la Révolution, et je n'ai jamais entendu parler d'aucune carte. Nous sommes ici pour célébrer le traité de paix entre la France et l'Amérique. Ça te rappelle quelque chose ? Et moi, je tâche d'être ami avec tout le monde, quand cela est possible. Y compris avec Pauline Bonaparte. Peut-être mes agresseurs se sont-ils trompés de cible. Ils m'ont bâillonné, je n'ai donc pas eu l'occasion de leur expliquer qui j'étais.

— Tes nouveaux ennemis ne font pas d'erreurs.

— Mais je n'ai pas de nouveaux ennemis, si ? demandai-je, inquiet.

— J'ai bien peur que mes ennemis soient devenus les tiens, à cause de ta renommée et de tes compétences. Tu es bien électricien, n'est-ce pas ? Tu enquêtes bien sur le passé ? Tu es bien le protégé du grand Franklin ?

— Son assistant, tout au plus. »

Je commençais à m'apercevoir que si mes récits héroïques pouvaient m'attirer la sympathie de dames de bonne compagnie, ils attiraient aussi l'attention d'hommes de la pire espèce. Un jour, il faudrait que j'y fasse attention.

« En fait, je ne suis qu'un vaurien, repris-je. Rien qui soit susceptible d'intéresser qui que ce soit.

— Gage, on m'a chargé d'une mission, et il y a un seul homme au monde qui soit doté de la combinaison de talents dont j'ai besoin pour m'aider à réussir. Cet homme, c'est toi, et tout ce que tu as dit ce soir ne fait que le confirmer. Non, ne nie pas ! Bonaparte lui-même ne t'a-t-il pas accordé toute sa confiance ? Le destin est en marche. Ce que je recherche est important, non seulement pour la Norvège, mais également pour ta jeune nation. Es-tu patriote ou pas ?

— Eh bien, j'aime à le penser. Dieu bénisse George Washington. Non que je l'aie jamais rencontré. »

Il se pencha tout près de moi, son murmure couvert par le bruit de la foule grouillante et avinée.

« Et si je te disais que Christophe Colomb n'a pas été le premier à atteindre les côtes américaines ?

— J'imagine que les Indiens étaient là avant…

— Mes ancêtres ont atteint l'Amérique du Nord des siècles avant les usurpateurs italiens et espagnols,

Ethan. Les explorateurs nordiques sont les véritables découvreurs de ton continent.

— Ah bon ? Mais si c'est le cas, ils ne sont pas restés, si ? Donc ça ne compte pas.

— Oh que si ! » rugit-il, attirant l'attention des gens alentour.

Il m'entraîna un peu plus loin sous un chêne et, dans l'ombre, me saisit par les épaules.

« Les Scandinaves sont venus, ont dessiné une carte et ont laissé derrière eux un artefact si puissant, si stupéfiant, que celui qui le trouvera pourra contrôler le futur ! Je parle du destin de tes États-Unis, Ethan !

— En quoi les États-Unis peuvent-ils bien t'intéresser ? répliquai-je, méfiant.

— Parce que le retour légitime de cet artefact dans ma propre nation sonnera l'heure de son indépendance en même temps qu'il sauvera ta nation de toute domination étrangère. Nous avons l'occasion de changer le cours de l'histoire du monde ! »

J'avais déjà eu ce genre de conversation par le passé, et qu'est-ce que cela m'avait apporté ? J'avais couru partout, en Égypte et à Jérusalem, après les ressorts de l'histoire et je m'en étais tiré meurtri, brûlé et le cœur brisé.

« Je crains qu'influer sur l'histoire ne soit pas trop ma spécialité, répondis-je. L'expérience m'a appris qu'il s'agit là d'une tâche difficile, salissante, épuisante, et souvent vouée à l'échec.

— Nous allons découvrir une chose qui a plus de valeur que la couronne d'un empereur, me confia-t-il avec le regard roublard d'un vendeur de mules qui interpella le mercenaire éhonté qui sommeillait en moi.

— Plus de valeur ? Qu'entends-tu par là ? Plus chère ?

— Tu es joueur, Ethan Gage. Ne voudrais-tu pas devenir riche ? »

Ce Bloodhammer, dont le visage s'était éclairé à la manière d'un Pizarro devant une salle remplie d'or inca, me parut soudain plus intéressant. Je toussai pour m'éclaircir la gorge.

« Ce qui m'intéresse avant tout, c'est l'avancée du savoir. Après tout, je suis un homme de science. Cependant, s'il y a une récompense à la clé, je ne suis pas contre une compensation. Comme disait Franklin, mon mentor : *Mieux vaut se coucher tôt sans manger plutôt que de s'endetter.*

— Tu n'as pas dîné ?

— J'ai des dettes chroniques. Parle-moi donc de ce trésor, Magnus !

— Je ne peux pas en parler ici, les murs ont des oreilles, affirma-t-il en jaugeant l'assemblée de la même manière que Napoléon évaluait un champ de bataille. Rentrons récupérer nos affaires. Bientôt, les invités s'éparpilleront et nous serons de nouveau menacés par les brigands auxquels tu as eu affaire. Notre premier défi consiste à quitter Mortefontaine vivants. »

*

Quand vous y prêtez attention, tout le monde semble vous observer. Ceux que je pensais être des amis une heure auparavant me paraissaient à présent inquiétants et menaçants. Pour éviter tous les soldats présents, mes agresseurs avaient dû trouver un moyen de se faire inviter. S'ils avaient effectivement opté pour ce stratagème, il serait d'autant plus difficile à présent de les identifier que je n'avais pas pu les voir dans le noir. La gaieté régnait toujours, l'ébriété était presque générale, les rires et les mots d'esprit retentissaient. La seule personne qui ne semblait pas à sa place était celui qui voulait devenir mon compagnon, Magnus Bloodhammer. Les Danois n'étaient-ils pas blonds ? Je scrutai chaque homme aux cheveux clairs avec méfiance, mais aucun ne parut y prêter attention.

Sans doute nous attendaient-ils à la grille. Le fiacre que j'avais loué ne serait pas difficile à repérer et, une fois dans la sombre forêt entre le château et Paris, je ferais une proie facile. Je pouvais toujours demander une escorte à Bonaparte, mais je devrais tout expliquer au sujet de Magnus, du trésor et de sa sœur mariée. Mieux valait filer discrètement, tout compte fait. J'étais occupé à échafauder des stratégies, quand une main menue me prit le bras.

« Venez, murmura Pauline. Nous avons le temps pour une revanche dans un boudoir à l'étage ! »

Par la flèche de Cupidon, l'insatiable dame ne se laissait pas décourager si facilement ! Je me fais traîner, brûler le cuir, je reviens comme je peux avec les cheveux en feu, et elle réagit comme si nous avions seulement fait une pause entre deux parties fines. J'avais du mal à imaginer ce que pourrait donner une nuit entière avec la coquine. En fait si, je pouvais l'imaginer, et cela m'intimidait.

« J'ai bien peur de devoir partir, répondis-je avant

d'être saisi d'une fulgurance. Mais peut-être pourrais-je partager votre carrosse ? Je cherche à échapper aux hommes qui nous ont interrompus tout à l'heure.

— Quelle délicieuse tentation ! s'exclama-t-elle, les yeux brillants. Mais si mon frère ou ses officiers vous voyaient, mon mari pourrait en être informé. Après tout, il en va de ma réputation. »

Et quelle réputation !

« Je pourrais me déguiser en valet de pied, proposai-je. En avez-vous un qui fasse ma taille avec qui je pourrais échanger mes vêtements ? Il me rendrait un fier service en entraînant ces voyous sur une fausse piste. Il garderait mon manteau en compensation.

— Et ma compensation, y avez-vous songé ? répondit-elle effrontément.

— J'ai eu l'occasion de visiter un harem au Caire, je pourrais vous en parler. »

Inutile de lui raconter que je m'y étais senti aussi à l'aise que dans un bain glacé.

« J'ai, il est vrai, un faible pour la géographie, concéda-t-elle.

— Il existe toutes sortes d'endroits que nous pourrions explorer, l'encourageai-je. Je connais d'ailleurs un homme…

— Monsieur ! s'exclama-t-elle en ouvrant de grands yeux. Un ménage à trois ?

— … qui serait ravi de tenir compagnie à votre cocher. »

Je vous jure que cette polissonne eut l'air déçue. N'ayant pas le temps de m'en inquiéter, je me contentai de la presser à travers la foule afin qu'elle fasse passer le message aux domestiques qui traînaient dans les écuries. Deux d'entre eux devaient changer de place avec Magnus et moi. Pendant qu'on allait chercher les palefreniers, je récupérai mon fusil et mon tomahawk pour les cacher dans son carrosse. Puis j'allai quérir Jean-Étienne Despeaux, l'organisateur des festivités, pour lui demander s'il restait quelques feux d'artifice non utilisés.

« Vous ne les avez pas admirés d'assez près quand vous étiez sur l'île, monsieur Gage ? me demanda-t-il, interdit.

— L'expérience était d'une telle intensité que j'aimerais pouvoir faire d'autres observations, afin d'étudier l'éventualité d'une utilisation de l'électricité pour perfectionner encore la qualité de ce spectacle magnifique.

— Vous ne vous reposez donc jamais, l'Américain ?

— Cela pourra vous paraître surprenant, mais je n'y arrive pas. »

Il lui restait effectivement quelques engins incendiaires, car il en avait commandé plus que nécessaire. J'en remplis un petit coffre emprunté au château. Je parsemai le tout de poudre et attachai au couvercle un silex de fusil de façon à ce que l'ouverture du coffre provoque une étincelle. Puis je le transportai au milieu de la foule qui se dispersait en jetant des coups d'œil méfiants appuyés de façon à attirer l'attention. Enfin, je l'installai à l'arrière du fiacre par lequel j'étais arrivé. Une fois cette mascarade achevée, je disparus pour échanger mes vêtements avec ceux des domestiques de Pauline et vérifiai qu'il n'y avait pas de poux dans les frusques de ces êtres inférieurs.

« Vous pouvez garder mon manteau pour votre peine, dis-je à un garçon d'écurie.

— Et vous le mien, monsieur l'imposteur, répondit-il joyeusement. Maintenant regardez-moi, je vais imiter le Yankee et marcher à grandes enjambées, avec les coudes relâchés et l'air faussement curieux. »

Il se rendit dans le noir jusqu'à mon fiacre, une cape et un chapeau lui masquant le visage. Son imitation ratée m'agaça passablement. Honnêtement, j'avais bien plus d'allure que sa petite démonstration ne le suggérait.

Pendant ce temps-là, Magnus et moi nous rendîmes au carrosse de Pauline qui attendait, sagement garé. Il portait, attaché à son dos, un cylindre en cuir, comme un carquois. J'en déduisis qu'il s'agissait de l'étui dans lequel était rangée la fameuse carte. Il avait également fourré sous son bras une vieille cape et un chapeau mou. Il s'apprêta à monter à bord, mais je l'arrêtai net.

« Magnus, tu vas au-dessus, c'est la place des domestiques. À moins que tu ne préfères te tenir à l'arrière.

— Nous portons le même déguisement, Ethan, lança-t-il. Pourquoi serais-tu à l'intérieur et moi à l'extérieur ?

— Parce que ce sont mes services que notre hôtesse a requis.

— As-tu perdu la raison ? Ne t'a-t-elle pas attiré suffisamment d'ennuis comme ça ?

— Pas vraiment, pour tout te dire. Nous n'avons pas pu finir notre inventaire des millésimes. »

Il était frustré, mais plus la dispute durait, plus nous risquions d'attirer l'attention.

« Fais attention, l'Américain, marmonna-t-il, nous ne sommes pas encore tirés d'affaire.

— Et c'est précisément pour ça que tu dois monter sur le toit de notre voiture. Garde l'œil ! »

Pauline partit du château d'un pas chaloupé, son manteau de laine flottant à l'arrière pendant qu'elle en maintenait le col fermé pour cacher sa robe légère. Je m'enfonçai dans la voiture au moment où elle monta à bord. Elle donna quelques coups au plafond pour interpeller le cocher et lui ordonna de prendre la direction de Paris. Après un tressautement, le carrosse s'élança doucement, pour une arrivée prévue bien après le lever du soleil. Mon propre fiacre était déjà parti, et j'espérais que les Danois – s'il s'agissait effectivement de Danois – avaient mordu à l'hameçon et les avaient suivis, lui et son coffre alléchant.

J'imaginai leurs hurlements de rage quand ils s'apercevraient qu'un valet de pied avait pris ma place. Toutefois, ils n'avaient aucune raison de lui faire du mal. Frustrés, ils voudraient jeter un œil à mes affaires. Et là…

« Vous avez passé une drôle de soirée, monsieur Gage, murmura Pauline une fois que je me fus remis à sa hauteur.

— Un peu plus spectaculaire que prévu.

— Qui étaient donc ces épouvantables personnages dans la cave ? Je devrais demander à mon frère de les faire arrêter et fusiller pour avoir choisi leur moment de façon si grossière. Nous n'en avions pas terminé, vous savez.

— Je ne suis pas sûr de leur identité. Peut-être étaient-ils jaloux de votre beauté ?

— Difficile de leur en vouloir, alors, répondit-elle en faisant la moue. Après tout, je pose pour des artistes.

— Il me faut absolument un de ces portraits.

— Je suis sûre que vous n'auriez pas les moyens, mais c'est gentil de demander, affirma-t-elle avec un sourire. Et quelle évasion héroïque ! Avez-vous corrigé ces fripouilles ?

— Ils se sont enfuis.

— Votre ami est-il là, comme vous l'aviez demandé ? s'enquit-elle en regardant le plafond recouvert de brocarts.

— Oui, il fait le guet à côté du cocher en ce moment même.

— Quelle galanterie ! Dans ce cas, nous pouvons reprendre notre discussion sur l'Antiquité, dit-elle en sortant une bouteille. Je l'ai volée dans la cave de Joseph quand j'ai pris la fuite.

— Vous êtes aussi belle que prévoyante.

— Il y a long jusqu'à Paris. Si c'est bien là que nous allons.

— En fait, madame, il serait plus dans mon intérêt de faire route pour Le Havre. »

J'avais anticipé. Je détestais quitter les plaisirs de Paris, mais c'était le premier endroit où me chercheraient mes ennemis. Et combien de temps faudrait-il à Leclerc pour apprendre que j'avais folâtré avec sa femme ?

« Les affaires m'appellent en Amérique, repris-je.

— Dans ce cas, il nous faut tirer le meilleur parti du temps qui nous reste, dit-elle avant de taper de nouveau au plafond. Henri ! Prenez la route pour la côte !

— Bien, madame. »

Elle se tourna de nouveau vers moi.

« Nous vous laisserons à un relais de diligence, mais seulement quand nous serons suffisamment loin de

Mortefontaine pour que vous soyez en sécurité. En attendant, il y a des verres dans le compartiment, là. Portons un toast.

— À la survie ?

— Monsieur Gage, je survis toujours. À nos retrouvailles ! »

Au moment de trinquer, j'entendis l'écho d'une explosion dans le bois du domaine et jetai un œil par la fenêtre. J'aperçus une lueur, et deux fusées fendirent l'air. Mes agresseurs avaient bien suivi mon fiacre. Et ils avaient fouillé mes affaires.

Je me rassis.

« Brigands.

— Mon frère les liquidera.

— Je crois que c'est déjà fait.

— Ethan ! appela Bloodhammer. Tu as vu ça ? Qu'est-ce que c'était ?

— Un cadeau d'adieu pour nos amis, Magnus. Reste vigilant !

— Il fait froid là-haut !

— Dommage ! »

Pauline ouvrit sa cape, je me blottis à l'intérieur.

« Il faut que nous vous enlevions ces horribles vêtements, monsieur Gage. Un homme de votre renom et de votre stature ne saurait être confondu avec un homme du peuple.

— Et je serais plus à l'aise pour réchauffer madame si elle daignait quitter cette robe, légère certes, mais tellement encombrante. La friction entraîne la combustion, vous savez ?

— Les sciences me siéent autant que la géographie. »

Elle retira sa robe, laissant apparaître le délicieux duvet entre ses cuisses, finement taillé en cœur.

À un moment, nous prîmes l'embranchement vers Le Havre, mais avec tous les gémissements, je n'entendis personne en faire la remarque.

9

Traverser l'Atlantique en automne équivaut à assister à un opéra verbeux sans loge privée ni dame de compagnie à cajoler. On peut le supporter, mais on s'ennuie, on est à l'étroit, il y a du bruit et absolument rien à faire. J'eus le mal de mer les trois premiers jours, puis je passai les dix semaines de traversée trempé et frigorifié par les vents violents. L'eau verte polissait les ponts, les bordages se tortillaient et gémissaient, et les fuites servaient d'affluents au chevalet de torture qui me servait de couchette. Quand je levai la tête un matin et vis le haut des mâts obscurci par des rafales de neige et les enfléchures couvertes de glace, je me portai volontaire pour aider le coq à enlever les moisissures sur les derniers légumes, afin de tromper mon ennui.

« Vous avez regardé la mer aujourd'hui, monsieur Gage ?

— Oui. Elle n'a pas changé depuis hier.

— En effet. C'est pour cela que je suis satisfait de rester auprès de mon four en brique. »

Bloodhammer, lui, était dans son élément : il arpentait le pont, la barbe au vent, avec dans les yeux une lueur de Viking pervers s'apprêtant à enfoncer quelques têtes civilisées. Il avait vissé son chapeau mou pour se protéger du temps et s'était emmitouflé dans son manteau comme un Indien dans sa couverture. Il était aussi impatient que moi d'arriver en Amérique, mais il trouvait un charme à la houle que je ne partageais pas, sauf quelques fois – quand les rayons du soleil scintillaient sur les crêtes comme des émeraudes et que d'immenses arcs-en-ciel se dessinaient sur l'horizon sombre – où je dus admettre que, à l'instar du désert, l'océan pouvait dégager une beauté étrange. Parfois, de grands oiseaux de mer planaient au-dessus de nous sans bouger une aile, se laissant porter par le vent. Un jour, un marin poussa des cris et nous vîmes le dos gris d'un cétacé passer à côté de notre coque ; son exhalaison brumeuse sentait le poisson et les profondeurs.

« Mes ancêtres croyaient que le monde était entouré par un océan infini, dans lequel vivait un serpent si grand qu'il en faisait tout le tour et que sa tête atteignait sa queue, dit Magnus. Quand il se contractait, il provoquait la montée des eaux et le déluge.

— Si l'océan était vraiment infini, comment pourrait-on en faire le tour ? » répliquai-je.

Avec tous les dieux et déesses que j'ai été amené à croiser tout au long de ma vie, je suis devenu un théologien amateur et je me plais à déceler les incohérences.

« Le monde fut construit avec les os d'un géant de givre, et les lacs avec son sang. »

Le temps passait ainsi. Pendant les longues heures sombres où nous étions enfermés en bas, Magnus parlait. Il parlait d'une façon si étrange que j'avais l'impression de lâcher les amarres de notre siècle moderne. Il passait les heures à me parler de Thor, Asgard, Loki, Boverk, Jarl, Sneg, Feima et Snor. Dans l'ensemble, je n'y comprenais strictement rien, mais j'ai un faible pour les histoires légendaires du passé et il savait les raconter de sa voix grondante de basse dont le rythme semblait coïncider avec les embardées et le tangage du bateau. Le passé paraît toujours simple face à la complexité du présent. Magnus était de ces rêveurs qui vivent à moitié dans l'ancien temps, un troll avec un cœur de petit garçon. Son œil bleu cyclopéen s'embrasait, il se penchait en avant pour donner plus de poids à ses mots et il agitait les mains comme des épées.

Notre capitaine le surnommait Odin, et quand je finis par lui demander pourquoi, il me dévisagea, surpris.

« Mais à cause de son apparence, enfin. Vous ne voyez pas le rapport avec le roi des dieux ?

— Le roi des dieux ?

— Odin le borgne, l'équivalent nordique de Zeus. Il parcourait le monde caché sous son grand chapeau et sa cape pour engranger le savoir, la seule chose pour laquelle il avait une soif intarissable. Vous ne saviez pas que votre compagnon lui ressemblait ?

— Je pensais seulement que ses goûts vestimentaires laissaient à désirer.

— Vous avez là un ami étrange, monsieur. Mais son étrangeté n'est pas dénuée de sens. »

J'écoutais donc ma réplique d'Odin conter ses mythes. Les habitants des forêts nordiques avaient apparemment des dieux vigoureux et belliqueux qui, quand ils n'étaient pas occupés à préparer un mauvais coup aux mortels d'en bas, faisaient la noce dans une grande salle, la Valhalla, avec les héros trépassés. Chaque jour, les Vikings s'amusaient à se tailler en pièces puis, au moment du dîner, ils ressuscitaient pour un autre banquet bien arrosé. Magnus évoquait l'époque des dieux célestes et des ponts en arc-en-ciel, de l'Arbre-Monde Yggdrasil sur lequel reposaient les neuf royaumes, un aigle perché au sommet et le dragon Nidhögg rongeant les racines. Il me faisait penser au serpent Apophis dans la légende égyptienne. Une des racines de cet arbre était amarrée près d'un endroit appelé Hel, gouverné par une horrible déesse du même nom qui y avait été enfermée par Odin. Son panthéon, situé au-delà d'une falaise à pic, était appelé Eljudnir, et c'est là qu'elle exerçait son autorité sur ceux qui n'étaient pas morts en héros au champ de bataille, avec pour écuelle la Disette et pour couteau la Faim.

À mi-hauteur du tronc d'Yggdrasil se trouvait Midgard, le monde des hommes, où les dieux descendaient parfois pour faire des histoires et cacher des objets. Près de la cime se trouvait Asgard, une espèce de paradis nordique.

« Hel ? demandai-je. Comme l'enfer en anglais[1] ? Les Vikings croyaient en la Bible ?

— Non, ce sont les chrétiens qui croient aux mythes anciens. La nouvelle foi emprunte beaucoup de ses idées à l'ancienne. Savais-tu qu'Odin le borgne, qui donna la moitié de sa vue pour boire au puits de la Sagesse, s'était pendu à Yggdrasil, tel le Christ sur sa croix, pour acquérir encore plus de savoir ? À l'agonie, il hurla, une lance plantée dans le flanc.

— La moitié de sa vue ? Tu veux dire que, comme toi, il portait un bandeau sur l'œil ?

1. En anglais, enfer se dit *hell. (N.d.T.)*

— Ou il laissait son horrible cavité évidée à nu, dit-il avant de retirer son bandeau en souriant, laissant entrevoir une effroyable cicatrice, un véritable cratère dans lequel j'aurais pu mettre mon pouce.

— Et qu'est-il arrivé à ton œil ?

— Moi aussi je l'ai échangé contre le savoir. Je l'ai perdu quand je me suis fait attraper dans les archives secrètes de Copenhague, alors que je faisais des recherches sur l'histoire de ma nation et sur les vieilles traditions des chevaliers de l'ordre du Temple. Je n'ai pas réussi à esquiver la pointe d'une épée et j'ai dû me battre jusqu'à la sortie, le visage en sang. Heureusement, la douleur m'a permis de rester concentré quand j'ai sauté dans le port gelé et que j'ai nagé vers le fond pour éviter leurs coups de feu. Tu aurais fait de même à ma place, j'en suis sûr, mais peut-être ton habileté aux armes t'aurait-elle évité une blessure. Tu ne sembles pas avoir beaucoup de cicatrices. »

Sûrement parce que j'aurais capitulé face au premier bibliothécaire un peu sévère, mais il n'était pas nécessaire d'être aussi sincère. Aussi décidai-je de changer de sujet.

« J'ai connu une femme, Astiza, qui affirmait aussi que les chrétiens avaient emprunté leurs meilleures idées à des païens – des Égyptiens en l'occurrence. Contredire ce genre de blasphème aberrant équivaut à éteindre un feu de prairie avec un verre d'eau. Tu ne peux pas sérieusement croire que l'enfer est une idée norvégienne, Magnus. D'autant plus qu'il est censé y faire chaud.

— Certains enfers sont froids, comme notre Nilfheim. Et non, il s'agit bien d'une idée universelle, reprise comme tant d'autres par la Bible, qui se perpétue à travers le temps et les civilisations. C'est d'ailleurs la raison pour laquelle les histoires bibliques nous paraissent vraies. La Bible a le déluge, nous avons le Ginnungagap, une élévation cyclique du niveau de la mer qui avale le monde. La Bible a l'Apocalypse, nous avons le Ragnarök, le dernier affrontement entre dieux et géants. Les nouvelles religions succèdent aux anciennes. Il n'y a rien d'hérétique à admettre que les religions ont des origines plus anciennes, Ethan. C'est en comprenant les racines qu'on commence à entrevoir la vérité.

— Comment sais-tu tout cela ? Es-tu une sorte de druide ?

— Je suis un patriote et un utopiste. Et en tant que tel, un agent du passé, parce que c'est dans le passé que nous avons perdu les clés d'un futur prometteur.

— Mais maintenant, nous avons la science. Il y a quinze ans, le comte de Corli, l'astronome français, a émis l'hypothèse suivante : les fragments d'une comète auraient frappé la Terre, causant les catastrophes et les miracles relatés dans la Bible.

— En quoi cela est-il plus probable qu'Yggdrasil et Asgard ? Ta science n'est que le mythe contemporain qui permet d'expliquer le commencement. Nous avons oublié autant que nous avons appris, comme si nous avions reçu un coup à la tête qui nous avait fait perdre la mémoire. Puis sont arrivés les chevaliers du Temple qui ont redécouvert la vérité. Je suis leur voie et tu es apparu pour me prêter main-forte.

— C'est moi qui suis apparu comme par enchantement, ou ce sont toi et tes histoires de Danois azimutés qui m'avez forcé la main ?

— Notre présence ici, sur ce bateau qui tangue, était écrite.

— Par qui ?

— C'est là que réside tout le mystère. »

*

Tout cela n'était évidemment qu'un tissu d'absurdités, mais le voyage lui permit de parler autant qu'il me permit de me reposer. Au moment de quitter Pauline en France sur la route de la côte, essoré comme une éponge et avec une crampe à la jambe, j'avais été pris au dépourvu par la visite d'un escadron de dragons français venus à ma recherche après l'embuscade dans laquelle était tombé mon fiacre. Ils nous avaient rejoints quelques kilomètres après l'embranchement vers Le Havre. J'avais tâché d'enfiler frénétiquement mes bottes dans l'espoir de prendre de vitesse ceux que j'imaginais être les envoyés du général Leclerc quand un lieutenant m'avait salué par la porte du carrosse comme si je portais des épaulettes. Il m'avait tendu une enveloppe.

« Avec les compliments du Premier consul, monsieur. Vous avez disparu avant qu'il ait eu le temps de vous dicter ses ordres, dit-il en faisant son possible pour ne pas regarder Pauline.

— Ses ordres ? »

Étais-je condamné à retourner à la prison du Temple pour fornication obstinée de la sœur du consul ? Ou un peloton d'exécution sommaire m'attendait-il simplement dans les bois ?

Non, il s'agissait d'une directive, écrite de la main preste de Napoléon, m'ordonnant d'attendre sur la côte les instructions finales avant de m'embarquer pour l'Amérique.

« Vous n'êtes pas là pour m'arrêter ? demandai-je, n'ayant pas été habitué à autant de chance.

— Nous avons pour ordre de vous mettre dans une diligence et d'escorter Pauline Bonaparte à Paris, répondit l'homme, imperturbable. Nous devons nous assurer que chacun est sur le bon chemin.

— Votre galanterie vous honore, lieutenant, déclara Pauline, qui avait eu au moins la décence de rougir.

— C'est à votre frère que l'honneur échoit. »

Une fois de plus, Napoléon nous prouvait sa maîtrise de la situation. On me poussait vers l'Amérique, et on ramenait Pauline à la maison. Honnêtement, il était temps de mettre un peu de distance entre nous. Car, tout fourbu que j'étais, je ne me sentais pas en odeur de sainteté après ma prestation. Conquérir une Bonaparte ne s'était pas révélé une vengeance aussi satisfaisante que prévu. Je me demandais une fois de plus si j'avais tiré les leçons de mes aventures tumultueuses et si j'étais complètement dépourvu de bon sens et de fibre morale. *Le gouverneur gouverne ses passions, le serviteur les sert*, avait déclaré le vieux Franklin. Bonaparte pensait trop au futur, moi au présent, et Bloodhammer au passé.

Magnus et moi, fatigués, mais ravis par le sursis qui nous avait été accordé, mîmes donc pied à terre et saluâmes maladroitement les dragons. Mon nouveau compagnon était un peu ivre après s'être réchauffé avec une bouteille d'aquavit dérobée à Mortefontaine – habile initiative que je n'aurais jamais soupçonnée de sa part. Nous fîmes nos adieux à Pauline, sautâmes dans une diligence à l'aube pour arriver sur la côte comme deux vagabonds. Avec le fusil, le tomahawk et l'étui de la carte pour seuls bagages, nous passâmes aussi inaperçus qu'un cirque ambulant, mais les ports attirent les hommes étranges et personne ne poussa plus avant l'interrogatoire quand nous sortîmes la somme nécessaire. La rumeur circulait que le rebelle breton Georges Cadoudal était rentré en France et nous n'avions certainement pas l'air de sympathisants des Bourbons. En conséquence, on nous laissa tranquilles.

Nous trouvâmes un brick en partance pour New York qui attendait que le temps soit plus favorable et que le blocus anglais se desserre. L'automne était la meilleure saison pour traverser les lignes ennemies.

Au Havre, je reçus les dernières instructions ainsi que cent dollars américains en argent, frappés au Mexique, de la part de Talleyrand, le ministre des Relations extérieures. Cela me conforta dans ma décision de quitter la France pendant quelque temps. Il m'informa que les émissaires américains avaient écrit une lettre à mon gouvernement pour l'avertir de ma venue. Il ajouta que la France aussi avait un intérêt particulier dans ma mission. Voici sa lettre :

C'est avec la plus grande confiance et sous le sceau du secret que je me dois de vous informer qu'un accord a été conclu avec l'Espagne afin que la France récupère la Louisiane, sa légitime propriété. Ce territoire quatre fois plus vaste que ma nation fut, comme vous le savez, perdu au cours de la guerre de Sept Ans. L'annonce de cet accord devrait se faire au début de l'année prochaine. Le gouvernement français porte le plus grand intérêt à la situation actuelle de la Louisiane et s'attend à ce que votre enquête aux côtés du Norvégien Magnus Bloodhammer vous y conduise. Je tiens par ailleurs à vous avertir que des rumeurs d'ordre galant circulant à votre sujet, je ne saurais trop vous conseiller de vous éloigner de Paris pendant un certain temps, afin de rester hors de vue du mari ou des frères de Pauline Bonaparte.

Le secret des rendez-vous galants est aussi facile à garder en France que l'est à Boston celui des fortunes d'armateurs, et il ne faisait aucun doute que mon escapade avec Pauline faisait autant jaser dans la haute société que ma performance pyrotechnique. Mieux valait prendre le large.

En tant que collaborateur du Premier consul, j'espère que vous serez à même :

1. D'établir si les théories du Norvégien sont avérées,

2. De nous informer et d'informer votre gouvernement des desseins des Anglais à la frontière nord-ouest,

3. D'étudier l'éventualité de nouvelles alliances entre les tribus indiennes de la région et la France, de façon à garantir la souveraineté des avoirs français et l'intégrité de la frontière avec les États-Unis.

Nos deux nations, je l'espère, vivront toujours en bonne entente le long de la frontière formée par le fleuve Mississippi. En échange, je vous remets un paiement préliminaire pour vos frais ainsi qu'une lettre dont le sceau vous permettra d'obtenir l'assistance de n'importe quel représentant français que vous seriez amené à rencontrer au cours de votre voyage. Ne vous trompez pas : l'ennemi de la France, l'Angleterre, est aussi l'ennemi de votre jeune nation. Traitez tous les représentants anglais avec la plus grande prudence et la plus grande méfiance, et travaillez à la reconstruction de l'alliance naturelle entre nos deux républiques.

TALLEYRAND

La Louisiane, de nouveau française ? Je me souvenais vaguement de mes lectures de journaux américains périmés, où il était question de menaces espagnoles d'interdire la Nouvelle-Orléans aux Américains pour empêcher leurs navires de remonter le Mississippi, bouchant ainsi le seul accès de l'ouest à la mer. Si Napoléon était parvenu à embobiner de quelque façon les Espagnols pour récupérer la Nouvelle-Orléans, les États-Unis et la France pourraient trouver un nouveau partenariat commercial, et je pourrais jouer les intermédiaires. Assurément, il y avait un profit à tirer !

La seule chose que j'avais à faire, c'était rester ami avec les deux camps.

10

Nous prîmes donc la mer, et peut-être aurais-je pu réfléchir à la façon dont j'allais procéder pour m'enrichir, grâce aux informations secrètes que venait de me confier Talleyrand, si le bateau avait au moins une fois cessé de tanguer de façon si désagréable. Au lieu de quoi je dus écouter les contes de fées de Magnus qui, comme tous les fanatiques, vivait autant dans son monde imaginaire que dans le réel. Il affichait cette conviction inébranlable caractéristique de celui qui présente les preuves les moins tangibles car, admettre que la plus infime partie pouvait être fausse, revenait à ébranler toute la construction de sa croyance. Je le trouvais divertissant, mais je dus me résoudre à interrompre ses histoires de dieux saouls et d'elfes rusés.

« Il suffit, Magnus ! m'écriai-je. J'ai été agressé dans une cave à vin, presque brûlé vif par des feux d'artifice, contraint de fuir vers l'Amérique par un temps qui ferait naufrager un continent et j'ai pour compagnon un fou qui passe son temps à raconter des histoires de carte mystérieuse. Que se passe-t-il ?

— Un fou ? demanda-t-il en regardant autour de lui.

— Oui, toi !

— Moi ? L'homme qui t'a sauvé à Mortefontaine ?

— Magnus, tu m'as dit qu'il s'agissait de tes ennemis, pas des miens. Je n'ai rien contre le Danemark. J'aurais bien du mal à trouver la Norvège sur un globe terrestre. Je me fiche de connaître la somme des numéros d'une roulette et les coïncidences qu'on trouve dans la date 1776. Et je ne suis pas complètement certain de ce qu'on doit faire en arrivant aux États-Unis.

— Pas certain ? Toi, le fameux franc-maçon ?

— Je ne suis pas un fameux franc-maçon. Mon regretté ami Talma m'a emmené une fois ou deux à des réunions dans une loge.

— Nies-tu la signification du 13 octobre 1307 ?

— Je ne vois pas de quoi tu parles.

— Allons, Ethan, ne joue pas les modestes. Tu es d'accord pour dire que les événements de ce maudit vendredi 13 furent capitaux dans l'histoire du monde. »

À présent je me souvenais. Il s'agissait de la nuit où le roi de France Philippe le Bel avait fait arrêter des centaines de Templiers, deux siècles après la fondation de l'Ordre à Jérusalem, à l'époque des croisades. Boniface, mon vieux geôlier, m'avait raconté des histoires à ce sujet. Le Grand Maître Jacques de Molay, obstiné jusqu'à la fin, mourut sur le bûcher en 1314, mais sa prédiction que Philippe et le pape le suivraient dans la mort avant un an se réalisa. Philippe avait voulu piller une organisation à la fois mystérieusement riche et fâcheusement indépendante et, à sa grande frustration, n'avait presque rien trouvé à voler.

« L'écrasement des Templiers. Ce n'est pas neuf comme histoire.

— Pas pour les vrais francs-maçons, Ethan. Alors que certains Templiers sont morts ou ont désavoué leur ordre, d'autres ont pris la fuite vers l'Écosse, l'Irlande, la Scandinavie… et peut-être l'Amérique.

— Mais l'Amérique n'avait pas encore été découverte.

— Il existe des légendes d'explorations vikings ainsi que des rumeurs d'une telle fuite de Templiers. Ces légendes concordent avec les histoires de Thor et d'Odin. Et il y a huit mois, des moines ont découvert une carte dans une crypte secrète sous le sol d'une abbaye cistercienne, sur l'île de Gotland. Cette carte, Ethan, prouve que la légende est vraie. Voilà ce qu'il se passe.

— La fameuse carte que tu prétends avoir en ta possession.

— L'ordre cistercien fut fondé par saint Bernard de Clairvaux, le neveu d'André de Montbard, un des fondateurs de l'ordre du Temple. »

Un frisson me parcourut l'échine. J'avais trouvé la tombe de Montbard – ou d'un chevalier chrétien en tout cas – dans une chambre souterraine sous une cité perdue en Terre sainte qui renfermait également le Livre de Thot. Malgré mes efforts acharnés, le fourbe Silano avait utilisé ce livre pour aider Napoléon Bonaparte à accéder au pouvoir. Désormais, Napoléon se sentait chez lui aux Tuileries et moi, j'étais à bord d'un bateau en route vers l'Amérique. Mon amour perdu, Astiza, qui était retournée vers le soleil de l'Égypte, aurait été d'accord avec Bloodhammer : tout est écrit. Dans un monde où tout est prétendument prédestiné, la vie paraît diablement compliquée.

« Tu sais de quoi je veux parler, poursuivit Magnus. Saint Bernard était un mystique qui voyait du divin dans la géométrie et qui a inspiré les plus belles cathédrales gothiques. Ses monastères devinrent parmi les plus prospères d'Europe et gagnèrent en puissance, en même temps que les Templiers. Est-ce vraiment une coïncidence si certains des chevaliers persécutés fuirent vers le Gotland où l'ordre cistercien était particulièrement fort ? Les moines parvinrent à convertir des païens nordiques en combinant croyances ancestrales et croyances nouvelles, ou plutôt en reconnaissant la continuité de la foi depuis la nuit des temps. Il ne s'agissait pas tant d'un dieu unique, mais chaque dieu était, à sa façon, une manifestation du Créateur. Et il n'y avait pas seulement des dieux, mais aussi des déesses. »

Damnation. Les païens ressurgissaient comme des boutons sur une peau adolescente. Et quand vous avez affaire à un ou deux d'entre eux, comme ce fut le cas pour moi, d'autres viennent immanquablement vous courir après.

« Tu affirmes donc que saint Bernard et ses cisterciens n'étaient pas des chrétiens ? demandai-je.

— Non, ce que j'affirme, c'est que la chrétienté permet plus de liberté de pensée que ne l'admettent de nombreuses confessions religieuses. Bernard a reconnu que la dévotion pouvait prendre plusieurs formes. Évidemment qu'ils étaient chrétiens ! Mais les chevaliers et les moines acceptaient à la fois les différentes formes que pouvaient prendre la foi et les diverses manifestations de sa puissance. Des rumeurs disent que les chevaliers ont rapporté un secret de Jérusalem. C'est la raison pour laquelle je voulais te rencontrer à Mortefontaine, afin de savoir si c'était vrai. »

Maintenant que ce secret avait disparu, je pouvais bien lui dire.

« C'était vrai, en effet. Il s'agissait d'un livre.

— Pourquoi en parles-tu au passé ? reprit-il, haletant.

— Il a brûlé, Magnus. Perdu à jamais, j'en ai peur. J'ai à peine eu le temps de le lire.

— Mais c'est une horrible tragédie !

— Pas vraiment. Ce parchemin n'a créé que des ennuis.

— Cela signifie que tu me crois, alors ? Si les Templiers ont trouvé et caché un livre sacré, pourquoi pas une carte capitale ? C'est logique, non ?

— J'imagine. Le livre aussi se trouvait dans une crypte.

— Ah ! ah ! s'exclama-t-il.

— Qu'est-ce qui t'a mené à cette carte ? soupirai-je.

— La neige et le dégel. C'était un hiver rigoureux, de l'eau s'était infiltrée dans les fondations et des fissures s'étaient élargies dans le sol de la chapelle. Un jeune moine astucieux s'est aperçu qu'il y avait une cavité sous ce qu'on pensait être des fondations solides. Quand ils ont creusé pour les réparations, ils sont tombés sur les tombes. Curieusement, l'entrée avait été scellée de sorte que personne ne puisse la repérer. Le sarcophage d'un officier du monastère, daté de 1363, contenait une carte dessinée sur un parchemin.

— J'imagine qu'elle ne se trouvait pas dans un cylindre en or ?

— En or ? répondit-il, visiblement surpris. Non, cela aurait attiré notre attention. Non, il s'agissait d'un tube en cuir scellé à la cire – plutôt bien scellé, d'ailleurs. Pourquoi me poses-tu la question ?

— Ce livre dont je parle se trouvait dans un étui en or, un objet splendide, gravé de dessins et de symboles.

— Par le destrier d'Odin ! Tu l'as toujours ? Cela pourrait être d'une valeur inestimable pour comprendre le passé !

— En fait, confiai-je, tout penaud, je l'ai cédé à un métallurgiste qui a dû le fondre. Je lui devais bien ça, j'étais responsable de la perte de sa maison. Et puis il y avait cette femme, Miriam…

— Tu as vraiment le cerveau dans la culotte ! gronda-t-il.

— Non, non, ce n'est pas ce que tu crois. Nous devions nous marier, mais elle était déjà fiancée et son frère me raillait… bafouillai-je en m'apercevant que, même pour moi, l'histoire ne tenait pas debout. Quoi qu'il en soit, l'étui est également perdu.

— Et dire que tu as une réputation de savant, déclara-t-il, excédé. À part l'anatomie féminine, y a-t-il aucun autre domaine où tu excelles ?

— Qui es-tu pour me juger ? Tu n'aimes pas les femmes, peut-être ?

— Si, je les aime, mais elles ne m'aiment pas. Regarde-moi ! Je n'ai rien d'un don Juan.

— Mais tu as un charme, comment dire, un charme d'ours blessé. Seulement, tu n'as pas trouvé la femme qu'il te faut.

— Si, jadis, répondit-il, soudainement morose.

— Bon, eh bien tu vois !

— Et s'il se trouve qu'elle t'aime en retour et que tu la perds… qu'y a-t-il de plus douloureux, tu peux me le dire ? »

Voilà le genre de confession qui fournissait un terreau favorable à l'amitié.

« Cela fait mal, c'est vrai, répondis-je, car j'avais moi aussi connu l'amour, et avec des femmes bien plus passionnantes que Pauline Bonaparte. Tu as eu le cœur brisé ?

— Pas de la façon que tu imagines. C'est la maladie qui m'a enlevé ma femme.

— Magnus, je suis vraiment désolé.

— Ce n'est pas si grave, je crois, de ne jamais connaître la joie, de ne jamais voir le paradis. Mais l'avoir, le voir et puis le perdre… Après la mort de Signe, je me suis consacré à l'étude des légendes qu'on me racontait quand j'étais enfant. J'ai fouillé les bibliothèques et les archives en quête de la vérité, j'ai visité des mines, escaladé des dolmens, perdu un œil et vendu mon âme. Signe avait suivi sa route, et moi, je restais dans le purgatoire terrestre, à essayer d'y retourner.

— Retourner où ?

— Au paradis.

— Tu veux dire, trouver une autre femme ?

— Non ! s'exclama-t-il, offensé.

— Quoi alors ?

— Imagine que la souffrance ne soit pas nécessaire.

— Qu'est-ce que tu veux dire ?

— Imagine qu'il existe un endroit, une voie, où le mal n'existerait pas. Où le mal pourrait être renversé, corrigé.

— Le paradis ? La Valhalla ? Pas dans notre monde, Magnus, et crois-moi, j'ai bien regardé.

— Et s'il existait un monde meilleur qu'on aurait perdu ? Un endroit bien réel, à une époque bien réelle, pas une légende.

— Ces mythes dont tu parles n'existent pas, mon vieux. Ce sont des histoires.

— Des histoires comme celle des Templiers fuyant

vers l'Amérique, plus d'un siècle avant Christophe Colomb. Des histoires de livres secrets, de tombes souterraines dans des cités perdues. »

Il marquait un point. Notre planète semblait soudain plus remplie d'étrangetés inexplicables que je ne l'avais imaginé jusque-là. Après tout, n'avais-je pas ramassé à la pelle un trésor sous la pyramide, trouvé une chambre secrète sous le mont du Temple, nagé dans un puits secret jusqu'à une tombe de Templier et obtenu l'aide d'une momie, morte depuis des siècles, lors d'un combat acharné ? Qui peut dire ce qui est impossible ?

« Dans ce cas, regardons ta carte », proposai-je.

Il la tira donc du tube dans lequel il la transportait. Je m'aperçus que ce dernier était plus long que le parchemin et je me demandai ce qui était caché à son extrémité.

« Apparemment, ce ne serait pas la seule. On dit que le comte d'Orkney, le prince Henri Sinclair, aurait pris la mer et mis cap vers l'ouest avec treize bateaux à la fin du XIVe siècle, presque cent ans avant Christophe Colomb, et qu'il serait revenu avec une carte où apparaîtraient la Nouvelle-Écosse et peut-être même la Nouvelle-Angleterre. Mais celle-ci est plus ancienne, et plus précise. »

La carte de Magnus n'était pas en papier, mais en vélin : la côte européenne était clairement visible avec, en haut, quelque chose qui ressemblait à l'Islande et au Groenland. Une rose des vents y figurait, signe que l'objet n'était pas antérieur au Moyen Âge, ainsi que des inscriptions en latin. Mais ce qui attirait l'attention, bien évidemment, c'était le côté gauche. On y voyait la côte nord-est d'une immense terre sans limites définies, avec une grande baie presque circulaire. De cette baie, des lignes sinueuses, comme des rivières, se dirigeaient au sud vers un espace vierge. Au milieu de rien se trouvait un curieux symbole, comme un gros *T* aplati. À côté, un petit sommet.

« Quelle est cette montagne, là ?

— Ce n'est pas une montagne, mais Valknut, le *nœud des guerriers*. »

Je m'approchai un peu plus. Ce que j'avais pris pour une montagne était en fait un ensemble de triangles entrelacés qui formaient un nœud, comme l'indiquait Magnus. Cela donnait une illusion curieuse, comme la représentation d'une chaîne de montagnes.

« Je n'ai jamais rien vu de tel, concédai-je.

— On l'appelle également triangle d'Odin, expliqua Bloodhammer. Il permet aux guerriers morts au champ de bataille de rejoindre la Valhalla, c'est en quelque sorte une puissance qui leur permet de s'élever.

— Dans ce cas, pourquoi est-il représenté sur cette carte ?

— C'est là toute la question », répliqua-t-il le regard brillant.

À côté des symboles, des lignes figurant certainement des rivières partaient en direction des quatre points cardinaux, comme s'ils se trouvaient à proximité d'une source importante.

« Cette tombe n'avait pas été ouverte depuis 1363, ajouta Magnus. La crypte avait apparemment été scellée au plus tard en 1400, c'est-à-dire bien avant les voyages de Colomb et des autres explorateurs. Et pourtant, ce gros morceau de continent que tu peux voir là, à quoi te fait-il penser ?

— La baie d'Hudson, admis-je. Mais au XIVe siècle…

— Plus de deux siècles après la supposée découverte par les Vikings d'un mystérieux Vinland à l'ouest, m'interrompit-il. Et deux siècles et demi avant la découverte par Henry Hudson de la baie qui porte aujourd'hui son nom, et où il allait mourir, abandonné par son équipage qui s'était mutiné. Les Scandinaves se trouvaient au beau milieu de l'Amérique du Nord un siècle et demi avant même que Christophe Colomb ne prenne la mer ! Qu'est-ce que tu dis de ça, hein ?

— Mais quel est le rapport avec les Templiers ?

— Là, il ne s'agit que de spéculations. Dès 1307, les Templiers sont écrasés politiquement. Certains fuient vers le Gotland. Cette carte date d'un demi-siècle plus tard. Nous savons que la famine a ravagé l'Europe vers 1320, avant que n'arrive la peste noire, qui a atteint la Norvège vers 1349. L'Église poursuivait ses persécutions, craignant que la maladie ne soit une punition divine. Imagine que les descendants des chevaliers abrités par des cisterciens qui n'avaient pas le même point de vue que Rome aient décidé de se réfugier dans un nouveau monde découvert par des Vikings païens quelques siècles auparavant. Cela leur permettrait d'échapper aux persécutions, à la famine et à l'épidémie. En 1354, des archives montrent qu'un certain Paul Knutson s'est rendu au Groenland pour renouer contact avec des colonies dont on était sans nouvelles. Et si nos Scandinaves moyenâgeux étaient allés plus loin, jusqu'à cette grande baie, pour s'enfoncer ensuite dans les terres ? Nous savons que l'équipage d'Hudson a été pris par les glaces pendant l'hiver, accélérant la mutinerie du printemps suivant. Et si les Scandinaves, moins affectés par l'hiver, avaient décidé de s'aventurer au sud sur les rivières gelées plutôt que d'attendre le dégel ? Ou peut-être ont-ils attendu le printemps pour pouvoir remonter ces rivières une fois qu'elles n'étaient plus prises par les glaces. Les rivières représentées sur ma carte correspondent à peu près aux rivières qu'emprunte aujourd'hui la Compagnie de la Baie d'Hudson pour se rendre à l'intérieur du territoire canadien pour le commerce de la fourrure. Auraient-ils poussé leur exploration jusqu'au centre de l'Amérique du Nord ? Auraient-ils vu des choses ? Se seraient-ils approprié des terres plusieurs siècles avant les premiers Européens ?

— Mais pourquoi ? Même si ces Templiers, ces moines, ou je ne sais quoi, ont décidé de se rendre au Nouveau Monde, pourquoi aller vers le nord et la baie d'Hudson ? Pourquoi pas la côte est des États-Unis actuels ? Elle est pourtant représentée par une ligne, là, ajoutai-je en pointant l'index. Aucun Viking ne s'embêterait à se rendre au milieu de l'Amérique du Nord à la rame ou à pied.

— Pas des Vikings, mais des Scandinaves du Moyen Âge, descendants des Templiers, ou eux-mêmes Templiers.

— Des Scandinaves du Moyen Âge, admettons. Ça ne change rien au problème. Qu'espéraient-ils trouver ?

— Pas seulement trouver. Cacher.

— Cacher ? Mais cacher quoi ?

— La raison même de leur désir d'échapper à l'Église et aux autorités : probablement un des mystères que les Templiers avaient découverts lors de leurs explorations incessantes parmi les croyances oubliées. Un Graal.

— Le Graal ? »

Je déglutis. Après mes aventures passées, ce mot

n'était pas associé à mes meilleurs souvenirs. Moi-même, je l'avais employé une fois pour échapper à la torture et aux morsures de serpent, mais cela n'avait été que de l'opportunisme.

« Là ! » s'exclama-t-il en pointant du doigt le mystérieux *T* à côté du triangle d'Odin.

Le symbole ressemblait à une grosse croix de Templiers dont il manquait la partie supérieure. De nouveau, le regard de Bloodhammer s'éclaira.

« Mjöllnir. Le marteau de Thor ! »

*

Comprenez bien qu'à ce moment précis, tout savant digne de ce nom se serait éloigné en poussant un énorme soupir mais, il faut bien l'admettre, un bateau qui tangue offre peu de perspectives de marche. Le marteau de Thor ? Je ne savais pas grand-chose de la mythologie nordique, mais j'avais entendu parler de Thor et du marteau qu'il utilisait comme arme. Il s'agissait d'un objet terrible qui lançait des éclairs et qui revenait toujours dans la main du dieu quand ce dernier le jetait sur ses ennemis. Le seul problème, c'est que tout cela n'était qu'un mythe. Le marteau de Thor ? Mais oui ! Bien rangé dans une petite boîte avec le trident de Neptune, la toison d'or de Jason et la massue d'Hercule.

Cependant, j'éprouvais de la compassion pour Magnus parce que je m'étais déjà retrouvé dans la même situation, à raconter une histoire aussi insensée que celle-ci à mes anciens complices à Jérusalem en tâchant de ne pas passer pour un fou. Je restai donc assis et lui posai la question qu'il attendait :

« Le quoi de Thor ?

— Le marteau des dieux ! répliqua-t-il d'un ton triomphant. Il a vraiment existé !

— Thor a vraiment existé ? Un dieu nordique ?

— Pas un dieu au sens où nous l'entendons, répondit-il, tout excité. Pas un créateur, un grand architecte, comme diraient les francs-maçons. Plutôt un être supérieur, un premier ancêtre, membre d'une horde de héros qu'on ne pourra jamais espérer égaler. Ils ont précédé notre race, à l'époque d'un âge d'or qui n'existe plus depuis bien longtemps. Thor enseignait des choses que l'humanité a oubliées. Et il a placé une partie de sa puissance et de son savoir dans ce marteau !

— Est-ce que tu te rends compte qu'on devrait te faire enfermer ?

— Je sais que tout cela a l'air incroyable ! Comment crois-tu que nous ayons réagi, nous les adeptes de Forn Sior, quand nous nous sommes rendu compte que des artefacts datant de l'âge des héros se trouvaient peut-être encore sur cette terre ? Cependant, les Templiers croyaient fermement que les êtres anciens avaient instruit les êtres primitifs.

— Forn Sior ?

— Anciennes coutumes. C'est comme cela que nous nous surnommons.

— Qui surnomme qui ?

— Ceux d'entre nous qui sont des gardiens du passé, qui croient que les vieilles histoires sont aussi valables que les nouvelles, et que la vérité est le résultat du mélange des deux. Nous formons une confrérie secrète, cher ami, et nous cherchons des gens comme toi pour nous aider. J'étais désespéré à la mort de Signe, suicidaire même. C'est alors qu'ils m'ont recruté. Ils m'ont redonné espoir. L'humanité a beaucoup appris, Ethan : le XIXe siècle est un monde moderne étrange. Et qui sait quelles merveilles nous attendent ? Mais nous avons oublié autant que nous avons appris. Les forêts regorgent de pouvoirs et les pierres d'esprits. Certains secrets magiques ont été oubliés pendant trois mille ans, mais les Templiers les ont redécouverts ! Ils ont commencé à Jérusalem, puis ils ont fouillé le monde entier !

— Des secrets comme le fameux livre auquel je faisais allusion ?

— Oui, comme ton livre. Écrit par qui, au juste ? Ou devrais-je dire, par quoi ?

— Une espèce d'Égyptien, Thot. Un oiseau dans certaines représentations, un babouin dans d'autres.

— Ou un arbre, une licorne, un dragon, un ange. Ne vois-tu pas, Ethan ? Tous ces mystérieux aïeux dont descend notre race sont semblables, et ils ont laissé derrière eux des indices pour comprendre leur histoire.

— Un Français dénommé Jomard m'a dit que la Grande Pyramide comportait des vérités fondamentales et que, depuis, tout n'a été qu'oubli.

— Voilà ! Exactement ! Comme ton Livre de Thot, comme Mjöllnir, le marteau de Thor. Huit cents ans après notre conversion au christianisme, il orne toujours de nombreux colliers, car les gens de mon pays le considèrent comme un porte-bonheur.

— Permets que je récapitule. Tu penses que Thor a réellement existé, qu'il avait un marteau magique que les Templiers ont trouvé et emporté en Amérique des siècles avant l'arrivée de Christophe Colomb. C'est bien ça ?

— N'est-ce pas fantastique ? »

Apparemment, mon côté tolérant et affable attire les théoriciens de tout poil. J'avais pris jadis la résolution de devenir sévère et acariâtre, mais que voulez-vous, ce n'est pas dans ma nature. Et puis, il faut bien le dire, ces histoires, j'y croyais un peu.

« Il n'y avait donc pas qu'un seul Thot ?

— Probablement. Ou alors il a beaucoup voyagé et s'est déplacé en volant d'un bout à l'autre de la terre, laissant derrière lui une légende différente pour chaque peuple. Il nous a offert des cadeaux pour commencer nos civilisations, et nous ne nous en souvenons que comme d'un mythe.

— Mais ce marteau, où se trouvait-il à la disparition de Thor ?

— Ah. Cela, nous ne le savons pas. Il existe des légendes selon lesquelles des hommes en tunique blanche à croix rouge se seraient rendus dans des mines lointaines vers le nord, là où le soleil ne se couche jamais en été et ne se lève jamais en hiver. Quelle que soit la façon dont ils aient procédé, nous autres disciples de Forn Sior pensons que les Templiers ont découvert le marteau et l'ont entreposé avec tous les autres objets fantastiques qu'ils rassemblaient et utilisaient pour augmenter leur puissance. Et c'est de cela que le roi de France et son allié le pape espéraient s'emparer ! Mais les Templiers ont caché leur trésor, l'ont discrètement acheminé vers des îles lointaines telles que le Gotland. Et quand finalement l'Église s'est mise à leur poursuite – peut-être ont-ils été trahis par des moines cisterciens sceptiques – ils ont poussé leur exploration encore plus loin. Jusqu'en Amérique !

— En admettant qu'ils soient parvenus à naviguer jusque-là, pourquoi s'aventurer si loin dans les terres ?

— Pour cacher le marteau, bien entendu. Dans l'endroit le plus reculé qu'ils pourraient trouver. Un endroit perdu. Un endroit mystique. Un endroit capital. On peut imaginer que c'est là qu'ils voulaient fonder leur propre colonie et créer une utopie basée sur les principes des Templiers et des cisterciens à un endroit où personne ne pourrait les retrouver et tenter de les persécuter.

— À part les Indiens.

— Oui, c'est un fait. Il faut admettre que tous leurs efforts ont échoué, puisque personne n'a entendu parler d'une telle colonie. Des attaques de Peaux-Rouges pourraient tout à fait en être la cause.

— Et donc tu veux te rendre là-bas ? Enfin, je veux dire ici ? ajoutai-je en désignant le symbole sur la carte.

— Oui, pour retrouver le marteau. Te rends-tu compte du pouvoir symbolique qu'il pourrait conférer, qu'il jette des éclairs ou pas ? Sa découverte réveillerait la fierté et la culture nordiques. Ce serait notre étendard, notre arbre de la liberté. Il représenterait le symbole de notre révolution contre les Danois et Forn Sior pourrait ouvrir la voie à une société nouvelle !

— Et c'est pour cela que les Danois veulent nous tuer ?

— Précisément. Car si nous réussissions, nous ferions éclater leur petit empire ! C'est très flatteur qu'ils soient à nos trousses.

— Tu dis *nous* tout le temps, Magnus. Mais moi, ce n'est pas pour cela que je me suis embarqué dans cette aventure. Certainement pas pour récupérer un marteau mythique en territoire indien à mille cinq cents kilomètres du premier avant-poste, tout ça pour libérer un trou gelé où je n'ai jamais mis les pieds ! C'est absurde !

— Évidemment que tu vas nous aider, répliqua-t-il, le même sourire aux lèvres. Ce marteau sera le plus grand trésor sur terre, et s'il y a bien quelqu'un qui puisse comprendre ses pouvoirs électriques, c'est toi, Ethan Gage, l'héritier de Franklin, l'électricien de notre époque.

— Non. Non, non, non, non et non.

— Tu seras riche. Connu. Tu deviendras un héros dans ton propre pays.

— Je ne vois pas où tu veux en venir.

— Personne ne souhaite découvrir ce marteau plus que tes dirigeants, Ethan. Ils dépendent entièrement de toi.

— Mais ils ne savent probablement même pas qu'il existe ! Que veux-tu que ça leur fasse ? Ça n'a pas de sens.

— Oh que si ! Ils n'attendent que ça.

— Pourquoi ?

— Ethan, n'es-tu pas au courant que ta nation a été fondée, créée et guidée par les descendants des Templiers ? »

11

L'île de Manhattan, complètement défrichée par les Anglais (ils avaient besoin de bois de chauffage) lorsqu'ils s'y étaient retrouvés coincés vingt-cinq ans auparavant, était en hiver un endroit boueux, broussailleux et morne. Çà et là, des parcelles d'arbres replantés, des fermes laitières où les animaux n'avaient plus rien à brouter, des potagers en jachère et des mares grisâtres. À l'extrémité sud, cependant, se trouvait la deuxième plus grande ville de ma nation après Philadelphie, une Gomorrhe tournée vers le commerce, moins civilisée et plus ambitieuse que sa rivale. Le nombre de marchands avait quadruplé en à peine dix ans, et ses soixante mille habitants s'entassaient dans un labyrinthe de rues étroites, d'églises coincées parmi les bâtiments et de bureaux de comptables, dont les architectes s'intéressaient de toute évidence plus à l'argent qu'à la beauté. Les rues pavées étaient labourées par les roues des chariots qui laissaient des sillons dans la neige fondue et le fumier, tandis que les chemins de terre étaient encadrés par des maisons à deux étages où s'entassaient cordonniers, charrons, souffleurs de verre, bouchers, poissonniers, marchands de bougies, chaudronniers, charpentiers, drapiers, boulangers, maraîchers, fourreurs, fabricants de livres, brasseurs, armuriers, bijoutiers, tisserands, horlogers, salons de thé et tavernes. Comme toutes les villes, New York puait le fumier, la fumée, les excréments, la sciure, la bière et les relents des tanneries et abattoirs agglutinés autour d'une petite mare appelée la Collecte.

C'était une ville où tout le monde était nouveau et acharné au travail. Il n'y avait pas seulement des Hollandais et des Anglais, mais des habitants de la Nouvelle-Angleterre qui profitaient de l'essor commercial, des émigrés français qui avaient fui la Révolution, des Allemands et des Suédois rustiques mais laborieux, des Juifs avec le sens des affaires, des grands d'Espagne, et des nègres tantôt esclaves, tantôt libres. Parfois, au milieu des marchés, noirs de monde, vous pouviez croiser un chef indien, un Chinois ou un Kanak venu d'Hawaï qui vous regardait bouche bée et que vous regardiez bouche bée. Quelque cinq mille réfugiés des révoltes d'esclaves en Haïti avaient récemment débarqué, dont *des femmes métisses à la peau de marbre clair, aux cheveux de jais et aux yeux de gazelle*, comme l'indiquait une revue. Ainsi, on trouvait des dames de l'aristocratie, des épouses plantureuses, des bonnes minces, des domestiques mates, des prostituées poudrées, des comédiennes au succès tardif, et des Hollandaises qui nettoyaient leur perron, leur derrière énergique s'agitant avec un charme qui me rendit heureux d'être rentré à la maison.

Magnus était une curiosité démodée à lui tout seul, avec ses moustaches florissantes, sa crinière couleur rouille, son bandeau noir sur l'œil et ses mains comme des jambons. Moi aussi je profitai de ma notoriété, car on savait que j'avais des relations avec Bonaparte qui venait d'arriver au pouvoir. J'avais pour mission de me rendre à Washington, la nouvelle capitale, mais l'avalanche d'invitations que je reçus me poussa à prendre le temps de me reposer.

Comme nous étions en hiver, la frénésie marchande de New York se trouvait largement confinée à l'intérieur : les hommes d'affaires exposaient leurs plans ambitieux près d'un feu de cheminée, tandis qu'au-dehors la bise soufflait sur l'Hudson, gelant les ordures de New York jusqu'à leur enfouissement au printemps suivant. D'énormes morceaux de glace flottaient à côté du village de Brooklyn, et les vergues des bateaux se transformaient en croix gelées.

Le premier sujet de discussion en ville était la politique. Après une campagne électorale âpre entre les fédéralistes d'Adams et les arrivistes républicains, les deux candidats républicains, Thomas Jefferson et Aaron Burr, avaient, selon la rumeur, obtenu le même nombre de voix. Les bulletins du 3 décembre ne seraient officiellement comptés que le 11 février de l'année suivante, mais les résultats étaient un secret aussi bien gardé que celui des frasques de l'amiral Nelson avec Lady Emma Hamilton, de l'autre côté de l'Atlantique. Ce serait finalement à la Chambre des représentants de désigner le nouveau président, conformément à la Constitution, et chacun y allait de son pronostic. Même si Jefferson était largement considéré comme la tête pensante de son parti, les fédéralistes battus au Congrès pourraient préférer au sage de Monticello l'ambitieux et aventureux Burr, un New-Yorkais qui était revenu sur sa promesse de se contenter d'une deuxième place. La lutte pour la présidence était, de l'avis de tous, impitoyable, rude et implacable.

« Le grand Washington est parti, et les avortons se battent pour le pouvoir ! déclara le tavernier du Fraunces. L'âge des héros est révolu, le présent est corrompu et le futur promet d'être désastreux !

— Tout va bien alors, répondis-je en levant mon verre. À la démocratie ! »

Tous les candidats étaient mis dans le même panier. On accusait Jefferson d'avoir fui ses devoirs militaires pendant la révolution et d'être un jacobin doublé d'un athée. On considérait le président au pouvoir, John Adams, comme un incapable assoiffé de pouvoir et un allié secret des perfides Anglais. Quant à Burr, il n'était qu'une pâle copie de Napoléon. En d'autres termes, je retrouvais les piques et les calomnies des salons parisiens. Je n'en tenais donc absolument pas compte, sachant que ce genre de ragots peut viser les personnes les plus sincères et les plus sympathiques, comme moi par exemple. On parlait d'un complot des fédéralistes pour assassiner Jefferson, armer les esclaves et s'emparer des arsenaux. Certains craignaient la guerre civile ! Pourtant, malgré cette agitation indigne, personne ne souhaitait un retour à la monarchie. Ceux avec qui je buvais étaient aussi fiers de cette pagaille démocratique que des goélands jouant avec le vent lors d'une tempête.

« Nos députés diront ce qu'on a à dire, par tous les diables ! entendis-je un jour dans un bar. Ce sont tous des coquins, mais au moins ils nous représentent !

— En tant qu'expert en coquinerie, je peux vous

dire que l'Amérique est mieux équipée que les autres », ajoutai-je.

Je me découvris une petite réputation de républicain. Jefferson aimait les Français et ma contribution au traité de paix me valait le surnom de *héros de Mortefontaine*. La guerre maritime avec la France avait fait grimper les taux d'assurance jusqu'à quarante pour cent de la valeur du bateau et de sa cargaison, et l'annonce d'une paix durable avait donc été saluée comme il se devait. D'une manière ou d'une autre, mon histoire de feux d'artifice m'avait précédé et on me félicitait pour avoir porté haut le *flambeau de la liberté*. Quelqu'un suggéra même de s'en servir de modèle pour une statue, mais bien sûr, il n'en fut rien.

Sachant à quelle vitesse une réputation peut s'écorner, j'étais déterminé à profiter de mon moment de gloire. Cependant, la notoriété ne permet pas grand-chose de plus qu'un souper, souvent en compagnie de gens ternes qui attendent que la personnalité assure le spectacle. Je m'aperçus que ma bourse de dollars argent s'amenuisait et je me résolus à recommencer à fréquenter les tables de jeu.

Je l'admets, ma modeste renommée me valut aussi quelques liaisons avec des filles de marchands, curieuses d'apprendre les dessous de la diplomatie française et à qui je donnais des cours du soir. Je leur appris à dire *mon Dieu !* pendant l'assaut final, et les rebonds hypnotiques de leurs seins apportaient la preuve incontestable que le régime alimentaire du Nouveau Monde à base de viande et de laitage était des plus sains. Les femmes françaises sont certes plus jolies, mais elles ont tendance à être un peu maigres.

Magnus n'était pas enclin à m'imiter.

« Je te l'ai dit, j'avais un amour et je l'ai perdu. Je ne veux ni déshonorer sa mémoire ni prendre le risque de souffrir la même perte. »

Un vrai moine, et tout aussi agaçant.

« Ce n'est pas de l'amour, c'est de l'exercice.

— Le souvenir de Signe me suffit.

— Mais tu vas te dessécher !

— Fais tes exercices, avec tous les risques qui vont avec, et, pendant ce temps-là, je vais explorer les magasins de cartes. »

Magnus était impatient de partir malgré le mauvais temps et il arpentait New York vêtu de sa cape et de son grand chapeau mou, à la recherche de symboles francs-maçons, de reliques vikings et de légendes indiennes. La quantité de renseignements absurdes qu'il récoltait était proportionnelle à ce qu'il était prêt à dépenser en bière pour ses interlocuteurs.

Je le laissais vaquer à ses occupations, préférant flâner dans le lieu saint à côté de la chapelle Saint-Paul que fréquentaient les prostituées. Quand je rentrais à trois heures du matin, je retrouvais Magnus en train de lire les volumes qu'il avait achetés dans les quatorze librairies de Maiden Lane et Pearl Street. Avec ses lèvres qui s'agitaient dans cette langue qui n'était pas la sienne, il ressemblait à un taureau récitant Thucydide. Il était friand des théories les plus loufoques sur les origines bibliques des Indiens, des conspirations maçonniques et des pamphlets bizarres comme celui de William Cobbett qui avançait que notre siècle avait commencé en 1800 et non en 1801, théorie qui avait engendré de nombreuses bagarres à Battery Park.

« J'admire ta ténacité, vraiment, lui dis-je. Je compte bien t'imiter un jour. Mais la vie n'est pas qu'une quête, Magnus.

— La vie ne se limite pas non plus au moment présent, répondit-il en reposant un livre sur les tribus perdues d'Israël. Ethan, je sais que le fait d'être un disciple de Franklin te vaut une réputation de savant, mais je dois admettre qu'elle me paraît usurpée. Depuis que je t'ai rencontré, tu es sceptique, superficiel, en retard et tu remets tout au lendemain. Je ne comprends vraiment pas ce qui te vaut ta notoriété. Tu ne prends pas notre mission au sérieux.

— En hiver, nous autres électriciens manquons d'orages et d'éclairs pour nous occuper, lui répondis-je, le doigt pointé vers le ciel. Quant à mon rôle de diplomate international, il doit attendre l'élection d'un nouveau président. Alors, pourquoi ne pas profiter du répit ?

— Parce que nous devrions nous tenir prêts. Sans objectif, la vie n'a aucun intérêt. Si ton pays était toujours sous le joug d'un autre, tu comprendrais.

— Je n'en suis pas si sûr. Les ambitieux que j'ai pu croiser avaient plutôt tendance à traîner dans leur sillage des monceaux de cadavres, des idées fumeuses et des débâcles financières. Prends la Révolution française, par exemple. Dès qu'ils parviennent à quelque chose, ils n'en sont pas satisfaits et veulent accomplir le contraire. Attendre que le monde ait pris une décision, voilà ma philosophie.

— Dans ce cas, allons attendre à Washington, plutôt que dans cette Babylone commerciale de commères et d'avares. Plus nous nous attarderons à New York, plus nos ennemis auront une chance de nous rattraper.

— Je m'en suis occupé à Mortefontaine, et un océan entier nous sépare du Danemark ! Détends-toi, Magnus, nous sommes en Amérique. Et plus nous irons à l'ouest, plus nous serons en sécurité. »

Cependant, sa critique de mes atermoiements me restait en travers de la gorge et je décidai une fois de plus de prendre de bonnes résolutions. *Ne gaspillons pas notre vie*, conseillait Franklin, *on aura bien assez de temps dans la tombe pour dormir*. Je séduisis donc une veuve aux hanches généreuses et aux cheveux longs pour ne pas perdre mes talents de cavalier, je m'entraînai à tirer avec mon long rifle sur des bouteilles de rhum, je tentai d'enseigner le français aux fils empotés de marchands à l'auberge de Redhook contre des coups à boire. Et enfin, je travaillai avec un mécanicien yankee sur un mécanisme de rotation pour fabriquer une version américaine de la roulette.

« Il faut posséder la roulette, lui conseillai-je, pas y jouer. »

Je m'essayai également à la loterie de New York et pus rapidement me faire un collier avec les tickets perdants.

Cette parenthèse hors du temps fut interrompue un jour par la visite d'un ancien patron à l'ambition démesurée, John Jacob Astor. Cet immigrant allemand avait commencé sa carrière comme marchand ambulant d'instruments de musique avant de se tourner vers la fourrure. Ses affaires lui avaient rapporté plus d'argent que je n'en avais dépensé lors de mes chasses au trésor. Si j'avais l'intention de me mettre au travail, il y avait là une leçon à tirer. Astor disposait d'une douzaine d'hommes, d'une femme issue de l'aristocratie hollandaise qui avait l'œil pour la fourrure, et d'une maison en brique neuve dans Dock Street. À part son bilan annuel, il n'avait aucune source de distraction, car son amour de l'argent n'avait d'égal que sa pingrerie de pasteur. Quand on se croisa dans une taverne, ce fut d'ailleurs moi qui dus payer le vin.

« Gage, je ne pensais pas qu'un joueur comme vous dépasserait les trente ans. Et pourtant, vous voilà émissaire et diplomate. À croire qu'on ne trouve pas des miracles que dans la Bible.

— Je me suis laissé dire que vous ne vous en tiriez pas trop mal non plus, John », répondis-je, toujours sur la défensive quand on me reprochait mon manque de progrès.

Il portait un manteau en laine de première qualité, un gilet broché de soie verte et le pommeau de sa canne semblait être en or.

« D'après les rumeurs, vous seriez de nouveau sur le point de tenter l'aventure à l'ouest, déclara Astor qui ne s'encombrait jamais de fioritures et entrait toujours immédiatement dans le vif du sujet.

— Je dois d'abord m'entretenir avec le nouveau président, quand il aura été désigné. Je dois lui présenter les amitiés de Napoléon et j'ai bon espoir de jouer un rôle pour resserrer les liens entre les États-Unis et la France.

— Dites-moi la vérité, Gage, votre géant borgne est-il intéressé par le commerce de la fourrure ? Car j'ai entendu parler de lui, il rassemble des cartes, pose des questions sur les distances et les relevés au compas. C'est un grincheux, et les projets de ce Norvégien font jaser.

— C'est un patriote : il espère libérer la Norvège des Danois. Il m'a fait pitié quand je l'ai rencontré à Paris et je lui ai proposé de l'introduire à Washington. Il a une araignée au plafond, mais ce n'est pas le mauvais bougre. Quant à moi, j'ai joué les éclaireurs pour Napoléon par le passé, et le Premier consul m'a demandé de jeter un œil en Louisiane. Il se trame des choses extraordinaires, mais je ne peux pas en parler.

— Des choses extraordinaires, vraiment ? Bonaparte et la Louisiane ? Le retour des Français en Amérique du Nord pourrait complètement changer la donne.

— Napoléon est curieux, c'est tout.

— Bien sûr, répondit Astor en me détaillant par-dessus son verre. Ethan, même si vous êtes insupportable, j'ai toujours admiré votre état d'esprit. Donc si vous voulez travailler avec moi à votre retour, comptez donc les animaux à fourrure que vous verrez et revenez me faire votre rapport. Un partenariat ne pourra qu'être bénéfique à notre affaire. Le futur est à l'ouest, Ethan, vers la Colombie-Britannique et, après, jusqu'à la Chine. Nous sommes au XIXe siècle ! Le commerce est une affaire mondiale, aujourd'hui !

— Le monde, ça ne fait pas un peu loin ? L'autre côté du monde, je veux dire.

— Un bateau peut emporter des fourrures vers la Chine, revenir avec du thé et des épices et doubler ainsi l'investissement initial en une année. La fourrure, Ethan, la fourrure ! C'est la clé de la fortune ! »

Et s'il y avait bien une chose qu'on avait une chance de trouver, c'était cela. Pas des marteaux mythiques, mais de petits animaux à fourrure, malodorants et plutôt précieux. Je ferais ce que je pourrais, mais dans mes souvenirs, ces bestioles ne se laissaient pas observer facilement, et on pouvait les comprendre.

Je lui demandai où en était le commerce de la fourrure, avec la domination de la Compagnie du Nord-Ouest.

« Quatre pays se déchirent : l'Angleterre, la France, l'Espagne et les États-Unis. Au Canada, les Anglais – que le diable les emporte – ont accès aux meilleures fourrures, et ils s'étendent vers l'Illinois. Si on veut faire des affaires, il faut franchir le Mississippi. Les États-Unis doivent confiner les Anglais au Canada, sinon ils vont tout prendre ! La Compagnie du Nord-Ouest et la Compagnie de la Baie d'Hudson se partagent un empire. Mais la Louisiane ! C'est là qu'est toute la question. Qui contrôlera l'Amérique jusqu'au Pacifique ? C'est pour cela que je suis venu vous voir, Ethan, même si je suis un homme occupé, très occupé même. Vous êtes en danger, vous savez.

— Si vous voulez parler des ennemis de Bloodhammer…

— Je ne sais pas de qui il s'agit ni ce qu'ils veulent, mais le bruit court que des gens de la pire espèce vous surveillent. Des millions de kilomètres carrés sont en jeu et celui qui a travaillé tour à tour pour les Anglais, les Français et les Américains est en position de faire la différence. Et ça, ça attire des ennemis. Vous êtes la personnalité du moment, Ethan Gage, mais gardez profil bas, ne l'oubliez pas. New York peut être une ville dangereuse et brutale.

— Tous ceux qui me rencontrent savent que je ne veux de mal à personne.

— Tous ceux que vous rencontrez peuvent vous

faire du mal. C'est un fait. J'ai cru comprendre que vous aviez un fusil ?

— Fabriqué par un artisan à Jérusalem.

— Gardez-le toujours près de vous, Ethan. Et prêt à l'emploi. »

12

Las d'expliquer qui était ce Norvégien avec ses curieuses théories, je me résolus à l'emmener aux dîners et aux bals. Je le présentais comme un idéaliste scandinave géant venu observer la démocratie.

« Vous aussi, vous êtes donc un homme de la liberté, monsieur, heu, Bloodhammer ?

— Les Danois sont nos Anglais.

— Et vous souhaitez imiter notre république ?

— Je veux être le George Washington norvégien. »

Après que je lui eus fait part des avertissements d'Astor, il se mit à emporter partout où il allait le tube contenant la carte, à la manière d'un carquois. Avec son bandeau sur l'œil, sa cape et une nouvelle canne dont le pommeau était une tête de licorne en ivoire dotée d'une corne en fer, il passait aussi inaperçu qu'un renard dans un poulailler.

« Nous devons faire route vers l'ouest, à présent, insistait-il.

— En plein hiver, c'est impossible. »

En février, on finit par apprendre que le nouveau président avait été désigné.

« Ethan, ne devrions-nous pas partir pour Washington ? me pressa-t-il.

— Il faut de l'argent pour partir en exploration, lui répondis-je en distribuant des cartes pour une partie de Faro, jeu auquel je jouais autant que le Piquet, la Bassette et le Whist. La bourse de Talleyrand a déjà diminué de moitié. »

Comme beaucoup d'hommes, je passais mon temps à ne pas tenir compte des conseils que je prodiguais aux autres, en particulier concernant le jeu. Cependant, la seule raison pour laquelle je différais notre départ était que ma modeste renommée nous avait valu d'être hébergés chez un certain Angus Philbrick. Il avait une jeune domestique allemande avec des tresses qui rebondissaient sur sa poitrine comme les baguettes d'un tambour. Je soupçonnais qu'elle ferait une excellente bouillotte si je disposais d'un jour supplémentaire ou deux pour conduire les négociations. Le fait que je ne parle pas plus allemand qu'elle ne parlait anglais semblait un avantage.

Ces derniers jours, Magnus et moi avions curieusement joué de malchance, mais j'avais mis cette mauvaise fortune sur le compte du hasard. Nous avions manqué nous faire écraser par un chariot de saucisses qui s'était détaché de la mule qui le tractait. Puis un incendie dans l'hôtel où nous séjournions avait conduit Philbrick à nous offrir une hospitalité temporaire. Au beau milieu de la nuit, nous avions glissé sur une plaque de verglas due à un seau vidé négligemment, et seule la corne en fer de la canne de Bloodhammer avait pu enrayer notre dangereuse glissade, à grand renfort d'étincelles. Des silhouettes encapuchonnées venues certainement pour nous porter secours avaient disparu en voyant l'arme potentielle que tenait mon énorme compagnon borgne.

« Je crois qu'on a été suivis, avait conclu Magnus.

— Par-delà l'océan ? Ne dis pas de bêtises, mon ami. »

Cette nuit-là, cependant, alors que je m'étais arrangé pour que Gwendolyn vienne ranger ma chambre quand tout le monde serait couché, notre séjour à Manhattan prit fin brutalement. Elle était arrivée comme promis, s'était exécutée comme je l'avais espéré et je m'étais assoupi quand quelque chose – le cliquetis de la porte et le raclement de gros meubles sans doute – me tira de mon sommeil. La place de Gwendolyn à côté de moi commençait à se refroidir, et je sentis une odeur bizarre. J'enfilai ma chemise de nuit, allai à la porte, mais ne pus l'ouvrir : le verrou de l'autre côté semblait avoir été coincé par une commode ou un coffre appuyé contre le mur opposé. Je reniflai. Du soufre ? Je regardai plus attentivement. De la fumée s'échappait de sous le lit.

La fenêtre était également bien fermée, et mon long rifle et mon tomahawk avaient disparu !

De toute évidence, Gwendolyn était moins fatiguée que moi par notre séance, et la petite traînée n'avait pas perdu son temps. N'ayant pas le temps de réfléchir, je m'emparai d'un lourd lavabo en faïence, le lançai de toutes mes forces pour fracasser la vitre et le châssis de la fenêtre et plongeai la tête la première dans le jardin. Je me réceptionnai dans la neige avec une roulade et retournai à l'intérieur en tenant le solide lavabo comme bouclier.

« Ethan ! »

Je levai les yeux vers la porte de la cuisine et vis

Magnus Bloodhammer qui faisait tourner sa canne au-dessus de sa tête et me dévisageait comme s'il allait m'attaquer. Était-il mon ennemi ? Je m'accroupis, me protégeant comme je pouvais avec le lavabo. C'est alors que cc dernier explosa dans mes mains. La canne n'était pas responsable, puisqu'elle passa en sifflant au-dessus de ma tête. J'eus à peine le temps de m'apercevoir qu'un coup de feu avait été tiré que j'entendis un grognement de surprise. Je me retournai pour voir mon agresseur, tout de noir vêtu, basculer en arrière dans l'appentis et lâcher son pistolet. La pointe de la canne de Bloodhammer s'était fichée profondément entre le cou et l'épaule de ce salaud. Pendant sa chute, je vis une autre étincelle.

« Qu'est-ce qui se passe, bon sang ! »

Il y eut deux rugissements successifs. Derrière moi, ma chambre explosa en une averse de flammes, de verre et de briques. Je me roulai en boule. Puis l'appentis du pauvre Philbrick explosa à son tour dans un bruit de tonnerre, faisant voler de petits éclats, des morceaux de mon agresseur et des excréments. Il se mit à pleuvoir des débris, très parfumés pour la plupart. Très vite, la neige en fut constellée et j'eus également droit à des éclaboussures de chair humaine. Les plumes de mon matelas éclaté tombaient comme des flocons et se collaient à ma chemise de nuit et à mes cheveux constellés de merde. Mes ennemis avaient tout prévu. Si la bombe dans ma chambre n'avait pas fonctionné, j'aurais été pulvérisé au moment où je serais monté sur le trône.

Quoiqu'à moitié sourd, je parvins à entendre des aboiements et des cloches.

Avant d'avoir eu le temps de faire quelque chose

de plus productif au vu de ma situation – courir, par exemple – Magnus apparut de nouveau, brandissant mon long rifle. J'eus un mouvement de recul, mais il ne me tira pas dessus.

« J'ai chargé Gwendolyn avec un tisonnier et elle a lâché ça après avoir raté son coup et tiré dans le lavabo, expliqua-t-il. Tu as épuisé trois vies en trente secondes ! Et tu m'as coûté une très bonne canne !

— Moi qui croyais l'avoir comblée ! » plaisantai-je, encore tout hébété et tremblant.

Je me dirigeai vers lui en titubant, pieds nus, gelé, le corps recouvert de plumes. Il éclata de rire. Mes agresseurs n'étaient pas parvenus à me tuer, mais ils avaient achevé de me faire perdre toute ma dignité.

« Tu ressembles à un poulet sorti de l'eau ! s'exclama mon compagnon. Tu es pire qu'un enfant de quatre ans, on ne peut pas te laisser seul deux minutes !

— Je me demande si cette charmante Gwendolyn parlait vraiment allemand. Peut-être était-ce du danois, dis-je en me débarrassant de mes plumes.

— C'est un peu tard pour lui demander. Des cavaliers l'attendaient et elle est partie au triple galop. »

Ahuri, Philbrick nous regardait à travers le trou béant qui ornait désormais le côté de sa maison.

« On ferait mieux de se diriger vers Washington, en fin de compte », concédai-je.

13

Notre départ précipité eut lieu à la fin du mois de février, peu après l'élection de Jefferson au trente-sixième tour – une élection si longue et si préjudiciable qu'on proposa même de changer la Constitution. Burr serait finalement vice-président, et la cérémonie d'investiture des deux hommes aurait lieu le 4 mars. Je prenais des notes car je savais que Napoléon me demanderait tous les détails. Notre démocratie l'intéressait autant qu'elle le laissait sceptique.

« Magnus, tu penses vraiment que des assassins danois nous ont suivis jusqu'ici ? » demandai-je en jetant des coups d'œil inquiets derrière nous.

Nous avions réservé une diligence en toute hâte pour nous éloigner de New York et de Philbrick, avant que ce dernier ait eu le temps de se ressaisir et de nous poursuivre en justice.

« Ce n'est pas comme si nous avions trouvé quelque chose qui prouve ce que tu avances, poursuivis-je. Pourquoi s'en faire ? Et pourquoi en voudraient-ils à moi plutôt qu'à toi ? »

Il se mit à énumérer les possibilités :

« Il pourrait s'agir d'agents de l'Église qui te jugent

coupable de blasphème par association. S'il s'agit des Danois, ils pensent que tu es mon guide et que tu es plus facile à tuer qu'un vrai guerrier comme moi. Les Anglais, bien sûr, te prennent pour un agent français. Les fédéralistes américains pensent que tu es républicain alors que les républicains murmurent que j'ai acheté trop de cartes chez Gaine, le libraire conservateur tombé en disgrâce. Les royalistes français te considèrent évidemment comme un bonapartiste, alors que les révolutionnaires français cherchent peut-être à se venger après ta participation à la bataille de Saint-Jean d'Acre du côté anglais. Les Espagnols souhaitent certainement retarder le moment où tu annonceras que la Louisiane a changé de propriétaire, et toutes les puissances craignent que je revendique la découverte de ce continent par la Norvège. Qu'est-ce que ça change de savoir qui est à nos trousses ? Plus tôt nous nous placerons sous la protection de ton jeune gouvernement, mieux ça vaudra. »

Le trajet en direction du sud sur les routes américaines jonchées de cailloux, d'ornières et de racines fut un vrai supplice. Nous partagions notre diligence avec six autres hommes qui sentaient le tabac, l'oignon et la laine mouillée. Nous étions entassés et, à la fin de l'hiver, la route était une véritable ruine. Les flaques faisaient la taille de mares et les ruisseaux s'étaient transformés en torrents. Pour traverser la Delaware, nous dûmes prendre un bac.

Le paysage ressemblait à un grand manteau brun sombre où s'éparpillaient fermes enneigées et parcelles de bois. Au moins deux fois par jour, nous autres passagers devions descendre pour désembourber notre voiture. Nous profitions des arrêts exigés par le conducteur pour nous diriger d'un pas traînant vers le buisson le plus proche et, transis, nous nous alignions pour uriner. Les auberges étaient plus sordides les unes que les autres, nous dormions à deux par lit et tous les lits étaient regroupés dans la même chambre. Magnus et moi, nous nous serrions sur un minuscule matelas aussi fin qu'une table à tréteaux, à côté de quatre autres lits similaires qui composaient le dortoir. Les corps entassés constituaient la seule source de chaleur. Mon compagnon ronflait, à l'instar de la moitié de notre troupe, mais il se retournait peu et il avait toujours la sollicitude de me demander si je ne manquais pas de place. (Évidemment, il ne servait à rien de prononcer l'évidence : *si.*) À minuit, l'épuisement me faisait inexorablement sombrer dans une inconscience salvatrice, avant que le tenancier de l'auberge ne nous réveille dans le noir à six heures pour le petit déjeuner. Il faut normalement deux jours pour se rendre de New York à Philadelphie. Il nous en fallut trois.

« Tu veux vraiment être le George Washington norvégien ? demandai-je à mon compagnon pour tromper mon ennui. Ça ressemble au genre d'ambition dont Napoléon se vante.

— Non, ce n'était qu'une flatterie pour vous autres Américains.

— Quel est donc ton but, alors, si modeste soit-il ?

— Mon but est tout sauf modeste. Je veux être bien plus que Washington. »

Les excentriques ont toujours un penchant pour la démesure.

« Et comment comptes-tu t'y prendre ? insistai-je.

— En trouvant ce qu'on recherche. Pour réformer le monde, il faut que des hommes bons le contrôlent.

— Et comment sais-tu que tu es un homme bon ? »

Selon moi, ce genre de question se révèle souvent plus complexe que ne l'admet la majorité des gens, car les meilleures intentions du monde n'entraînent pas nécessairement les meilleurs résultats.

« Forn Sior ne recrute que les vertueux et n'entraîne que les hommes bons. Nous nous efforçons d'être des chevaliers de l'éthique et de la détermination. Nous sommes inspirés par ce que le passé a fait de meilleur.

— J'espère que vous ne vous en prenez pas aux moulins.

— Les gens ont tendance à appeler don Quichotte tous ceux qui poursuivent une quête en espérant les ridiculiser. Moi, je le prends comme un compliment. Détermination, persévérance, pureté. Crois-moi, l'objectif que je cherche à atteindre vaut bien toutes les épreuves. »

À Philadelphie, on me considérait un peu comme le fils prodigue, car, après avoir, de nombreuses années auparavant, imprudemment défloré une certaine Annabelle Gaswick, j'avais fui à Paris en compagnie de Benjamin Franklin, qui m'avait pris comme apprenti et m'avait mis à l'abri, grâce aux liens maçonniques qu'il entretenait avec mon père. En six mois, j'avais dilapidé au jeu mon modeste héritage, mais je revenais à présent avec une certaine notoriété : une sorte de héros, un pont entre les nations !

« Nous pensions que vous étiez un voyou, mais il faut croire que vous avez hérité d'une partie du caractère de votre père, après tout.

— Pas de sa raison en tout cas.

— Pourtant, vous connaissez des hommes tels que Napoléon, Smith et Nelson.

— Le fait d'être le disciple de Franklin m'a permis d'évoluer dans les hautes sphères.

— Ah, Franklin. Ça, c'était un homme ! »

Pendant deux jours, la neige tardive nous bloqua dans le Delaware. Enfin, cinq jours épuisants après avoir quitté Philadelphie, nous arrivâmes à Baltimore.

« On est bientôt arrivés ? demanda Bloodhammer, impatient. C'est un grand pays que vous avez créé là.

— Et encore, tu n'en as vu qu'une infime partie. Tu commences à te dire que tes Scandinaves n'ont peut-être pas parcouru autant de chemin que ne le laisse entendre ta carte ?

— À pied, sûrement pas. Mais à la rame ou à la voile, pourquoi pas ? »

La route menant à la nouvelle ville de Washington était à peine plus large qu'un chemin. On ne croisait plus les jolies fermes de Pennsylvanie, et les bois qu'on trouvait entre la ville principale de la baie de Chesapeake et le nouveau siège du gouvernement étaient aussi sauvages que le Kentucky. Parfois, nous tombions sur une clairière avec quelques souches, des plants de maïs, une cabane et des enfants en haillons, avant de pénétrer à nouveau dans un tunnel d'arbres. Dans certaines fermes, il nous arrivait de croiser deux ou trois esclaves. Autant Magnus avait déjà vu des nègres à Paris et à New York, autant il était ébahi d'en croiser autant à cet endroit et de constater la misère dans laquelle ils vivaient. Je savais qu'ils constituaient un cinquième de la population de mon pays.

« Ils sont noirs comme le charbon ! s'exclama-t-il.

Et leurs loques… comment peuvent-ils travailler à l'extérieur, habillés comme ça ?

— Et alors ? Les bœufs n'ont pas besoin de manteau pour travailler, répliqua un passager, un planteur de Virginie au nez rougi par le whisky, qui mâchonnait une pipe qu'il n'allumait jamais. Le nègre est différent de vous et moi, monsieur, il a le cerveau plus petit et les épaules plus larges. Il est fait pour le travail aux champs, comme les mules. Autant s'en faire pour les petits oiseaux dans le ciel.

— Au moins, les oiseaux peuvent voler où bon leur semble.

— Vous avez de l'esprit, monsieur ! s'esclaffa le planteur, vous avez de l'esprit ! Mais nos nègres sont aussi satisfaits que la bonne vache laitière qui reprend chaque soir le chemin de l'étable. Je vous assure qu'ils sont plus heureux qu'ils ne le laissent paraître. Ils peuvent certes éprouver du désir, mais seulement pour la nourriture, la musique et le sommeil. C'est un service qu'on leur a rendu en les ramenant par chez nous. On a sauvé leur âme.

— Ils n'ont pourtant pas l'air très reconnaissants », répliqua Magnus.

Il avait le don pour aller sournoisement au cœur du problème, et son œil prenait alors l'éclat de celui d'Odin.

« Dieu a bien fait les choses, monsieur, rétorqua le planteur, piqué au vif. Les Indiens n'ont jamais rien fait de bon en Amérique et les Noirs n'ont pas fait mieux en Afrique. Alors on harnache le nègre et on enferme l'Indien. C'est pour leur bien ! »

En tant qu'ancien habitant de Pennsylvanie élevé

dans la tradition des quakers, je ne pouvais tolérer ce genre d'ineptie.

« Comment les Américains peuvent-ils prétendre être libres quand certains d'entre nous ont des chaînes aux pieds ? m'écriai-je.

— Comme je le disais, monsieur, ils ne sont pas comme nous, répondit-il, agacé. Vous avez développé des idées libérales en France, mais passez quelque temps avec nous dans le Sud et vous comprendrez ce que je veux dire. Washington l'avait compris. Et notre nouveau président aussi. Chaque chose et chaque homme à sa place. »

Puis il détourna la tête pour mettre un terme à la conversation et fit semblant de s'intéresser aux arbres qui défilaient inlassablement derrière la vitre. J'entendais des branches griffer le toit de notre véhicule, et, parfois, le cocher s'arrêtait pour se débarrasser des plus gênantes.

Je commençai à craindre que nous soyons perdus, quand enfin on croisa un Noir affranchi avec une boîte d'outils de charpentier à qui nous demandâmes où se trouvait la capitale.

« Z'y êtes dedans ! Z'avez passé la borne d'entrée y a pas un kilomètre. »

Je jetai un œil à l'extérieur. Il y avait deux fermes, des mauvaises herbes qui achevaient de se consumer et un enclos en bois grossier qui semblait ne rien contenir.

Le nègre indiqua la direction du doigt.

« Par là-bas pour la Grande Maison ! »

Au sommet d'une petite colline, nous pûmes voir les curieux balbutiements de Washington. Quatre mois après son occupation par les trois cent cinquante employés du gouvernement fédéral, la capitale de mon pays était à mi-chemin entre un marais sauvage et une magnificence grotesque. De larges avenues boueuses où auraient pu défiler des légions romaines traversaient des fermes, des forêts et des marécages, partant de nulle part pour arriver majestueusement nulle part. Au-delà, le grand Potomac scintillait. Il y avait des milliers de souches encore jaunes et trois cents maisons en bois et en brique jetées comme des dés sur un plateau cent fois plus grand que nécessaire. Je m'étais laissé dire que le district de cette ville faisait quinze kilomètres carrés. Je ne comprenais toujours pas pourquoi. Dix ans après le début de sa construction, Washington ne comptait en tout et pour tout que trois mille habitants.

Les maisons sortaient de terre le long de chemins boueux recouverts de sciure et, telles des miettes, conduisaient à un village voisin plus haut sur le Potomac, Georgetown. On y trouvait un petit port, et d'autres maisons sur l'autre rive, côté Virginie. Les quatre bâtiments officiels de Washington étaient ridiculement imposants et bizarrement isolés les uns des autres. Il y avait là, appris-je, le palais présidentiel, le Congrès, la Trésorerie et le département de la Guerre. La plupart des employés habitaient les petites maisons et les hôtels entassés entre le Capitole et le palais présidentiel, le long d'une route nommée Pennsylvania Avenue, dont toutes les souches n'avaient pas été retirées. J'imagine que Washington se développera tout seul – les institutions ont tendance à évoluer pour servir leurs employés plutôt que l'inverse, et n'importe quel employé un tant soit peu intelligent n'hésitera pas à engager d'autres employés afin de devenir chef, mais en attendant, elle restait ridiculement grandiose. Il y avait néanmoins une bonne nouvelle : l'endroit était si désert qu'on ne risquait pas de se laisser surprendre par des assassins.

« C'est aussi stupéfiant que Versailles, mais à l'inverse, murmurai-je. Il n'y a strictement rien ici.

— Faux, répliqua Magnus en se penchant tout excité par la fenêtre de notre voiture. Regarde les angles que forment les intersections. C'est une architecture maçonnique, Ethan ! »

14

En fait, cette architecture à laquelle il faisait référence correspondait au motif formé par les rues – nettement visible sur une carte – composé de triangles de Pythagore, d'étoiles et de pentagrammes, comme les figures ornant les loges et les documents maçonniques. Comme cette géométrie n'apparaissait que sur le papier et que les « avenues » étaient à peine plus larges que des chemins, je n'y trouvai pas vraiment de signification mystique.

« Magnus, cette architecture dont tu parles est sensiblement la même que celle des étoiles et des motifs que j'ai vus en Égypte et en Terre sainte.

— Exactement ! Regarde, là ! C'est le Capitole : sa pierre angulaire a été posée en face d'un parc, comme un nouveau Versailles, lors d'une cérémonie maçonnique. Et, relié directement par une avenue qui forme un triangle rectangle avec le parc, le palais présidentiel ! Vois comme les rues font écho aux symboles maçonniques : l'équerre, le compas, la règle ! Quant au nombre total de colonies, n'atteint-il pas le nombre mystique treize ?

— Sauf qu'aujourd'hui, nous comptons seize États.

— Certes, mais ils se sont soulevés comme un seul homme quand ils n'étaient que treize. Ethan, tu ne penses tout de même pas que c'est une coïncidence si la pierre angulaire du palais présidentiel a été posée par des maîtres francs-maçons, dont George Washington en personne, le 13 octobre 1792 ?

— Quelle coïncidence ? Attends, laisse-moi faire le calcul… le quatre cent quatre-vingt-cinquième anniversaire du vendredi noir, c'est de cela que tu veux parler, le fameux jour où les Templiers furent écrasés ? Mais tu ne penses pas qu'il est plus probable que cette cérémonie ait eu lieu trois cents ans et un jour après l'arrivée de Christophe Colomb ?

— Mais pourquoi ce jour en trop ?

— Peut-être qu'il ne faisait pas beau le douze, répondis-je en haussant les épaules.

— Tu es naïf ! Ou alors tu joues les idiots. S'ils ont choisi le treize plutôt que le douze, c'est parce que le treize a toujours été un nombre sacré. Il correspond au nombre de mois lunaires dans une année, au nombre de participants à la Cène, au nombre de jours après la naissance de notre sauveur quand se sont présentés les Rois mages, et à l'âge auquel les Juifs considèrent qu'on passe de l'enfance à l'âge adulte. Il correspond également au nombre de dieux nordiques présents quand Loki envahit leur banquet et tua Balder d'une flèche de gui empoisonné. Les Égyptiens pensaient que treize étapes séparaient la vie de la mort, et les potences anglaises ont treize marches. Treize est un nombre de la suite de Fibonacci. Au tarot, le treizième arcane majeur est la Mort. Et donc, treize parce que les descendants des francs-maçons templiers construisent une nouvelle nation sur le continent où leurs ancêtres trouvèrent refuge. La moitié des généraux de ta révolution étaient francs-maçons ! Et il s'agirait d'une coïncidence ? Ouvre les yeux, Ethan. Le destin de ta nouvelle nation est de s'étendre à l'ouest, mon ami : à l'ouest pour découvrir les reliques sacrées que les Templiers nordiques y ont laissées, pour fonder un monde meilleur !

— Et c'est le plan d'une capitale qui n'a toujours pas été construite qui te fait croire cela ?

— J'y crois parce que le destin nous a fait nous rencontrer, dans cette étendue sauvage utopique, afin de suivre les indications de ma carte sacrée jusqu'au bout. Le destin est notre allié.

— Une étendue sauvage utopique ? Tu es complètement fou, Bloodhammer.

— Christophe Colomb l'était aussi, railla-t-il. Et Washington quand il défia le plus grand empire du monde. Et Franklin avec son cerf-volant en plein orage. Seuls les fous font avancer les choses. »

*

Malgré une rusticité à faire s'esclaffer un aristocrate français, les drapeaux pour fêter l'investiture étaient omniprésents. Des guirlandes patriotiques pendaient des toits, et les calèches de visiteurs s'entassaient sous des abris construits à la hâte. Plusieurs canons se tenaient prêts à faire feu pour célébrer l'événement, et les soldats répétaient la parade. Magnus et moi fîmes passer un message à Jefferson déclarant que nous souhaitions le rencontrer et que j'apportais des nouvelles de France, mais toute audience était suspendue jusqu'à ce qu'il soit officiellement au pouvoir. Ainsi, le 4 mars au matin, nous prîmes à l'hôtel Blodgett un petit déjeuner avec biscuits, miel, jambon et thé, avant de nous habiller aussi élégamment que possible et de nous précipiter au Capitole. Adams, amer, avait quitté la ville à quatre heures ce matin-là, ne pouvant supporter de voir son adversaire de toujours accéder au pouvoir.

Seule la construction du Sénat était achevée au Capitole. À l'endroit où devait être construit un grand hall surmonté d'une immense coupole, il y avait un trou béant. Quant à la Chambre des représentants, elle n'avait pas encore de toit. Magnus et moi trouvâmes à nous asseoir dans une tribune du Sénat qui sentait encore le plâtre et la peinture, aux côtés de milliers de spectateurs. Nous nous croyions dans un théâtre grec. La construction avait été faite à la va-vite : on voyait déjà des taches au plafond à cause de fuites dans la toiture et le papier peint commençait à se décoller dans les coins. Deux cheminées dégageaient une chaleur âcre, inutile vu la foule.

Malgré tout, on pouvait sentir l'enthousiasme et la fierté dans les bavardages. Une élection aussi disputée que celle de 1800 était un fait nouveau dans le monde, et elle n'avait strictement rien eu à voir avec le coup d'État de Napoléon. Le vice-président élu Aaron Burr, dévoré par l'ambition, mais sobre ce jour-là, prêta serment le premier. J'étais assez curieux de le voir, car on le comparait à Napoléon. Comme le Corse, il était hâlé et séduisant : tous deux étaient des hommes à femmes. Connaissant sa réputation, je m'attendais à ce qu'il tente d'éclipser Jefferson, mais il n'en fit rien. Il salua le président de la Cour suprême avec un air légèrement frustré, puis s'assit derrière l'estrade pour balayer la foule de son regard aiguisé, comme s'il voulait récolter des voix supplémentaires. La posture qu'il arborait laissait entendre qu'il considérait le triomphe de Jefferson comme un contretemps mineur avant l'inévitable ascension qui le mènerait au pouvoir.

Puis un coup de canon et un tourbillon de fifres et de tambours retentirent. Jefferson arrivait depuis la pension où il résidait, à pied, comme un homme du peuple. La vérité, c'est qu'il restait trop de souches pour un défilé avec carrosses. Il entra, vêtu d'un costume noir. Ses cheveux n'étaient pas poudrés et il n'avait ni épée d'apparat comme Washington et Adams, ni cape, ni sceptre, ni courtisan. Il était grand, roux et beau, selon les standards paysans. Il semblait déconcerté par la foule ; ainsi, après un regard rapide vers les estrades, il se concentra timidement sur les papiers qu'il tenait à la main et s'humecta les lèvres.

« Il n'aime pas les discours, chuchota un des ministres sortants du cabinet d'Adams à une de ses amies.

— Tant mieux, je n'aime pas les écouter », répondit-elle.

Je fus d'abord déçu. Jefferson, à l'instar de Franklin, était considéré en France comme un héros, mais j'étais habitué à l'éloquence et à l'audace de Napoléon. Le sage de Monticello manquait curieusement d'assurance devant un auditoire : il se tenait penché comme un professeur et avait une voix féminine, douce et haut perchée. J'apercevais la sueur qui perlait sur son front, reflétée par les touches d'ombre et de lumière que produisaient les carreaux des fenêtres. John Marshall, le président de la Cour suprême, fit signe au président qui se mit à lire d'un ton calme mais déterminé.

« Pourquoi ne parle-t-il pas plus fort ? » demanda Bloodhammer de sa voix portante de baryton qui fit se retourner toute l'assemblée.

Heureusement, Jefferson ne sembla pas s'en rendre compte et poursuivit, pendant que nous tendions l'oreille.

Nous devions nous appuyer sur le texte du discours imprimé dans le journal pour deviner ce qu'il disait, mais malgré tout, l'intelligence reconnue de l'homme originaire de Virginie éclatait au grand jour. Après une élection féroce et âpre, il assura : *Nous sommes tous républicains, nous sommes tous fédéralistes* et appela à un *gouvernement sage et frugal* dirigé non par les ministres, mais par le peuple américain. Le gouvernement fédéral devait être restreint et les civils devaient contrôler l'armée. Cette vision des choses aurait certainement fait rire Napoléon. Quant à moi, je commençais à m'apercevoir à quel point cet homme à la confiance discrète était un révolutionnaire extraordinaire.

Le sang de la révolution américaine, dit-il, avait été versé pour la liberté de religion, la liberté de la presse et le droit à un procès équitable et ces notions constituaient *la profession de notre foi politique*. Dans sa bouche, ces mots paraissaient si extraordinaires que je me surpris à rougir de mes longs séjours en France. Enfin, j'étais à la maison à présent ! Pas de guillotine ici !

Je repensai à ce que m'avait dit Magnus. Toutes les idées fondatrices de mon pays étaient-elles dues à de mystérieux Templiers et d'énigmatiques francs-maçons ? Et cet extraordinaire idéalisme de ma nation, était-il uniquement le résultat d'un hasard géographique, ou avait-il vraiment un rapport avec la sombre histoire scandinave ? Je savais que Jefferson n'était ni un franc-maçon, ni même un chrétien au sens traditionnel du terme : c'était un déiste libre-penseur qui avait été élu parce qu'une majorité de ses concitoyens n'allait pas non plus à la messe, malgré les origines puritaines du pays. Il paraissait évident en 1801 que la religion reculait face aux sciences et au rationalisme, et qu'elle aurait entièrement disparu en 1901. Comment pouvait-on envisager qu'il subsiste des relents de secrets anciens et de dieux rances dans cette nouvelle Amérique miroitante ? Peut-être l'Amérique n'était-elle en fait qu'un endroit encore presque entièrement vide où chacun, Bloodhammer compris, pouvait exprimer ses désirs.

Jefferson acheva sa lecture, les applaudissements polis et un peu perplexes s'éteignirent rapidement – « Qu'est-ce qu'il a dit ? » murmuraient les gens – et Marshall lui fit prêter serment. Le nouveau président regagna discrètement la pension *Conrad and McMunn* pour attendre, comme tous les autres pensionnaires, qu'une chaise se libère pour le dîner. Il n'emménagerait dans le palais présidentiel que deux semaines plus tard, le temps d'y apporter quelques modifications.

*

Comme d'habitude, je vivais de ma renommée modeste, de mon talent aux cartes et de ma sociabilité, en attendant une audience officielle. Je me faisais des amis en racontant des anecdotes sur l'Égypte et Jérusalem que mes interlocuteurs ne pourraient jamais voir. J'ouvrais l'œil par crainte de tomber de nouveau sur des étrangers menaçants, et je tendais l'oreille pour entendre les éventuelles rumeurs. Curieusement, la menace semblait avoir disparu : plus d'échappées miraculeuses, plus de mystérieux assaillants. Magnus passait son temps à étudier ses légendes indiennes et faisait des listes d'équipement pour notre expédition vers l'ouest. Contrairement à moi, il ne faisait confiance à personne et se barricadait systématiquement quand il était dans sa chambre.

« On a peut-être fait peur aux méchants, suggérai-je.

— Ou alors ils nous attendent plus loin. »

Pendant que mon collègue étudiait, je cultivais un air important pour exploiter mes affinités avec Bonaparte et Talleyrand. À Washington, plus d'une demoiselle me fit comprendre qu'elle était libre si j'étais tenté par une vie de famille disciplinée et permanente. Comme je ne l'étais pas, je me contentais d'essayer les différentes prostituées qui faisaient le trottoir à côté du Congrès. Une de ces aventurières, Susannah de son prénom, m'apprit qu'elle était arrivée à Washington une semaine après les employés et deux semaines avant les premiers législateurs : il s'agissait selon elle de sa meilleure mutation.

« Ils ont qu'à claquer des doigts et le gouvernement leur donne un dollar, m'expliqua-t-elle. Et la plupart d'entre eux finissent leur affaire en moins d'une demi-heure. »

De leur côté, les hommes d'affaires voulaient me réformer.

« Alors, mon bon Gage, on ne se fait plus tout jeune ? me dit un jour un banquier du nom de Zébulon Henry.

— C'est vrai, c'est agaçant de vieillir.

— Nous devons tous penser à notre avenir, n'est-ce pas ?

— Pas une seconde ne passe sans que je ne m'en inquiète.

— Des placements à intérêts composés, voilà ce qu'il vous faut.

— Des placements à quoi ?

— À intérêts composés ! Quand votre investissement augmente, vous touchez des intérêts non seulement sur le capital initial, mais aussi sur son augmentation. En vingt ou trente ans, vous pouvez arriver à de véritables miracles financiers.

— Vingt ou trente ans ? m'exclamai-je, interloqué, car il me paraissait inconcevable de penser à si long terme.

— Si vous trouviez un emploi dans une entreprise comme la mienne, vous commenceriez simple comptable, mais avec votre ambition et votre talent, vous pourriez évoluer rapidement, en admettant que vous suiviez mes conseils et investissiez dix pour cent de vos gains, sans y toucher jusqu'à, voyons voir, jusqu'à soixante ans. Regardez, nous allons faire le calcul. Vous pourriez acheter une propriété, faire un emprunt. Ensuite vous demandez à votre femme de faire des ménages pour apporter un petit complément, en attendant que les enfants soient également en âge de participer…

— Je n'ai pas de femme.

— Un détail ! répliqua-t-il en griffonnant sur son papier. Je vous le dis, Gage, même si vous vous y mettez sur le tard – mais qu'est-ce que vous avez bien pu faire de votre vie ? – vous pourriez posséder une propriété respectable d'ici, voyons voir… 1835.

— La belle affaire.

— Évidemment, cela requerra de votre part ponctualité et cohérence. Pas question, bien sûr, de piocher dans le bas de laine. Un bon mariage, travail six jours par semaine, rendez-vous commerciaux le dimanche, travail à domicile le soir : nous pourrions développer une stratégie raisonnable, même pour un homme aussi peu prévoyant que vous. La magie du placement à intérêts composés, monsieur. La magie du placement à intérêts composés.

— Mais cela nécessite de travailler, non ?

— Ça oui, et pas qu'un peu. Il faudra travailler dur ! Mais comme on dit, le travail, c'est la santé !

— Je dois d'abord voir le président, répondis-je avec un sourire chaleureux.

— Le président ? Un homme remarquable ! Mais selon les rumeurs, pas très prudent non plus côté finances. Il dépenserait au-dessus de ses moyens. Il aurait acheté tout un bric-à-brac pour Monticello, dépensant sans compter, tout excité par son nouveau salaire. Comme la plupart des habitants de Virginie, il est constamment criblé de dettes ! Constamment, monsieur !

— J'espère qu'il ne me demandera pas de lui faire un prêt, plaisantai-je.

— Parlez-lui de mon conseil, Gage. Dites-lui comme je vous ai aidé. Je pourrais arranger les affaires de Jefferson, ça ne fait pas l'ombre d'un doute. De la discipline ! C'est ça le secret.

— Si nous en venons à parler argent, je lui parlerai de vous.

— Voyez comme les grands hommes se portent mutuellement assistance », répondit-il, rayonnant.

Je savais que Zébulon Henry voulait bien faire… mais vivre pour des intérêts composés ? Non, la vie est trop courte ! Je suis une cause perdue : je ne peux pas résister à l'envie irrésistible de jeter les dés, de tout miser sur le favori, d'écouter les rêveurs. Je crois à la chance et à l'occasion du moment. Pourquoi sinon me serais-je allié à Bloodhammer ? Pourquoi sinon graviterais-je autour de Napoléon ?

Magnus avait bien dit que son marteau, s'il existait vraiment, pouvait valoir de l'argent ou donner du pouvoir. Il y avait de toute façon quelque chose à en tirer. La chasse au trésor n'était en fait qu'une autre sorte d'investissement. Le problème, ce n'est pas tant que je sois paresseux, c'est que je m'ennuie facilement. J'aime la nouveauté. Je suis curieux de voir si l'herbe est plus verte ailleurs. Je laissai donc le banquier fanatique dire ce qu'il avait à dire, hochai la tête en signe d'approbation – et m'en remis à Jefferson.

15

Le palais présidentiel, plutôt élégant avec son éclat blanc et ses décorations classiques, était à moitié fini à l'extérieur et à moitié habité à l'intérieur. L'édifice majestueux de deux étages, un peu tape-à-l'œil pour une démocratie, était doté d'une promenade en planches qui lui conférait un côté plus républicain et permettait de traverser le jardin de boue et de sciure pour atteindre le perron cossu et sa colonnade. Le palais était équipé de deux rangées de dix immenses fenêtres au nord de l'entrée que nous empruntâmes – diablement difficile à chauffer, pensai-je – et la rangée du bas était surmontée de luxueux frontons étroits, comme des sourcils. Là où je pensais trouver un immense portail en bronze, il n'y avait qu'une porte lambrissée à taille humaine. Quand nous tirâmes la corde de la cloche, ce ne fut pas un domestique qui ouvrit le battant de chêne, mais un secrétaire en costume. Un jeune homme timide, râblé, au menton épais, au nez proéminent et aux lèvres fines, qui contemplait les colonnes comme si l'environnement le surprenait. Ses cheveux étaient attachés à la romaine, un style que j'avais moi-même adopté, et il portait aux pieds des mocassins.

« Comment va ! s'exclama-t-il dans le patois de la frontière avant de nous tirer vers l'intérieur. Je m'appelle Meriwether Lewis. Je suis arrivé il y a quelques jours de Fort Detroit, et j'ai pas fini de faire le tour du propriétaire. Y a de l'écho dans cette bâtisse. Venez, venez, le président Jefferson va vous recevoir. »

Le hall d'entrée avait cinq mètres de hauteur sous plafond, mais était complètement vide : ni meubles ni tableaux. Comme au Capitole, l'odeur de peinture agressait les narines. Juste en face de nous se trouvait une autre porte lambrissée donnant sur un salon ovale plutôt élégant, mais vide lui aussi. Par la fenêtre, on avait une vue imprenable sur le Potomac. Lewis nous entraîna vers la droite, devant un escalier qui devait mener aux appartements privés du président, jusqu'à un petit salon avec un canapé et une desserte.

« Je vais lui dire que vous êtes arrivés. »

Le secrétaire passa une autre porte avec une démarche de chasseur : son expérience de soldat de la frontière était flagrante.

Magnus regarda autour de lui.

« Ton président n'a pas l'air de raffoler des meubles.

— Jefferson vient d'emménager et Adams n'a vécu ici que quelques mois. Il n'est pas évident de choisir ce qui convient à une république. Et puis, il est veuf depuis presque vingt ans.

— Il doit se sentir aussi seul ici qu'un caillou dans une corne à poudre. »

Puis nous entendîmes un oiseau chanter.

Une porte du bureau de Jefferson s'ouvrit et on nous fit signe d'entrer. Cette pièce, située dans l'aile sud-ouest, semblait plus habitée. Le parquet en acajou était nu, mais une longue table recouverte de feutrine verte occupait le milieu de la salle, et le feu crépitait dans les deux cheminées. Des bibliothèques, des cartes, des secrétaires, des petits placards et des globes occupaient trois des murs. Le quatrième était constitué de fenêtres. Sur une des étagères était posée une défense d'éléphant d'une épaisseur incroyable, curieusement recourbée à l'extrémité. Sur d'autres, on trouvait des pointes de flèche, des pierres polies, des crânes d'animaux, des bâtons indiens et des motifs en perles. Sur les tables situées sous les fenêtres, il y avait des pots en terre cuite avec de jeunes pousses. On trouvait enfin des cloches de chimie, des caisses de terreau et, dans un coin, une cage. Son pensionnaire chanta de nouveau.

« Le plus beau son de la nature, déclara Jefferson en se levant de table après avoir reposé le livre qu'il lisait. L'oiseau moqueur m'inspire pendant mon travail. »

De près, Jefferson était plus impérieux qu'il ne l'avait paru lors de son investiture. Il était grand, avait un physique de planteur et sa chevelure rousse était assortie à son teint cuivré. Le discours que j'avais entendu fut un des seuls qu'il prononcerait jamais : gêné par sa voix aiguë, il préférait communiquer par lettre. Cependant, ses yeux reflétaient une intelligence exceptionnelle, la plus saisissante qu'on eût jamais vue. Napoléon avait le regard de l'aigle, Nelson celui du faucon, Djezzar celui du cobra et le vieux Franklin celui de la chouette endormie. Les yeux de Jefferson dansaient avec curiosité, comme si chaque chose constituait pour lui un phénomène unique et remarquable. Et nous faisions partie de ces phénomènes.

« Je ne m'attendais pas à ce que le bureau du président ressemble à un laboratoire de naturaliste.

— À Monticello, j'ai pris l'habitude d'inviter la

nature à l'intérieur. Rien ne me satisfait plus que de m'occuper de mes géraniums. J'étudie l'architecture, mais c'est l'architecture de la nature qui offre les proportions les plus harmonieuses. Et donc vous, vous êtes le héros de Mortefontaine ?

— Je n'ai rien d'un héros, monsieur le président, répondis-je en m'inclinant légèrement. Je ne fais que servir mon pays. Puis-je vous présenter mon compagnon norvégien, Magnus Bloodhammer ? »

Jefferson nous serra la main.

« Vous ressemblez à vos ancêtres vikings, Magnus. Mais peut-être cela n'est-il pas si anodin, si l'on considère votre mission ? »

Les envoyés américains à Paris l'avaient informé par courrier de notre venue, et nous lui avions envoyé un message pour lui expliquer que nous étions à la recherche de preuves d'anciennes expéditions nordiques.

« Je serais honoré de pouvoir marcher dans les traces de mes ancêtres, répondit mon compagnon.

— Sans hache de guerre, j'espère ! s'exclama notre hôte avec malice. Cependant, j'admire votre sens de l'investigation, Franklin serait fier de vous. Et vous, Gage, ces histoires de Saint-Jean d'Acre et de Marengo ? La plupart des hommes se contentent de choisir un seul camp. Comment faites-vous pour vous y retrouver ?

— J'ai beaucoup de chance. Quant à ma renommée, elle paraît hélas ! bien terne à côté de celle de l'auteur de la Déclaration d'indépendance. Rares sont les documents qui ont autant inspiré les hommes.

— Nous ne sommes pas avares de compliments, à cette table, reconnut le président. J'ai du talent pour le verbe et vous pour l'action, c'est pourquoi je suis enchanté de votre venue. Nous avons beaucoup de choses à discuter. J'ai hâte d'entendre vos impressions concernant la France, où j'ai moi-même travaillé après notre révolution et avant la leur. Bien sûr, des événements extraordinaires s'y sont déroulés depuis.

— Bonaparte est une véritable météorite. Mais en la matière, il n'a pas grand-chose à vous envier.

— Ce palais n'est qu'un début, mais Adams et ses architectes n'avaient aucun goût. Les latrines à l'extérieur ? Et c'est aussi là qu'il faisait sécher son linge. Tellement indigne d'un chef d'État ! Je ne voulais pas emménager tant qu'on n'avait pas installé des cabinets à l'intérieur. Il y a mille choses à faire avant que cet endroit puisse accueillir la visite de dignitaires, mais d'abord, je dois convaincre le Congrès de m'accorder plus que les cinq mille dollars qu'ils m'ont alloués. Ces gens-là ne se rendent pas compte de ce que représentent les dépenses modernes, dit-il en regardant autour de lui. Cette demeure n'est pourtant pas dénuée d'élégance, on y trouve un équilibre entre fierté nationale et sensibilité républicaine.

— Ça manque de meubles, ajouta Magnus avec son franc-parler habituel.

— Cela va se remplir, monsieur Bloodhammer, tout comme notre capitale et notre pays. Mais assez parlé décoration ! Venez, un bon dîner facilite la conversation ! »

Il nous fit entrer dans une salle à manger contiguë, pour un repas en milieu d'après-midi. Lewis aussi était de la partie. Des domestiques noirs nous servirent de la soupe. Quant à moi, je répétai la description toute faite de la Grande Pyramide que je servais à tous mes interlocuteurs, certain que Jefferson voudrait que je lui raconte l'expérience mystique qu'y avait vécue Napoléon. J'avais également préparé un mot sur Jérusalem, une analyse rapide des succès militaires français, quelques commentaires concernant mes expériences sur l'électricité, un compte rendu sur le gouvernement de Bonaparte et quelques informations glanées sur un des vins qu'appréciait Jefferson…

Le président but sa soupe à petites gorgées, reposa sa cuillère et me prit complètement au dépourvu :

« Gage, que savez-vous des mastodontes ? »

Je me sentis pâlir.

« Les mastodontes ? repris-je en me raclant la gorge. Un rapport avec la Macédoine ?

— Les éléphants, Ethan, les éléphants, me souffla Magnus.

— Les Américains utilisent le terme de mammouth, auquel les scientifiques français préfèrent celui de mastodonte, expliqua Jefferson. C'est le nom qu'ont donné les chercheurs aux ossements d'éléphants préhistoriques découverts en Russie et en Amérique du Nord. On a mis au jour un squelette presque complet dans la vallée de l'Hudson, et de nombreux os ont été retrouvés en Ohio. À côté, les espèces actuelles font figure de nains. Avez-vous vu la défense dans mon bureau ?

— Ah oui ! Franklin m'en avait parlé. Des éléphants laineux en Amérique. Vous savez, Hannibal utilisa des éléphants, avançai-je, tentant de masquer mon ignorance.

— Un seul de ces mastodontes remplirait cette pièce jusqu'au plafond. Ce devait être des créatures extraordinaires, majestueuses et magnifiques avec leurs défenses en forme de rampe d'escalier courbée.

— J'imagine, oui. Une fois, en Terre sainte, j'ai croisé un lion…

— Un simple chaton en comparaison, m'interrompit Jefferson. Je possède ici les griffes d'un lion préhistorique d'une taille colossale. Nous ne savons pas pourquoi, mais les animaux du passé étaient plus gros que ceux d'aujourd'hui. Quant aux mastodontes, aucun spécimen vivant n'a été rencontré à ce jour. Mais bon, j'imagine que notre climat froid et nos forêts ne sauraient convenir à des éléphants, je me trompe ?

— Non, bien sûr, m'empressai-je de répondre en prenant une gorgée de vin. Excellent millésime ! C'est du beaujolais ? »

Je savais que Jefferson avait une véritable obsession pour le raisin, et je préférais l'affronter en terrain connu.

« Mais apparemment, vers l'ouest, après le Mississippi, le paysage s'éclaircit nettement, n'est-ce pas, Lewis ? reprit-il, imperturbable.

— C'est ce que rapportent les trappeurs français avec qui j'ai pu discuter, répondit le jeune officier. Ils m'ont confié que plus à l'ouest, il n'y avait plus aucun arbre.

— Un terrain similaire à l'Afrique, mais en plus froid, en somme, répondit le président. Où seuls vivent des Indiens, avec leurs arcs primitifs dont les flèches doivent seulement rebondir sur la peau de ces mastodontes. Certaines rumeurs courent, Gage, selon lesquelles certains de ces immenses animaux vivraient toujours dans l'Ouest. Vous paraît-il envisageable que là où la civilisation n'a pas encore pénétré, ces colosses du passé puissent toujours exister ? Quelle découverte ce serait d'en repérer un, et même de le capturer et de le ramener !

— Capturer un éléphant laineux ? répondis-je, interloqué.

— Ou au moins en faire un croquis », répondit-il en repoussant son bol.

« Parlons affaires ! reprit-il soudainement avec une vivacité que je ne lui connaissais pas. Vous vous attendiez peut-être à plus de méfiance de ma part concernant votre proposition de partir sur les traces d'ancêtres nordiques, mais cela m'intrigue. Je pense qu'il s'agit là d'une opportunité pour nous tous. Je vous propose de vous aider à découvrir cet artefact que vous cherchez, et, en compensation, vous vous occuperez de mes éléphants et de toute autre merveille naturelle que vous pourrez croiser. Magnus, reprit Jefferson en se tournant vers mon compagnon, vous êtes venu en Amérique dans l'espoir de découvrir la preuve d'une ancienne expédition nordique, c'est bien cela ?

— Oui. Je suis convaincu que mon peuple a débarqué ici au Moyen Âge pour fonder une communauté utopique, et qu'il a peut-être laissé derrière lui des choses de valeur », répondit Magnus avec cet enthousiasme dont on fait preuve quand on vient de découvrir son âme sœur.

Il s'était préparé au scepticisme de notre interlocuteur et éprouvait donc à présent la plus grande joie à le regarder.

« Ethan, qui est un expert des mystères anciens, a accepté de m'aider, poursuivit-il. Cela signifierait beaucoup pour la fierté de mon peuple et l'encouragerait peut-être à s'affranchir de la domination danoise.

Je veux profiter de ma présence dans le berceau de la liberté pour la ramener avec moi.

— Les idéaux américains pourraient se répandre dans le monde et faire tomber les tyrans du monde entier, des tsars des steppes au pacha de Tripoli.

— Je fais partie d'une organisation, Forn Sior, qui poursuit ce but. En avez-vous entendu parler ?

— Anciennes coutumes existe vraiment ? demanda le président qui, de toute évidence, en connaissait plus au sujet de l'organisation de Bloodhammer et de sa mission que moi. En même temps, je ne suis pas surpris. Ethan se retrouve toujours mêlé aux choses les plus passionnantes. Gage, je veux que vous trouviez mon éléphant. Je veux que vous prouviez qu'il existe bel et bien. »

Je m'éclaircis la voix.

« Vous soutenez donc notre entreprise ? demandai-je, ayant espéré qu'il réprouve notre projet et me renvoie à Paris.

— Je n'ose imaginer les merveilles qui se cachent entre le Mississippi et le Pacifique ! »

Jefferson employait le ton rêveur de celui qui n'a jamais franchi les Blue Ridge Mountains, qui conduit ses expéditions depuis son atlas et qui tremble à l'idée de camper dans son jardin. J'ai l'air cynique, c'est vrai, mais il faut dire que j'avais été particulièrement malmené lors des trois années précédentes.

« Toutes sortes de créatures étranges pourraient se cacher là-bas, rivalisant avec les espèces que nous connaissons déjà, reprit Jefferson. Plus haut sur le Missouri se trouveraient apparemment d'étranges volcans. On parle par ailleurs de montagnes de sel. Sans parler des bénéfices plus conventionnels à réaliser :

des voies navigables pour traverser le continent, et des fourrures pour le commerce. Nous avons trouvé l'embouchure du fleuve Columbia, messieurs ; reste à en trouver la source ! Les géographes estiment qu'elle devrait se trouver à quelques jours de portage de celle du Missouri.

— Vous voulez donc que Magnus et moi partions trouver cette source ? demandai-je, effrayé à l'idée de partir à la recherche de volcans et de mammouths de la taille de la pièce.

— En fait, je pense envoyer en expédition le jeune Lewis, ici présent, pour découvrir ce qui se cache entre les deux océans. Le capitaine Lewis est mon protégé, un jeune homme – vous avez vingt-six ans c'est cela ? – qui a grandi à quinze kilomètres de Monticello et qui fait partie depuis six ans du 1er régiment d'infanterie. Il a atteint le rang de capitaine. J'ai toute confiance en lui, mais je dois persuader le Congrès de financer cette expédition. Et puis, nous avons quelques problèmes de frontières et d'empires. Les Espagnols nous bloquent le passage.

— En vérité, monsieur, il s'agit des Français, répondis-je, conscient de l'importance de ma révélation.

— Alors, cette rumeur est avérée ? demanda-t-il, rayonnant. Eh bien, mon mandat se présente sous les meilleurs auspices !

— Selon Talleyrand, le ministre des Relations extérieures, un accord secret a été signé le jour de la convention de Mortefontaine, rendant le territoire de la Louisiane à la France. Les Français m'ont demandé de vous en informer. Cela donne à Napoléon Bonaparte un empire en Amérique aussi grand que nos États-Unis, mais il n'a pas encore décidé de ce qu'il veut en faire. Je dois lui faire un rapport détaillé sur la Louisiane.

— Et m'en faire un à moi aussi, déclara Jefferson. Nous sommes aussi motivés que Napoléon. Vous êtes le pont entre nos deux nations, Ethan Gage. Vous pouvez être à la fois à mon service et au service de Bonaparte. Existe-t-il d'ailleurs des points communs entre lui et moi ?

— La curiosité, assurai-je. Le Premier consul imagine une frontière neutre le long du Mississippi et il souhaite permettre l'accès des Américains à la mer via la Nouvelle-Orléans.

— Je suis ravi d'entendre parler de relations amicales. Nous avons frôlé la guerre avec l'Espagne. Cependant, je considère le territoire qui s'étend à l'ouest du Mississippi comme propriété naturelle des États-Unis et non des puissances européennes. Si la Russie peut s'étendre jusqu'au Pacifique, pourquoi pas nous ? Une seule nation, Ethan, qui irait de l'Atlantique au Pacifique ! »

Après les mastodontes, la folie des grandeurs.

« Que feraient les États-Unis de tout ce territoire ? demandai-je.

— Il est difficile de l'imaginer, je le conçois, dit-il en jetant un œil par la fenêtre, exposée plein ouest. D'après mes calculs, peupler l'espace entre les Appalaches et le Mississippi devrait prendre mille ans. Cependant, notre population grandit. Nous sommes plus de cinq millions aujourd'hui. Cela représente un tiers de l'Angleterre et un cinquième de la France, mais nous les rattrapons. C'est cela qu'il faut que vous fassiez bien comprendre à Napoléon, Gage. La démographie à elle seule démontre l'hégémonie américaine. N'allez pas le tenter avec des idées d'empire américain !

— Les Français sont obnubilés par les Anglais. Talleyrand m'a demandé de découvrir leurs projets et d'enquêter sur des alliances potentielles avec les Indiens.

— Tout le monde complote donc, avec la Louisiane comme enjeu principal. Dites-moi, quel genre d'homme est ce Bonaparte ?

— Brillant. Énergique. Ambitieux, c'est certain. Il considère la vie comme une lutte et s'imagine en guerre contre le monde entier. Mais c'est aussi un idéaliste au sens pratique, parfois sentimental et très attaché à sa famille. Par ailleurs, il a une vision très caustique de la nature humaine. Il est aussi dur qu'un diamant et possède autant de facettes, monsieur le président. C'est un homme qui sait faire preuve de logique et de raison. Bref, il est possible de discuter avec lui.

— Mais il est dur en affaires ?

— Oh que oui ! Et il fait partie de cette espèce d'hommes pratiquement disparue : il sait ce qu'il veut.

— C'est-à-dire ?

— La gloire. Et le pouvoir pour lui tout seul.

— Le vieux rêve du tyran. Moi, je souhaite le bonheur de l'homme, et je suis convaincu que seules l'indépendance et l'autonomie peuvent le garantir. N'est-ce pas, Lewis ?

— C'est ce que vous m'avez toujours dit.

— Le bonheur vient de la terre, reprit Jefferson d'un ton doctoral. Le plus heureux des hommes est le fermier indépendant, et notre besoin de terre justifie notre besoin d'accroissement. Pour que la démocratie fonctionne, Gage, il faut que les hommes soient des fermiers. S'il y a bien une chose que les Grecs et les Romains nous ont apprise, c'est celle-ci. Dès le moment où nous commencerions à nous entasser dans des villes, nous deviendrions esclaves d'une minorité, et c'en serait fini de l'expérience américaine. La terre, la terre, c'est la clé, n'est-ce pas Lewis ? La terre !

— Il y en a plus qu'il n'en faut à l'ouest, répondit le secrétaire. Évidemment, elle est occupée par les Indiens.

— Mais nous avons un Norvégien prêt à l'explorer. Les Indiens, les ours et les loups ne vous font pas peur, Magnus ? Qu'y a-t-il de si fascinant pour que vous soyez prêt à prendre de tels risques ?

— Le fait que ce soit les Norvégiens qui aient rendu possible cette expérience sociale américaine dont vous parlez, répondit mon compagnon. Mes ancêtres ont trouvé refuge ici en premier.

— Vous pensez sérieusement que les Vikings nous ont précédés sur ce continent ?

— Pas seulement des Vikings, mais des Scandinaves. Il existe des preuves qu'ils sont venus au XIVe siècle, presque cent cinquante ans avant Christophe Colomb.

— Quelles preuves ? »

Magnus repoussa son bol sur le côté et sortit la carte de son étui. Encore une fois, je me demandai ce que contenait le compartiment à l'extrémité du cylindre.

« Vous allez vite comprendre, dit-il en déroulant la carte. Ce parchemin fut trouvé dans la sépulture d'un chevalier, dans une église médiévale, ce qui signifie qu'il date de 1360 environ. Pensez-vous que cette ligne de côte ici soit une coïncidence ? »

Jefferson se leva pour considérer l'objet.

« Par Mercator ! On dirait la baie d'Hudson », s'exclama-t-il.

Lewis fit le tour de la table, jeta un coup d'œil et hocha la tête.

« Si c'est un vrai, c'est remarquable.

— Évidemment qu'il s'agit d'un vrai », assura Magnus.

De mon côté, je ne pouvais m'empêcher de penser aux commentaires du président concernant les Indiens, les ours et les loups. Je m'étais attendu à de la moquerie de sa part, et il formait à présent avec les deux autres un véritable triumvirat.

« Je suis surpris que vous ne soyez pas plus surpris, lançai-je.

— Surpris de quoi ? demanda Lewis.

— De ce qui pourrait être une des plus troublantes découvertes historiques de tous les temps, répondis-je en indiquant la carte. Des Scandinaves avant Christophe Colomb ? Vous y croyez vraiment ? »

Lewis croisa le regard de Jefferson.

« Il y a des rumeurs, dit-il.

— Quelles rumeurs ? Des tigres en plus des éléphants ?

— Des rumeurs d'Indiens aux yeux bleus, monsieur Gage, répondit Jefferson. Pierre Gaultier de la Vérendrye en a aperçu lors de son exploration du bas Missouri en 1733. Il est tombé sur une tribu, les Mandans, vivant dans des villages qui ne sont pas sans rappeler les habitations d'Europe septentrionale au Moyen Âge. Douve à sec, palissade et maisons en bois. Ils sont sédentaires et pratiquent l'agriculture. Et, plus étonnant encore, certains ont la peau très claire, et leurs chefs portent la barbe. Un Indien barbu, admettez que c'est surprenant !

— Selon une légende ancienne, en 1170, un prince gallois nommé Madoc aurait pris la mer avec dix navires en direction de l'ouest depuis la Grande-Bretagne et ne serait jamais revenu, expliqua Lewis. Les mots *Mandans* et *Madoc* se ressemblent suffisamment pour qu'on puisse se demander si cette légende n'est pas en fait avérée.

— Attendez ! Les Gallois sont allés jusqu'au centre de l'Amérique ?

— C'est une possibilité, répondit Jefferson en haussant les épaules. Le Mississippi et le Missouri, ou le Saint-Laurent et les Grands Lacs, ou encore le fleuve Nelson et la rivière Rouge depuis la baie d'Hudson : ce ne sont pas les voies navigables qui manquent pour mener des explorateurs vers l'espace occupé par les Mandans, au centre de notre continent.

— J'ai moi-même vu des Indiens aux yeux clairs à Kaskaskia, en territoire illinois, ajouta Lewis. Le général George Rogers Clark a rapporté la même chose. D'où sont-ils originaires ?

— Monsieur le président, je crois que beaucoup de grands hommes de votre pays n'auraient pas non plus été entièrement surpris par mes renseignements, interrompit Magnus. Beaucoup, comme Washington et Franklin, étaient francs-maçons, n'est-ce pas ?

— C'est vrai. Mais ce n'est pas mon cas, Bloodhammer.

— Qu'importe, ces dirigeants faisaient partie de vos amis. Vous connaissez donc les liens existant entre les francs-maçons et les chevaliers de l'ordre du Temple persécutés », insista-t-il.

Je réprimai un gémissement. Nous étions sur le point de perdre toute crédibilité.

« Est-il possible que des Templiers aient fui vers l'Amérique ? poursuivit Magnus. Et qu'ils soient à l'origine d'une idée utopique recréée aujourd'hui ici même, dans votre capitale ? Ces bâtiments sont bien grands et ces rues bien larges pour une nouvelle nation. Par ailleurs, vos rues forment un motif intrigant pour quelqu'un qui connaît les rudiments de la géométrie sacrée.

— De l'urbanisme moderne, rien de plus, répondit le président, sur ses gardes.

— Non. Les États-Unis ont été créés dans un but bien précis, j'en ai la conviction. Un but secret. Et moi, je pense que ce but consistait à recréer un âge d'or oublié depuis longtemps, un âge de divinités et de magie.

— Mais qu'est-ce qui vous fait croire cela ?

— Cette ville, pour commencer. La date de sa fondation, la date de pose des pierres angulaires, sa taille. Et ensuite, cela, dit-il en pointant du doigt le symbole du marteau sur sa carte.

— De quoi s'agit-il, Magnus ?

— C'est le symbole du marteau du dieu Thor.

— Vous pensez trouver Thor en Amérique ?

— Pas Thor, non. Seulement son héritage. »

Je m'attendais à ce que Jefferson nous passe une camisole de force et nous fasse conduire à l'asile, mais ses yeux s'illuminèrent un peu plus, ce qui me mit instantanément mal à l'aise.

« Son héritage ? reprit-il. Comme c'est intéressant. Vous savez, je m'intéresse également beaucoup aux temps anciens et je possède une bibliothèque assez fournie sur le sujet. J'ai lu, entre autres ouvrages, des livres concernant votre Forn Sior. Nous ne savons pas ce qui se cache au-delà de la frontière, et nous ne savons pas non plus qui arpenta ces territoires. Entre les Indiens à la peau claire, les bêtes préhistoriques, les rumeurs de tempêtes particulières inconnues en Europe et les hommes-médecines qui mettent en garde contre des esprits maléfiques, nous ne sommes certains de rien, messieurs. Mais moi, je suis curieux. Je suis curieux. »

Magnus ne répondit rien. Et moi, je commençais à comprendre pourquoi je n'avais pas voulu quitter New York. Des esprits maléfiques ?

« La présence des Gallois est une hypothèse plausible, reprit Jefferson. Le fait que vous veniez d'en énoncer une autre prouve bien que La Vérendrye n'exagérait pas. Et si une colonie perdue, composée de Gallois ou de Scandinaves, s'était mêlée aux populations indiennes pour survivre aujourd'hui sous la forme d'une tribu vivant dans des villages fortifiés, quelque part le long du Missouri ? Il existe en outre d'autres théories selon lesquelles les tribus perdues d'Israël seraient parvenues à atteindre l'Amérique et dont les membres seraient les ancêtres des Indiens actuels. Enfin, selon d'autres légendes, des Carthaginois, vaincus par Rome, auraient traversé l'Atlantique pour échapper au sac de leur ville.

— Exactement ! s'exclama Magnus en m'adressant un petit signe de tête.

— Platon faisait référence à une Atlantide perdue, que l'astronome Corli a cherché à localiser. Les Indiens prétendent que le tabac pousse à l'endroit où les cheveux d'un dieu de feu tombèrent du ciel. Les descendants du roi David ou d'Hannibal arpentent-ils les déserts de l'Ouest ? Toutes ces ethnies ont pu oublier leurs origines. Mais si nous parvenions à démêler le vrai du faux, l'enjeu serait considérable.

— En quoi ? demandai-je.

— Les Européens qui ont créé des empires dans le Nouveau Monde légitiment en partie leur présence par le fait qu'ils sont arrivés les premiers, expliqua Lewis. S'il s'avérait que les premiers arrivants européens n'étaient pas ceux qu'on pensait, les revendications territoriales des Britanniques, des Français et des Espagnols seraient ébranlées.

— Ce qui assurerait plus de poids aux États-Unis à la table des négociations, ajouta Jefferson. L'accroissement de notre population nous offre la possibilité de nous approprier des territoires, mais cela pourrait causer des guerres que nous ne voulons pas. Nous préférerions acheter des terres à un propriétaire dont les revendications territoriales seraient remises en cause par l'histoire. S'il s'avérait que les Scandinaves étaient bien là les premiers, l'ordre mondial s'en trouverait bouleversé. Le plus important, c'est que nous découvrions la vérité, et ce, de préférence avant les Français, les Espagnols ou les Britanniques. Voilà, messieurs, la raison pour laquelle vous pouvez compter sur mon soutien dans cette mission de reconnaissance. Je n'ai qu'une condition : vous ne faites votre rapport qu'à moi. Il va sans dire que votre loyauté penche du côté de votre pays natal, n'est-ce pas Ethan ?

— Évidemment. »

En vérité, ma loyauté penchait plutôt du côté de ma propre survie, mais comme cela ne semblait intéresser personne à cette table, je m'abstins de tout commentaire.

« Ce que vous découvrirez fournira, je l'espère, des informations sur lesquelles le capitaine Lewis pourra ensuite s'appuyer, si j'arrive à persuader le Congrès de financer une expédition plus ambitieuse.

— Ambitieuse ? À quel point ? demandai-je.

— Entre vingt et quarante hommes et plusieurs tonnes de matériel.

— Impressionnant. Et combien d'hommes accompagneront mon expédition ?

— Eh bien un seul, j'imagine. Magnus Bloodhammer. »

Le Norvégien rayonnait.

« Un seul ?

— Je veux que vous avanciez rapidement et sans bruit, comme les éclaireurs d'une armée.

— Quelle quantité de matériel dans ce cas ?

— Je suis prêt à vous donner cent dollars et une lettre de recommandation à l'attention des forts américains de Détroit et Michilimackinac que nous venons d'acquérir, afin qu'ils vous fournissent une escorte. Je vous suggère d'aller aussi loin à l'ouest que possible par les Grands Lacs, avant de poursuivre par voie terrestre. Avec un peu de chance, avant la fin de la saison, votre expédition sera achevée et vous m'aurez fait votre rapport. Nous pourrons alors affiner notre stratégie concernant l'expédition de Lewis et les négociations avec Napoléon. Si vous survivez, cela va de soi.

— J'espérais une aide un peu plus conséquente, répondis-je en prenant une grosse gorgée de vin.

— Je viens d'accéder à la présidence et Adams m'a

laissé un véritable chantier. C'est tout ce que l'Amérique peut faire pour vous. Heureusement, Gage, vous êtes un patriote !

— Ce qui signifie donc que tout ce que vous découvrirez et qui aura de la valeur deviendra la propriété exclusive des États-Unis, ajouta Lewis.

— Sauf si ce n'est pas sur le territoire américain, répliqua Magnus. Et les Scandinaves sont allés plus loin qu'aucun Américain ne l'a jamais fait. Ce qui signifie que nous serons en territoire norvégien… *messieurs* », conclut-il en accentuant particulièrement le dernier mot.

Jefferson sourit. Magnus avait mordu à l'hameçon.

« Alors vous pensez vraiment que vous allez trouver quelque chose de valeur, d'une valeur inestimable même, qui prouverait l'existence d'une première exploration nordique ?

— Oui, et les objets que je pourrais trouver me reviennent de droit ainsi qu'à mon pays. Et à Ethan. Qu'en dis-tu, mon ami ?

— Il s'agit sûrement de vulgaires bibelots rouillés, m'empressai-je d'assurer. Des fers de lance anciens. Un clou par-ci, un rivet par-là. »

Je ne voyais pas la nécessité d'évoquer des histoires de marteaux magiques valant une somme fabuleuse.

« Je tiens à préciser que je soutiens un projet d'exploration, Gage, pas une chasse au trésor.

— Il me semblait que nous avions mérité votre confiance, répondis-je, faussement indigné. Je vous ai confié le secret du traité franco-espagnol concernant la Louisiane et Magnus vous a montré une carte d'une valeur inestimable. Nous nous sommes confiés à vous, monsieur le président, et nous souhaitons seulement que vous nous rendiez la pareille.

— Voilà qui est bien parlé. Nous sommes tous partenaires, messieurs, pour une des plus extraordinaires aventures de l'histoire. Je vous laisse donc à votre mission. Vos seuls rivaux seront les Britanniques au Canada, les Français et les Espagnols en Louisiane, la nature hurlante, des animaux gigantesques et des tribus indiennes hostiles. Rien à quoi vous n'ayez déjà fait face des dizaines de fois, n'est-ce pas ?

— En fait, deux cents dollars ne seraient pas de trop.

— Revenez vivants avec des informations utiles, et je vous paierai trois cents dollars. Pour commencer, vous devrez vous contenter de cent. Et je sais qu'un fin tireur comme vous voudra vivre de sa chasse ! »

Il faisait sombre quand nous partîmes. Dans ma tête se mélangeaient des images d'éléphants laineux, d'Indiens furtifs, d'esprits maléfiques et de montagnes de sel, auxquelles venaient s'ajouter des réflexions concernant l'état toujours discutable de mes finances. Enfin, les dés étaient jetés.

« Tu as trouvé un visionnaire de ta trempe, Magnus, lui dis-je alors que nous nous tenions debout à l'extérieur à regarder la lumière des bougies dans le palais présidentiel. Je m'attendais à plus de scepticisme de sa part.

— Jefferson veut nous manipuler, Ethan, de la même manière que Bonaparte. Et de la même manière que nous les manipulons tous les deux ! Nous irons donc voir de quoi a l'air leur fameuse Louisiane et nous les laisserons se la disputer s'ils veulent, déclara-t-il d'un ton empreint d'un pragmatisme que je ne lui connaissais pas. Et si nous trouvons le marteau de Thor, nous pourrons complètement changer le monde ! »

Son regard sombre scintillait dans le crépuscule.

« Changer le monde ? repris-je. Je croyais que nous comptions seulement en tirer profit.

— Le réparer. Il y a beaucoup plus en jeu que tu ne le soupçonnes.

— Que veux-tu réparer, au juste ?

— Le cœur de l'homme », dit-il en tapotant l'étui de sa carte.

Une fois de plus, je me demandai qui était véritablement mon nouveau compagnon.

16

Pour notre expédition vers l'ouest, Magnus avait opté pour un mousquet qui pourrait faire office de fusil de chasse et pour une gigantesque hache à deux lames qu'il portait dans son dos comme un pillard nordique.

« C'est Jefferson qui m'a donné l'idée ! »

Il passait des heures à la faire reluire avec une lime, de l'huile et un chiffon.

« Avec cette hache et ton petit tomahawk, nous n'aurons pas de problème pour faire un feu de camp.

— Un feu de camp ? Avec cet engin, tu pourrais chauffer l'enfer et couper la moitié des arbres de la vallée de l'Ohio ! La lame est tellement immense qu'on pourrait s'en servir comme table !

— Si je la polissais, elle ferait également un bon miroir, ajouta-t-il en la soulevant pour l'inspecter. J'aimerais bien avoir un glaive. »

Il était aussi enthousiaste que j'étais rongé par le doute.

Nous avions préparé notre itinéraire. Après avoir remonté le Potomac vers le nord-ouest, nous devions traverser les Appalaches par la route qu'avait construite le général britannique Braddock avant sa défaite cinglante lors de la guerre de la Conquête contre les Français. Après cela, l'objectif était de rejoindre Pittsburgh, ville située au confluent de la Monongahela et de l'Allegheny, puis de remonter le fleuve Ohio jusqu'à la Grande Piste, un réseau de sentiers créé par les Indiens pour atteindre le lac Érié. Là, nous devions embarquer à bord d'un bateau qui nous mènerait à Fort Detroit, à huit cents kilomètres de Washington. Enfin, le lac Huron et le lac Supérieur nous serviraient de voie navigable pour franchir les huit cents kilomètres supplémentaires jusqu'à la lisière de l'espace vierge sur la carte de Bloodhammer.

La peinture fut la première trace de civilisation qui disparut lors de notre remontée du Potomac. Plus nous gravissions les montagnes, plus on croisait des fermes en bois brut ; le bois de construction cédait la place aux rondins grossiers. Notre itinéraire traversait des carrés de légumes épars, des pâturages piétinés et des chemins de montagne jonchés de souches et de branches. Plus spongieuse qu'une purée, la piste était aussi tortueuse qu'un avocat pendant sa plaidoirie et n'était entretenue que par les voitures qui l'empruntaient sans jamais s'arrêter pour la réparer. L'odeur de fumée était omniprésente, signe que des paysans misérables mettaient le feu à des parcelles de forêt pour étendre un peu leurs champs de maïs. Puis, enfin, au plus profond des montagnes, les fermes disparurent complètement. Les crêtes brunes et arides, presque toujours couvertes de givre le matin, formaient autant de murs qui se perdaient dans la brume. La journée, les faucons tournoyaient ; la nuit, les loups hurlaient. Quand le vent soufflait, le tapis brun des feuilles de l'hiver précédent frémissait tel un livre en lambeaux. La forêt paraissait murmurer.

Quand le temps le permettait, nous dormions dehors, ce qui nous entraînait à notre future vie de trappeurs et nous permettait d'éviter le prix exorbitant des auberges des Appalaches et leurs puces voraces. Nous construisions un lit de branchages, dînions de jambon et de pain de maïs et buvions l'eau des torrents, en écoutant les bruits de la nuit. À travers l'entrelacs de branches bourgeonnantes, nous apercevions la voûte céleste et ses millions d'étoiles. Parfois, Magnus et moi évoquions la croyance ancestrale selon laquelle chacune correspondait à un ancêtre parti dans les cieux pour l'éternité.

« Peut-être que Signe est l'une d'entre elles, dit-il, mélancolique.

— Combien de temps avez-vous été mariés ?

— Seulement un an, répondit-il avant de s'interrompre un instant. C'est la seule fois que j'ai été vraiment heureux. Je l'aimais depuis mon plus jeune âge, mais ma famille m'avait rempli la tête d'histoires de dieux et de mystères, et j'ai donc navigué vers le nord pour retrouver la trace d'éventuels Templiers, tellement loin au nord que le soleil ne se levait jamais et que l'air se réchauffait à peine. J'ai découvert des mines tellement profondes qu'elles auraient pu être creusées par des nains, mais pas de reliques. Quand je suis rentré, elle s'était mariée. C'est alors que j'ai perdu mon œil et que j'ai plus ou moins laissé la joie de côté. Le bonheur n'est le lot que d'une minorité.

— Au moins, tu avais quelqu'un qui t'obsédait, dis-je en songeant à Astiza.

— Et puis j'ai hérité de la ferme familiale. Son mari s'est noyé et, contre toute attente, elle et sa famille m'ont accepté comme second choix. J'étais mutilé, je me trouvais hideux : elle était la Belle et moi la Bête. Quand elle m'a annoncé qu'elle portait mon enfant, le bonheur m'a submergé. J'ai laissé Forn Sior de côté pour me consacrer à la vie de famille. As-tu jamais connu le bonheur, Ethan ?

— Par-ci, par-là, pendant une heure ou deux. Je ne suis pas sûr qu'il puisse durer très longtemps. Franklin disait *Qui est riche ? Celui qui est content. Qui est-ce ? Personne !*

— Ton mentor avait tort. Selon sa définition, j'étais riche. Riche comme Crésus. Qu'avais-je besoin de Norvège et de Templiers alors que j'avais Signe ? Et puis…

— Elle est morte ?

— Je l'ai tuée. »

Je vis alors qu'il était obsédé, et pas seulement par ses histoires de nains et d'elfes. Son expression s'était soudainement flétrie, comme une plante en hiver. Je restai figé, ne sachant que dire.

« Elle est morte en donnant naissance à mon enfant.

— Magnus, ça aurait pu arriver à tout le monde.

— Les voisins se moquaient déjà de moi et me surnommaient Odin. Mais dans cet abîme de souffrance, j'ai trouvé la main du destin et je me suis rendu compte que je n'en avais pas fini. Je pense que les chevaliers du passé cherchaient un Graal qui permettait de réparer le pire. Je crois également que comme l'ancien dieu nordique, je suis condamné à arpenter le monde en quête d'un amer savoir. Si je poursuis cette quête, c'est en mémoire de mon épouse, Ethan. C'est pour cela que je ne partage pas ton intérêt pour les femmes.

— Ah. »

Une fois de plus, je me sentis superficiel. Mais cette sensation ne dura pas longtemps, car on ne peut pas perdre ce qu'on ne met pas en jeu, et je n'avais jamais mis mon cœur en jeu.

« Mais elle ne t'en voudrait pas si tu te remariais. Elle l'a bien fait, elle.

— Non, j'ai abandonné ma quête et mon égoïsme lui a coûté la vie. À présent, je dois reprendre ma mission ici, dans l'Ouest américain. C'est ma pénitence.

— Ta pénitence ! Et tu m'embarques avec toi, moi qui n'y suis pour rien ?

— Toi aussi tu as besoin d'un but. Je m'en suis aperçu à Mortefontaine, où les seules choses que tu possédais étaient la boisson, la nourriture, les cartes et les femmes. Je t'ai sauvé, mais je sais bien que tu ne me remercieras jamais.

— Mais nous sommes à la limite du néant, m'exclamai-je en montrant du doigt un gouffre béant en dessous de nous où s'amoncelait le brouillard.

— Erreur, nous sommes à la limite du jardin d'Éden », souffla-t-il, formant un petit nuage dans le froid ambiant.

Je me sentais irrité par la façon dont il m'avait recruté.

« J'imaginais ça plus chaud », ironisai-je.

Tremblant malgré moi devant la tristesse de son histoire, j'enfouis ma tête sous la couverture. Le petit garçon enthousiaste paraissait bien vieux à présent, et la forêt déserte semblait aux aguets.

« T'es-tu jamais demandé où se trouvait le jardin d'Éden, Ethan ?

— Pas vraiment, répondis-je, conscient de la folie de mon compagnon.

— Ce que je veux dire, c'est qu'il devait bien se trouver quelque part. Et s'il était possible de le redécouvrir ?

— Je crois me souvenir que la porte de ce havre de paix s'est refermée, grommelai-je. La Bible, Ève, la pomme, le serpent… ça te dit quelque chose ?

— Mais imagine qu'on puisse l'ouvrir à nouveau.

— Avec une clé ?

— Avec le marteau de Thor.

— Dans ce cas, ne touche pas à ma tarte aux pommes », répondis-je avant de me retourner pour dormir.

Le lendemain matin, Magnus était de nouveau joyeux, comme si notre conversation n'avait été qu'un étrange cauchemar. Il ne fit pas allusion à la pauvre Signe et disserta sur la couleur brun foncé qui caractérisait les forêts que nous traversions et qu'on ne trouvait apparemment pas dans les bois de Norvège. Magnus était un fou qui ne se souvenait pas de ses délires. Mais alors que nous sellions nos chevaux, il m'appela et me lança quelque chose d'un air espiègle.

Une pomme. Conservée depuis la récolte précédente et achetée au marché de Washington.

« En signe d'encouragement, dit-il avec un sourire narquois.

— Dans ce cas, je mords dedans. »

Le fruit était toujours ferme et croquant. Je mâchai longuement.

« Je ne me sens pas plus sage, plaisantai-je.

— C'est parce que nous n'avons pas encore trouvé le bon arbre. »

Nous repartîmes donc. Après avoir terminé la pomme, j'en jetai le trognon dans les bois, où il pourrait germer.

*

Lorsqu'il pleuvait, nous trouvions refuge dans des auberges publiques rudimentaires. Bondées, elles se caractérisaient par le bruit qui y régnait et par l'odeur âcre de la fumée. Les hommes crachaient, juraient, pétaient et grognaient dans les lits qu'ils partageaient pour se réchauffer. À l'aube, nous nous épouillions comme des singes avant de payer une somme exorbitante pour un petit déjeuner composé de petit salé, de purée de maïs et de whisky coupé à l'eau – le régime standard de la frontière. Entre Georgetown et Pittsburgh, je ne trouvai pas plus de tasse propre que de jolie serveuse.

Pour tromper son ennui et sa mauvaise humeur, Magnus fendait des bûches avec son énorme hache pour alimenter les cheminées des auberges, ce qui nous permettait de nous acheter une miche de pain à six pence. Parfois, je lui tenais compagnie. J'admirais ses muscles saillants, aussi impressionnants que ceux d'un taureau, et lui prodiguais des conseils dont il ne tenait presque jamais compte. J'empilais les bûches, mais refusais de participer à la coupe.

« Pour quelqu'un qui s'est illustré aux batailles de

Saint-Jean d'Acre et de Marengo, on ne peut pas dire que tu aimes t'entraîner au combat, raillait-il.

— Et pour un homme qui veut contrôler le monde, tu sembles prendre beaucoup de plaisir à faire des tâches paysannes pour quelques pièces. On assure ses arrières, Magnus ? »

Après neuf jours d'un trajet difficile, nous étions soulagés de quitter enfin les montagnes froides et abruptes pour retrouver une campagne printanière et verdoyante. Pittsburgh formait un triangle de trois cents maisons et cinq cents âmes, dont le sommet était orienté vers l'Ohio, formé par le confluent des rivières Monongahela et Allegheny. L'ancien fort britannique situé à la pointe avait disparu depuis longtemps : on avait pillé les briques pour construire de nouvelles maisons et les remparts au sud n'avaient pas survécu aux crues. Le reste de la ville se développait sous un nuage de fumée de charbon. On y trouvait des chantiers navals, des scieries et des usines pour fabriquer cordes, clous, verre et fer. On pouvait sentir l'odeur des poulaillers et des étables à trois kilomètres à la ronde et on croisait dans les rues autant de cochons que d'habitants. Pour atteindre le bateau qui nous ferait descendre l'Ohio, il fallut descendre les falaises de la ville et marcher sur des planches qui reposaient sur des barres de vase pour enjamber les eaux plus profondes.

Une barge nous fit descendre l'Ohio avec nos chevaux sur trente kilomètres pour nous débarquer sur la Grande Piste, qui ressemblait à une route rudimentaire partant vers le nord. Ce qui avait été dix ans auparavant un territoire indien hostile était à présent, grâce à la victoire remportée à la bataille de Fallen Timbers, une route empruntée quotidiennement par les immigrants. La guerre, la maladie et la disparition du gibier avaient contraint à l'indigence des tribus comme les Delaware et les Hurons. Les quelques survivants émaciés et sales que nous croisions n'avaient rien à voir avec les fiers guerriers que j'avais rencontrés à l'époque où j'étais trappeur. À l'instar des mastodontes, les Indiens étaient-ils en train de disparaître ?

Magnus les considérait avec un grand intérêt.

« Les descendants d'Israël, murmura-t-il.

— J'ai été en Palestine et je ne vois vraiment pas le rapport.

— Les tribus perdues dont Jefferson parlait.

— Magnus, c'est une race en voie d'extinction. Regarde-les ! Je suis navré, mais c'est la vérité.

— Si c'est la vérité, nous sommes sur le point de perdre plus que ce dont nous avons jamais rêvé. Ces gens connaissent des choses que nous avons oubliées, Ethan.

— Quelles choses ?

— Le passé. Le sens même de la vie. Ils savent voir l'invisible. D'après les érudits, ils connaîtraient même le monde des esprits. Thor a peut-être marché avec leur manitou : il s'agissait peut-être de deux êtres spirituels semblables ! Franklin s'est inspiré du gouvernement iroquois pour créer votre Constitution. Et Johnson faisait l'éloge de leur éloquence.

— Et pourtant, dans la dernière auberge, on nous a dit qu'il s'agissait de voleurs paresseux, portés sur la boisson et doublés de chasseurs de scalps. Les pionniers détestent les Indiens, Magnus. Tu te souviens du négociant en whisky ? Il avait une blague à tabac faite à partir du scrotum d'un guerrier. Le mot qu'on utilise pour désigner leurs femmes, *squaw*, signifie *chatte*. Les Européens se battent contre eux depuis trois cents ans.

— La peur nous aveugle, mais ce n'est pas pour cela que les Indiens ne voient pas. »

De nouveaux chemins créés par les colons partaient dans toutes les directions, les forêts disparaissaient et des colonnes de fumée s'élevaient partout, transformant le territoire de l'Ohio en un ragoût fumant. Les plus modestes paysans européens arrivaient, brûlaient quelques arbres, plantaient leur maïs, lâchaient leurs cochons et se prétendaient fermiers. Leurs cabanes étaient plus petites que les chambres qu'on trouvait en France, leurs jardins ressemblaient à des étendues de boue, leurs enfants étaient sauvages et leurs femmes tellement usées qu'à vingt ans, elles avaient perdu toute beauté. Mais l'homme était libre ! Il possédait une terre, noire et fertile. Plus nous avancions, plus le territoire de l'Ohio semblait se transformer, comme si le changement le démangeait. Je me demandai si Jefferson n'avait pas été trop pessimiste en disant qu'il faudrait mille ans pour peupler cet espace. On comptait déjà cinquante mille habitants, et dès que nous nous arrêtions dans une taverne ou qu'un fermier nous offrait sa grange pour la nuit, toutes les discussions étaient centrées sur la création d'un État de l'Ohio.

« À côté de notre terre, la Nouvelle-Angleterre ressemble à un tas de cailloux », pouvait-on entendre.

Même si le territoire de l'Ohio était émaillé de nouvelles clairières, il restait cependant de vastes étendues de forêt vierge où le monde conservait son aspect originel. Encore bourgeonnants, les chênes, les hêtres, les noyers blancs, les châtaigniers et les ormes s'élevaient à une cinquantaine de mètres de haut. Les troncs étaient si épais que Magnus et moi ne pouvions en faire le tour avec nos bras joints. Les branches étaient si grosses qu'on aurait pu danser dessus et l'écorce si ridée qu'on aurait pu perdre une pièce de monnaie entre les plis d'un chêne. Quand les branches se ployaient et rejoignaient celles de l'arbre voisin, elles formaient de véritables flèches de cathédrales. Parfois, des oiseaux passaient en poussant des croassements rauques, formant des volées si épaisses et si longues qu'elles cachaient le soleil. Les arbres ne paraissaient pas seulement plus vieux que nous, ils semblaient également plus vieux que les Indiens, plus vieux que les éléphants laineux. Ils me faisaient penser aux esprits maléfiques dont parlait Jefferson.

« On pourrait construire une maison immense avec un seul de ces arbres, déclara Magnus, émerveillé.

— J'ai vu des familles camper dans un tronc creux en attendant d'avoir achevé la construction de leur cabane. Ces arbres étaient là au temps de tes explorateurs nordiques, Magnus.

— Ils sont peut-être aussi vieux qu'Yggdrasil. Ces arbres ont connu les dieux. C'est sûrement une des raisons qui poussèrent les Templiers à venir ici. Ils ont retrouvé le paradis perdu où les hommes vivaient en harmonie avec la nature. »

De cela, j'étais moins sûr. Je connaissais l'Homme, et j'avais du mal à imaginer un Blanc arrivant en Amérique et agir différemment des colons qu'on croisait, à savoir transformer ces patriarches de la forêt en champs de maïs. Ainsi fonctionne la civilisation.

« Comment se fait-il que les arbres soient si grands, ici ? demanda Magnus.

— Grâce à l'électricité peut-être.

— L'électricité ?

— Bertholon, un savant français, construisit en 1783 ce qu'il appela un “électro-végéto-mètre”, afin d'emmagasiner l'énergie de la foudre et de la transférer à des plantes. Il déclarait que cela accélérait considérablement leur croissance. Nous savons que la foudre détruit les arbres, mais serait-il possible que des orages électriques les fassent pousser ? Le climat ici est sûrement très différent de celui de l'Europe. »

Enfin, nous prîmes un bac pour traverser la Sandusky et, à l'endroit où elle se jette dans le lac Érié, une trouée nous offrit enfin une vue.

« Ce n'est pas un lac, c'est une mer ! s'exclama mon compagnon.

— Cinq cents kilomètres de longueur, et ce n'est pas le plus grand, Magnus. Plus on progressera vers l'ouest, plus l'immensité sera au rendez-vous.

— Et tu me demandais pourquoi les Scandinaves seraient passés par là ? Je fais partie d'un peuple taillé pour la démesure. »

Il insista pour prendre un peu d'eau dans le creux de sa main et boire, afin de s'assurer qu'elle n'était pas salée. On pouvait voir jusqu'à une douzaine de mètres de profondeur. Comme prévu, nous vendîmes nos chevaux pour nous embarquer à bord du *Gullwing*, une goélette en partance pour Détroit. C'était la seule façon de s'y rendre, car la voie terrestre croisait le Black Swamp, un marais infranchissable qui séparait l'Ohio des Territoires du Nord-Ouest. Nous traversâmes le lac Érié, affrontâmes le courant de la rivière

Détroit pour enfin arriver au fameux fort. Comme vous le verrez bientôt, ce fut là que je nous trouvais un moyen plus direct de nous rendre à l'ouest, en courtisant une femme.

J'ai un don pour toujours me retrouver en bonne compagnie.

17

Détroit existait depuis un siècle mais ne faisait partie des États-Unis que depuis cinq ans. Après avoir été un fort français puis britannique – sa reddition presque vingt ans auparavant avait mis fin à la guerre d'Indépendance – la ville se trouvait toujours perchée sur un promontoire de six mètres qui plongeait dans la courte, mais large rivière Détroit reliant le lac Érié au lac Sainte-Claire. Trois cents maisons abritaient les mille habitants, derrière une palissade de quatre mètres de haut. Le Canada se trouvait sur l'autre rive, où on apercevait le drapeau britannique qui flottait comme pour rappeler l'ancienne domination.

Malgré la division politique, le commerce d'une rive à l'autre de la rivière allait bon train. L'économie de Détroit était régie par le commerce de la fourrure et l'agriculture, et le long des deux berges, sur une trentaine de kilomètres, on trouvait des fermes inspirées de l'architecture normande.

« Une ville de bâtards, résuma Jack Woodcock, le capitaine de notre goélette. D'abord, vous avez les Français, qui sont là depuis presque aussi longtemps que les Indiens et qui font tout le boulot. Pis y a les Écossais, qui dirigent le commerce des fourrures. Ensuite, la garnison américaine : que des marginaux de la frontière, incapables de trouver du travail ailleurs. Enfin, y a les Indiens chrétiens, les tribus venues faire du commerce, les domestiques noirs et les hommes libres. Et de l'autre côté de la rivière, les Britanniques, qui attendent tranquillement de pouvoir tout rafler à nouveau.

— Mais j'imagine que ses habitants doivent être fiers de faire partie des États-Unis.

— Les Français nous aiment encore moins que les Anglais. Y s'en vont tous vers Saint-Louis. La moitié des habitants sont partis. »

Le paysage – principalement aquatique – était plat, le ciel immense, et le soleil d'avril brillait. Une vision très curieuse s'offrait à nous : celle d'une multitude de moulins à vent tournant paresseusement devant les nuages blancs de printemps.

« Le terrain est plat comme une crêpe et y a pas de rapides, du coup on peut pas utiliser la force de l'eau, expliqua notre capitaine. Une vraie bande de Hollandais qu'on est, pour sûr. »

Près des murs se trouvaient des wigwams en écorce et des appentis sommaires appartenant aux Indiens déchus qui refusaient de partir. Notre embarcation fut amarrée à un long ponton en bois au pied de la falaise. Les goélands tournoyaient et les corbeaux sautillaient en quête de quelques grains oubliés. Des sloops, des canoës, des barges et des chalands étaient à quai. Le martellement des bottes et le roulement des tonneaux faisaient résonner les planches. Le langage était un mélange d'anglais, de français et d'algonquin.

« Nous ne sommes même pas à mi-chemin du

symbole du marteau, remarqua Magnus, étonné, en consultant les cartes qu'il avait achetées à New York.

— Si nous pouvons continuer en bateau, ce sera plus rapide et plus facile. Nous montrerons la lettre de recommandation de Jefferson au commandant et nous lui demanderons un transport militaire jusqu'à Grand Portage. Après tout, nous avons le soutien du gouvernement américain. »

Une langue de boue menait jusqu'à la porte de la palissade, et des bûches fendues permettaient de traverser les plus grosses flaques. Un flot ininterrompu d'habitants empruntait le chemin dans les deux sens telle une colonne de fourmis. Certains transportaient bien entendu des marchandises, et d'autres allaient simplement chercher de l'eau car, d'après ce que nous avait dit Woodcock, les eaux usées avaient contaminé les puits de la ville.

Les trois quarts des habitants avaient l'air soit français, soit indien. Les premiers avaient de longs cheveux bruns et la peau presque aussi hâlée que celle des Indiens. Ils portaient des chemises, de larges ceintures, des collants en peau de daim, une écharpe et un bandeau sur la tête ou une casquette écarlate. Une paire de mocassins complétait leur accoutrement. Leur gaieté guillerette me faisait un peu penser à Paris. Les Indiens, eux, se tenaient debout ou assis, enveloppés dans des couvertures, et observaient l'agitation industrieuse des Blancs avec une curiosité passive et résignée. C'étaient des réfugiés dans leur propre pays.

« Les ivrognes et les malades restent à bord, ordonna le capitaine. Et n'allez pas attraper la vérole avec une squaw.

— Il n'y a pas grand risque, répondis-je, celles que j'ai vues sont plutôt trapues et crasseuses.

— On en reparlera quand vous aurez passé six mois ici. »

Dans l'enceinte s'entassaient des maisons en rondins blanchies à la chaux, et une imposante église catholique en pierre dominait le tout.

« Le commandement est par là, indiqua Woodcock, moi, j'fais une pause à la taverne. »

Il disparut à l'intérieur d'une maison visiblement plus fréquentée que les autres.

Le commandement de l'armée des États-Unis à l'ouest, dont dépendaient trois cents soldats indisciplinés, était une bâtisse robuste aux poutres carrées et aux fenêtres à multiples carreaux. Une bannière étoilée témoignait qu'il s'agissait là d'un bâtiment officiel. L'entrée n'était pas gardée, nous entrâmes donc dans une petite antichambre où un sergent grisonnant se tenait voûté au-dessus d'un registre. Nous demandâmes à voir Samuel Stone. Lewis nous avait dit que c'était lui, le commandant.

« Le colonel est au cimetière, pour changer », murmura le sergent derrière sa moustache grise.

Il avait à la main une plume qu'il tenait comme une fléchette, signe qu'il ne devait pas écrire très souvent. Il ne possédait pas une once de ce charisme de soldat que dégageait Meriwether Lewis et louchait sur son cahier comme un écolier sur son premier abécédaire. Finalement, il barra un nom.

« Y a-t-il eu une épidémie ? demandai-je.

— Non, une aut' bagarre. Les soldats ont plus d'adversaires, alors ils se battent entre eux. Le colonel, il a bien interdit les duels, mais chaque fois qu'il essaie de sévir, y en a déjà la moitié qu'est morte et l'aut' moitié qu'est tailladée ou blessée. Et puis, il sait ce que c'est. Lui aussi c'est un combattant. Ça garde le sang chaud, qu'y dit.

— Mon Dieu ! Combien d'hommes avez-vous perdu ainsi ?

— Une demi-douzaine. Mais bon on en perd sacrément plus avec les noyades, la fièvre, la phtisie, les Peaux-Rouges, la vérole et l'eau croupie. Quitte à crever, autant que ce soit pour l'honneur, non ?

— Nous sommes envoyés par le président Jefferson, déclarai-je d'un ton que j'espérais grave et solennel. Le colonel sera-t-il bientôt de retour ?

— J'imagine. Sauf si y décide autrement.

— Qu'est-ce que vous voulez dire ?

— Le colonel, c'est lui qui choisit son emploi du temps.

— Nous avons avec nous une lettre du président exigeant que vous nous fournissiez une escorte militaire. Vous n'avez pas été prévenu par courrier ?

— Des lettres ? Qui parlent de vous ? s'étonna-t-il. Vous allez où ?

— De l'autre côté des Grands Lacs.

— De l'autre côté ? À Grand Portage ?

— Oui.

— Mais c'est en territoire britannique, ça. Votre ami a l'air écossais, ajouta-t-il en dévisageant Magnus. Voyez avec lui. C'est eux qui dirigent la Compagnie du Nord-Ouest. Z'êtes britannique ? Et pis c'est eux qui contrôlent tous les canoës de fret.

— Magnus est norvégien, et nous voulons traverser à bord d'un navire américain. Il y a bien des bricks qui vont vers Michilimackinac, non ?

— Surtout des canoës. Mais pas de navires américains. Z'avez pas vu la rivière ? Ici, y a pas de marine, c'est l'infanterie. »

Il nous dévisageait comme si nous étions idiots : de toute évidence, cette discussion ne mènerait à rien.

« Je pense que nous ferions mieux de nous entretenir avec le colonel.

— Ça changera rien. »

Il haussa les épaules et jeta un regard autour de lui. Il sembla surpris de ne trouver dans la pièce ni colonel ni chaises.

« Si vous voulez, vous pouvez l'attendre sur le porche, au cas où il repasse par ici. Ou alors faudra revenir demain, ajouta-t-il avant de remuer sur son siège, lever la cuisse et lâcher un pet qui siffla comme une fusée de détresse. Désolé. C'est le signal du réveil ! »

Nous ressortîmes et nous contemplâmes Détroit, avec ses rondins inclinés, ses toits couverts de mousse et ses allées boueuses.

« Si c'est ce genre de type qui est censé nous défendre, je comprends mieux pourquoi le capitaine s'est rendu à la taverne, déclara Magnus. Rejoignons-le et réessayons dans une heure ou deux. Quand Stone aura fini d'assister à l'enterrement du pauvre type, il se décidera peut-être à revenir. »

Nous nous éloignâmes donc en devisant : Magnus faisait des commentaires sur la splendeur et la puanteur des fourrures qui séchaient, alors que je lui faisais remarquer la pénurie de femmes blanches. Il y avait bien quelques jolies Indiennes, mais avec leurs parures traditionnelles et leurs habits occidentaux, elles étaient réservées aux Français. Les plus jeunes d'entre elles avaient l'air métis.

Nous avions presque atteint la taverne quand quelqu'un nous cria de faire attention.

Un homme nous plaqua contre le mur d'un marchand de bougies : un boulet de canon de deux kilos déboula du carrefour, passa à l'endroit précis où nous nous tenions quelques secondes auparavant, puis disparut entre des maisons pour finir sa course en un grand fracas de bois brisé.

« Excusez ma brutalité, déclara notre sauveur, mais vous alliez traverser la piste de jeu sans regarder. À Détroit, on a tous les jours des chevilles cassées, ce qui provoque une grande polémique municipale. On parle même de faire une loi.

— Mais je n'ai pas entendu de coup de canon.

— Le boulet n'a pas été tiré, il a été lancé. Ce jeu est devenu une vraie manie, ici. Le débat pour l'interdire a coûté plus de salive qu'une discussion dans votre Congrès, et ça n'a toujours rien donné. Dès que les rues sont à moitié sèches ou gelées, les hommes lancent. Ça les occupe, comme dit le colonel Stone.

— Et les joueurs ne préviennent pas ? demanda Magnus.

— On a appris à faire attention et à sauter au bon moment, répondit-il en me dévisageant soudain. Mais ! Vous ne seriez pas le héros de Saint-Jean d'Acre ?

— Un héros… il faut le dire vite, bafouillai-je, surpris qu'on ait pu me reconnaître.

— Mais bien sûr, Ethan Gage ! Quelle merveilleuse coïncidence ! Mes employeurs parlaient justement de vous ! Le bruit courait que vous veniez par ici, vous imaginez bien que ça fait jaser. C'est à qui devinera quelle sera votre prochaine mission. Et vous voilà ! Ce n'est pas la peine de le nier, on m'a dit que vous aviez un joli long rifle et que vous étiez accompagné par un colosse !

— Je vous présente Magnus Bloodhammer. Il est norvégien. À qui ai-je l'honneur ?

— Ah ! Toute cette agitation me fait oublier mes bonnes manières ! s'excusa-t-il au moment où les exclamations accueillaient le passage d'un autre boulet. Je suis Nicholas Fitch, l'assistant de Lord Cecil Somerset, un des associés de la Compagnie du Nord-Ouest. Il loge avec sa cousine Aurora à la Duff House. C'est à Sandwich, sur l'autre rive. Il a hâte de vous rencontrer. Il veut tout savoir sur Saint-Jean d'Acre. Il se passionne pour tout ce qui est anciennes fortifications. C'est une connaissance de Sidney Smith, avec qui vous avez travaillé.

— Nous cherchons à rencontrer le colonel Stone. Nous avons besoin qu'il nous fournisse une escorte pour traverser les lacs.

— Hélas, je ne crois pas que vous le verrez aujourd'hui. En général, après un enterrement, il va à la chasse. Il dit que tuer libère l'esprit. Mais de toute façon, tout le trafic au nord est contrôlé par les Britanniques. Venez plutôt avec moi, nous organisons une petite réception. Vous verrez, ce sera un vrai événement, il y aura des marchands, des fermiers et des chefs indiens ! Et puis Lord Cecil a prévu de faire route vers le nord. Peut-être pourrez-vous vous mettre d'accord ! »

Après tout, une de nos missions consistait à espionner les Britanniques pour connaître leurs intentions.

Quel meilleur endroit pour commencer qu'un grand rassemblement où la boisson délie les langues ?

« Eh bien, si vous êtes prêt à recevoir deux hommes éreintés par leur voyage, ce sera avec plaisir.

— Nous avons aussi une baignoire ! ajouta-t-il avec un clin d'œil. Mieux vaut être propre pour rencontrer Aurora ! »

18

La demeure d'Alexander Duff sur la rive canadienne était une maison de commerce de deux étages blanchie à la chaux. Il s'agissait d'une résidence britannique typique qu'on avait construite au milieu d'une contrée sauvage pour impressionner voyageurs français, chefs indiens en visite et investisseurs écossais. Elle était dotée d'immenses fenêtres et un fronton ornait le perron. À l'intérieur, tables en acajou massif, fauteuils en tissu broché, rideaux en soie, candélabres en étain, porcelaines raffinées, vitraux en plomb et argenterie à poignées d'ivoire achevaient de donner une touche ostentatoire au lieu. Tout ce bric-à-brac représentait une prétention à l'impérialisme bien plus efficace que de planter un drapeau.

Alexander Duff nous accueillit en personne et nous confia que notre arrivée fortuite coïncidait avec un rassemblement de notables prévu le soir même. Il nous guida jusqu'à une salle d'eau adjacente pour que nous nous rendions présentables. À la nuit tombée, nous étions plus astiqués, rafistolés et présentables que jamais. Je m'attachai les cheveux à la mode républicaine tandis que Magnus taillait les extrémités de sa barbe pour qu'elle atteigne des dimensions plus raisonnables. Quand il vit à quel point nos bottes étaient usées après notre périple, Duff nous donna des mocassins tout neufs, extrêmement doux et silencieux.

« C'est la seule chose qui convienne pour faire du canoë », déclara-t-il.

On commença au scotch pour se lubrifier ensuite le gosier au brandy et achever d'aiguiser notre appétit au porto. Ce n'était d'ailleurs pas plus mal, vu le choc qui nous attendait. Des pontifes anglais ou écossais de la fourrure, des Juifs allemands et des capitaines de canoë français arrivèrent en premier. Comme l'exigeait la coutume, ils laissèrent sur le pas de la porte leurs compagnes indiennes. Habillés à la dernière mode de la région, ils arboraient des mocassins perlés montant jusqu'à la cuisse, des ceintures brodées, des vestes en soie, des chapeaux ornés de plumes et la confiance enjouée de ceux qui savent tirer profit de la frontière. Eux ne me dérangeaient pas.

En revanche, on ne pouvait pas en dire autant du trio qui fit son entrée au moment où la pièce principale étouffait déjà de ses nombreux invités riant aux éclats. La porte s'ouvrit dans un courant d'air, les rires s'estompèrent et les hommes s'écartèrent afin de laisser place aux nouveaux venus, comme s'il s'était agi de personnages éminents ou de pestiférés. Mon intuition d'Américain m'indiqua qu'ils étaient probablement l'un et l'autre.

L'un d'eux était un Blanc d'une soixantaine d'années, fin, le nez crochu et les cheveux longs. Il portait des jambières indiennes en daim nouées derrière le genou, un pagne et un long manteau français bleu passé. Il arborait à la poitrine un gorgerin d'officier qui scintillait comme un croissant de lune d'argent et, à la taille, un couteau de chasse dans un étui perlé. Il n'était pas rasé depuis au moins trois jours, avait le nez percé d'un petit os et arborait des boucles d'oreilles en forme de pointe de flèche, ce qui lui donnait l'air encore plus féroce. Ses épais sourcils ne parvenaient pas à cacher ses petits yeux reptiliens.

Les deux autres étaient des Indiens, grands et d'allure imposante. L'un devait avoir l'âge du Blanc, mais il avait le crâne rasé à l'exception d'une unique mèche de cheveux, et il portait un costume noir de marchand européen. Il avait le teint cuivré et ses pommettes et son nez aquilin faisaient ressortir ses yeux, noirs comme une balle de fusil. Il se tenait bien droit et tout dans ses manières suggérait la dignité.

Le deuxième autochtone avait une trentaine d'années. Ses cheveux noirs étaient coiffés à la manière shawnee et il ne portait que des vêtements en lanières de daim. Contrairement à l'autre chef qui ne semblait pas s'intéresser à l'assemblée, celui-ci embrassait toute la salle de ses yeux noisette, comme s'il voulait examiner le cœur et l'âme de chacun. Une chaîne était accrochée à son nez, ornée de trois minuscules lunes en cuivre, et il portait autour du cou une ancienne médaille bien astiquée représentant George III. Sa chevelure, enfin, était parée d'une unique plume. Il dégageait cette sorte de magnétisme électrique inné qui ne s'apprend pas. Il dévisagea plus longuement Magnus avant de dire quelque chose à ses compagnons.

« Tecumseh dit que celui-ci est différent, traduisit l'homme blanc.

— Un véritable géant scandinave ! plaisanta Duff. Et celui qui l'accompagne se nomme Ethan Gage.

C'est un visiteur américain. Tous deux souhaitent s'aventurer à l'ouest de Grand Portage.

— Un Américain ? » s'exclama l'homme aux cheveux grisonnants.

Il me regarda fixement puis échangea quelques mots rapides avec les autres dans leur langue. L'Indien aux cheveux longs ajouta quelque chose que le Blanc s'empressa de traduire.

« Tecumseh dit que les Américains vont partout et qu'ils ne repartent jamais, déclara-t-il, provoquant des rires dans la salle.

— Je ne crois pas que nous ayons été présentés, répondis-je, glacial.

— Tecumseh est un chef shawnee, expliqua Duff. Il est né pendant le passage d'une comète. Son nom signifie Panthère dans le Ciel. Il pense que votre pays est suffisamment vaste pour que ses habitants restent où ils se trouvent.

— Tiens donc.

— C'est un homme qui maîtrise parfaitement la politique et la géographie. Il est accompagné du célèbre chef mohawk Joseph Brant et de leur traducteur, le capitaine Simon Girty. »

Girty ? Tout le monde attendait ma réaction, car il s'agissait là d'un des pires bandits que l'Amérique ait connus : un chasseur d'Indiens qui avait retourné sa veste pendant la révolution et avait même vaincu Daniel Boone. Ses ennemis racontaient qu'il prenait plaisir à torturer les prisonniers blancs. Pour moi, il ne ressemblait qu'à un vieillard un peu sauvage, mais après tout, la guerre d'Indépendance remontait à plus de vingt-cinq ans.

« Que fait Girty ici ? laissai-je échapper.

— Je vis ici, monsieur Gage, répondit l'intéressé. Comme des milliers d'autres loyalistes chassés de leur foyer par une rébellion insensée. Je suis un fermier réfugié.

— Comme vous le savez, Brant a également combattu pour la couronne britannique, ajouta Duff. Il est venu ici pour rencontrer Tecumseh. Nous avons tous énormément d'admiration pour ce jeune chef. »

Comme les crimes de Girty étaient connus jusque de l'autre côté de l'Atlantique, je ne pus me contenir plus longtemps.

« Vous avez trahi votre peuple, comme Benedict Arnold !

— C'est mon peuple qui m'a trahi, répondit-il en m'accordant autant de considération qu'à un bout de gras recraché sur une assiette. J'avais rassemblé une compagnie pour combattre du côté des Américains, mais on m'en a refusé le commandement sous prétexte que j'avais été élevé par des Indiens qui m'avaient capturé enfant. Ensuite, les Américains ont trahi ces mêmes tribus qui les avaient soutenus par le passé ! Mais j'imagine que ce n'est pas moi qui vais enseigner à Ethan Gage l'art de retourner sa veste. Si ? »

Je rougis instantanément. Si j'avais changé de camp à plusieurs reprises en Terre sainte, c'était plus une affaire de circonstances que de goût pour la trahison. Cependant, tout cela était très difficile à expliquer et, évidemment, Girty en tirait profit.

« Monsieur Duff, bafouillai-je, je reconnais que je ne suis pas ici chez moi et que je suis votre invité au Canada. Vous avez le droit de recevoir qui vous voulez. Mais je tiens à vous rappeler que si ce trio s'aventurait à traverser la rivière, ils seraient tous irrémédiablement pendus, ou pire. Simon Girty a fait subir aux prisonniers américains les pires atrocités.

— Foutaises ! s'exclama Girty.

— Mes invités sont bien conscients de leur réputation aux États-Unis, Ethan, c'est d'ailleurs bien pour cela qu'ils se trouvent au Canada, reprit Duff. Mais Simon dit vrai, ces rumeurs sont infondées. Ce sont simplement des braves qui ont combattu pour une cause différente. Pour tout vous dire, M. Girty a même tenté de sauver ceux que les Indiens avaient faits prisonniers. Il était, et il est toujours, un homme d'honneur à qui votre nation a causé du tort, et qui a ensuite été calomnié par des hommes embarrassés par leurs propres torts. Oublions nos différends et rappelons-nous que ce soir il n'y a autour de cette table que des guerriers.

— Comme à la Valhalla, déclara Magnus, où se retrouvaient les héros vikings pour festoyer.

— Précisément, répondit Duff en regardant mon compagnon comme s'il était fou. Et si je vous ai invité, Bloodhammer, c'est parce que nous désirons tous connaître vos intentions. Lord Cecil Somerset souhaite vous rencontrer. Quant à Gage, il a la réputation d'être un homme juste et ouvert… en général. »

Il ne pouvait pas être plus clair, mais il ne servait à rien de faire une scène. J'avalai donc une grande gorgée et demandai :

« Et où se trouve ce Lord Cecil ?

— Ici ! »

L'homme avait tout du lord : il descendit les escaliers qui menaient aux chambres avec la majesté d'un prince à son couronnement. Il était grand, vigoureux et portait un manteau en queue-de-pie vert impeccablement taillé et une paire de bottes noires parfaitement cirées. Il était beau : une quarantaine d'années, une couronne de cheveux argentés malgré son jeune âge, et un regard fixé légèrement au-dessus de nos têtes. Son nez et ses lèvres sensuelles semblaient par ailleurs sculptés dans le marbre, à l'instar des bustes que j'avais vus dans le couloir des Tuileries. On devinait à le voir qu'il était né pour commander et seuls les deux chefs indiens l'égalaient en charisme. Chacun des mouvements de Somerset était précis, comme ceux d'un acteur. Il portait à la taille une rapière dans son fourreau qui pendouillait de façon un peu cocasse. Cependant, quelque chose dans l'assurance qu'il affichait me fit soupçonner que, contrairement à nombre d'aristocrates, il savait parfaitement s'en servir.

« C'est un honneur de faire votre connaissance, monsieur Gage, déclara Somerset sans se donner la peine de me serrer la main. Mon ami Sir Sidney Smith m'a vanté vos mérites, malgré votre disparition en France. Vous n'êtes pas seulement un soldat, à ce que je me suis laissé dire, vous êtes aussi une sorte de magicien. Si M. Gage n'est pas électricien, il en a du moins la réputation, ajouta-t-il pour l'assemblée.

— Qu'est-ce qu'un électricien ? demanda Girty, méfiant.

— Un disciple de Franklin qui s'intéresse aux éclairs, le feu des dieux, expliqua Somerset avec emphase. Cet homme est à la fois un explorateur, un savant et un conseiller. Monsieur Duff, je suis flatté par l'excellence de vos invités. Chacun des hommes ici présents est un héros et réussir à les rassembler tous, voilà un tour de force. »

Diantre, l'homme avait un titre alors que j'étais

un démocrate yankee convaincu, mais je ne pouvais m'empêcher de pavoiser. Après tout, n'avais-je pas dompté la foudre ?

« Et n'oublions pas le compagnon de M. Gage, l'aventurier norvégien Magnus Bloodhammer, un passionné d'histoire et de légendes, et un descendant de sang royal. Un prince oublié en somme. C'est bien cela, monsieur Bloodhammer ?

— Vous me flattez. Je dois admettre que je m'intéresse au passé de mon pays, et c'est vrai, mes ancêtres remontent à l'époque des anciens rois, avant que ma nation ne perde son indépendance. »

C'était la première fois que j'en entendais parler. Magnus avait du sang royal ?

« Vous voilà aujourd'hui au plus profond de l'Amérique, bien loin de la Norvège et de son illustre passé, déclara Somerset. Mais en êtes-vous si loin ? Nous avons peut-être beaucoup en commun, vous verrez. »

Tecumseh prit de nouveau la parole, et Girty joua les interprètes :

« Il dit que le grand Norvégien a les yeux des hommes-médecines. Il voit le monde des esprits.

— Vraiment ? répliqua Somerset d'un ton d'expert. Vous voyez des fantômes, Magnus ?

— J'ouvre l'œil. »

Tout le monde s'esclaffa, à l'exception de Tecumseh.

On remplit les verres et l'atmosphère se détendit, même si je n'étais pas loin d'imaginer Girty, Brant ou Tecumseh sortir tout à coup un tomahawk et se mettre à pousser des hurlements guerriers. Les guerres de frontière pendant la révolution américaine avaient été brutales et sans merci, et le souvenir des exactions commises n'était pas près de disparaître. Ce soir-là, ce qui m'intriguait le plus était cette déférence qu'avaient les deux guerriers plus âgés et plus connus à l'égard du plus jeune, Tecumseh, dont je n'avais jamais entendu parler. Et que pouvait bien faire un lord anglais dans ce coin du Canada, juste en face de la garnison désordonnée de Détroit ? Je me faufilai vers Nicholas Fitch, l'assistant que nous avions rencontré sur l'autre rive. Il avait l'air d'avoir abusé de la boisson et se montrerait peut-être bavard.

« Monsieur Fitch, vous m'aviez caché que nous serions en si curieuse compagnie, le réprimandai-je gentiment.

— Joseph Brant a enterré la hache de guerre depuis longtemps.

— Et le jeune sauvage ?

— Un jeune chef de guerre qui a combattu les Américains pour le territoire de l'Ohio. Il vous a d'ailleurs battu à deux reprises, avant la bataille de Fallen Timbers. Et il n'a pas dit son dernier mot. Il compte faire mieux que Pontiac et unir toutes les tribus à l'est du Mississippi. Celui-là, c'est un véritable Napoléon indien.

— Et vous autres Britanniques le soutenez dans son entreprise de mettre la région à feu et à sang ?

— Nous sommes les seuls à pouvoir contrôler les Indiens comme ce Tecumseh, monsieur Gage », déclara Lord Cecil qui s'était rapproché.

Il avait pris la place de Fitch qui se retira en parfait majordome.

« Nous pouvons être les meilleurs amis de votre nation comme ses pires ennemis, poursuivit-il. Cela dépendra de votre volonté à mettre des barrières raisonnables à votre expansion. Il y a de la place pour tout le monde sur ce vaste continent : les Britanniques, les Indiens et les Américains. Mais chacun doit rester à sa place. Tecumseh pourrait menacer de déclarer la guerre, mais il ne le ferait jamais sans notre appui. Il pourrait aussi se révéler la clé d'une paix remarquable, à condition que votre nouveau président accepte de ralentir l'immigration.

— Et les Français dans tout ça ? »

Car les Britanniques les avaient chassés du Canada quelque trente-huit ans auparavant.

« Ah ! Ah ! J'apprends que la France va reprendre possession de la Louisiane et je tombe sur l'émissaire de Napoléon qui s'y dirige tout droit. Admettez que la coïncidence est frappante !

— Je commence à comprendre pourquoi j'ai été invité à cette assemblée, Lord Cecil. Ma mission vous intrigue autant que m'intrigue la présence d'un aristocrate anglais au milieu de nulle part.

— Mon rôle n'est pas un secret. Je suis un investisseur et je me rends à Grand Portage pour discuter les termes d'un futur partenariat avec notre principal concurrent, la Compagnie de la Baie d'Hudson. Là encore, la coopération peut donner de meilleurs résultats que la concurrence. Je me suis d'ailleurs laissé dire que vous aviez jadis été employé par la compagnie de fourrure de John Astor ?

— En tant que simple travailleur manuel.

— Et qu'il vous avait rendu visite à New York ?

— Mais dites-moi, vous m'espionnez ?

— Ce n'est pas nécessaire. Il est vrai que nous habitons un continent immense, mais les distances diminuent nettement quand il est question de rumeurs et de nouvelles, d'autant plus dans le petit monde que représente la traite de la fourrure. Les faits voyagent à la vitesse des coups de pagaie, et les rumeurs volent encore plus vite. Ethan Gage, de la Syrie aux Grands Lacs ? Comme c'est curieux ! Et d'après ce qu'on entend, votre départ de New York a été précipité par une explosion des plus spectaculaires. Bien sûr, il ne s'agit là que de vulgaires commérages. »

Cet homme en savait décidément trop.

« J'aime voir de nouvelles choses, déclarai-je.

— Et vous en aurez l'occasion », répondit-il en souriant.

Il se tourna vers l'escalier et, une fois de plus, les conversations s'interrompirent.

« À commencer par ma cousine, par exemple. »

19

Sur ce, Aurora Somerset fit son entrée. Comme Cecil, elle descendit l'escalier, mais contrairement à lui, elle ne le fit pas majestueusement : vêtue d'une robe qui lui tombait jusqu'aux pieds, elle semblait flotter sur un nuage, comme si elle empruntait Bifröst, le pont en arc-en-ciel, pour descendre d'Asgard. Le simple fait qu'elle soit blanche aurait suffi à satisfaire la compagnie, mais sa beauté prit de court tout le monde, même les Indiens impassibles. Un portrait sublime qui s'animait, une sculpture parfaite qui prenait vie. Une cascade de bouclettes châtain mettait en valeur son visage aristocratique : pommettes hautes, menton fin, yeux émeraude, nez retroussé. Son sourire éblouissant dévoilait des dents parfaites et la sensualité de ses lèvres charnues et bien rouges poussait irrémédiablement celui qui les regardait à penser au reste de son anatomie. Elle avait sur la joue un grain de beauté qui ne demandait qu'à être embrassé, et peu importait qu'il soit réel ou pas. Sa robe taille haute à la dernière mode mettait parfaitement en valeur sa poitrine généreuse, révélant un centimètre de décolleté et laissant deviner le mamelon qui formait une bosse sous la soie. Le tissu rose chatoyant était ajusté à ses formes et ses hanches balançaient tandis qu'elle descendait les marches, laissant entrevoir des pantoufles ornées de minuscules perles. Elle était coiffée d'un petit turban enserrant ce qui ressemblait à une plume d'autruche et portait un collier en argent orné d'une grosse émeraude pour faire honneur à ses yeux. Les flammes des bougies semblaient s'incliner sur son passage, et son regard dansa parmi la foule avant de s'arrêter sur Lord Cecil et, j'en étais certain, sur moi.

Je souris. J'étais amoureux ou du moins fou de désir – la frontière entre les deux est ténue, pour nous les hommes. C'est une honte d'être si superficiel, mais foi de Casanova, elle excitait les sens : je n'avais plus vu si impressionnante architecture depuis mon départ de Mortefontaine, ni si belle peinture, car elle avait les lèvres couleur cerise et les joues couleur pêche. Aurora était aussi fascinante qu'un cobra, aussi effrayante que la tentation, et aussi irrésistible que la pomme du paradis.

« En voilà une qui t'apportera plus de problèmes que Pauline Bonaparte, murmura Magnus, plus moraliste qu'un pasteur dans un lupanar.

— Il faut admettre qu'elle en vaut la peine.

— Cecil, roucoula-t-elle, tu m'avais caché que nos hôtes étaient si séduisants ! »

Elle nous adressa un large sourire, et nombreux furent les marchands de fourrure écossais, ronchons et durcis par la vie dans les bois, qui détournèrent le regard en rougissant. Elle dévisagea également Tecumseh en se passant la langue sur la lèvre, mais le jeune chef était bien le seul à la regarder comme on aurait regardé un joli meuble. L'espace d'un instant, elle ne parut plus si sûre d'elle, mais elle se reprit bien vite et poursuivit son inspection.

Quand elle s'arrêta sur ma personne, je fis la révérence.

« Lady Aurora, les éloges que l'on fait de votre beauté ne lui rendent pas justice.

— Il est tellement merveilleux d'avoir une excuse pour s'apprêter. Vous êtes le fameux Ethan Gage, je présume ? demanda-t-elle en me tendant une main blanche et délicate que je m'empressai de baiser. Cecil m'a dit que vous connaissiez toutes sortes de secrets concernant l'électricité, les pouvoirs anciens…

— Je ne les révèle qu'à mes confidentes, plaisantai-je, provoquant l'exaspération de Magnus.

— Cela me donne donc un objectif, dit-elle avant de déplier un éventail pour se cacher quelques instants derrière. J'ai hâte d'entendre vos aventures. J'espère de tout cœur que nous pourrons être amis.

— Votre cousin semblait suggérer la même chose, mais j'ai bien peur qu'un homme avec la réputation de Simon Girty ne vienne tout gâcher. Vous voyez, je ne tiens pas à passer pour un traître auprès de mes amis, Lady Aurora.

— Appelez-moi Aurora, tout simplement, je vous en prie. Et puis, l'amitié n'a jamais trahi personne.

— Certains m'ont reproché d'avoir trop d'amis et pas assez de convictions.

— Et moi, je pense que certains s'accrochent aux convictions parce qu'ils n'ont pas beaucoup d'amis, répondit-elle en s'éventant.

— Ethan allait justement nous raconter le but de son exploration au nord-ouest, interrompit Cecil.

— J'aime voyager.

— En compagnie de géants norvégiens, ajouta-t-il.

— Un ami de plus. Que voulez-vous, je suis populaire !

— Nous nous intéressons tous deux à la franc-maçonnerie, intervint Magnus. Saviez-vous, Lord Cecil, que nombre de généraux américains que vous avez combattus pendant la révolution étaient francs-maçons ? Mais peut-être faites-vous partie de cette confrérie ?

— Je crains que non. Une drôle de communauté, si vous voulez mon avis. Il était question de dérives scandaleuses à Londres… Des histoires de rite égyptien, ajouta-t-il en se tournant vers sa cousine.

— Apparemment, le rite égyptien secret acceptait les femmes et organisait des cérémonies assez érotiques, expliqua Aurora. Des cérémonies occultes et délicieusement décadentes.

— C'est sans doute un secret, mais vous avez l'air bien informée, dit Magnus.

— Trois personnes peuvent garder un secret, si deux d'entre elles sont mortes, répliquai-je. C'est de Franklin.

— C'est bien vrai ! s'esclaffa Aurora. Les Norvégiens ne font pas de commérages, monsieur Bloodhammer ? Comment s'occupent-ils pendant tout l'hiver ? »

Naturellement rouge, Magnus vira au cramoisi.

Silano, l'ennemi juré dont je m'étais débarrassé, faisait partie du rite égyptien. Il était curieux que ces deux Anglais aient entendu parler de cette organisation. Mais après tout, le culte avait fait l'objet de nombreuses conversations dans les salons londoniens et parisiens. Et puis, c'était Magnus qui avait abordé le sujet de la franc-maçonnerie. Malgré mon appréhension au sujet de Girty, j'appréciais l'assurance des deux cousins, dont l'élégance me rappelait l'Europe.

« Vous n'avez pas froid aux yeux, Aurora, pour vous promener ainsi en ces régions reculées.

— Au contraire, monsieur Gage, j'ai des malles et des malles de vêtements. Mon cousin s'en plaint tout le temps, n'est-ce pas, Cecil ?

— Je ne sais jamais si je voyage avec une femme ou une caravane.

— C'est le strict nécessaire pour une dame. La civilisation dépend de notre confort. Et c'est pour cela que vous devriez vous joindre à nous, monsieur Gage. Le paysage sera le même quel que soit votre moyen de transport, alors autant en profiter avec un bon brandy ! Avez-vous goûté le whisky à base de maïs qu'ils font ici ? Autant boire de l'essence de térébenthine.

— C'est une invitation ? »

Naviguer avec des Britanniques ne serait pas du goût de mes employeurs américains et français, mais d'un autre côté, tuer le temps en compagnie d'Aurora Somerset paraissait tentant. Ce serait l'occasion d'apprendre les intentions des Anglais.

« Nous allons à Grand Portage pour le rendez-vous estival. Cela ne peut être que dans la même direction que vous et votre compagnon norvégien devez emprunter.

— Nous comptions voyager à bord d'un navire américain, répondit Magnus.

— Mais apparemment, il n'y en a pas, ajoutai-je prestement. L'accueil que nous avons reçu à Fort Détroit était loin d'être enthousiaste.

— Cela ne me surprend pas, déclara Cecil. Ils n'ont

aucune discipline. J'espère que votre jeune nation saura s'accrocher au nord-ouest. »

À son ton condescendant, je savais qu'il espérait le contraire, mais ce n'étaient pas mes affaires.

« Cecil, pouvez-vous m'expliquer en quoi consiste ce rendez-vous estival ?

— Chaque printemps, les postes canadiens qui se trouvent dans les terres rassemblent les fourrures qu'ils ont achetées ou récoltées pendant l'hiver et prennent la direction du sud-ouest à bord de canoës, jusqu'au fort de Grand Portage. De son côté, la Compagnie du Nord-Ouest, située à l'ouest de Montréal, envoie des canoës de fret remplis de marchandises à destination des Indiens. Les deux groupes se rejoignent au fort, font une immense fête, troquent les fourrures contre les marchandises, puis font le chemin inverse avant les premières glaces. Ceux de Montréal rapportent les fourrures pour les revendre, et les autres rapportent les marchandises jusqu'aux postes situés dans les terres. Nous avons prévu de rejoindre les canoës de fret à Michilimackinac, à l'extrémité du lac Huron. Si vous voulez partir vers l'ouest, c'est le moyen le plus sûr, le plus rapide et le plus simple. »

Une fois de plus, mes charmes avaient accompli des miracles ! Pas d'escortes militaires, pas de campements rustiques, nous nous rendrions au nord-ouest dans le confort et le luxe.

« Mais qu'en est-il de vos autres invités ? demandai-je, car autant j'étais ravi de faire le trajet en compagnie d'Aurora, autant avec Girty, j'avais peur pour mon scalp.

— Ils ne sont là que pour la soirée, monsieur Gage, m'assura Cecil. M. Girty est pratiquement le voisin de M. Duff, et, contrairement aux Américains, nous tâchons de cultiver l'amitié et les alliances avec les Indiens. Honnêtement, votre réaction m'a surpris : la guerre d'Indépendance est de l'histoire ancienne, et Girty et Brant sont de très vieux guerriers. Essayons un peu d'oublier le passé. Garantir une paix future, c'est à cela que vous et moi devons nous atteler. Un continent divisé, comme je le dis souvent, avec une sphère d'influence pour chaque groupe. C'est à cela que tiendra l'harmonie.

— Ethan, nous sommes en mission pour Jefferson et pour la France, me rappela Magnus en me prenant par le bras et en jetant un regard suspicieux vers Aurora.

— Et une partie de cette mission consiste à maintenir la paix avec les Anglais, rétorquai-je en me dégageant sèchement.

— Exactement, conclut Cecil.

— Je ne suis pas un fervent adepte des missions, poursuivis-je. D'après mon expérience, les gens les plus convaincus sont ceux qui se retrouvent avec un fusil, car ils ont en face d'eux d'autres personnes tout aussi convaincues du contraire. Qui sommes-nous pour savoir ce qui est bon ou pas ?

— Vous êtes philosophe, monsieur, et je suis entièrement de votre avis. Si les hommes se contentaient de vivre pour eux, en bonne entente, l'amitié serait une valeur universelle.

— Avec l'expérience que j'ai acquise avec chaque camp en Orient, je pense être la personne la plus à même d'apaiser les conflits entre France, Angleterre et Amérique. Avec la coopération des Somerset, bien entendu, ajoutai-je avec un regard pour Aurora.

— Monsieur Gage, je suis intimement persuadée

que nous allons devenir des partenaires privilégiés, déclara Aurora.

— Je vous en prie, appelez-moi Ethan.

— Ethan, m'interpella Magnus, les gens qui sont toujours d'accord finissent immanquablement par se faire manipuler.

— Ou par se faire aider. »

La perspective de me faire manipuler par Aurora Somerset m'enchantait tout particulièrement. Que Magnus joue donc les Templiers ! Moi, j'étais prêt à croquer la vie à pleines dents.

« Nous semblons tous aller dans la même direction et nous sommes d'accord sur nos intentions, repris-je. Nous acceptons donc votre invitation, Lord Cecil : nous irons avec vous jusqu'à Grand Portage, où nous nous séparerons. Quant à vous Aurora, je suis impatient de voir comment vous vous y prenez pour répandre la civilisation.

— Et moi, je tiens à ce que vous soyez aux premières loges. »

20

J'envoyai au colonel Stone un message pour l'informer que nous poursuivions notre mission avec les Somerset, au cas où quelqu'un à Washington se demanderait où nous avions bien pu passer. Je n'allai pas le voir en personne de peur qu'il ne nous propose un autre moyen de transport et ne me prive de la compagnie de la douce et dangereusement attrayante Aurora. Je persuadai Magnus que c'était le moyen le plus rapide de découvrir l'endroit où devait se trouver le marteau de Thor, et qu'il était toujours bon d'avoir des pays comme la Grande-Bretagne à ses côtés quand on cherchait à se débarrasser du joug danois.

« Quel que soit le résultat de la lutte entre la France et l'Angleterre, tu seras allié avec le vainqueur !

— Et je m'attirerai les foudres du vaincu », grommela-t-il avec sa logique énervante.

Nous embarquâmes à bord du *Swallow*, un cotre qui devait nous faire remonter le lac Huron jusqu'au poste américain de l'île de Mackinac. Là, nous devions retrouver les canoës qui emporteraient les marchandises à Grand Portage. Après cela, une petite escapade dans les terres à la recherche d'Indiens aux yeux bleus, d'éléphants laineux et de marteaux électriques, avant de revenir à la civilisation avec, au mieux un trésor, au pire de nouvelles histoires pour asseoir ma réputation.

Qu'il est bon d'avoir de nouveaux amis !

Alors que j'attendais que les derniers paquets et que les domestiques soient embarqués, j'eus un moment d'inquiétude en voyant Lord Cecil Somerset en pleine conversation avec Girty, Brant et Tecumseh, dans le jardin d'Alexander Duff. Ils jetaient tour à tour des regards dans ma direction et j'appréhendai que le trio ne se joigne à nous mais, finalement, après m'avoir longuement dévisagé, ils prirent congé de Cecil, comme s'ils venaient de se mettre d'accord sur un point. Après tout, je n'avais pas de raison de m'en faire, car j'avais le soutien du nouveau président et du Premier consul. Enfin, l'aristocrate monta à bord, me fit un signe de tête comme s'il voulait me rassurer, et nous partîmes vers le nord en saluant d'un coup de canon Détroit, sur l'autre rive. Aucun canoë rempli d'officiers américains ne vint à notre rencontre pour me supplier de faire demi-tour et me placer sous leur responsabilité.

Nous doublâmes l'Île aux Cochons, couverte de forêt, où l'on chassait toujours le cochon sauvage, et jetâmes l'ancre pour la nuit dans le lac Sainte-Claire, qui aurait été considéré comme une véritable mer dans bien des pays, mais qui ici faisait figure de vulgaire mare. Le lendemain matin, nous nous réveillâmes après le lever du soleil, mangeâmes un agréable petit déjeuner composé de thé, de biscuits et de restes de la fête de la veille, avant de profiter d'un début de brise pour repartir. En matière de voyage, on ne pouvait rêver mieux ! Alors que nous remontions la rivière Sainte-

Claire vers le lac Huron, je m'étendis sur le pont pour profiter du paysage, pendant que Magnus étudiait ses cartes toutes blanches et que Somerset restait penché sur ses registres de commerce. À croire que même les aristocrates devaient travailler !

Aurora et moi nous entendions à merveille. Elle se délectait de mes histoires sur la campagne d'Égypte de Napoléon et le siège de Saint-Jean d'Acre, et riait systématiquement à mes petites plaisanteries, avec cette flatterie qui accompagne toujours les badinages. À l'évidence, elle avait succombé à mon charme et à ma réputation exagérée. Et puis il faut admettre que je ne suis pas désagréable à regarder ! Je lui racontai des anecdotes au sujet de Sir Sidney Smith et Bonaparte, Franklin et Berthollet, la vieille Jérusalem et l'ancienne Égypte… et je disposais en plus de toutes nouvelles descriptions de l'effervescence new-yorkaise, de la rusticité de Washington et de notre curieux nouveau président. Les Somerset me confièrent que Bonaparte représentait une menace pour l'Angleterre et qu'ils espéraient que son acquisition de la Louisiane ne déclencherait pas une nouvelle guerre en Amérique du Nord.

« Vous et moi devons œuvrer à maintenir la paix, Ethan, déclara Aurora.

— J'ai toujours préféré la douceur au combat.

— Un jour, l'Angleterre et l'Amérique seront réconciliées.

— Il ne tient qu'à nous d'opérer ce rapprochement ! »

Aurora et moi avions tous deux rencontré Nelson, moi dans un navire de guerre et elle à Londres. La jeune femme n'était jamais à court de détails croustillants concernant la liaison supposée du général avec Emma Hamilton, une aventurière exceptionnelle qui avait fait un bon mariage et qui couchait avec des gens encore plus importants.

« Elle, c'est une véritable beauté dont le Tout-Londres s'arrache les portraits, et lui, c'est le plus grand héros de notre époque. Un scandale magnifique ! soupira Aurora qui ne put s'empêcher de manifester une certaine jalousie.

— Vous l'éclipserez, j'en suis sûr. »

Cecil nous expliqua comment fonctionnait la traite de la fourrure au Canada. La Compagnie de la Baie d'Hudson, comme son nom l'indiquait, contrôlait l'immense baie, au nord, et avait l'avantage de pouvoir acheminer ses marchandises jusqu'aux rives de la baie à bord de navires de fret, ce qui signifiait moins de rivières à remonter jusqu'aux postes de traite des fourrures à l'intérieur des terres. Magnus approuva, car, selon sa théorie, les Scandinaves avaient emprunté le même chemin. La brièveté des étés et la longueur des hivers constituaient le handicap principal de la compagnie. La Compagnie du Nord-Ouest, sa principale concurrente, était dirigée par des Écossais qui employaient des bateliers français, les voyageurs, pour partir de Montréal à bord de canoës conçus pour parcourir de longues distances. Un trajet épique de huit mille kilomètres à travers les Grands Lacs et les rivières qui les relient. Ses employés pouvaient certes profiter d'une saison plus longue, mais ils étaient limités aux canoës, ce qui nécessitait une main-d'œuvre considérable de deux mille hommes. Et puis il y avait Astor, qui avait déployé ses trappeurs du côté américain de la frontière et avait obtenu le monopole de l'approvisionnement de New York via la rivière Mohawk et l'Hudson.

« Chaque trajet présente ses avantages et ses inconvénients, déclara Somerset. Un partenariat représenterait la solution la plus raisonnable. On obtient toujours plus par la coopération que par la compétition, n'est-ce pas ?

— Tout à fait. Comme nous à bord de ce bateau : vous nous emmenez à Mackinac, où j'utiliserai la lettre de recommandation de Jefferson pour faciliter les choses auprès de la garnison américaine. Nous sommes une véritable ligue de nations ici, avec vous qui représentez l'Angleterre, Magnus la Norvège, et moi l'Amérique et accessoirement la France. Le partenariat a ses avantages », conclus-je avec un regard pour Aurora.

J'aurais aimé que notre embarcation soit plus grande afin de pouvoir m'éclipser discrètement avec Aurora, mais tous les soirs, elle réquisitionnait la cabine du capitaine comme une princesse pendant que les douze hommes que nous étions dormions sur le pont entre les coffres, les sacs, les sacoches et les marchandises qui composaient les bagages de Somerset. L'équipage était composé de Fitch, d'un cuisinier, d'un majordome, d'une gouvernante canadienne française qui partageait la cabine d'Aurora, et d'un maître d'armes qui s'occupait de la panoplie d'épées et de l'arsenal de chasse qu'avait emporté Cecil. Chaque matin, à l'aube, ce dernier se perchait sur le mât de beaupré et s'entraînait à manier l'épée, frappant d'estoc et de taille sous le regard inquiet du capitaine qui craignait qu'il ne tranche un cordage important.

La civilisation disparaissait doucement.

Plus nous progressions vers le nord sur cette immense mer qu'est le lac Huron, plus le ciel semblait s'élargir, pour atteindre des horizons toujours plus vides. La côte, quand nous la voyions, n'était qu'une étendue de forêt plate et continue. Pas un village, pas une ferme, pas même une cabane isolée ne venait perturber cette verte monotonie. Nous doublâmes une fois un campement indien composé de wigwams en écorce sur une plage de sable, mais nous n'y aperçûmes que quelques silhouettes, une volute de fumée et un unique canoë. Une autre fois, je vis des loups courir sur la grève, et leur sauvage élégance me coupa le souffle. Des aigles planaient au-dessus de nos têtes, des loutres filaient sous notre embarcation, mais il n'y avait personne. Le monde s'était transformé en un espace infini, immaculé, et pourtant curieusement intimidant. Ici, la Terre se moquait de tout. Le dieu occidental protecteur avait été remplacé par le vent solitaire et les esprits des Indiens. Tant de place, tant de territoires à exploiter, et rien n'avait été fait ! Même en plein soleil, l'immense forêt du nord-ouest semblait aussi froide que les étoiles. Rien ni personne ici n'avait entendu parler du grand Ethan Gage, le héros des pyramides et de Saint-Jean d'Acre. J'étais devenu insignifiant.

Alors que l'équipage se désintéressait complètement de cette étendue infinie de forêt qu'il jugeait monotone, Magnus paraissait fasciné par ces interminables rangées d'arbres.

« Les premiers hommes étaient des dieux, et voici leur royaume. La terre entière ressemblait à cela un jour. Les grands héros arpentaient ces forêts sans laisser la moindre trace.

— C'est le royaume des Potawatomis et des

Outaouais, et ce que je peux te dire, c'est que ce ne sont pas des dieux. Tu en as aperçu quelques-uns : pauvres, malades et rongés par l'alcool.

— Mais ils ont plus de souvenirs que nous, insista-t-il. Ils sont plus proches de la source. Ceux que nous avons rencontrés avaient été corrompus par notre monde. Attends de découvrir le leur. »

21

L’île de Mackinac ressemblait à un noyau de verdure entre les champs aux reflets bleutés du lac et du ciel. La garnison américaine de quatre-vingt-dix hommes qui l’occupait avait pour rôle de garder le détroit qui menait au lac Michigan. Nous étions aux confins des États-Unis. Au-delà, il n’y avait plus que des postes britanniques, des trappeurs et des tribus indiennes. Quand nous accostâmes sur l’embarcadère, notre petit cotre tira un coup de canon en signe de salut ; le fort répondit par un autre coup de canon qui résonna dans l’immensité déserte, faisant s’envoler des nuées d’oiseaux depuis la forêt.

De forme triangulaire, le fort était doté de trois casemates et de deux remparts pour les canons : un mur en pierre et en terre côté lac, une palissade en bois côté terre. Le quartier des officiers – un haut bâtiment blanc au toit en croupe et doté de deux cheminées – dominait le reste. D’autres cabanes et appentis délimitaient un terrain de manœuvre. Aux alentours du fort, on avait coupé les arbres pour cultiver la terre, faire paître les bêtes et offrir à ce bastion un peu de lumière.

« Avant, le vieux fort français se trouvait là-bas,

sur la rive principale, mais après que les Indiens de Pontiac l'ont pris, les Britanniques l'ont reconstruit sur cette île, expliqua Somerset. Ce fut une attaque menée de main de maître : les braves firent semblant de jouer à la crosse pour s'introduire à l'intérieur du fort où leurs femmes les attendaient avec des armes dissimulées sous leurs couvertures. Le fort tomba en quelques minutes. Le nouveau poste interdit aux Indiens de débarquer, même si en hiver on peut se rendre sur l'île à pied à cause de la glace. Avec le redécoupage de la frontière, nous vous avons cédé ce fort et en avons construit un autre le long de la rivière Sainte-Marie, près des rapides qui mènent au lac Supérieur.

— Et il n'y a que quatre-vingt-dix Américains pour protéger tout le territoire du Nord-Ouest ?

— En Amérique du Nord, l'empire ne tient qu'à un cheveu. C'est bien pour cela que notre alliance a tant de valeur, Ethan. Nous pouvons dissiper les malentendus. »

Ici, le commandant n'était qu'un simple lieutenant du nom de Henry Porter. Il nous accueillit sur le quai et nous accompagna le long d'un chemin boueux jusqu'à l'entrée. Ma lettre signée de la main de Jefferson l'impressionna.

« On m'avait bien dit qu'il y avait un nouveau président, et le voilà ! » s'exclama-t-il en admirant la signature, comme si le grand homme l'avait faite avec son sang.

Puis il contempla ouvertement Aurora d'un œil rêveur qui eut le don de m'agacer. Contrairement au colonel Stone, le lieutenant ne semblait pas avoir de problèmes de duels et de jeux de boules ; d'ailleurs, son fort avait l'air bien vide.

« Il n'y a jamais plus de la moitié de la garnison ici : certains sont à la pêche, d'autres à la chasse, certains coupent du bois et d'autres font du troc avec les Indiens. En attendant que vos canoës de fret arrivent, vous avez largement la place de loger dans le quartier des officiers. »

Eh bien, la place ne semblait pas suffire à Lady Aurora. Après un coup d'œil aux dortoirs disponibles, elle déclara que si ses malles pouvaient tenir dans un placard, ce n'était certainement pas son cas. Après une rapide inspection des lieux, elle finit par admettre que l'étage supérieur de la casemate située côté est suffirait à peine à servir son intimité et son confort. Du ton autoritaire qui caractérisait les gens de son espèce, elle ordonna à Porter de déplacer les deux canons, puis exigea à toute une escouade de monter un lit et un édredon. Elle ajouta que le rez-de-chaussée suffirait à sa gouvernante et qu'elle aurait besoin d'un certain nombre de fourrures pour tapisser le sol rugueux et rendre l'endroit habitable.

« Mais… et si nous sommes attaqués ? demanda le jeune lieutenant, de toute évidence intimidé par le côté impérieux de l'aristocratie anglaise.

— Cher lieutenant, personne n'oserait attaquer un Somerset, le rassura Cecil.

— Je prendrai le fusil qu'utilise mon cousin pour la chasse à l'écureuil et logerai une balle entre les deux yeux du premier qui osera s'approcher, ajouta Aurora. C'est mon cousin qui m'a appris à tirer, et je ne manque jamais ma cible. Et puis, cette casemate est l'endroit le plus sûr, non ? J'imagine que vous n'êtes pas indifférent à la sécurité des femmes, lieutenant !

— Je crois, oui, balbutia-t-il en se replongeant dans la lettre de Jefferson dans l'espoir d'y trouver les instructions nécessaires.

— Je ferai le guet : si un Peau-Rouge ou un soldat de votre garnison s'avise de violer mon intimité, je saurai le recevoir ! C'est comme cela que nous procédons en Angleterre et vous feriez bien d'en prendre de la graine, vous apprendriez quelque chose ! Il est vrai que ce fort est assez bien conçu, on sent que c'est du travail britannique. En tout cas, je vous remercie pour votre hospitalité, lieutenant », dit-elle.

Elle lui caressa légèrement la joue et lui sourit.

Ce geste acheva de faire abdiquer Porter : la bataille de Bunker Hill était gagnée, Yorktown était vengée, l'Angleterre triomphait. Si elle lui avait demandé de lui céder sa propre baignoire, il se serait exécuté dans l'instant et y aurait ajouté en prime le territoire de l'Indiana !

Quand il s'agit de femmes, j'ai certes plus d'expérience. Cependant, je ne suis hélas pas plus raisonnable que ce pauvre Porter : je ne suis qu'un homme, aussi acharné qu'un insecte, et je me mis sur-le-champ à échafauder des plans.

« Qu'est-ce que tu cherches, au juste, en courant après Aurora ? À compromettre notre traversée vers le nord et t'attirer les foudres de son cousin ? siffla Magnus alors que je couvais d'un regard gourmand la casemate qui ne demandait qu'à être prise d'assaut. Tu es aussi irresponsable qu'avec Pauline Bonaparte !

— Cecil n'est ni son mari ni son père, Magnus. Et crois-moi, conquérir Aurora pourrait faciliter notre trajet, tout comme Pauline Bonaparte nous a permis de nous éloigner de Mortefontaine. Quand elles ne nous trahissent pas, les femmes peuvent se révéler de précieuses alliées.

— Vous n'êtes pas du même monde, et elle a deux canons pour te repousser.

— Je vais donc devoir me faire aussi rusé que les Indiens de Pontiac lors de leur assaut contre Michilimackinac. »

Jouer à la crosse pour pénétrer dans son boudoir ne me paraissait pas très réaliste, mais je disposais d'une autre sorte de cheval de Troie. Je pris donc mon bien le plus précieux – mon long rifle – et demandai à la gouvernante d'Aurora de le poser sur le lit de ma future victime avec un message la félicitant pour ses talents de tireuse d'élite, et précisant que je le lui prêtais pour qu'elle puisse à la fois se défendre et s'amuser. Puis nous dînâmes au mess des officiers. Tous étaient avides de détails concernant Jefferson ; je m'exécutai donc.

« Il écrit aussi bien que Moïse, mais pour ce qui est de parler, il serait bien incapable de tenir une salle de classe. Il possède un oiseau qui chante et les défenses d'un éléphant qui ne barrit plus. Il s'y connaît plus en vin que le duc de Bourgogne. Selon moi, c'est un génie, mais il est fou à lier.

— Comme tous les dirigeants que rien ne destinait à ce rôle, répliqua Cecil. Les démocrates américains sont sans doute tout à fait intelligents… Mais l'éducation, mon cher, l'éducation !

— Je n'avais pas rencontré un homme aussi passionnant depuis Franklin, mon mentor, renchéris-je. Il est doté d'une curiosité insatiable. Et l'Ouest le fascine, je peux vous le garantir.

— J'ai beaucoup d'admiration pour le talent de votre jeune nation, déclara Aurora, d'autant plus que, pendant la révolution, toute l'élite est retournée en Angleterre ou a fui au Canada. J'ai lu votre Constitution. Qui aurait pu penser que des hommes du peuple soient capables d'un tel génie ? C'est une expérience remarquable que vous défendez là, lieutenant Porter. Remarquable, ponctua-t-elle avec un sourire si éblouissant que je blêmis de jalousie.

— C'est vrai, admit Porter en rougissant. Mais les pires ennemis d'autrefois peuvent devenir les meilleurs amis de demain, n'est-ce pas ? »

Puis ce fut à son tour de sourire comme un courtisan. Le jeune blanc-bec avait retrouvé du cran !

Quand elle se décida à regagner sa petite forteresse pour nous permettre de rester entre hommes, à discuter avec un verre de porto et une bonne pipe – Somerset se fit remarquer en allumant un cigare, une invention rapportée de la mer des Caraïbes – je trouvai une excuse pour filer avant que Porter ou quelqu'un d'autre ait pu prendre les devants. Je traversai à toute allure le terrain de manœuvre pour atteindre sa casemate. Je frappai ; ce fut la gouvernante qui m'ouvrit. Je lui dis que j'avais prêté mon arme et que je tenais à m'assurer qu'on en faisait bon usage. Elle me laissa entrer avec un sourire en coin.

« C'est de cela dont vous parlez, monsieur Gage ? »

Le canon de mon long rifle apparut par la trappe qui menait à la pièce du dessus, tel un serpent aux aguets.

« J'ai été surprise de trouver cet objet sur mon lit.

Mais votre message indiquait qu'il pourrait m'être utile.

— Vous parliez tantôt de tirer sur des sauvages ; je me suis dit que vous aimeriez peut-être vous entraîner avec un fusil de qualité. Nous pourrions profiter de la soirée pour étudier la question.

— Cette arme a été fabriquée à Lancaster, en Pennsylvanie, je présume ?

— À Jérusalem, en fait. C'est une longue histoire.

— Si nous devons effectivement aller tirer ensemble, montez donc et racontez-moi cette histoire ! »

Je me hissai donc, refermai la trappe et disposai dessus quelques fourrures pour étouffer les probables gémissements passionnés de madame. Sur son invitation, je m'assis sur une malle pendant qu'elle lissait sa robe avant de s'asseoir délicatement sur le bord de son lit. Ses yeux étincelaient et la lueur de la bougie se reflétait dans ses superbes cheveux. Elle était juste assez décoiffée pour être sensuelle et elle avait pris soin de défaire deux boutons. Ses petites bottines glissèrent de ses bas blancs.

« L'armurier était un agent britannique mais la gravure de la crosse est l'œuvre de sa magnifique sœur.

— Magnifique, vraiment ? demanda-t-elle en se passant la main dans les cheveux.

— Rien à voir avec vous, bien sûr.

— Bien sûr, répéta-t-elle avant de s'étirer comme un chat et de réprimer un léger bâillement. Mais vous lui auriez dit la même chose, non ? Affreux bonhomme. J'ai appris à connaître votre race.

— Je suis toujours sincère sur le moment.

— Vraiment ? demanda-t-elle, le fusil posé sur ses genoux. Eh bien ! Approchez-vous donc, monsieur

Gage, et montrez-moi comment vous utilisez votre arme. »

Je ne me le fis pas dire deux fois.

L'être le plus extraordinairement parfait sur cette terre ne peut être qu'une femme. Et les meilleures d'entre elles vous transportent au paradis. Je sais apprécier une fille douce. Mais il y a les autres, plus chaudes, plus troublantes, plus impétueuses ; et celles-là vous ouvrent les portes vers des sphères sans pareilles. C'était le cas d'Aurora. Quelle ardeur ! Ses cheveux cuivrés tombaient sur ses épaules blanches, ses yeux lançaient des éclairs, sa bouche ne semblait jamais rassasiée, ses seins roses trahissaient une excitation qui ne me laissait pas indifférent et sa peau ne cessait de rougir. J'étais obnubilé par ses courbes, sa taille mince et ses jambes somptueuses. Aucune montagne n'était plus admirable que sa chute de reins quand elle était allongée à mes côtés, aucune vallée n'était plus luxuriante et mystérieuse que ses creux les plus intimes. Un paradis de soufre et de feu, un ange de désir. Elle me perdit dans l'instant, même si cela avait déjà été le cas quand elle m'était apparue la première fois, à Détroit. Son odeur, sa peau éblouissante, son grain de beauté sur la joue qui intimait l'obéissance… Oh oui ! J'avais lâché prise et je la suivrais jusqu'au bout du monde ! Nous nous frottâmes comme des animaux, haletant comme des fugitifs. Elle parvint à me tirer des sensations dont j'ignorais l'existence et suggéra des choses que je n'avais jamais imaginées. Pourtant, malgré la fatigue, elle ne perdait pas le nord : elle cessa bien vite de me poser des questions graveleuses sur mon fusil pour me soutirer des informations sur l'objet précis de notre voyage, après Grand Portage.

« Des éléphants », grommelai-je en me jetant sur elle tant j'étais affamé.

Cette histoire de pachydermes ne fit qu'aiguiser sa curiosité et, après avoir repris un peu notre souffle, j'essayai de changer de sujet et lui parlai des idées curieuses que m'avaient exposées les savants de Napoléon et le nouveau président américain. Ils pensaient que le monde pourrait être plus vieux que ce que disait la Bible, qu'il abritait jadis des créatures étranges, aujourd'hui éteintes et que toute cette profusion de vie, témoignant certes de l'existence d'un architecte supérieur, soulevait la question du but ultime de ce Grand Créateur, et en tant que naturaliste…

« Vous vous moquez de moi !

— Aurora, je suis en mission diplomatique pour le président Jefferson. Si je commençais à tout raconter aux femmes avec qui je couche…

— Car elles sont nombreuses ? s'exclama-t-elle en m'assenant un coup qui me fit tomber au sol, par chance sur une fourrure.

— Ce n'est pas ce que j'ai voulu dire. Seulement, nous nous connaissons à peine. »

Elle m'attaqua alors à coups d'oreiller, ses seins balançant furieusement – vision si merveilleuse que si elle m'avait étouffé sur place, je serais mort heureux. Diable !

L'effort finit par l'épuiser et elle s'effondra sur le lit, la croupe semblable à une congère, les lèvres pulpeuses à souhait.

« Je croyais que vous m'aimiez et que vous partageriez tout avec moi.

— Croyez-moi, ce soir, je suis incapable de partager plus.

— Pff !

— Je sais, je suis terriblement ennuyeux. Je suis un simple savant avec quelques connaissances sur l'électricité et je vais où on m'ordonne d'aller. Venu chercher des éléphants, j'ai trouvé Vénus aux confins de la civilisation. Je vous assure que je ne perds pas au change. »

Elle se tourna sur le dos, le regard vide, et sourit timidement à mon compliment.

« Alors vous pensez vraiment que je suis jolie ?

— Je pense que si on peignait votre portrait, les gens se l'arracheraient et créeraient une émeute. Si on vous sculptait, vous lanceriez une nouvelle religion. Je pense que vous avez été fabriquée par des rayons de lune et forgée par le soleil.

— Des mots, l'Américain, des mots.

— Mais des mots si vrais qu'il faudrait les graver dans le marbre de Westminster.

— Quel flatteur vous faites ! s'esclaffa-t-elle. Mais vous êtes un mufle de ne pas me faire confiance. Finalement, je me demande si vous méritez de voyager à bord des canoës de mon cousin. »

Voilà qui était inquiétant, puisque seuls les Britanniques pouvaient nous faire quitter l'île.

« Mais nous serons utiles ! lançai-je.

— Utiles à quoi ? »

Je jetai un coup d'œil à mon long rifle qui avait fini par terre dans le feu de l'action.

« Je suis moi aussi un bon tireur, dis-je pour l'amadouer. Nous pourrions nous entraîner ensemble !

— Vous êtes un ingrat.

— Je vous assure que non.

— Très bien, dit-elle d'un ton glacial. Vous et votre

Norvégien poilu pouvez venir avec nous à Grand Portage, mais nous ne partagerons pas le même canoë. Et si vous cherchez à me regarder, je serai sous mon ombrelle et je vous ignorerai, car je suis une lady et vous n'êtes qu'un aventurier sans but qui n'accorde pas sa confiance.

— Je suis victime de votre beauté. »

Elle s'agita pour s'adosser plus confortablement contre les coussins.

« Quand nous serons rassemblés autour du feu, le soir, je ne vous manifesterai que de l'indifférence. Vous devrez prendre soin de moi, sans quoi je persuaderai Cecil de vous laisser derrière, en pâture aux Indiens. On m'a dit qu'ils dévoraient leurs ennemis. Quoi qu'il en soit, il n'y aura plus la moindre intimité entre nous tant que vous ne vous serez pas confié à moi. Si vous ne changez pas d'avis, c'est la dernière fois que vous pourrez admirer mon corps.

— Je crois que nous sommes déjà meilleurs amis.

— Alors prouvez-le, répondit-elle en écartant les cuisses. Et prouvez-le encore et encore. Et peut-être qu'un jour, je prendrai pitié de vous, si cela me convient et si vous l'avez mérité. »

Je déglutis et fis oui de la tête, battant le rappel de mon enthousiasme.

La diplomatie peut se révéler une gageure.

22

Une flottille de six canoës de fret appartenant à la Compagnie du Nord-Ouest et qui remontait vers le lac Supérieur passa nous chercher à l'île Mackinac. Ces bateaux étaient un assemblage improbable d'écorces de bouleau et de lanières de bois, avec des racines pour attacher le tout. Chacun mesurait dix mètres et transportait soixante ballots de quarante kilos de marchandises. L'équipage se composait d'un guide à l'avant, un barreur à l'arrière, et huit rameurs aussi laborieux que des galériens. Conformément à la ségrégation mise en œuvre par les Britanniques après la conquête du Canada, tous les travailleurs étaient canadiens français, alors que quatre des canoës avaient à leur bord un Écossais, un Anglais ou un Juif allemand – bourgeois, commerçant dans la fourrure, ou employé – qui se pavanaient comme de petits sultans. Les deux autres transporteraient les Somerset, Magnus et moi. Quand la flottille approcha de l'île, l'eau nous apporta les mélodies françaises chantées par les rameurs pour rythmer les coups de pagaie :

C'est l'aviron qui nous mène
M'en revenant de la jolie Rochelle

J'ai rencontré trois jolies demoiselles.
C'est l'aviron qui nous mène, qui nous mène,
C'est l'aviron qui nous mène en haut.

Chaque rime correspondait à un coup de pagaie. Nous allions voyager au rythme de chansons populaires françaises.

Tout d'abord, nous passerions un poste britannique, le fort Saint-Joseph, construit à l'extrémité nord du lac Huron, puis nous emprunterions sur cinquante kilomètres les rapides de Sault-Sainte-Marie qui mènent au lac Supérieur. Enfin, nous longerions la côte nord de cette mer intérieure jusqu'à Grand Portage, à l'extrémité ouest.

Comme elle l'avait annoncé, Aurora ne prit pas avec son cousin le même canoë que Magnus et moi. Elle s'assit dignement sur une de ses malles et ouvrit une ombrelle pour se protéger du soleil. Nous avions atteint une époque de l'année plus chaude et les arbres de la forêt étaient chargés de feuilles et de fleurs ; Aurora, elle, ne dégageait aucune chaleur et s'entêtait à regarder ailleurs. Je tolérais cette froideur car je savais que les retrouvailles ne pourraient qu'être douces, et parce que cela m'épargnait de supporter ses caprices ou de devoir expliquer aux autres nos frasques de la veille. Je pouvais prétendre que rien ne s'était passé ! Je savais que mes prouesses lui manqueraient bien assez tôt et qu'elle finirait par se radoucir.

Comme la plupart des hommes, je suis optimiste quand il est question de mon charme.

Cecil, après avoir accueilli les autres bourgeois, prit place dans le deuxième canoë. Il était plus chic que jamais dans son manteau beige foncé, avec ses bottes de marche montantes et son chapeau en peau de castor. Il gardait un fusil de chasse sur les genoux pour tirer sur les oiseaux et un petit roman dans sa poche pour tuer le temps. Il avait l'air tellement à son aise dans cette nature sauvage que je le soupçonnais de cacher derrière ses allures de gentilhomme un cœur de fer, endurci par l'expérience.

Les voyageurs portaient des jambières en daim, d'amples chemises blanches, des casquettes brillantes et, au besoin, des *capotes* qui faisaient à la fois office de manteau et de couverture. Ils avaient les jambes courtes et les épaules larges, comme des nains robustes spécialement taillés pour le canoë. Mais voilà qu'arrivait notre moyen de transport vers l'ouest ! Notre canoë s'approcha en glissant. Le barreur qui était aux commandes – un homme maigre, hâlé, aux yeux noirs pleins de malice et vêtu d'une amusante casquette rouge – sauta sur le quai de l'île et nous barra la route avant que nous puissions embarquer. Alors que les Somerset avaient été choyés, ce capitaine posa les mains sur les hanches et nous examina comme si nous étions deux épaves.

« Mon Dieu, un bœuf et un âne ! Et je suis censé trimballer vos deux carcasses jusqu'à Grand Portage, c'est ça ?

— Je n'ai pas besoin d'un petit bonhomme pour me trimballer, répondit aussitôt Magnus.

— Petit bonhomme ? répondit le capitaine en se mettant sur la pointe des pieds pour coller son nez dans le visage de mon compagnon. Alors, comme ça, je suis un petit bonhomme ? Vous parlez à Pierre Radisson, homme du Nord, trois hivers aux postes de traite et commandant de ce superbe canoë ! Les Écossais me paient rien moins que dix-neuf livres anglaises par an ! Je peux pagayer vingt heures par jour sans me plaindre et parcourir cent cinquante kilomètres avant de dormir ! Petit bonhomme ? Personne ne connaît les rapides comme le grand Pierre ! Personne n'effectue ses portages plus vite que moi, et personne ne boit plus, ne danse mieux, ne saute plus haut, ne court plus vite ni ne conquiert une Indienne plus vite que moi ! Petit bonhomme ? répéta-t-il en poussant Magnus, le sommet de son crâne au niveau du col du Norvégien. Je nage, tire, chasse, coupe et baise bien mieux que les gros balourds de ton espèce. Je mange l'équivalent de mon propre poids et je pourrais retrouver mon chemin les yeux fermés entre Montréal et Athabasca, monsieur le cyclope !

— Je voulais seulement dire qu'un Norvégien n'a pas peur de ramer, répondit mon compagnon pour tenter de calmer son interlocuteur.

— Ah ! Et tu vois des rames sur mon canoë ? Tu crois que je commande une barque, c'est ça ? Moi, ce que je crois, c'est que les Norvégiens sont des imbéciles ! s'exclama-t-il en considérant Magnus des pieds à la tête comme s'il s'agissait d'un arbre qu'il voulait abattre. Mais tu es fort, alors je te laisserai peut-être essayer ma pagaie, si tu promets de ne pas l'utiliser pour curer tes dents de cheval et de ne pas la perdre dans ce buisson touffu qui te sert de barbe. Tu connais des chansons ?

— Pas des françaises.

— Évidemment. De toute façon, au son de ta voix, on se doute que tu chantes comme une casserole. Mon Dieu ! C'est sans espoir. Et toi, le maigrichon, dit-il en se tournant vers moi. Tu m'as l'air encore plus inutile que lui, qu'est-ce que t'as à dire ?

— Que les filles de La Rochelle sont jolies, répondis-je en français.

— Ah ! Tu parles la langue de la civilisation ? Tu es français ?

— Américain, mais j'ai vécu à Paris. J'ai travaillé en tant qu'assistant de Bonaparte.

— Sacré type, hein ? Je me demande s'il arrivera à reprendre le Canada. Enfin, qu'est-ce que tu sais faire ?

— Je suis électricien.

— Tu es quoi ?

— Un sorcier, expliqua Magnus, également en français.

— Vraiment, quel genre de sorcier ? demanda Pierre, intrigué.

— Un scientifique, expliquai-je.

— Un scientifique ? Qu'est-ce que c'est que ça ?

— Un savant. Quelqu'un qui étudie la nature pour comprendre ses secrets.

— La nature ? Bah ! Tout le monde sait que les savants sont aussi inutiles que les prêtres. La sorcellerie, en revanche, ça, c'est un talent qui n'est pas totalement inutile dans ces contrées sauvages. Les Indiens ont des sorciers, car les bois sont remplis d'esprits. C'est vrai, les Indiens peuvent voir le monde qui se cache derrière celui-ci, ils peuvent appeler les animaux et parler aux arbres. Attends un peu, sorcier, et tu verras les falaises faire des clins d'œil et des tempêtes former des cornes de bélier. Tu écouteras le vent dans les peupliers te murmurer des choses et les oiseaux et les écureuils te donneront des conseils.

Et à la nuit tombée, tu sentiras peut-être le souffle glacé du Wendigo.

— De quoi s'agit-il ?

— Un monstre indien qui vit dans la forêt et dévore ses victimes plus sûrement que les loups-garous dont parlent les gitans en France. Si tu croises un Ojibwé, il te dira qu'ils existent vraiment. Un sorcier : c'est de cela dont nous avons besoin, ajouta-t-il d'un ton à présent empreint de respect, même s'il n'avait de toute évidence jamais entendu parler de l'électricité. Et sinon, tu sais pagayer ?

— Je pense que je suis meilleur en chant.

— Ça ne me surprend pas. Mais je parie que tu n'es quand même pas un très bon chanteur non plus.

— Je suis fort aux cartes.

— Dans ce cas, vous avez tous les deux de la chance que Pierre Radisson soit là pour s'occuper de vous ! Pas besoin de cartes là où on va. Mais qu'est-ce que tu portes ? demanda-t-il à Magnus en fixant son dos.

— Ma hache et mes plans.

— Une hache ? Elle est tellement grande qu'on pourrait faire de la luge dessus. On pourrait la porter, ça nous ferait une voile ! L'utiliser comme toit pendant les campements, ou s'en servir comme ancre. Avec une hache comme ça, on pourrait fabriquer un canon, ou ouvrir une maréchalerie. En fin de compte, tu pourrais te révéler utile, si tu ne perces pas le fond du canoë avec ton engin. Et toi, ce long rifle… belle arme. Tu sais tirer avec ?

— J'ai impressionné les dames de Mortefontaine.

— Bon. Pagayez dur et moi, Pierre, je vous nommerai navigateurs si vous en valez la peine. La reconnaissance d'un vrai trappeur du Nord est le plus grand honneur qu'un homme puisse recevoir. Si vous recevez cet honneur, vous devrez alors payer votre tournée de *shrub*. Huit litres chacun.

— Du *shrub* ? Qu'est-ce que c'est ? s'enquit Magnus.

— T'aurais plus vite fait de demander ce que c'est que du pain ! Le *shrub*, c'est du rhum, du sucre et du jus de citron, gros ignorant. Êtes-vous prêt à recevoir un tel honneur ?

— Nous n'attendons que l'occasion de prouver notre valeur, assurai-je.

— Vous l'aurez. Maintenant, asseyez-vous doucement sur les ballots. Et chaque fois que vous devrez monter à bord ou descendre, il faudra faire extrêmement attention. Interdiction absolue de le faire tanguer. Les pieds doivent être posés sur la membrure ou sur un liston : sinon, vous risquez de percer la coque d'écorce et je ne tiens pas à finir au fond du lac Supérieur. Vous pagaierez au rythme de la chanson. Enfin, jamais mon canoë ne doit toucher un caillou ou le sol. Quand nous nous arrêterons pour la nuit, il faudra sauter par-dessus bord, décharger la cargaison et la porter doucement sur la rive. Compris ?

— Nous ferons attention.

— C'est pour votre propre sécurité que je dis ça. Ces canoës sont très légers pour leur taille, ils sont rapides et peuvent être réparés en une heure ou deux, mais ils sont plus fragiles qu'une dame. Traitez-les comme vous la traiteriez, elle », dit-il en désignant Aurora.

Pour le coup, je l'avais plutôt maltraitée, et vu ses contorsions et ses cris de la veille, il y avait des chances qu'il lui reste quelques bleus. Évidemment, je n'en dis rien ; certains souvenirs ne se partagent pas.

Finalement, après une clameur et un coup de canon en provenance du fort, nous nous mîmes en route.

Un simple canoë peut sembler un peu fragile pour affronter une mer intérieure, mais ces embarcations, faites à partir d'éléments de la forêt environnante, étaient ingénieuses : elles flottaient parfaitement et ne prenaient pas l'eau. Un peu de poix et d'écorce suffisait à les réparer en un après-midi, et on pouvait les porter sur les épaules sur des kilomètres. Pierre s'agenouilla à l'avant pour repérer les éventuels rochers et rondins, tout en chantant pour imprimer une cadence qui pouvait atteindre quarante coups de pagaie par minute. À la barre, un dénommé Jacques gardait le cap. Les pagaies brillaient dans le soleil et des gouttelettes volaient comme des diamants, écartant les quelques insectes ambitieux et obstinés qui nous avaient suivis depuis la côte. L'air était frais, et le soleil étincelant nous tapait sur le crâne.

Il y avait toujours des chansons pour imprimer la cadence, parfois en français, parfois en anglais.

Mon canoë est fait d'écorces fines
Qu'on plume sur les bouleaux blancs ;
Les coutures sont faites de racine
Les avirons de bois blanc
Je prends mon canot, je le lance
À travers les rapides, les bouillons.
Là, à grands pas il s'avance
Il ne laisse jamais le courant.

Les bateliers français avaient beau être plus petits que Magnus et moi, ils étaient aussi infatigables qu'une roue à aubes. Après une demi-heure, j'étais à bout de souffle et, peu après, je suais à grosses gouttes malgré la fraîcheur du lac. Nous ramions sans relâche, à une vitesse que j'estimais à une dizaine de kilomètres par heure – soit deux fois plus rapide que la flotte de Napoléon en Égypte – et au moment précis où je sentais que je n'en pouvais plus, Pierre poussait un cri et tout le monde s'arrêtait et sortait sa pipe pour fumer. Ces pauses avaient lieu toutes les deux heures, et elles représentaient le meilleur moment de leur journée. Elles me faisaient penser à celles de l'armée napoléonienne dans les Alpes. Les hommes cassaient un morceau de tabac en corde qu'ils conservaient dans un mélange de mélasse et de rhum, bourraient leur pipe, l'allumaient à l'aide d'un briquet à amadou, puis se penchaient en arrière et fumaient, les yeux fermés pour ne pas être aveuglés par le soleil. Cette petite prise de médicament les rendait heureux comme des coqs en pâte. Notre flottille constituait de minuscules points sur cette immense étendue d'eau tellement propre et fraîche qu'en cas de soif, nous n'avions qu'à y plonger la main pour en boire une gorgée.

Un second cri et nous tapotions nos pipes, les braises grésillaient en touchant l'eau. Nous reprenions les avirons et repartions au rythme de nos chants. Nous repoussions nos limites au maximum pour tirer profit des jours qui rallongeaient. Aurora, elle, arborait toujours son air pincé et supérieur, à l'abri sous son ombrelle, pendant que Cecil lisait ses petits livres dont il avait un plein sac. Dès qu'il en finissait un, il le jetait à l'eau, persuadé que ses rugueux compagnons ne savaient ni lire ni écrire. Parfois, il apercevait un canard ou quelque autre gibier d'eau : il posait alors son ouvrage, armait son fusil et tirait, le coup de feu se répercutant sur la rive. Il ne ratait jamais sa cible, mais ne s'arrêtait jamais non plus pour récupérer sa prise. Pour lui, ce n'était que du sport. Pendant que le courant emportait l'oiseau, il rechargeait son arme, la reposait sur ses genoux, et reprenait sa lecture.

À la tombée de la nuit, nous fîmes halte dans une anse indiquée par un *lopstick* – un pin dont on avait ôté les branches du bas pour ne laisser qu'une touffe au sommet et qui servait de point de repère – pour établir notre campement. Nous apprîmes que tous les circuits de canoë en étaient jalonnés, et qu'ils indiquaient les lieux de campement. Nous nous laissâmes dériver pour atteindre un décor enchanteur : une plage de galets, des bouleaux et des herbes hautes. Quand le fond ne fut plus qu'à une cinquantaine de centimètres, Pierre sauta du canoë pour l'immobiliser et le ramener doucement vers la berge. Tour à tour, nous l'imitâmes.

« Elle est froide ! se plaignit Magnus.

— Ah, alors toi aussi, t'es un savant ? plaisanta Pierre. On peut dire que tu as le sens de l'observation. Mais laisse-moi te dire quelque chose : le froid est la meilleure des motivations pour faire un feu. »

Plus le canoë s'allégeait, plus on le rapprochait, en prenant garde à ce qu'il ne touche pas les galets. Les ballots de marchandise furent transportés, puis disposés en une barricade improvisée que l'on recouvrit d'une toile cirée. Enfin, on souleva les canoës vides dans une grande clameur, avant de les retourner dans une gerbe d'eau, de les hisser au-dessus des têtes et de les transporter jusqu'à la grève. Là, on utilisa les pagaies comme étais pour transformer les embarcations en abris de fortune. Pendant que certains allumaient les feux, d'autres chargèrent les fusils et allèrent chercher de l'eau. Enfin, les hommes purent fumer leur pipe en appréciant les petits pois, le porc et les biscuits qui avaient été préparés. La nourriture était sans intérêt, mais je n'en fis qu'une bouchée.

« C'est ça, mange, sorcier, mange ! s'exclama Pierre. Et c'est valable pour toi aussi, le géant ! Mangez pour alléger le canoë de Radisson, car vous aurez beau bâfrer à vous en faire péter la panse, vous perdrez quand même du poids ! Eh oui, l'effort brûle le corps ! Mangez, car il n'y a pas de porc à Grand Portage. C'est d'ailleurs la raison pour laquelle les gens de Montréal sont surnommés les Mangeurs de Cochon. Seuls ceux qui ont passé un hiver là-bas ont le droit de se considérer comme de véritables Gens du Nord.

— Qu'est-ce qu'on mange après Grand Portage ? demanda Magnus la bouche pleine.

— Du pemmican : du gibier séché avec des baies et parfois de la bouillie de riz ou de maïs. Le premier citadin venu ne pourrait pas en avaler, mais pour un homme qui a passé la journée à pagayer, c'est un mets de luxe. Un kilo de pemmican équivaut à huit kilos de pain ! Évidemment, après plusieurs mois de ce régime, on a besoin d'une squaw ! Pas pour ce qu'elle cache dans son entrejambe, non, mais pour sa capacité à arpenter les bois en quête de denrées comestibles.

— Et pourquoi avançons-nous si vite ? demandai-je. J'ai mal partout, j'ai l'impression d'avoir été écartelé.

— Vite ? On se traîne comme des escargots sur un tapis, tellement ce pays est grand. Tu crois vraiment que le soleil va rester éternellement ? À Grand Portage, il nous fera ses adieux et repartira vers le sud, et les journées raccourciront. Nous gardons toujours en tête le retour des glaces ! Si nous pagayons, c'est pour prendre la glace de vitesse ! Nous allons vite pour permettre aux Gens du Nord de regagner leurs postes de traite au nord du Canada avant que les rivières ne gèlent. L'hiver est propice au voyage quand on a des raquettes, pas quand on transporte des marchandises.

— Mais à ce rythme, nous serons en avance au rendez-vous.

— Ne t'en fais pas, sorcier, nous aurons largement le temps d'être immobilisés sur le lac Supérieur par le vent et les tempêtes. Ce lac est aussi froid que le cœur d'une sorcière, et il ne vous laisse jamais passer facilement. »

23

Comme tous les soirs, Aurora, Cecil et les autres bourgeois plantèrent une petite tente tandis que les voyageurs se pelotonnaient sous les canoës. Magnus et moi, en tant que simples passagers, eûmes chacun droit à des morceaux de toile et de corde pour nous constituer une tente de fortune. Je mis mon manteau en boule en guise d'oreiller, me recroquevillai dans une couverture de laine, et tombai aussitôt dans un profond sommeil. Mais, alors que j'avais l'impression qu'il était à peine minuit, l'abri s'écroula soudain, m'étouffant à moitié sous la toile couverte de rosée. Mais qu'est-ce qui…

« Debout, l'Américain, tu crois qu'on va te laisser dormir toute la journée ? »

C'était Pierre, chaussé de ses mocassins, qui me donnait des coups de pied à travers la toile. Je repris enfin mes esprits.

« Mais c'est le milieu de la nuit ! Tu vas réveiller tout le monde !

— T'es le seul à être encore en train de dormir ! s'esclaffa-t-il. Nous autres Gens du Nord ne sommes pas du genre à traîner le matin ! Même les Mangeurs de Cochon se lèvent plus tôt que toi !

— C’est déjà le matin ? »

Je me frottai les yeux. Il y avait toujours un nuage d’étoiles dans le ciel, mais à l’est, on pouvait discerner les lueurs d’une aube lointaine. Le feu avait été rallumé et les restes de la veille commençaient à bouillonner. Cecil et Aurora étaient habillés de pied en cap, aussi apprêtés que pour une promenade à Piccadilly.

« Mange, mange, car bientôt tu devras pagayer ! Mange, l’Américain ! Et ensuite, tu pourras venir admirer mon œuvre sur le *lopstick.* Tu verras, j’ai honoré nos invités ! »

Nous engloutîmes donc les restes du dîner avant de suivre notre guide jusqu’au fameux arbre. Le tronc était couvert de gravures en l’honneur des dignitaires qui étaient passés par là. La plupart étaient écossais ou anglais, avec des noms comme Mackenzie, Duncan, Cox ou Selkirk. Pierre alluma une bougie et la tint près de l’écorce pour que nous puissions lire.

« Vous voyez, je vous ai immortalisés ! »

Lord Cecil et Lady Aurora Somerset, pouvait-on lire. *Plus deux ânes.*

« Deux ânes ?

— Pagayez comme des hommes pendant quelques jours, et peut-être qu’alors, je ferai figurer votre nom sur un autre arbre. Pagayez jusqu’à ce que vos épaules ne vous fassent pas seulement mal, mais qu’elles vous brûlent et vous donnent envie d’appeler votre mère à l’aide ! Mais vous n’appellerez personne : vous garderez votre souffrance pour vous et pagaierez de plus belle ! Alors seulement, vous gagnerez l’estime du grand Pierre ! »

Nous passâmes la nuit suivante au fort Saint Joseph, mais Cecil et Aurora préférèrent camper sur la plage car la construction de l'édifice n'était qu'à moitié achevée. D'énormes piles de rondins écorcés, coupés et traînés là l'hiver précédent attendaient d'être plantés, et la forêt avait été rasée sur un kilomètre et demi pour éviter une attaque surprise. Malgré les assauts des puces de sable, je m'endormis rapidement, d'autant plus que mes chances de badiner avec Aurora étaient nulles, puisque la belle avait opté pour l'isolement. Puis, dans un brouillard annonciateur de l'aube à venir, nous fûmes de nouveau réveillés. La routine matinale suivit son cours et bientôt, nous pagayions de nouveau, sans voir les autres canoës perdus dans la brume. Nous ne passerions aucun autre fort jusqu'à Grand Portage.

Remonter à contre-courant la rivière de cinquante kilomètres qui séparait le lac Huron du lac Supérieur n'alla pas sans peine. À Sault, qui signifie « rapides » ou « cascades » en ancien français, nous déchargeâmes les canoës une fois de plus pour effectuer un portage. Je chargeais sur mon dos un ballot de quarante kilos tandis que Pierre et Magnus en prenaient chacun deux, puis nous revenions prendre les suivants. Nous faisions des étapes d'un kilomètre et demi, ce qui signifiait que nous portions notre charge pendant une demi-heure avant de la poser, et profitions du retour pour souffler avant de répéter l'opération. Des Indiens qui pêchaient à la sagaie ou à la nasse avaient établi à proximité un campement d'où se dégageait une odeur de merde abominable. Nous postâmes donc des gardes à côté des marchandises, car tous les Blancs prenaient les Indiens pour des voleurs et tous les Indiens prenaient les Blancs pour des hommes riches et inexplicablement avares. Une fois la totalité du fret déplacée, nous nous occupâmes des canoës. Ils avaient beau être légers, ils pesaient quand même plus de cent kilos. J'avais l'impression de porter un cercueil lors d'un enterrement interminable. Finalement, nous en vîmes le bout.

« À Grand Portage, vous verrez des types qui peuvent porter trois, voire quatre ballots chacun, dit Pierre d'une voix haletante. Quand ils sont chargés, ils ressemblent à une maison sur pattes !

— À Paris, vous verrez des types qui ne portent qu'une paire de dés et une plume pour écrire, grommelai-je.

— Mais ceux-là ne sont pas des hommes. Être un parasite urbain, un oisif, c'est pire que de ne pas exister. »

Cecil, lui, ne portait rien. Quant à Aurora, elle fut hissée sur les épaules de deux hommes. Comme la reine de Saba, elle regardait droit devant, comme si ce qui se passait était tout à fait normal. Les petits Indiens du campement voisin accoururent à son passage en riant aux éclats et la suivirent jusqu'à ce que leurs mères les rappellent. Aurora ne leur accorda même pas un regard.

Arrivés enfin au plus grand lac, nous remontâmes à bord de nos embarcations respectives pour remonter le long de la rive nord. L'eau était si claire qu'on pouvait voir en dessous la pente en granit scintiller comme si elle se trouvait à l'air libre. Le lac était d'un bleu encore plus profond que le lac Huron et semblait s'étendre à l'infini. À notre droite, la côte se fit plus accidentée, avec des blocs de granit rose et gris pris dans une forêt de bouleaux, d'aulnes, de pins et d'épicéas rabougris. Un vent d'est chaud se leva et nous hissâmes sur une perche une voile improvisée afin de le laisser nous porter vers l'ouest. Je profitai de ce répit bienvenu pour m'étendre et faire un somme. Le canoë balançait doucement au rythme des vagues, tandis que le clapotis de l'eau nous accompagnait de sa douce musique.

Puis le vent tourna vers le sud-est et se renforça. Dans cette direction, le ciel s'obscurcit. La voile se vrilla, faisant dangereusement gîter notre bateau. Nous nous empressâmes de l'enlever.

« Tempête ! » hurla Pierre à l'attention du barreur.

Jacques opina et se retourna pour observer le nuage noir. Les capitaines des autres canoës vociféraient également des avertissements.

« Je t'avais bien dit que le lac ne nous laisserait pas passer facilement, dit Pierre. Pagayez, bandes d'ânes, pagayez de toutes vos forces ! Il y a une baie à une lieue d'ici et si nous ne l'atteignons pas avant le plus fort de la tempête, nous devrons aller à Grand Portage à la nage ! Sentez comme elle est froide », ajouta-t-il en nous aspergeant.

Des éclairs zébrèrent le ciel derrière nous et un inquiétant grondement sourd roula sur l'eau. La lumière dansait dans le ciel, le vent était chargé de ce parfum électrique que j'avais senti dans le désert. L'eau, à présent gris acier, s'affolait sous les rafales. Même Pierre abandonna son poste de guide : il s'accroupit à l'avant et prit une pagaie.

« Pagayez ou nous allons tous mourir ! »

Le vent se renforça encore et les vagues se creusèrent, poussant notre embarcation vers le rivage. Si nous parvenions à doubler une pointe sans nous fracasser contre les rochers de granit, nous pourrions passer sous le vent et accoster. Mais les vagues étaient très différentes de celles qu'on peut rencontrer en mer :

cinglantes, très irrégulières, et extrêmement froides. Pour la première fois, de l'eau pénétra dans le bateau. Pierre me désigna et s'écria :

« Toi, l'Américain ! Le plus inutile ! Prends la marmite et écope, mais vas-y doucement, car si tu touches l'écorce et que tu fais un trou, on y passera tous ! »

Voilà qui était encourageant. Je me mis à écoper, incapable de décider si j'avais plus peur de l'eau qui s'infiltrait par au-dessus ou de celle qui jaillirait par en dessous si je faisais preuve de trop d'enthousiasme. Un nouveau coup de tonnerre marqua l'entrée en scène de la pluie qui nous entoura très vite d'un rideau gris. L'eau bouillonnait aux extrémités du grain, là où s'abattaient les énormes gouttes. Je ne distinguais de la côte qu'une ligne blanche à l'endroit où s'abattaient les brisants. Le grondement assourdissant rappelait celui des champs de bataille.

« Le chant de Thor ! s'exclama Magnus. C'est pour cela que nous sommes venus, Ethan !

— Parle pour toi », marmonnai-je.

Avec son cerf-volant au milieu de l'orage, Franklin m'avait toujours paru complètement fou, mais Bloodhammer arrivait largement à sa hauteur car, dans notre situation, nous avions de grandes chances d'être frappés par la foudre.

« Dompte les éclairs, sorcier ! s'écria Pierre.

— Sans outils, c'est impossible. Nous devons gagner la terre ferme avant d'être touchés », ajoutai-je, bien conscient des dégâts que pouvait occasionner la foudre.

Je jetai un œil vers le canoë d'Aurora. Elle s'était débarrassée de son ombrelle et se tenait penchée, les cheveux dégoulinant, pagayant avec une détermination acharnée. Cecil aussi avait rangé son livre et son fusil et ramait de toutes ses forces, son chapeau trempé vissé sur le crâne.

Dans notre embarcation, Magnus faisait preuve de tant d'ardeur (il plongeait sa pagaie jusqu'à toucher les vagues avec la main) que Pierre dut changer de côté pour compenser la puissance du Norvégien.

« Et si on jetait quelques ballots par-dessus bord ? suggérai-je. Ça élèverait le franc-bord.

— Tu es malade ? Plutôt périr ici qu'expliquer à Simon McTavish que sa précieuse cargaison se trouve au fond du lac Supérieur ! Écope, sorcier ! Ou utilise ta magie pour calmer les éléments ! »

Nous filions comme une feuille dans un torrent et voyions la côte sombre se rapprocher dangereusement tandis que nous tâchions de contourner la pointe avant d'être envoyés par le fond. Dans la lumière blafarde, nous devinions ses contours blancs, annonciateurs de cruels récifs. Des arbres chétifs s'agitaient sous la pluie diluvienne.

« Pagayez, mes amis ! Pagayez, si vous ne voulez pas servir de repas aux poissons ! »

Comme l'avait exigé Pierre, mes épaules étaient en feu, mais il n'était pas question de faire une pause. Nous approchions de la pointe où les vagues venaient se fracasser en immenses gerbes. À travers le rideau de pluie, j'eus soudain une terrible vision : des formes blanches et angulaires semblaient plantées là.

« Des croix ! hurlai-je.

— Oui ! cria Pierre. C'est pour les équipages qui n'ont pas réussi à atteindre la baie ! Regarde-les bien, et écope plus vite ! »

Ces croix ressemblaient à des os polis et brillaient à la lueur des éclairs.

Jamais je n'avais écopé avec autant d'acharnement. Mes muscles craquaient sous l'effort et le sang battait à mes tempes. Je pus lire la panique dans les yeux d'Aurora qui écopait avec force. La pluie redoubla d'intensité et d'immenses bourrasques nous giflaient le visage. Je haletais. J'avais l'impression d'être déjà en train de me noyer. Il y avait quinze centimètres d'eau au fond du canoë. Je me saisis de nouveau de la marmite et, comme un automate, balançai par-dessus bord des litres et des litres d'eau.

Puis je jetai un regard alentour. Un des canoës avait disparu. Je le fis remarquer aux autres.

« On ne peut plus rien pour eux, le froid les a eus ! Pagayez ! Pagayez ! »

Enfin, nous doublâmes le morceau de terre qui marquait l'entrée de la baie. La houle faisait tanguer notre canoë et nous glissions sur les lames déferlantes. À la barre, Jacques restait concentré pour manœuvrer et ne pas offrir le flanc de notre bateau aux vagues. Nous tournâmes sous les trombes d'eau pour passer sous le vent. Sur la crête de la pointe, la tempête hurlait et faisait ployer la végétation. Les barreurs mirent le cap sur une plage de gravier rouge. Les guides sautèrent des bateaux pour l'accostage ; ils avaient de l'eau à hauteur de taille et les vagues leur caressaient les aisselles.

« Ne laissez pas les canoës se briser sur la plage ! »

Nous restâmes donc à distance, engourdis par le froid. Les graviers crépitaient au rythme des vagues, tandis qu'on déchargeait les ballots étanches. Quelqu'un souleva Aurora puis la lâcha dans les eaux peu profondes. Empêtrée dans ses jupons, la jeune femme sortit de l'eau en titubant, sa robe traînant derrière elle. Cependant, elle fit demi-tour pour aider au débarquement des marchandises et se chargea de porter un ballot. Les hommes retournèrent les canoës pour vider l'eau puis, comme une procession de fourmis, ils les transportèrent pour les installer à l'abri du vent. Je regardai la nature sombre qui nous entourait. Les collines étaient hautes, abruptes et sinistres dans la lumière livide de l'orage. Les éclairs fendaient l'air et s'abattaient sur les hauteurs.

Je passai notre groupe en revue : tous avaient les cheveux dégoulinant et les moustaches gouttaient comme de la mousse. Même les bouclettes d'Aurora avaient abdiqué et retombaient, à moitié défrisées.

« Je vous avais dit qu'on n'arriverait pas en avance à Grand Portage, dit Pierre. Ce lac ne nous laisse jamais passer. Tu comprends maintenant, l'Américain, pourquoi il faut en profiter quand on peut pagayer dur ?

— Et si nous n'avions pas été proches de cette baie ?

— Nous serions morts. Tôt ou tard, c'est le lot de tous. Et si le vent avait été contre nous ? Ça m'est déjà arrivé, et j'ai dû faire marche arrière sur vingt kilomètres pour trouver une anse.

— Et les autres ? Ceux qu'on a perdus ?

— Nous partirons à leur recherche. Et si le lac ne nous les rend pas, on plantera quelques croix de plus.

— Ces crétins ont perdu pour plus de mille dollars de marchandises ! s'exclama Cecil, furieux. Je sais qu'ils ont rendez-vous avec le diable, mais moi, j'ai rendez-vous avec McTavish ! »

Nous ne retrouvâmes jamais les corps, mais les

vagues rapportèrent quelques ballots, si bien enveloppés dans leur toile qu'ils étaient récupérables. On mettrait leur contenu à sécher au prochain jour de beau temps.

*

La tempête s'éloigna et un soleil déjà bas finit par apparaître à l'ouest. Transi de froid et grelottant, je fus ravi quand Pierre me fit signe de le suivre entre les arbres pour ramasser du bois sec. Un peu d'exercice me réchaufferait ! Magnus vint avec nous, ouvrant la route à grands coups de hache à la manière des élans. Très rapidement, nous fûmes enfermés dans un labyrinthe de bouleaux et de mousse épaisse. Nous entendions toujours le bruit du vent et des vagues, mais derrière nous, le passage que nous nous étions frayé semblait avoir été englouti. Très vite, j'avais perdu mon sens de l'orientation.

« Comment fais-tu pour savoir où nous sommes ?

— Le bruit des vagues. Et puis notre passage laisse des traces. Mais je préfère l'eau. Dans la forêt, l'homme devient aveugle. J'ai perdu des camarades comme ça : ils s'étaient éloignés d'une centaine de pas pour ramasser des baies, et ils ont disparu sans laisser de trace. Certains pensent que c'est les Indiens, d'autres les ours, et d'autres encore accusent le Wendigo. Moi, je pense simplement que, parfois, l'âme de la forêt a faim et avale les hommes. »

Autour de nous, les arbres frissonnaient, les ombres étaient profondes et, partout, l'eau ruisselait. J'aurais pu mettre des jours à retrouver mon chemin.

Pierre, lui, restait calme et ne semblait pas douter

de son sens de l'orientation. À l'abri d'un rocher, nous trouvâmes un arbre abattu dont le dessous était pourri et bien sec. Nous nous mîmes à l'ouvrage et, très vite, nous eûmes les bras chargés de combustible et de mousse sèche en guise d'amadou. Nous emboîtâmes le pas assuré de Pierre jusqu'au campement, où les autres bateliers utilisèrent des silex, du fer et de la poudre à fusil pour lancer les feux. D'immenses nuages de fumée grise s'élevèrent, tandis que Magnus s'attaquait à un arbre mort. En un seul coup de hache, il obtenait une bûche de taille raisonnable. Je transportai le résultat de son travail pour construire la pyramide de flammes et, bientôt, nous eûmes trois feux de camp. Les voyageurs improvisèrent une danse autour des feux, à la manière des sauvages. De la vapeur se dégageait de leurs vêtements alors qu'ils entonnaient des chansons paillardes en français, qu'ils riaient de s'en être sortis vivants et qu'ils pleuraient en repensant à la mort de leurs compagnons – une tragédie à laquelle ils n'accordaient pas plus de considération qu'à la tempête. Dans ces territoires du Nord, la mort était aussi banale que la neige.

Le soleil qui approchait à présent de l'horizon enveloppait la plage et la forêt d'un vernis doré. On dressa les tentes des aristocrates et Cecil ouvrit un baril de rhum. Il en donna une petite dose à chacun, et même Aurora avala d'un trait le brûlant liquide, à la manière des marins.

Nous souriions tous comme des idiots, heureux, mais surpris d'être encore en vie. Rien ne vous fait sentir plus vivant que d'avoir frôlé la mort.

Enfin, il ne resta plus que des braises. Affamés, nous fîmes cuire nos petits pois, notre porc et notre bouillie de maïs, à laquelle les hommes ajoutèrent un peu de graisse.

Tremblants de fatigue, nous mangeâmes à toute vitesse. Pierre s'essuya la bouche du revers de la main, lécha le résultat de sa collecte et s'adressa à Cecil :

« Lord Cecil, si nous avons eu des pertes aujourd'hui, nous avons également eu des bénéfices. Nos deux ânes ont donné de leur personne aujourd'hui – peut-être qu'ils ne voulaient pas se faire distancer par le canoë de votre jolie cousine !

— Si Ethan et Magnus sont aussi épuisés que moi, c'est que nous avons tous travaillé comme des bagnards.

— Ce ne sont pas encore des Gens du Nord, mais ils ont le niveau des Mangeurs de Cochon de Montréal, n'est-ce pas, mes chers amis amateurs de porc ?

— Un Mangeur de Cochon vaut cent Gens du Nord ! répondirent ses compagnons de Montréal. Mais tu as raison, laisse-nous les ânes, nous les baptiserons !

— Ethan et Magnus, déclara Pierre, les bras croisés pour se donner de la contenance, vous avez vu aujourd'hui ce dont était capable ce lac. Et à ma grande surprise, vous avez non seulement survécu, mais vous ne vous êtes pas complètement ridiculisés. De mes propres yeux, je vous ai vus œuvrer avec la détermination qu'exige cette région : vous avez écopé et vous avez réussi à doubler la Pointe de l'Homme mort. Des bateliers meurent, d'autres prennent leur place. Je pense qu'il est temps que vous rejoigniez pour de bon notre compagnie, si un tel honneur ne vous effraie pas.

— Je suis tellement exténué que j'ai des tressautements dans les muscles, confessai-je.

— Dans quelques semaines, tu arrêteras de rechigner comme une femme. On va vous baptiser maintenant. »

Il ramassa une branche d'épicéa et s'avança sur la plage rougeâtre en direction des vagues qui avaient viré à l'orange dans le soleil couchant. Il plongea la branche dans l'eau, revint vers nous et secoua quelques gouttes au-dessus de nos têtes.

« En tant que membre de la Compagnie du Nord-Ouest et par les pouvoirs qui me sont conférés, je vous nomme membres de notre confrérie ! À partir de dorénavant, vous n'êtes plus des ânes. Vous serez désignés par vos patronymes, que j'irai graver demain matin sur le tronc d'un arbre !

— C'est un grand honneur, déclara Magnus. Si nous t'avons donné satisfaction, tu nous as impressionnés par ton endurance, petit homme. Tu as la force d'un géant.

— Évidemment que je t'ai impressionné, un navigateur français vaut cent Norvégiens. Et maintenant, pour remercier cette assemblée de l'honneur qu'elle vous a accordé, vous devez sortir vos dollars argent et acheter deux barils de *shrub* à Lord Cecil, comme l'exige la coutume.

— Comment sais-tu que nous avons des dollars argent ?

— Mon pauvre Américain ! Mais on a fouillé vos affaires au moins une douzaine de fois pendant que vous dormiez. Ici, on partage tout ! Pas de secret entre nous ! Et maintenant, nous savons que vous avez aussi les moyens de nous régaler à Grand Portage ! »

Je décidai de cacher quelques pièces sous la semelle de mes mocassins.

La beuverie commença donc. Après la tempête que nous avions essuyée, nous avions tous bien mérité ce rhum qui nous brûlait la gorge. À la tombée de la nuit, on raviva les feux. Des étincelles montèrent dans le ciel à présent clair et étoilé. Dans la tente d'Aurora, une bougie était allumée. Comme Pierre nous avait promis que nous nous reposerions le lendemain, je me dis que j'aurais tout le loisir de dormir le matin et que je pouvais donc puiser dans mes ressources un surplus d'énergie pour la nuit. Après avoir frôlé la mort, je voulais goûter à la vie. Je profitai de l'état d'ébriété général pour me couler dans l'ombre. Je m'éloignai des chants et me dirigeai vers la tente. Après une telle journée, la jeune femme ne dirait pas non à un peu de réconfort !

« Aurora ! murmurai-je. C'est Ethan ! Vous m'aviez demandé de m'occuper de vous, alors je suis là. La nuit est froide, on peut sûrement se réchauffer ! »

Silence.

« Aurora ?

— Vous ne manquez pas de culot, monsieur Gage. Je ne vous ai pas invité et je ne suis pas n'importe qui. Nous devons rester discrets.

— La discrétion, c'est ma spécialité. Je suis prêt à parier que je ferai moins de bruit que vous.

— Vous êtes bien présomptueux, Yankee !

— Mais tellement sympathique. J'espère que vos souvenirs sont aussi bons que les miens. »

Je ne comprends pas pourquoi les femmes ont toujours besoin qu'on insiste et qu'on discute avant de céder. Heureusement pour moi, je suis expert en persuasion. Comme disait Franklin : *Autant pour une forteresse que pour une femme, le début des pourparlers sonne la fin de la résistance.*

« Mais rien n'a changé, Ethan Gage. Il ne peut y avoir de véritable intimité si vous ne me confiez pas votre objectif, ni d'affection si vous ne me faites pas confiance. Comment pouvons-nous unir nos objectifs si je ne connais pas le vôtre ? »

La patience est une vertu féminine.

« Je ne suis qu'un explorateur, madame ! Je ne suis jamais certain de mon objectif. Je me promène de-ci, de-là, en espérant que cela mène quelque part.

— Je ne vous crois pas. Et je ne serai sûre de mes sentiments que lorsque vous serez sûr de notre partenariat. Nous pourrions vous aider dans votre quête.

— Aurora, je vous l'ai dit, nous cherchons des éléphants.

— Ethan, j'ai tout partagé avec vous, tout ! s'exclama-t-elle après avoir pris une profonde inspiration. Et en échange, vous me servez des absurdités !

— Je pourrais vous servir bien plus, ce soir.

— Bonsoir, monsieur.

— Mais Aurora !

— Ne me forcez pas à appeler mon cousin au secours.

— Donnez-moi une raison d'espérer ! Ou faites au moins preuve d'un peu de pitié ! » ajoutai-je comme elle ne répondait pas.

Je déteste me rabaisser comme cela, mais parfois, cela donne des résultats. Et plus je pensais à elle, plus j'étais excité. Oui, je l'admets, j'avais les idées aussi embrouillées qu'une linotte.

« Très bien, finit-elle par répondre. Si vous m'apprenez à me servir convenablement de ce fusil dont vous êtes si fier, je céderai peut-être. Le tir m'a toujours fascinée.

— Vous voulez tirer avec mon fusil ?

— Allons à la chasse ensemble, demain matin. Le sport me réveille les sens. »

Je réfléchis. Voulait-elle simplement plus d'intimité ? Une roulade sur un coin de mousse, loin du regard des autres ? Je pourrais l'impressionner par mon habileté au tir, ramener un peu de gibier, masser ses pieds délicats à côté d'un ruisseau bucolique, lui réciter un ou deux sonnets… Je repartis donc, certes déçu, mais n'ayant pas dit mon dernier mot.

Je rejoignis les hommes autour du feu. Ils étaient tous ivres.

« Tu as l'air frustré, mon ami ! s'écria Pierre en avalant une gorgée de rhum. C'est parce que ton nom n'a toujours pas été gravé dans l'écorce ?

— Non, je recherchais une compagnie féminine.

— Ah ! Une déconvenue sentimentale. »

Tous me gratifièrent de signes de compassion.

« Ethan, as-tu remarqué que tes succès matériels sont inversement proportionnels à tes succès affectifs ? demanda Magnus. Nous avons quand même mieux à découvrir que cette Aurora Somerset !

— Mais elle est bien là, elle ! Pas comme tes quêtes absurdes.

— Magnus a raison, dit Pierre. Ne perds pas ton temps avec cette mijaurée ! Autant essayer de te remplir le bec de mûres sans les faire éclater. Le jeu n'en vaut pas la chandelle.

— Mais elle est tellement belle, répondis-je d'un ton pleurnicheur qui me fit honte.

— Comme la moitié des bonnes femmes à Grand

Portage, et crois-moi, elles ne sont pas aussi farouches. Oublie celle-là et prends-toi une squaw.

— Mais je ne veux pas de squaw.

— Comment peux-tu en être aussi sûr ? Tu n'en as jamais rencontré. »

Fatigué par leurs conseils et leurs remarques badines, je m'éloignai et trouvai refuge sous un canoë, en attendant la chasse du lendemain. Aurora me faisait passer pour un idiot et elle s'en fichait. Seule sa conquête pourrait redorer mon blason. Ce serait sûrement plus facile à l'écart du campement. J'aurais pu lui raconter les histoires de marteaux nordiques, mais elle nous aurait pris pour des fous et nous aurait abandonnés sur la plage.

Je restai là à réfléchir, allongé, tandis que les voyageurs finissaient le rhum et sombraient doucement dans le sommeil. Soudain, j'entendis des bruits de pas sur le gravier et vis une botte. Cecil passa sa tête sous le bateau.

« Lord Cecil, déclarai-je, craignant qu'il ne me fasse des reproches.

— Monsieur Gage. Nous sommes un petit groupe et les nouvelles vont vite. Comme toutes les femmes, ma cousine est d'humeur changeante. Elle brise les cœurs comme des assiettes et cela ne lui fait ni chaud ni froid. Ne soyez pas trop sensible.

— Nous avons prévu d'aller à la chasse demain, quand tout le monde dormira.

— Vous verrez, c'est une remarquable tireuse. Et si vous n'avez pas peur des compromis, vous saurez la dompter.

— Vous n'êtes donc pas opposé à notre amitié ?

— Je ne suis pas opposé à notre partenariat. »

Alors que ses pas s'éloignaient sur le gravier, je me rendis compte qu'il faudrait toujours composer avec lui. Je finis par m'endormir en me demandant ce qui pouvait bien pousser un homme comme Cecil Somerset à s'intéresser à la relation entre sa cousine et un bon à rien de mon espèce.

24

Les voyageurs cuvaient encore leur *shrub* quand Aurora me secoua à l'aube pour me réveiller. Elle portait des bottes, une culotte de cheval et un court manteau de chasse bleu ciel. Elle avait attaché ses magnifiques cheveux et portait des gants en peau de biche.

« Alors, on l'essaye ce fameux fusil ? » lança-t-elle, vive comme l'écureuil.

N'ayant pas assez dormi, je ravalai un grognement, puis mon instinct endormi me dicta de me redresser d'un bond afin de l'impressionner. À écureuil, écureuil et demi.

La femme capricieuse, pincée et démunie avait laissé place à une Aurora directive : elle ouvrait la marche et je faisais de mon mieux pour la suivre, à bout de souffle, le long d'une crête en granit surplombant les eaux bleues du lac Supérieur. Aussi agile qu'un chevreuil sur ses jambes fines, elle avait l'œil pour repérer les meilleurs sentiers et les traces laissées par le gibier. La suivre ne me dérangeait pas car cela m'offrait une vue imprenable. Cependant, il paraissait évident que Lady Aurora se sentait très à l'aise dans la nature, et que les ombrelles et les malles de vêtements n'y étaient pas pour grand-chose. Dès que j'usais de remarques bien senties pour tenter de la courtiser, elle m'intimait le silence d'un geste et d'un regard appuyé, désignant les bosquets comme si le dîner allait en sortir. Elle n'avait d'ailleurs pas tout à fait tort, car nous parvînmes à nous approcher sans bruit d'un jeune daim. Elle s'empara de mon long rifle, visa sans bouger malgré le poids de l'arme et pressa la détente avec une dextérité de tireur d'élite : elle absorba parfaitement le recul et abattit l'animal à soixante-dix mètres d'une balle dans le cou.

« Quelle précision !

— Votre fusil tire un peu trop haut et à gauche. »

Elle vida le daim avec son propre couteau à manche d'ivoire et me laissa tout le loisir d'admirer son efficacité à découper les testicules. Elle trancha ensuite la tête et souleva le cuissot qu'elle posa sur mes épaules.

« C'est trop lourd pour moi. »

Puis elle ouvrit la route pour redescendre.

Ma délicate reine avait été remplacée pendant la nuit par une sorte de Daniel Boone, indépendante et laconique. Je me rendis compte que, malgré la délicatesse de ses formes, je n'aimais pas la nouvelle Aurora. La façon dont on peut tomber sous le charme de quelqu'un est curieuse, mais la façon dont on s'en éloigne l'est encore plus. Je m'apercevais enfin que je ne la comprenais pas, et que notre relation n'avait pas de sens pour moi. Je n'avais pas séduit mais j'avais été séduit, et pas par une lady anglaise mais par une sorte de chasseresse probablement aussi dangereuse que ce qu'avait prédit Magnus. Je me souvins de ses histoires sur Loki, le dieu nordique malfaisant qui pouvait prendre différentes apparences et qui avait fini par déclencher le Ragnarök, la fin du monde.

Finalement, nous nous arrêtâmes près d'un ruisseau pour nous reposer et nous rafraîchir les pieds. Je m'aperçus en massant les siens – une technique efficace avec toutes les femmes – qu'ils étaient plus calleux que dans mes souvenirs et que cela ne lui faisait pas le moindre effet.

« Je commence à croire que vous êtes plus à l'aise dans la nature que je ne le pensais.

— Vraiment ? J'ai appris beaucoup lors des voyages avec mon cousin. Et Cecil et mon père m'ont appris à tirer en Angleterre. Tuer est tellement excitant, vous ne trouvez pas ?

— Ce talent au tir nous fait un point commun de plus, lançai-je. Il n'y a pas qu'au lit que nous sommes faits pour nous entendre.

— Ce n'est que du sport, monsieur Gage.

— Je suis sûr qu'il existe d'autres sports où nous aurions beaucoup à apprendre l'un de l'autre, insistai-je.

— Et si vous me racontiez plutôt la raison qui pousse un espion français et un révolutionnaire norvégien à s'aventurer dans la région des lacs ?

— Je ne suis pas un espion.

— Vous agissez pourtant comme tel, avec vos mystères. Vous êtes en mission pour Bonaparte, Astor et Jefferson.

— Seulement pour explorer la Louisiane, je vous l'ai dit. À la recherche d'éléphants.

— Non. Bloodhammer cherche autre chose. Il est évident que vous partagez tous les deux un secret redoutable, et je commence à croire que vous, Ethan, ne savez pas précisément de quoi il s'agit. Il suffit que quelqu'un ait de la détermination pour que vous vouliez le suivre jusqu'au bout du monde. Mais moi, je pense qu'il se joue de vous. Si vous nous en donniez l'occasion, nous pourrions vous aider, ajouta-t-elle en retirant ses pieds de l'eau pour remettre ses bottes. Mais vous semblez apprécier les complots. Qu'importe, les masques tomberont à Grand Portage.

— Dans ce cas, profitons maintenant de notre bel esprit de camaraderie, répondis-je, agacé par son mépris.

— Je vous ai donné un échantillon, mais je ne noue des relations qu'avec les hommes en qui j'ai confiance. »

Sur ce, elle se releva d'un bond, empoigna mon fusil et reprit la descente.

Las, je me mis debout et chargeai la viande sur mes épaules. J'étais déçu que ce soit mon fusil qu'elle tienne aussi fermement. Je pensais qu'elle aurait l'obligeance de m'attendre, mais elle n'en fit rien. Sans m'accorder la moindre attention, elle se mit à regarder la baie en contrebas.

« Ils sont arrivés », dit-elle.

Un canoë s'apprêtait à accoster, traçant dans son sillage un V argenté. C'étaient des Indiens qui pagayaient, mais le personnage central était vêtu d'une veste rouge d'officier britannique. Les voyageurs se mirent à l'eau pour aider et les occupants du bateau sautèrent avant de disparaître dans les arbres.

« Qui est arrivé ?

— Le guide de Cecil. »

*

Il nous fallut une heure pour redescendre de la crête jusqu'au panache de fumée qui indiquait l'emplacement de notre campement. Arrivés à quelques centaines de mètres de notre destination, nous passâmes à côté d'une petite mare qui allait changer le cours des choses. Il s'agissait d'une petite zone marécageuse bordée de roseaux et entourée d'arbres au pied de la colline, calme et protégée du vent. La journée était suffisamment chaude pour que nous appréciions un bain. Nous entendîmes un plouf : quelqu'un était déjà là.

Des rires féminins.

Deux femmes nageaient, les cheveux déployés derrière la tête comme une queue de castor. Elles avaient dû arriver avec le canoë que nous avions aperçu. Aurora se raidit, aussi curieuse que moi. Nous nous cachâmes dans les arbres pour les observer. Tous les Indiens que j'avais rencontrés étaient de bons nageurs, et ces deux-là ne faisaient pas exception à la règle. L'une d'elles finit par se rapprocher du bord, là où l'eau était peu profonde. Je vis des gouttes ruisseler sur sa peau couleur bronze, et je ne pus m'empêcher de respirer bruyamment.

Aurora me dévisagea d'un air narquois et amusé.

La jeune Indienne était très belle : elle avait des seins plus petits que ceux de Lady Aurora, mais tout aussi appétissants, et ses fesses étaient lisses et souples. Elle était debout, de l'eau jusqu'aux genoux. Soudain, elle sentit notre présence. Elle se retourna, pas plus gênée par sa nudité qu'un faon, mais curieuse et sur le qui-vive. Elle avait les mamelons sombres et le soleil faisait luire la petite touffe humide qu'on voyait entre ses jambes. Pour une Indienne, elle avait la peau assez claire et ses cheveux n'étaient pas noirs comme l'ébène, mais plutôt d'une profonde couleur cuivre. Prudente, mais curieuse, la nymphe tourna les yeux dans notre direction et ne bougea pas. J'étais pourtant certain que nous étions bien dissimulés.

« Pourquoi n'est-elle pas plus basanée ?

— Ce n'est pas inhabituel. C'est peut-être une métisse ou une captive blanche. Venez. »

Lorsqu'elle bougea, l'Indienne se releva d'un coup et fila dans les roseaux, tel un animal sauvage.

« Attends ! » murmurai-je.

Mais déjà, la seconde, plus corpulente et moins troublante, sortait de l'eau et disparaissait dans les arbres en jetant des regards furtifs par-dessus l'épaule.

Aurora me considéra d'un air moqueur.

« Alors comme ça, on aime la viande rouge ?

— Quand on n'a pas le droit à la viande blanche…

— Un partenariat, monsieur Gage, ne l'oubliez pas.

— Je suis juste curieux, comme tous les hommes.

— Je n'en doute pas, l'Américain. Mais gardez vos distances si vous tenez à la vie.

— Comment cela ? demandai-je, ravi qu'elle prenne la peine de me mettre en garde.

— Venez au campement. Vous verrez. »

Nous sortîmes de la pénombre de la forêt pour atteindre le bord du lac. Le grand canoë indien avait été remonté, et les guerriers qui l'occupaient faisaient un feu, à distance des autres voyageurs. Ils étaient six, torse nu, vêtus de pagnes et de jambières en daim. Ils se tenaient accroupis comme des sauterelles, décontractés, mais puissants. Ils avaient enduit leur corps de graisse pour écarter les mouches noires, ce qui faisait luire leurs muscles.

Celui que j'avais pris pour un officier britannique était en fait un Indien. Ses cheveux noirs étaient attachés et ornés d'une plume d'aigle. Contrairement à ses compagnons, il portait une veste de l'armée britannique décolorée aux boutons fatigués, mais brillants. Je me demandai où il se l'était procurée.

Ce chef, si c'en était bien un, s'entretenait avec Lord Cecil. Son allure royale égalait celle de l'aristocrate, et il me faisait penser à Brant et Tecumseh. Les chefs de tribus insoumises semblaient se caractériser par leur assurance et leur panache. Il avait les yeux noirs, le nez proéminent et ses lèvres trahissaient une certaine cruauté. Ses muscles étaient tendus comme le cordage d'une frégate. Il parut reconnaître Aurora et, curieusement, parut me reconnaître également. L'avais-je croisé lors de mon passage dans l'un des forts ? Non, je m'en serais souvenu.

« Diane s'en revient de la chasse avec son gibier ! plaisanta Cecil, tout sourire.

— Et nous n'avons pas seulement débusqué un daim, répondit-elle.

— Ah ?

— Des squaws qui se baignaient dans une mare. Elles appartiennent à Red Jacket ?

— Oui, ce sont des esclaves. Un Ojibwé qui a perdu un pari. Red Jacket les emmène à Grand Portage avant de les ramener dans son village.

— Ethan avait l'air fasciné.

— Il y a de quoi. L'une d'entre elles est magnifique.

— Bah !

— Ethan, j'ai l'impression que ma cousine s'est servie de vous comme cheval de bât !

— C'est elle qui porte le fusil ! » plaisantai-je.

En vérité, je me sentais ridicule. Mon désir de coucher avec Aurora lui avait permis de me mener par le bout du nez. Mais maintenant, il y avait ces deux autres femmes. Après tout, Pierre m'avait dit de prendre une squaw !

« Eh bien, vous allez vous faire des amis, déclara Cecil. Les hommes adorent le daim frais.

— Vos nouveaux invités aussi ?

— Je vous présente Red Jacket, c'est un chef qui vient de l'extrémité ouest du lac. Ojibwé par sa mère et dakota par son père, le produit de deux ennemis historiques, ce qui en fait quelqu'un de tout à fait particulier. Sa mère était une captive et l'a élevé en lui parlant les deux langues. Il voyage beaucoup et c'est un grand guerrier. J'espérais le retrouver, mais avec la tempête, je pensais que c'était compromis. Il connaît bien l'Ouest, et il pourra peut-être vous donner des indications sur l'endroit où vous voulez aller. Il peut nous être utile à tous les deux ! Hier, ils ont trouvé refuge sur une île à l'ouest d'ici et ils sont venus à notre rencontre ce matin.

— Enchanté », dis-je en tendant la main.

Le chef indien ne dit rien et ne réagit pas.

« Il porte une veste d'officier ?

— Oui, curieux, n'est-ce pas ? Il vaut mieux ne pas lui demander d'où elle vient. J'ai bien peur qu'il ne s'agisse pas d'un cadeau, et j'espère qu'il ne l'usera pas trop vite. Je ne tiens pas à ce qu'il commence à lorgner sur mes vêtements !

— Mais vous lui faites confiance ?

— Implicitement. Red Jacket est quelqu'un de franc : il dit ce qu'il pense et ce qu'il veut. Il a des goûts simples. »

Le daim, par exemple. La viande nous redonna des forces et nous passâmes le reste de la journée dans la baie – que nous avions surnommée Refuge Bay – à nous baigner, à coudre, à réparer et à manger. Aurora me rendit mon fusil en m'en vantant les mérites (à défaut de vanter les miens). Elle l'avait également nettoyé. Les deux femmes que j'avais aperçues sortirent, modestement vêtues de peau de daim, les yeux baissés et l'air soumis. Si elles avaient été gênées d'être surprises en pleine baignade, elles ne le montraient pas.

Pierre s'approcha et s'accroupit à côté de moi en fumant sa pipe.

« La plus jolie s'appelle Namida, murmura-t-il. Ça signifie *Danseuse des étoiles* en ojibwé. C'est le nom que lui a donné son premier maître. L'autre, c'est *Petite Grenouille*. Ces fripouilles les ont gagnées à un pari, du côté de Sault. Il y a eu une bagarre d'ivrognes que Red Jacket a remportée d'un coup de tomahawk dans le crâne du propriétaire précédent. Il va les ramener chez lui comme esclaves jusqu'à ce qu'un type les lui achète. Les tribus cherchent toujours à se repeupler. Trop de guerres, trop de maladies. »

J'étudiai les deux femmes avec intérêt, souhaitant secrètement qu'elles lèvent les yeux. Namida finit par regarder dans ma direction alors qu'elle se penchait pour effectuer quelque corvée. Je ne la quittai pas des yeux. C'était une femme gracieuse d'une vingtaine d'années, aux cheveux aussi brillants qu'une peau de loutre. Comme toutes les Indiennes, ses pommettes étaient saillantes et sa bouche généreuse, mais sa peau était claire. Elle avait les dents bien blanches, portait un collier en épines de porc-épic et une pièce d'argent en guise de boucle d'oreille. Ellc avait les bras nus et lisses, les mollets tendus et le visage – mais bon, cette question a déjà été abordée. Elle était aussi différente d'Aurora qu'un poney sauvage d'un pur-sang de course, mais elle aussi semblait animée d'une flamme particulière. Elle me faisait penser à Astiza, l'amante égyptienne que j'avais perdue et qui me manquait cruellement. Mais Dieu que ses mocassins bougeaient délicatement ! Que ses hanches balançaient de manière enchanteresse ! Quelle candeur dans sa façon de détourner les yeux ! Elle n'avait rien à voir avec les Indiennes fatiguées que j'avais vues à Détroit. Soudain, elle me fixa intensément…

« Je croyais que tu n'aimais pas les squaws, mon ami ! me dit Pierre tandis que je la regardais s'éloigner.

— Elle a les yeux bleus.

— Oui. C'est une Mandan, à ce qu'on m'a dit, ou plutôt une Awaxawi, une tribu cousine. Elle a été capturée enfant et traînée à droite à gauche jusqu'à atterrir du côté de Sault. Sa terre natale se trouve à des centaines de kilomètres et elle espère certainement que Red Jacket la rapprochera de chez elle. Pour une Indienne, elle a une drôle d'allure, tu trouves pas ?

— Ce n'est pas le mot que j'emploierais pour qualifier une telle beauté. »

Les Mandans ! Ce fou de Thomas Jefferson n'avait-il pas émis l'hypothèse qu'ils puissent être les descendants des Scandinaves ou des Gallois ?

« Je te croyais épris d'Aurora », dit Magnus.

Je ne pris pas la peine de lui répondre.

Aurora regardait la scène à distance d'un œil désapprobateur. J'étais ravi de cette petite vengeance. Si je parvenais à rendre cette petite mijaurée suffisamment jalouse de Namida, peut-être accepterait-elle plus volontiers de renouer des liens intimes. J'en étais là de mes considérations quand Red Jacket capta mon regard et s'adressa à Cecil d'un air hargneux.

Ce dernier s'approcha de moi. Aurora n'en perdait pas une miette et dévisageait l'Indienne d'un œil malveillant.

« Cette squaw ne ressemble pas à celles de sa race, n'est-ce pas ? demanda Cecil.

— Je ne savais pas que les Indiens pouvaient avoir cette teinte.

— J'en ai vu et j'en ai entendu parler. D'aucuns disent qu'il s'agit de descendants des Gallois. D'ailleurs, certains mots indiens ressemblent au gallois.

— Ou des descendants de Norvégiens, ajouta Magnus.

— Vous pensez ? demanda l'aristocrate en haussant un sourcil. Imaginez que vos ancêtres soient arrivés jusqu'ici ! Magnus, je crois que je commence à comprendre votre enthousiasme. Quoique si ce sont vraiment les Gallois qui ont découvert le territoire de Namida… eh bien ! La Louisiane devrait alors être britannique, non ?

— Ou alors, l'histoire est tellement complexe qu'elle ne peut être la propriété légitime de personne, ajoutai-je.

— Ne vous approchez pas de ces squaws, m'avertit Cecil. Je me suis laissé dire que les femmes mandans étaient absolument sublimes, les plus belles du continent. Mais celles-ci appartiennent à Red Jacket, et il a mauvais caractère. Il est bien possible qu'il ait mangé le foie de l'ancien propriétaire de la veste qu'il porte, si vous voulez mon avis.

— C'est un cannibale ?

— Ils le sont tous, lorsqu'il s'agit de détruire leurs ennemis et d'absorber leurs pouvoirs. J'ai vu des braves dévorer des cœurs pendant que leurs squaws faisaient frire les foies. Mais si vous en arrivez là, vous les supplierez de vous manger, car la douleur que provoquent les tortures qui précèdent est indescriptible. Et ce sont ces femmes que vous regardez qui seraient les plus cruelles : elles placeraient des bâtons dans le feu avant de les insérer dans chacun de vos orifices.

— Je ne faisais que regarder, balbutiai-je.

— C'est déjà trop. Ceux qui se sont querellés avec Red Jacket ne sont plus là pour le raconter. Contentez-vous de les ignorer – à moins que vous ne vous soyez déjà lassé de ma cousine.

— Lord Cecil, c'est plutôt elle qui s'est lassée de moi.

— De la patience, je vous ai dit. Rares sont ceux qui ont eu l'honneur d'aller avec elle à la chasse.

— Et encore plus rares ceux qui ont eu d'autres honneurs. »

Cecil partit d'un grand éclat de rire et s'éloigna en faisant un geste au chef indien.

Cette nuit-là, j'allai me coucher tôt, fatigué d'avoir couru après Aurora et fatigué des commentaires de mes compagnons à ce sujet. Je ne suis pas contre le fait de jouer les idiots si j'ai quelque chose à y gagner, mais il y a des limites à l'humiliation, même pour moi. J'en avais assez de ce jeu avec Aurora et je décidai de renoncer complètement aux femmes.

C'est alors que j'entendis des bruits de pas discrets à côté de mon sac de couchage. Dans le noir, une voix féminine murmura en français :

« Sauve-moi. »

Puis Namida disparut dans l'obscurité.

25

Nous reprîmes notre route le lendemain en longeant la rive nord. L'eau était froide, l'air piquant et pur, et les montagnes de granit scintillaient. Je considérais les Français comme des rameurs infatigables, mais les Indiens l'étaient encore plus, allant jusqu'à manifester des signes d'impatience lorsque nous faisions des pauses pour fumer. Cependant, ils en profitaient quand même pour se rapprocher et quémander un peu de tabac pour bourrer leurs pipes.

« Ils sont seulement pressés d'arriver à Grand Portage pour pouvoir boire, plaisanta Pierre.

— Et moi je pense qu'ils peuvent ramer plus longtemps que le grand Pierre », répondit Magnus, taquin.

À force de passer les longues journées d'été à traverser cet immense univers bleuté à coups de pagaie, mes bras et mon torse s'étaient transformés en une armure d'acier. Parfois, une tempête nous immobilisait. Nous tâchions alors de somnoler sous les coups de fouet incessants du vent et de la pluie contre les toiles. Puis le beau temps revenait et nous repartions. Chaque soir, Namida gardait ses distances au campement et ne m'accordait qu'un rare coup d'œil prudent.

Quant à Aurora, elle se tenait encore plus à l'écart que d'habitude depuis l'arrivée dans notre groupe de Red Jacket ; à croire que ce dernier était une sorte de seigneur des forêts qui exigeait décence et correction. Elle se retirait seule dans sa tente et n'adressait la parole ni aux Indiennes, ni à moi, ni à Red Jacket. Parfois, elle s'asseyait à côté de son cousin et s'entretenait longuement avec lui, ponctuant la discussion de gestes dans notre direction.

Quant à moi, je me demandais si Namida ou Petite Grenouille, son amie plus quelconque, pourraient nous révéler des informations sur la carte mystérieuse du Norvégien, puisqu'elles venaient d'une tribu et d'une région qui intéressaient Jefferson.

L'occasion se présenta quatre jours après l'épisode de la baignade. Je m'étais assis à l'écart pour plus de tranquillité quand elle s'approcha timidement pour me proposer de la bouillie de maïs et de mélasse que je m'empressai d'attaquer avec les doigts.

« J'y ai ajouté des baies de la forêt pour le goût, dit-elle en français.

— Merci. Tu viens de l'ouest ? »

Elle baissa les yeux.

« Tu es mandan ? insistai-je.

— Awaxawi. Nous sommes leurs cousins.

— Tu as entendu parler du pays de Galles ? »

Elle ne voyait pas où je voulais en venir.

« Pourquoi tu as les yeux bleus ?

— Ils ont toujours été bleus. S'il vous plaît, emmenez-moi. Je peux vous servir de guide, murmura-t-elle soudain en se penchant à mon oreille.

— Vraiment ?

— Ramenez-moi chez moi, mon peuple peut vous aider.

— Tu sais ce qu'on cherche ? demandai-je, troublé qu'elle puisse être au courant.

— Vos ancêtres géants ont fait des peintures dans des grottes. Les Cheveux-Rouges ont écrit des choses. De vieilles écritures sur une pierre magique. Je peux vous aider.

— Une pierre ? demandai-je, stupéfait, en repensant aux inscriptions que j'avais vues en Orient. De quel genre d'écriture parles-tu ?

— Nous ne savons pas. C'est secret.

— Secret ? Comme un code ? »

Mais Red Jacket lui fit une remarque acerbe et elle s'empressa de battre en retraite.

Le fait qu'elle ne propose à personne d'autre sa bouillie de maïs n'était pas passé inaperçu.

« Alors comme ça, on a sa servante personnelle ! me félicita Pierre.

— Elle pense que nous pouvons l'aider à rentrer chez elle. Elle m'a dit que sa tribu avait en sa possession des écrits anciens. Elle a deviné qu'après Grand Portage, nous partirions à la recherche des ancêtres de Magnus.

— Ce n'est un secret pour personne, ici. Et ces écrits anciens, ils viendraient d'où ?

— Je n'en sais rien.

— Ça n'a pas d'importance. De toute façon, elle appartient à Red Jacket, maintenant.

— Il ne la respecte pas. »

Tout en devisant, je poursuivais mon repas. Les baies aigres-douces donnaient au plat une saveur intéressante, et elle avait ajouté des graines qui craquaient sous la dent.

« Elle mérite mieux, repris-je. Je veux la sauver.

— Ah ! Ah ! Le sortilège fait déjà effet, à ce que je vois !

— De quoi tu parles ?

— Ta gamelle ! Les Indiennes sont expertes en magie amoureuse. Elles ne jurent que par les graines de grémil pour conquérir un cœur. Eh oui, l'Américain, elle t'a envoûté !

— Elle n'avait pas besoin de graines pour ça, plaisantai-je. Tu as vu ses hanches ?

— Si tu tiens à ton scalp, garde la tête froide. »

Je jetai un coup d'œil à Red Jacket qui, de fait, semblait s'intéresser à mes cheveux. Je lui fis une grimace. Son visage s'assombrit et il détourna le regard. Aurora fronça également les sourcils, ce qui me mit en joie. Trop tard, ma jolie, tu as raté ta chance !

Elle viendrait sûrement se jeter à mes pieds à Grand Portage.

Mais maintenant, il y avait Namida.

*

Alors que nous pagayions, j'aperçus au sud une longue île plate.

« L'Isle Royale, m'informa Pierre. Elle fait soixante-dix kilomètres de long et elle est parsemée de drôles de galeries. On peut toujours apercevoir des résidus de cuivre et de vieux outils. L'île est couverte de mines de cuivre et personne ne sait quelle civilisation les a exploitées. »

Magnus parut soudain s'intéresser au Français.

« Les Indiens avaient bien du cuivre, poursuivit le batelier, mais rien à voir avec ces quantités industrielles. Les quantités extraites auraient pu armer Grecs et Troyens réunis. Mais bon, j'imagine mal comment tout ce cuivre aurait pu se retrouver là-bas.

— Le commerce du métal et les traversées de l'Atlantique remontent peut-être à beaucoup plus longtemps qu'on pense, dit Magnus. Il n'est pas impossible que mes Scandinaves aient fait partie d'une lignée d'explorateurs remontant aux temps les plus anciens.

— Mais qui pouvait faire de tels trajets en bateau à l'époque ?

— L'astronome Corli et son collègue De Gisancourt pensaient que l'allégorie de l'Atlantide de Platon faisait en fait référence à une île bien réelle située au milieu de l'Atlantique, déclarai-je, au risque d'alimenter les spéculations. Les mineurs étaient peut-être des Atlantes. Des réfugiés troyens. Des Carthaginois. Qui sait ?

— Qu'est-ce que je vous disais ? Ce lac a toujours été un lieu de passage.

— Oui, ces étendues sauvages regorgent de mystères, dit Pierre. Et pas seulement des vieilles galeries. On croise parfois dans les endroits les plus inattendus un monticule mystérieux ou un mur en ruine. Qui les a construits ? Le silence et le chant des oiseaux constituent l'unique réponse. Tu cherches l'Eldorado, géant, mais aucun conquistador ne l'a encore trouvé.

— Ce n'est pas un conquistador, mais un roi, précisai-je.

— Comment ?

— Explique-nous, Magnus ! Somerset a dit que tu avais du sang royal. Qu'est-ce qu'il voulait dire ?

— Bloodhammer est le nom d'un ancien monarque nordique. Et je suis fier de dire que son sang coule dans mes veines.

— T'es un aristocrate norvégien, le cyclope ? demanda Pierre.

— Oui, mais ça ne veut pas dire grand-chose puisque, d'après les Danois, la Norvège n'est pas indépendante. »

C'était donc cela. Mon compagnon ne voulait pas seulement l'indépendance de son pays, il voulait également rétablir l'aristocratie norvégienne dont il faisait partie. Ce n'était pas un révolutionnaire en fin de compte, mais un royaliste !

« En somme, tu es un roi qui veut récupérer son royaume perdu, raillai-je.

— Pas vraiment, Ethan. Et mes origines ne sont rien à côté de ce que nous recherchons.

— Alors rappelle-nous ce que nous recherchons au juste.

— Je te l'ai déjà dit, un âge d'or oublié. Des secrets divins. Toutes les cultures ont leur puits de sagesse, leur arbre de vie, et je ne parle pas que d'Yggdrasil. Dans les sagas scandinaves, les pommes d'or d'Idunn garantissaient aux dieux la vie éternelle.

— Comme l'arbre du jardin d'Éden.

— Exactement. Et le serpent correspond au dragon qui garde le trésor. »

*

Enfin, nous aperçûmes devant nous les mâts d'un sloop au mouillage : nous avions atteint l'extrémité du lac. Les gémissements lointains des cornemuses et des violons nous parvenaient, et nos Indiens se mirent à japper comme des chiots. Nous fîmes une courte halte sur une petite île pour nous habiller pour le fameux rendez-vous. Les voyageurs enfilèrent leurs plus beaux vêtements, inclinèrent leur casquette et les ornèrent de plumes. Lord Cecil astiqua lui-même ses bottes jusqu'à ce qu'elles brillent et Aurora disparut derrière des buissons avant de ressortir vêtue d'une robe certes fripée et sentant le renfermé, mais dont le lustre aurait fait pâlir de jalousie les courtisanes anglaises. Les deux Indiennes passèrent un peigne en bois dans leurs cheveux brillants et se maquillèrent les lèvres avec du jus de baies. Les hommes, eux, se parèrent de bijoux en cuivre et en os. Je coupai les cheveux de Magnus qui en fit de même pour moi. Nous brossâmes notre manteau et échangeâmes nos mocassins usés contre des neufs. Je n'avais pas mis longtemps pour adopter ces chaussons légers et silencieux qui séchaient rapidement.

Enfin, tout apprêtés, nous repartîmes et les six canoës firent la course pour doubler la dernière pointe et atteindre en premier la palissade ternie par le temps. Nous entonnâmes à pleins poumons les chants français que nous connaissions à présent par cœur, et les pagaies fendaient l'eau en cadence. Un coup de canon et un son de corne saluèrent notre arrivée et une nuée de trappeurs, d'Indiens et de bourgeois afflua pour nous souhaiter la bienvenue, chantant, jurant et tirant des coups de feu en l'air. D'immenses nuages de fumée blanche s'élevaient et les détonations résonnaient dans toute la baie. Les Indiens poussaient des cris qui me glaçaient le sang et brandissaient leurs tomahawks comme des hochets. Les femmes agitaient des couvertures et frappaient sur des pots en fer. Cecil, Pierre et moi tirâmes à notre tour et Aurora agita son ombrelle. Ses yeux verts brillaient d'excitation.

Puis les hommes de proue se mirent à l'eau et quelques instants plus tard, nous étions à terre. Des étrangers nous donnèrent de grandes tapes dans le dos et nous offrirent du *shrub*.

De chaque côté du fort étaient éparpillés des tentes, des wigwams et des canoës faisant office d'abris. Une chape de fumée surplombait le campement. On entendait de la musique, des roulements de tambour et d'autres coups de feu – un concours de tir. L'odeur de la viande en train de rôtir, des épices et de la mélasse chatouillait les narines.

Grand Portage n'était en fait qu'un petit fort de quelques hectares entouré d'une palissade et comprenant une douzaine de bâtisses de rondins, des jardins potagers avec maïs, herbes et légumes, et des appentis pour entreposer fourrures et marchandises. Des Indiens venus d'une douzaine de tribus différentes et des centaines de trappeurs campaient au milieu des souches, à l'endroit où la forêt avait été rasée. Un sentier boueux partait du fort et remontait vers la forêt : il constituait le chemin de portage qui permettait d'éviter la cascade et de rejoindre la partie navigable de la rivière Pigeon, treize kilomètres plus loin. De là, les canoës pouvaient remonter le courant jusqu'à des rivières menant à l'ouest vers les légendaires Rocheuses ou au nord vers l'Arctique. Nous étions au carrefour du continent, à la frontière d'un empire que se partageaient Britanniques, Américains, Français et Indiens.

« On se rapproche de l'endroit où se sont rendus

mes ancêtres, murmura Magnus. Je le sens. Quelque part derrière ces arbres se cache le berceau du monde.

— Quelque part derrière ces arbres se cachent des mouches noires, des sauvages et des ruisseaux à perte de vue, ajouta Pierre. Alors, festoyez tant que vous pouvez encore le faire ! »

Notre groupe se sépara. Magnus et moi, en tant qu'ambassadeurs, eûmes le privilège d'accompagner les Somerset et Red Jacket à l'intérieur du fort, dans le Grand Hall. Pierre, ses compagnons et les autres femmes s'éparpillèrent entre les différents campements situés à l'extérieur. Tous ces gens qui ne s'étaient pas vus depuis un an se saluaient, se racontaient des histoires, se lançaient des insultes et échangeaient des gestes d'affection.

À l'intérieur, l'herbe du terrain de manœuvre avait été piétinée par toutes les allées et venues. Les ballots de marchandises formaient d'immenses colonnes et les presses à fourrure compactaient les peaux chatoyantes destinées aux marchés new-yorkais et londoniens. Des gardes armés nous escortèrent jusqu'au long porche du Grand Hall – un bâtiment en rondins peint en marron. Un groupe d'associés était déjà là avec, au centre, un grand Écossais au visage grave et aux cheveux blancs qui portait un manteau noir et des mocassins qui lui montaient jusqu'aux genoux.

« Lord Cecil Somerset et Lady Aurora ! s'exclama-t-il d'une voix tonitruante. Nous vous attendions !

— Simon McTavish ! répondit Cecil avec une courbette. C'est un honneur, monsieur.

— Tout l'honneur est pour nous. Et voici donc votre sublime cousine ?

— Je vous présente Aurora.

— Tout à fait présentable ! Mademoiselle, votre lumière éclipse le soleil. »

Elle sourit et fit une petite révérence. Tout cela me paraissait très artificiel, d'autant plus que tout était si rustique qu'il ne manquait plus que le bœuf et l'âne gris. Quant à McTavish, il lorgnait sur Aurora comme un vieux satyre.

« Je crois que vous connaissez Red Jacket, dit Cecil.

— Qui ne connaît pas ce grand guerrier, ami des Ojibwés et des Dakotas ? répondit McTavish en saluant l'Indien.

— Et ces deux gentilshommes ont fait le trajet avec nous. Ethan Gage est américain, il a une solide réputation d'aventurier et d'électricien. Il est en relation avec le gouvernement français.

— Les Français !

— Ils récupèrent la Louisiane, annonça tranquillement Cecil. Gage est un envoyé de Napoléon et il doit lui raconter en quoi consiste ce nouveau territoire. Il a également mangé à la table de Jefferson.

— Êtes-vous une sorte de héraut venu annoncer la guerre, monsieur Gage ?

— Bien au contraire, monsieur. J'ai participé aux pourparlers de paix entre ma nation et la France, à Mortefontaine. Je suis américain, mais j'ai travaillé avec les Britanniques et les Français. Bonaparte et Jefferson m'envoient comme symbole de paix, conclus-je avec un large sourire.

— Ah oui ? Ce sont eux qui vous ont envoyé ? » demanda le vieil Écossais, sceptique.

Malgré ses cinquante ans passés, ce bâtisseur d'empires semblait plus solide que l'acier et plus prompt au calcul qu'un abaque.

« Et voici son compagnon, Magnus Bloodhammer, un patriote norvégien descendant de sang royal, persuadé que ses ancêtres nous ont précédés dans cette région hostile. La traite de la fourrure est une compétition acharnée, mais nous autres – Indiens, Anglais, Américains, etc. – avons rassemblé nos forces comme symbole de paix et d'union. Quoi que nous en disions, Bonaparte va récupérer la Louisiane, McTavish, alors nous avons besoin de l'aide d'Ethan afin de conserver chacun notre sphère d'influence.

— Nous prenons le Nord, où se trouvent les meilleures fourrures, répondit McTavish.

— Exactement, dit Cecil.

— Cela me paraît tout à fait acceptable. Monsieur Gage, si vous représentez la France, nous vous enverrons des émissaires avec des drapeaux blancs. Si vous représentez les États-Unis, vous pouvez d'ores et déjà vous approprier ce fort.

— Comment cela ?

— Nous nous trouvons à quelques kilomètres au sud de la frontière officielle de votre nation. Nous construisons actuellement un nouveau fort au Canada. Celui-ci sera abandonné d'ici un an ou deux. Vous arrivez juste à temps pour le crépuscule des dieux, la fin de la Valhalla.

— Vous connaissez les légendes nordiques de Ragnarök, monsieur McTavish ? demanda Magnus, intéressé.

— Un peu. Je connais mes classiques. C'est une petite vanité que me passent mes lieutenants. Mais je ne crois pas vraiment en la fin du monde. Peut-être le devrais-je, puisque nous sommes en présence d'Odin le voyageur lui-même. »

Magnus s'inclina.

« Odin ? demanda Cecil.

— Votre ami ne vous a pas dit qu'il lui ressemblait, Lord Cecil ? Selon la mythologie nordique, le dieu borgne donna un de ces yeux pour boire au puits de la Sagesse. Puis il parcourut le monde des humains caché sous son chapeau et sa cape. Si nous ne sommes pas en présence d'Odin, M. Bloodhammer imite à la perfection le chef d'Asgard et de la Valhalla.

— On m'a pris mon œil, je ne l'ai pas donné. Les Danois ne tiennent pas à ce que les Norvégiens apprennent la vérité.

— Mais vous vous habillez comme dans la légende ! Ne le niez pas ! Nous autres Écossais portons le kilt, les trappeurs leur ceinture et les braves Indiens leurs peintures. Nous sommes tous costumés ! Et je pense que cette année, les réjouissances seront d'autant plus remarquables que ce seront certainement les dernières à se dérouler ici. Mais bien sûr, mes associés sont avant tout des hommes d'affaires !

— Les affaires avant le plaisir, Simon ! lança aussitôt quelqu'un. D'abord les négociations, ensuite la danse. Et puis, les hommes doivent d'abord effectuer le portage.

— Mais ensuite… déclara McTavish avec un sourire carnassier. Je danserai à vous en faire tous pâlir ! Sauf peut-être Red Jacket.

— Vous avez apporté mes cadeaux ? » demanda l'Indien en anglais, à ma grande surprise.

Apparemment, il comprenait plus que ce qu'il laissait croire.

« Oui, et bien d'autres encore. Le roi George désire faire la paix et entretenir des rapports privilégiés avec tous les Indiens : les Ojibwés, les Renards, les Sacs, les Winnebagos, les Menominee et même ceux de votre race, Red Jacket, les fameux Sioux.

— C'est le terme qu'utilisent nos ennemis. Je suis dakota. Je tue les ennemis du roi George pour vous. Je prends leurs cheveux. Je mange leur courage. Je vole leurs femmes.

— Sa Majesté a besoin de tous ses enfants », répondit McTavish sans se départir de son sourire.

Nous entrâmes. Les murs de la grande salle blanche étaient décorés de cartes de la région, de bois de cerf, de raquettes à neige et de glaives écossais. De longues tables avaient été dressées pour cinquante convives, avec un service en porcelaine bleu et blanc. Les bourgeois de la compagnie parlaient affaires, tandis qu'à l'extérieur, les voyageurs terminaient leur portage. Les festivités commenceraient le soir même.

J'expliquai à l'assemblée notre projet d'explorer la Louisiane au sud-ouest du lac Supérieur :

« Puisque l'Espagne a cédé ce territoire à la France et que nous avons un nouveau président américain, Paris et Washington souhaitent seulement avoir plus d'informations. J'espère jouer les intermédiaires afin d'éviter tout malentendu, comme je l'ai fait à Mortefontaine.

— Le soldat a laissé la place au diplomate, ajouta Cecil d'un ton approbateur.

— Quant à Magnus, il est historien.

— Quelles âmes charitables ! ironisa McTavish. Des touristes en promenade, en somme ? Si j'ai bien compris, vous étiez du côté de Smith en Syrie et de celui de Napoléon en Égypte, et maintenant vous vous retrouvez à l'autre bout du monde ?

— Le devoir m'entraîne dans de curieux endroits.

— C'est bien pratique d'être allié avec tout le monde.

— Pour tout vous dire, c'est souvent un inconvénient.

— Où veut aller l'Américain ? demanda brusquement Red Jacket.

— En fait, nous ne savons pas précisément. »

Ce sauvage n'avait pas besoin de savoir que nous avions vaguement prévu de suivre les indications d'une vieille carte nordique pour trouver le marteau de Thor.

« J'espère pouvoir accompagner les hommes de la Compagnie du Nord-Ouest jusqu'au Lac à la Pluie, repris-je. De là, nous partirons vers le sud. Avez-vous des suggestions à nous faire ?

— Oui. Rentrez chez vous ! »

Les associés et les employés éclatèrent de rire.

« Les Français ne restent pas, poursuivit Red Jacket. Les Britanniques restent un peu. Mais les Américains comme vous, ils restent et ils blessent la terre partout où ils vont. C'est le grand Shawnee Tecumseh qui me l'a dit, et j'ai pu le constater de mes propres yeux. C'est dangereux d'avoir ces hommes ici, ajouta-t-il en se tournant vers McTavish. Ne vous laissez pas tromper par eux.

— Qu'en dites-vous, monsieur Gage ? Êtes-vous quelqu'un de dangereux ?

— On ne fait pas plus amical que moi. Je suis votre invité et je ne me permettrais pas de vous décevoir.

— Vous voyez, Red Jacket, dit McTavish, j'apprécie votre franc-parler, mais je fais confiance aux Somerset et ils répondent de notre invité américain.

— Qu'est-ce que veut dire franc-parler ?

— La vérité, expliqua un membre de la compagnie.

— La vérité, c'est que quand ce fort sera abandonné, la forêt reprendra ses droits. Moi, Red Jacket, j'en fais le serment.

— Et la vérité, Red Jacket, c'est que même si les Sacs, les Renards, les Ojibwés, les Menominee, les Winnebagos et les Dakotas n'aiment pas les Blancs, ils ont quand même besoin d'eux pour avoir des armes, de la poudre, des chaudrons et des couvertures pour ne pas mourir de faim ou de froid. Ne le niez pas ! Et nous, nous avons besoin de vous pour les fourrures. »

Le chef prit un air renfrogné, mais ne répondit pas.

« Nous sommes partenaires, ne l'oubliez pas. Et maintenant, messieurs, allons voir les cartes. »

26

À l'intérieur du fort, il n'y avait que des presses à fourrures et des entrepôts. Quant à l'ambiance, elle était assurée par des discussions interminables autour de livres de comptes. À l'extérieur, en revanche, les voyageurs qui avaient achevé leur portage s'apprêtaient à entamer les réjouissances qu'ils attendaient depuis un an : deux semaines de fête, de boisson, de danse et de plaisir dans les bras des Indiennes qui accepteraient de se laisser courtiser, acheter ou épouser. J'abandonnai les austères hommes d'affaires pour aller flâner à l'extérieur, retrouver Pierre et profiter des festivités. Magnus m'emboîta le pas.

Le Français s'était aménagé un château provisoire sous son canoë en tendant une bâche depuis un des bords. Il fumait une pipe en argile, les manches retroussées et la chemise déboutonnée, heureux comme un pape. Une agréable brise estivale éloignait les moustiques et le soleil éblouissant polissait le tableau. Dans quinze jours, Pierre reprendrait la route et affronterait l'hiver rigoureux en pleine nature, mais pour l'heure, il n'avait qu'à se soucier de la nourriture, de la boisson, des chansons et des histoires à raconter.

« Monsieur Pierre ! m'exclamai-je. Tu as l'air plus à l'aise que les bourgeois dans le Grand Hall, avec leur porcelaine, leurs domestiques et leurs chiens !

— C'est parce qu'ils ont tout, répondit-il en désignant le fort du bout de sa pipe. Plus tu gagnes, plus t'en veux. Plus t'en as, plus tu dois en prendre soin. Plus tu possèdes, plus t'as à perdre. C'est le secret de la vie, mon ami ! Un homme raisonnable comme moi est riche de sa pauvreté. N'allez pas chasser les trésors, prévint-il en agitant sa pipe. Ils ne vous apporteront que des ennuis.

— McTavish dit que maintenant, même les Indiens ont besoin de fusils et de couvertures.

— Eh oui ! Il y a une génération, ils ne dépendaient de personne. Aujourd'hui, la plupart d'entre eux ont oublié comment chasser avec un arc et des flèches. Ils ne vivent plus pour vivre, mais pour le commerce. Nous aurions pourtant beaucoup à apprendre d'eux, mais malheureusement, c'est le contraire qui se produit. Ils ne retiennent que les mauvaises leçons.

— Pourtant, en tant que conquérants, nous leur sommes supérieurs.

— Qui ici est esclave et qui est libre ? Les bourgeois dans leur salle de réunion étouffante, ou moi avec ma pipe ? »

Nous nous assîmes à côté de lui pour en débattre. Je soutenais que c'étaient les hommes d'affaires qui donnaient les ordres et qui passeraient l'hiver au chaud, et Magnus affirmait qu'ils passaient tellement de temps à se soucier du profit qu'ils ne voyaient pas la beauté qui les entourait. Pierre s'aventura dans une comparaison entre l'ambition et le rhum :

« Une gorgée te réchauffe, une chope te rend heureux, mais un baril te tue. Les hommes comme McTavish sont d'éternels assoiffés. »

Je me demandai ce qu'en penserait le fiévreux Napoléon.

« Red Jacket est du côté des hommes d'affaires, dis-je pour changer de sujet. Il reste dans un coin, les bras croisés, et il observe.

— Lui et ses renégats sont là pour imposer leur volonté, expliqua Pierre. Il n'est reconnu ni par les Ojibwés ni par les Dakotas. C'est un métis qui n'appartient à aucune des deux tribus et qui ne respecte ni loi ni coutume. Laissons les Indiens s'entre-tuer, comme disent les commerçants. Ça fait trois cents ans que c'est la politique de la frontière.

— N'empêche, ce bâtard n'a pas l'air commode.

— Simon McTavish est proche de ses amis, mais encore plus proche de ses ennemis. Red Jacket a accroché devant sa hutte le scalp de l'ancien propriétaire de la veste, et, d'après la rumeur, il aurait même dévoré la chair de sa victime. Pourtant, les Somerset le considèrent comme un allié.

— Des aristocrates britanniques amis d'un sauvage cannibale ?

— Ils ont beau en avoir l'air, les Somerset ne sont pas des dandys. Cecil et Aurora ont déjà arpenté cette région et en savent plus qu'ils ne le laissent paraître. Ils ont eu des ennuis en Angleterre, une affaire d'argent volé et un scandale qui les a tous les deux éclaboussés.

— Quel scandale ?

— J'ai entendu des histoires, mais je ne crois que ce que je vois. Cecil sait se servir d'une épée – il paraît qu'il a tué un officier en duel – et Aurora sait se servir d'un fusil, comme tu as pu t'en rendre compte. Alors ne t'approche pas de Namida. Il ne faut surtout pas se mêler des histoires de Red Jacket, et si la lady anglaise t'a à l'œil, reste à distance des autres femmes. Trouve-toi une squaw laide dont Aurora n'aura que faire. De toute façon, elles ont toutes la même anatomie et les plus vilaines se révèlent toujours les plus reconnaissantes. »

Voilà un conseil grossier et raisonnable dont je n'avais absolument pas l'intention de tenir compte.

« Si cette fille est vraiment une Mandan, sa place est aux côtés des siens, déclarai-je.

— Je connais les gens de ton espèce, Ethan. Tu n'es pas un ambitieux, mais tu veux sauver tout le monde. Abstiens-toi. Tu ne feras que t'attirer des ennuis.

— Moi aussi je connais les gens de ton espèce, Pierre. Tu vis l'instant présent, tu n'as pas de but et tu as toujours une bonne raison pour ne rien faire. Tu mourras sans le sou.

— Vivre au jour le jour, ce n'est pas ne rien faire, mon ami.

— Mais Magnus et moi avons plus à vivre que le jour, nous avons une quête. »

Je n'avais pas l'habitude de m'entendre défendre notre folle mission et de prendre la défense de mon camarade encore plus fou. Ce pauvre Magnus était bien plus fanatique et passionné que moi.

« Si nous réussissons, poursuivis-je, nous ne le devrons à personne.

— Mais si vous échouez, vous mourrez pour rien. »

*

Je flânais dans le camp. Il y avait de nombreuses femmes, et beaucoup étaient jolies, mais rien à voir avec Namida ; ses racines la rendaient exotique. Elle se trouvait en compagnie de Petite Grenouille et rapportait de la viande fumée et du maïs frais au campement de Red Jacket, à l'extrémité sud de Grand Portage. J'avais besoin d'une excuse pour lui parler et saisis donc un pain. Je les devançai à couvert et feignis la surprise quand je leur tombai dessus.

« Avez-vous déjà mangé de la baguette ? »

Elles s'arrêtèrent, intimidées. Petite Grenouille ne savait trop quoi faire, mais Namida me lança un regard plein d'espoir. Il était évident qu'elle cherchait quelqu'un pour remplacer le cannibale bourru qui lui servait de geôlier et qu'elle avait jeté son dévolu sur moi.

« Qu'est-ce que c'est ? demanda-t-elle en regardant le pain.

— Du pain, c'est fait avec de la farine. Tu n'as jamais goûté la nourriture des Blancs ? Quelques bouchées de ceci et quelques copeaux de pain de sucre et tu voudras m'accompagner à Paris !

— Paris ? C'est quoi ?

— L'endroit où nous ferions mieux d'aller, répondis-je en riant. Et toi, tu habites à l'endroit où s'arrête la forêt ?

— C'est là où se trouvent nos familles, oui. Là où se trouve le rocher avec les mots.

— Et as-tu vu d'autres choses déroutantes pendant tes voyages ?

— Je ne connais pas ce mot.

— Des choses bizarres ?

— La terre et le ciel », dit-elle en haussant les épaules.

Tout cela ne me disait pas s'il était question de marteaux.

« Allez, prends-en une bouchée. Pose donc tes victuailles, la pressai-je en lui tendant un morceau de baguette. Quand il est frais, c'est le meilleur pain du monde. Visiblement, les voyageurs ont appris aux Écossais comment le faire. Tiens, mange la partie blanche… »

Soudain, quelque chose me frappa le dos. Je tombai en avant et me retrouvai étalé au sol, la baguette écrasée sous mon poids. Les deux femmes poussèrent un petit cri, récupérèrent leurs affaires, m'enjambèrent et partirent en courant. Je roulai sur le côté sous les éclats de rire des voyageurs qui n'avaient pas perdu une miette du spectacle.

Red Jacket était penché au-dessus de moi, menaçant, les muscles de son torse luisant comme du bronze battu et ses yeux lançant des éclairs. Il grimaçait.

« Tu parles aux esclaves ?

— Et alors, qu'est-ce que ça peut te faire ? » répondis-je, tremblant de surprise et couvert de boue.

Sans prévenir, il m'assena un coup de pied à l'estomac qui me plia en deux. Puis il me poussa, me faisant retomber sur le derrière, le souffle coupé. Sa violence était presque désinvolte, mais il était vif comme un serpent et puissant comme une mule. Je voulus me relever, mais je n'arrivais pas à respirer. Il posa un doigt sur mon torse.

« Femmes de Red Jacket », dit-il avant de cracher.

Je finis par me relever, toujours voûté et empourpré par la rage. Même s'il faisait deux fois ma taille, j'étais prêt à en découdre avec cette charogne. C'était surtout son arrogance qui me rendait fou. Ce fut alors que des mains me saisirent les bras. C'était Pierre.

« Attention, petit âne, tu n'as pas ton mot à dire dans cette affaire. Ces femmes ne sont pas les tiennes.

— Mais je leur offrais juste un morceau de pain, bon sang !

— Tu tiens vraiment à perdre ton scalp pour des esclaves qui ne t'appartiennent pas ? Même si tu gagnes – et tu n'as aucune chance – ses hommes te tueront. »

Je bouillonnais, mais je n'avais pas d'arme. Red Jacket attendait tranquillement que je lui saute dessus. Je finis par retirer les mains qui me retenaient et crachai à mon tour.

« Garde-les, tes femmes.

— Ne me force pas à récupérer une autre veste », répondit Red Jacket avec un petit sourire méprisant avant de s'en aller.

Je tremblais de rage et de frustration.

« Je n'ai jamais vu un type aussi pressé de s'attirer des ennuis, murmura Pierre. Viens plutôt boire du *shrub.* »

27

Le festin commença au coucher du soleil et se poursuivit toute la nuit. Les commerçants écossais dansaient et sautaient au-dessus de claymores qui scintillaient dans l'herbe, tandis que les trappeurs formaient des cercles et entraînaient des Indiennes dans la danse. La lune était haute dans le ciel et l'alcool coulait à flots. Des couples se formaient, des bagarres éclataient. Les guerriers indiens exécutaient leurs propres danses autour des flammes qui montaient vers le ciel. Leurs chants et leurs cris se mêlaient aux tambours, aux violons, aux cors et aux fifres dans un tourbillon assourdissant de musique. Les braves pariaient comme des fous et misaient tout sur les jeux les plus rudimentaires : deviner la taille d'un bâton ou trouver parmi une série de mocassins celui qui contenait des balles de mousquet. Ils pariaient des fourrures contre de l'alcool, de l'eau-de-feu contre une femme, une couverture contre un fusil. Pris par le démon du jeu, certains allaient même jusqu'à miser leurs vêtements. Même au casino je n'avais jamais vu cela, mais la chance était leur façon de mieux espérer répartir leurs richesses. Leurs gains et leurs pertes constituaient leurs distractions à tous.

Moi, je broyais du noir, incapable de me remettre de l'humiliation que j'avais subie. Après ma déroute contre Red Jacket, plusieurs trappeurs m'avaient adressé des sourires en coin, ce qui ne faisait que raviver la honte qui me consumait. À présent, les trappeurs et les commerçants titubaient sous l'effet de la danse et de la boisson ; la sueur perlait aux visages et les rires s'étaient transformés en cris. Des hommes passèrent à côté de moi, transportant un homme en sang qui avait reçu un coup de couteau et qui gémissait. Dans l'ombre, je devinais les derrières des nouveaux amants qui s'activaient. Des bagarres éclataient également dans les rangs des Indiens ivres, mais les meurtres étaient pardonnés, car un homme sous l'emprise de l'eau-de-feu ne pouvait être reconnu responsable de ses actes. Le lendemain matin, tous prétendraient avoir tout oublié.

Je buvais et m'imaginais tuant Red Jacket. L'alcool émoussait ma frustration et les feux, la bière et l'odeur musquée qui se dégageait des hommes réveillaient mes sens. Certaines squaws étaient à moitié nues et j'avais à moitié envie d'elles. Certains hommes s'éloignaient avec d'autres hommes. Magnus commençait à être à point et entonnait des chants norvégiens, tandis que Pierre claquait des talons au milieu d'un cercle de danseurs. Agité et morose, je sirotais du rhum. Je me demandais ce que faisait Namida, j'étais furieux contre Red Jacket. Et la belle Astiza, qui m'avait abandonné en France, me manquait. Si cette fille était mandan, peut-être que je pourrais l'acheter à cette saleté d'Indien. Je n'avais plus beaucoup d'argent, mais je pouvais toujours lancer une partie de cartes. Je me referais, achèterais la fille, nous irions à la rencontre des Indiens gallois et pendant que Magnus fouinerait à la recherche de vieux marteaux, je partagerais avec elle une hutte confortable…

Cette rêverie s'interrompit brusquement quand je vis Aurora quitter discrètement l'agitation et s'éloigner d'un pas résolu. Ma rancœur se raviva soudain. Comment osait-elle me manipuler ? J'en avais assez d'être rejeté, découragé, moqué et ignoré, et ce, par une femme dont la rumeur assurait qu'elle avait fui le scandale ! Où se rendait-elle à présent, avec ses grands airs ? Impulsivement, je décidai de la suivre, soudain déterminé à retrouver cette intimité que nous avions partagée à Mackinac.

Je la rattraperais, je la saisirais par le bras et je lui dirais… Bon, je n'avais aucune idée de ce que je pourrais lui dire, mais peut-être me contenterais-je de l'embrasser. Nous nous battrions ou nous ferions l'amour, mais nous mettrions un terme à cette situation.

Aurora portait une petite robe blanche qui lui donnait des airs de nymphe de conte de fées et la rendait plus facile à pister alors qu'elle contournait sans s'arrêter les petits groupes de gens. Mais où diable se rendait-elle ? J'envisageai de la rattraper, mais il me semblait indigne de lui courir après, même si c'était précisément ce que j'étais en train de faire. Je tâchai donc de marcher d'un pas nonchalant en me répétant les répliques que j'utiliserais pour exiger que notre relation soit de nouveau consommée ou qu'on y mette un terme définitif. Je n'avais plus besoin des Somerset après tout, j'étais arrivé à Grand Portage ! Mais Aurora ne s'arrêta pas et je n'eus pas l'occasion de mettre à contribution mon éloquence.

Elle s'approcha d'un ensemble de wigwams indiens

à l'extrémité nord du campement. Les dômes en écorce semblaient avoir poussé à même le sol. Elle s'arrêta, indécise, et appela doucement. Une lueur apparut à la porte d'une des huttes dont les fentes du toit laissaient filtrer la lumière. Il s'agissait d'une bougie ou d'une lanterne, et les Indiens n'en avaient pas. Elle s'approcha du wigwam, se mit à genoux et entra à quatre pattes.

Une hutte indienne pour une aristocrate britannique ? Cette mijaurée rejoignait-elle Red Jacket ? Ou s'agissait-il d'une tout autre victime ?

Je ne suis pas un voyeur, mais elle m'avait échappé une fois de plus, qui plus est pour entrer dans l'endroit le moins adapté à une femme de son rang. Était-il possible qu'elle se soit rendue dans ce village sombre contre son gré ? Avait-elle des ennuis ? Je pouvais peut-être la sauver ! J'hésitai puis oubliai mes bonnes manières et me tapis dans l'obscurité. C'est alors que j'entendis d'abord des voix étouffées puis les soupirs et les gémissements caractéristiques de la passion. Il fallait que je voie. Aurora Somerset en train de forniquer avec un étalon indien ? Il s'agissait là du genre de révélation dont je pourrais tirer profit.

Frustré et dévoré par la curiosité, je m'approchai à pas de loup de l'arrière de la hutte. J'entendais la belle haleter et gémir, puis fus surpris de discerner des murmures en anglais. Qu'est-ce qui se passait, là-dedans ? Je trouvai une fente à laquelle coller l'œil et j'eus alors une vision digne des livres que l'on peut acheter dans les derniers rayonnages des librairies parisiennes. Aurora se tenait à califourchon sur son amant – j'aurais dû me douter qu'elle serait au-dessus – et le chevauchait, le dos cambré, les hanches en feu et les seins pointés vers le haut. À la lueur de la lanterne, sa peau avait une teinte rosée. Elle avait les yeux fermés et les lèvres gonflées. Son visage était tourné vers le plafond de la hutte et ses cheveux magnifiques tombaient en cascade dans son dos. Cette vision sublime m'excita instantanément. Même si je la détestais pour son arrogance, je la désirais profondément et j'étais prêt à lui dire n'importe quoi pour avoir de nouveau le droit d'investir sa forteresse imprenable ! Cette femme était une sorcière. Je me penchai en avant et approchai mon visage de l'écorce rugueuse. J'étais moi-même à deux doigts de gémir.

C'est alors que j'entendis son partenaire :

« Cambre-toi ma belle, cambre-toi mon amour ! Dieu que je vénère tes formes ! »

Était-ce seulement possible ? Un Blanc dans une hutte indienne ? Mais bien sûr, il s'agissait d'une liaison secrète ! Et ce wigwam était l'endroit rêvé ! La fente était trop étroite, aussi décidai-je d'écarter légèrement l'écorce avec les doigts afin de mieux profiter du spectacle et de découvrir qui était l'heureux élu. Il faisait sombre, je me collai donc un peu plus à la fente et ne vis que son corps sous celui d'Aurora : il donnait de violents coups de reins en lui tenant fermement les seins. Puis il se tourna légèrement et son visage m'apparut à la lueur de la lanterne. Sous le choc, je faillis laisser échapper un cri. Je jetai un œil à la pile de vêtements posée par terre puis revins au couple haletant.

Sur la poitrine de l'homme, un pendentif scintillait. Il représentait un symbole que j'avais vu quelques mois auparavant en Italie, tatoué sur la peau de Renato : une pyramide avec un serpent entrelacé.

Aurora Somerset chevauchait Cecil, son propre cousin.

Et Cecil portait le symbole d'Apophis, le culte du serpent allié au rite égyptien basé à Londres qu'il avait prétendu dédaigner ! Mais avec qui m'étais-je lié d'amitié ?

Ou plutôt, qui s'était lié d'amitié avec moi ?

Ils se retournèrent et aperçurent mes doigts dans la fente et mon œil qui brillait. J'eus un mouvement de recul et tombai sur le dos. Dans ma main se trouvait un morceau d'écorce.

« Gage ! » entendis-je siffler.

Puis je courus.

28

Tandis que je courais dans le noir, les idées se bousculaient dans mon crâne. Aurora et Cecil, amants ? Comment cela avait-il pu m'échapper ? S'agissait-il là du scandale qui les avait poussés à quitter l'Angleterre pour travailler au Canada ? Sous ses airs de puritain, Simon McTavish était-il au courant de cet inceste ? Quant à Aurora et Cecil, étaient-ils vraiment cousins ? Peut-être avais-je pris au sens propre un simple terme d'affection, comme ces gens qui appellent frères leurs plus proches amis.

Et quel rapport entretenaient-ils avec les théoriciens occultes en quête des secrets du passé, ces hommes que j'avais affrontés en Égypte et en Terre sainte ? Pourquoi avaient-ils affiché autant de mépris quand nous parlions du rite égyptien si Cecil en portait le symbole ?

Ce qui était sûr, c'est qu'ils m'avaient reconnu. Partager un canoë confortable avec les Somerset jusqu'au Lac à la Pluie ne semblait soudain plus d'actualité. À jouer les espions, j'avais mis un terme soudain à notre partenariat, et mon désir pour Aurora avait instantanément disparu. Elle jouait à des jeux que je ne comprenais pas et m'enfuir était la meilleure chose que j'avais à faire. Je m'arrêtai dans la nuit, haletant, et réfléchis à la suite des événements. Rien d'autre n'avait changé : les hommes continuaient à danser autour des feux le long de la rive. Il était temps de leur fausser compagnie. Que ces fous aillent au diable ! De Grand Portage, je partirais à pied en direction du sud-ouest, avec Magnus. D'après sa carte, le marteau ne devait se trouver qu'à quatre cents ou cinq cents kilomètres. Nous aurions certes besoin d'équipement et d'un guide, mais cette nuit de beuverie paraissait idéale pour se procurer l'un et l'autre. Nous volerions les bagages nécessaires et irions chercher la belle Namida et son amie Petite Grenouille.

Leur sauvetage me permettrait de me venger de Red Jacket par la même occasion.

Bien décidé à être hors d'atteinte au matin, je me mis donc à la recherche de Magnus. Je trouvai mon compagnon mais, hélas, il s'était écroulé, ivre mort, et il était aussi facile à manœuvrer qu'une mule récalcitrante.

« Magnus ! Debout ! C'est l'heure d'aller chercher le marteau de Thor !

— Hein ? Mais c'est le milieu de la nuit.

— La donne a changé, nous devons filer ! Il faut voler des vivres et s'enfuir dans les bois. Tu as vu Namida ?

— Qui ?

— L'Indienne ! Celle qui est jolie.

— Par Loki l'espiègle… dit-il en laissant retomber sa tête en arrière.

— Qu'importe, allons la chercher ensemble ! »

Il fallut lui jeter à la tête un pichet d'eau du lac,

mais il finit par lever sa carcasse en bafouillant, de fort mauvaise humeur. Nous étions enfin prêts, lui avec son bandeau sur l'œil, son chapeau mou, sa carte dans son étui cabossé et sa hache ; et moi avec mon fusil et mon tomahawk.

« Par Fenrir le loup, qu'est-ce qui s'est passé ?

— J'ai surpris Cecil et Aurora en pleine partie fine, et ils m'ont repéré. Je pense qu'ils ne tiennent pas à ce que ça se sache. Quant à les accompagner en canoë, je crois que c'est compromis !

— Cecil et Aurora ? Mais ils sont cousins, non ?

— Je n'en sais fichtre rien, mais Lord Cecil portait un symbole païen que j'attribue au rite égyptien, de vieux ennemis à moi. Je ne compte pas aller lui demander d'explications. Ils nous ont amenés ici, maintenant il faut finir le voyage par nos propres moyens. Tu avais raison pour Aurora, Magnus. Je n'aurais jamais dû m'approcher de cette traînée. »

Comme la moitié des gens dormait et que l'autre était trop ivre pour s'intéresser à nous, nous n'eûmes aucun problème à dérober de la poudre et de la nourriture. De mon côté, je m'efforçais de ne pas trop songer à ce qui nous attendait, seuls dans les bois.

« Comment allons-nous faire sans guide pour trouver l'endroit précis où se trouve le symbole de Thor ? demanda Magnus qui commençait à recouvrer ses esprits.

— C'est pour ça que nous devons retrouver Namida et Petite Grenouille. Nous allons voler un canoë, descendre le lac, et elles nous aideront à nous repérer lorsque nous serons sur la terre ferme. Et quand nous serons assez proches, ce sera à toi de nous dire le chemin qu'auraient choisi les Vikings.

— Ce ne sont pas des Vikings, mais des Scandinaves et des Templiers.

— Et des Gallois, des éléphants laineux, les tribus perdues d'Israël, des mineurs de l'Atlantide et des Espagnols à la recherche de l'Eldorado. Au moins, on ne se sentira pas tout seuls, plaisantai-je, lui tirant un sourire.

— Et évidemment, après t'être fait abuser par une femme, tu te précipites dans les bras d'une autre.

— Écoute Magnus, la situation est un peu désespérée. Et puis, Namida m'a demandé de la sauver et elle m'a raconté que sa tribu possédait une dalle en pierre avec des inscriptions mystérieuses. On tient peut-être un indice.

— Et pourquoi tu ne m'en as jamais parlé ?

— Tu t'enthousiasmes facilement.

— C'est vrai que tu es quelqu'un de mesuré, toi.

— Écoute, on a une demoiselle en détresse en possession d'un code crucial pour nous. On l'enlève, on s'enfuit, on la ramène chez elle, elle nous montre la dalle et on réussit cette mission insensée.

— Et si on tombe sur Aurora et Cecil ?

— Ils se trouvaient à l'extrémité nord et le campement de Red Jacket est au sud. Il faut seulement faire vite. J'ai pensé à tout, je te jure.

— À tout, vraiment ? Il y a une heure, tu ne pensais qu'à Aurora Somerset !

— Les choses ont changé », répondis-je, agacé par sa remarque.

Nous volâmes un petit canoë et pagayâmes à quelques mètres de la rive, jusqu'à l'endroit où devait se trouver le campement de Red Jacket. Nous y trouverions sûrement Namida. Avec un peu de chance, la plupart des guerriers seraient partis festoyer. Si nous arrivions à emmener les femmes sans nous faire repérer, nous pourrions prendre de l'avance. En effet, ces dernières semaines, Magnus et moi étions devenus des rameurs experts grâce à Pierre.

Il allait me manquer d'ailleurs, le voyageur français, mais je ne voulais pas l'impliquer dans mes histoires. Nous n'avions pas le temps de lui faire nos adieux non plus, mais quand nous aurions le marteau et que nous serions les maîtres du monde ou riches comme Crésus, je lui enverrais une lettre.

Alors que notre embarcation glissait vers le campement de Red Jacket, nous entendions toujours les chants. Nous débarquâmes furtivement, moi avec mon fusil, Magnus avec sa hache.

« Fais un trou dans leur canoë quand on partira », murmurai-je.

Nous rampions comme des assassins.

Je fus soulagé de voir que seules deux sentinelles indiennes se trouvaient à côté du feu, enroulées dans leur couverture, et qu'elles semblaient endormies. Ce manque de vigilance s'expliquait par le fait que deux silhouettes plus petites se tenaient assises bien droites contre un arbre à une douzaine de pas, enveloppées elles aussi dans des couvertures. Les deux esclaves ! Une corde en cuir passée autour du cou les maintenait à l'arbre. Je m'approchai en rampant.

« Namida ! murmurai-je en français. Je suis venu te sauver ! »

Elle se redressa en entendant son nom.

Je tranchai ses liens, retirai la couverture et me penchai pour l'embrasser.

Au lieu de la bouche attendue, je me retrouvai nez à nez avec le canon d'un pistolet.

« Tu es encore plus bête que je ne le pensais, dit froidement Aurora en se dégageant de la couverture, faisant retomber en cascade ses bouclettes cuivrées. Tu es tellement prévisible que c'en est ennuyeux. »

Damnation ! Elle portait sa couverture indienne au-dessus d'un fin chemisier blanc et était plus voluptueuse que jamais. Si elle n'avait pas eu ce pistolet et qu'elle ne m'avait pas regardé avec autant de mépris, et si je ne l'avais pas surprise avec son cousin, je me serais senti à nouveau tout troublé.

« On ne peut pas en dire autant de vous, je dois bien l'admettre ! »

L'autre silhouette ligotée se révéla n'être qu'un tas de couvertures rembourrées qui s'effondra quand Magnus tenta de libérer Petite Grenouille.

Des Indiens surgirent derrière nous en armant leurs fusils. Je sentis le canon froid d'un mousquet sur ma nuque. Magnus fut plaqué au sol. Quelqu'un appuya son genou sur sa colonne vertébrale et tint un tomahawk sur sa tempe. Cecil Somerset sortit à son tour de la pénombre. Il avait enlevé son manteau, retroussé ses manches et dégainé sa rapière qui brillait à la lueur de la lune. Il était mince et fringant.

« Moi, je préfère que vous soyez prévisible, monsieur Gage. Nous avons déduit que votre manque d'intérêt soudain pour Aurora ne pouvait qu'être dû à la jolie squaw. »

Je me relevai doucement, mais Red Jacket aboya un ordre et deux guerriers me saisirent par le bras pour me plaquer au sol, tandis qu'un troisième se saisissait de mon fusil et qu'un quatrième me liait les mains dans le dos. Malheureusement, je n'avais pas de chocolat avec moi.

« Vous semblez avoir oublié que je suis en mission diplomatique, déclarai-je.

— Et vous semblez avoir oublié qu'il y a une différence entre un diplomate, un espion et un voyeur.

— Votre cousine et vous aviez l'air tellement occupés, je me suis dit que j'allais engager un autre guide. Namida a des goûts moins particuliers.

— Aurora n'est pas ma cousine, monsieur Gage.

— Ah. Mais y a-t-il une once de vérité dans ce que vous m'avez raconté ? Êtes-vous seulement des aristocrates ?

— C'est ma sœur. »

J'entendis Magnus pousser un petit cri, puis un grognement quand on lui assena un coup de pied.

« C'est immonde !

— C'est ce qu'on a dit en Angleterre, mais bon, les pauvres mortels ne connaissent rien au pouvoir de l'amour vrai. Aurora est en fait ma demi-sœur. Curieux que nous partagions les mêmes goûts et que nous soyons attirés l'un par l'autre, n'est-ce pas ? Notre père aussi était un débauché aux mœurs particulières, et nous nous sommes alliés pour combattre ce monstre, même si d'une certaine façon, il nous attirait. Nous pensons qu'il a empoisonné nos mères respectives et qu'il copulait avec tout ce qui lui passait sous la main, quand il n'était pas occupé à dilapider notre héritage au jeu. Inévitablement, cette alliance fraternelle contre lui s'est renforcée par une affection bien réelle. La société nous condamne pour cela, mais le rite égyptien de Cagliostro l'a compris et l'a encouragé. Ici, dans la nature, nous pouvons nous permettre d'être nous-mêmes. Mais vous comprenez que ce n'est pas quelque chose qu'on peut annoncer comme ça de but en blanc quand on rencontre quelqu'un.

— C'est de l'inceste ! C'est illégal ! Vous êtes des monstres !

— C'est au contraire très sain, si on en croit les rites païens des pharaons, des rois et des druides de jadis. C'est sain car nous seuls savons que notre amour est vrai et parce que nous avons dû tout risquer pour le vivre, y compris cet exil. Vous n'avez aucune idée de ce que signifie la profondeur des sentiments. On m'a raconté comment vous avez laissé partir votre Égyptienne, idiot. Maintenant, vous allez souffrir seul.

— Même la nature a une morale, Cecil. Vous allez regretter de nous avoir confié cela.

— Pas si vous êtes morts, dit-il en faisant tournoyer la pointe de son épée dans l'air glacial.

— Vous nous accueillez, vous nous amenez ici et puis vous nous tuez ?

— Tout comme vous avez tué Alessandro Silano, espèce de dilettante écervelé. Vous pensiez vraiment que nous oublierions ? Je pensais que la vengeance aurait lieu en Italie, ou à Mortefontaine avec les Danois que nous avions engagés, ou à New York. Vous êtes sacrément endurant, mais les joueurs de votre espèce savent bien que la chance finit toujours par tourner.

— La seule raison pour laquelle nous nous sommes rapprochés de vous, ajouta Aurora, c'était pour savoir quelle était vraiment votre mission. Et comme vous ne voulez rien dire – alors que je vous en ai donné l'opportunité et que je vous ai offert une récompense à la hauteur – voyez ce qui vous arrive.

— Vous allez mourir de la façon la plus lente et la

plus horrible que vous puissiez imaginer, ajouta Cecil. De la main de Red Jacket et de ses hommes. Vous nous direz tout ce que vous savez de toute façon, puis des choses dont vous espérerez qu'elles puissent nous intéresser, puis des absurdités que personne ne croira, et, pour finir, cela ne changera rien à votre sort. D'abord vous parlerez, ensuite vous supplierez, puis vous crierez jusqu'à en avoir tellement mal que vous ne pourrez plus prononcer le moindre son. Je les ai vus à l'œuvre, vous allez subir le supplice des damnés. Girty m'a tout appris. Et le plus remarquable, c'est que quand la torture vous aura fait dire ce que vous auriez pu simplement confier à Aurora lorsque vous partagiez son lit, ce ne sera que le début de votre supplice. Les Indiens sont des scientifiques remarquables. Ils peuvent faire durer une torture pendant des jours. Ils sont capables de vous ranimer une centaine de fois.

— Pour eux, c'est à la fois un sport et la pire des craintes, expliqua Aurora. Le besoin d'échapper à la torture leur donne du courage. Et se préparer à cette éventualité leur donne une résistance infinie à la douleur.

— Dans ce cas, je vais tout vous dire maintenant. »

S'ils tenaient à se lancer dans la quête des marteaux mythiques et des éléphants imaginaires, je n'y voyais aucun problème. Je ne suis pas un lâche, mais la perspective de subir les expérimentations de Red Jacket et de ses sauvages pendant toute une semaine n'était pas pour me rassurer et, il faut bien le dire, je me fichais un peu de la quête de Bloodhammer. Après tout, ma participation à cette mission n'avait été le fruit que d'un malentendu.

« Navré, mais vous n'en aurez pas l'occasion, Ethan,

dit Cecil. D'abord, parce que nous ne vous croirions pas, vu que vous avez un esprit très… inventif. Et ensuite, parce que l'une des choses que nous préférons faire avec Aurora, à part l'amour, c'est regarder souffrir nos ennemis. C'est électrisant, si vous me passez l'expression, de voir à quel point la souffrance des autres peut nous exciter. Notre passion atteint toujours son apogée après avoir assisté à une séance de torture. Pendant tout le trajet, nous espérions que vous ne nous laisseriez pas le choix.

— Vous me pardonnerez de n'être pas ravi de vous avoir rendu ce service.

— Cela rend les choses encore meilleures, dit Aurora.

— Si vous ne nous laissez pas partir, je vais crier. »

Aurora apporta un bâillon.

« Épargnez au moins Marcus. C'est moi qui ai insisté pour que nous fassions le voyage avec vous. Ce pauvre homme n'est qu'un rêveur nordique inoffensif.

— Épargner l'homme qui veut s'approprier l'Amérique du Nord en prétendant que ses ancêtres étaient là avant ? s'indigna Cecil. Vous m'avez bien regardé ? Et puis nous voulons l'entendre hurler. Je l'imagine déjà beuglant comme un bœuf.

— J'ai avec moi une lettre du président, je suis soutenu par Bonaparte et McTavish lui-même m'a rencontré. Si vous nous tuez, il y aura vengeance.

— Bien au contraire. Vous avez volé des vivres et un canoë, vous êtes partis sans dire un mot et plus personne n'a jamais entendu parler de vous. Nous mettrons sur pied une vaste opération de sauvetage et trouverons par hasard ce que vous étiez venus chercher. Puis nous présenterons nos condoléances à Jefferson qui, j'en suis sûr, ne s'attend de toute façon pas à grand-chose de votre part.

— Vous allez provoquer le Ragnarök, l'Anglais ! dit Magnus, toujours plaqué au sol.

— Je ne crois pas aux contes de fées, espèce de paysan, répondit Cecil en piquant la joue du Norvégien de la pointe de son épée. Ce n'est que votre fin à vous que j'ai provoquée. »

Sur ce, ils nous bâillonnèrent.

29

Au moins, nous n'eûmes pas à pagayer.

Après avoir été proprement ligotés, nous fûmes jetés au fond du canoë de Red Jacket et de celui que nous venions de voler. Un troisième canoë transportant les Somerset fut mis à l'eau et un quatrième avec Namida et Petite Grenouille. Les deux Indiennes nous regardèrent d'un air lugubre. Elles avaient déjà vu ce qui arrivait aux captifs.

La flottille partit à l'aube. Seuls quelques coqs et quelques chiens brisaient le silence qui régnait sur le fort. Bientôt, nous fûmes hors de vue. Hormis une manipulation un peu brutale lorsqu'ils nous ligotèrent et nous traînèrent jusqu'aux canoës, nous ne subîmes aucun sévice : ils ne voulaient pas nous abîmer avant le dernier acte. Je m'acharnai longtemps sur les lanières en cuir qui m'entravaient, mais ne réussis qu'à m'entailler les poignets. Les Indiens savaient mieux faire les nœuds que mes agresseurs de Mortefontaine.

Ils pagayèrent toute une journée et toute une nuit. Leur village était situé sur la rive ouest du lac Supérieur ; nous n'y arrivâmes que le lendemain matin. Piètre consolation, mon souvenir des cartes et la position du soleil semblaient indiquer que nous progressions vers le sud-ouest. Involontairement, nous nous étions rapprochés de cent cinquante kilomètres de la destination indiquée sur la carte de Bloodhammer.

Des coups de feu et des cris annoncèrent qu'on approchait et même du fond du canoë, je pouvais entendre les hurlements de ceux qui attendaient sur la rive. Ils échangeaient sûrement des conseils de torture et prenaient déjà les paris pour savoir combien de temps nous mettrions avant de crier, perdre connaissance et mourir. C'était pire encore de ne pas pouvoir voir la scène et d'être contraint de regarder le ciel. Puis j'entendis les rameurs sauter à l'eau et une douzaine de mains se saisirent de moi pour me jeter sur la rive comme un sac de farine. On coupa les liens qui enserraient mes chevilles et je parvins à me tenir debout alors que le sang revenait douloureusement alimenter mes pieds. Mes mains restèrent entravées. On obligea Bloodhammer à se mettre debout également.

L'angoisse me donnait des vertiges. Devant Magnus et moi, une foule d'environ deux cents Indiens hurlait. Des hommes, des femmes et des enfants tenaient des bâtons et des massues ; ils étaient aussi surexcités que des gosses le soir de Noël. Quelques-uns nous jetèrent des cailloux, mais cela s'arrêta vite. Pas question de déballer son cadeau avant l'heure.

Je m'efforçais de rester philosophe. Magnus pensait que des hommes nés dans la nature vierge seraient dotés d'une noblesse innée et d'une compréhension des secrets du monde. Pourtant, force m'était de constater que l'absence de civilisation entraînait la sauvagerie humaine la plus brutale. La nature n'était pas clémente mais cruelle, et nous n'allions pas tarder à en faire les frais.

« Je suis désolé, Magnus », dis-je en me tournant vers lui.

Il n'y avait rien à répondre. Il dévisageait ses bourreaux avec un air renfrogné de Viking à en faire frémir Tamerlan. Dans notre situation, la plupart des gens s'effondreraient et se mettraient à pleurer en priant pour ne pas subir les horreurs annoncées – si cela pouvait nous aider, je n'aurais d'ailleurs pas hésité à jouer les pleurnichards – mais Magnus se contentait de prendre la mesure de ses ennemis. S'il parvenait à se débarrasser de ses liens, il nous rejouerait Samson et les Philistins. Mais le problème restait le même : comment nous échapper de là ?

Je jetai un coup d'œil alentour. Je fus contrarié de voir qu'Aurora s'était approprié mon long rifle et qu'elle le tenait à la verticale contre sa poitrine, comme une sentinelle. Un sauvage enduit de peintures de guerre brandissait la hache de Bloodhammer. Les provisions que nous avions volées avaient disparu, certainement mangées par nos agresseurs lors du trajet en canoë. Je me rappelai alors que j'avais une faim de loup et que j'avais très soif. Bah ! D'ici peu, ce serait le cadet de mes soucis.

Red Jacket paradait sur la plage, il levait les bras et nous montrait du doigt en haranguant la foule dans sa langue natale. Sans doute se targuait-il de nous avoir attrapés ou expliquait-il à quel point nous avions été stupides d'essayer de sauver Namida. Elle et Petite Grenouille se tenaient à côté de nous et se faisaient toutes petites face à l'assemblée hurlante, même si elles n'étaient pas directement en danger. On avait trop besoin de femmes fertiles pour se permettre de les gaspiller. Cecil se tenait de l'autre côté, la main sur sa rapière engainée, et profitait pleinement de son rôle de consultant. Je décidai qu'il serait le premier à mourir. Ensuite viendrait le tour de sa sirène de demi-sœur, s'il s'agissait bien de sa demi-sœur. Oh oui, une revanche cruelle, dès que je me serais débarrassé de ces deux cents Indiens et de leurs vociférations !

Je tâchai d'élaborer un plan – expérience électrique, sortilège ancien, armes cachées, prédiction d'éclipse solaire – mais je n'arrivai à rien. Difficile d'improviser quand la torture vous attend.

Red Jacket avait une idée en tête. Il se campa face à nous, les mains sur les hanches comme un seigneur sur ses terres, et il s'adressa de nouveau à la foule.

Celle-ci se mit à hurler de joie. Cecil Somerset fronça les sourcils ; peut-être était-ce bon signe. Je remarquai que Namida avait jeté un regard furtif vers quelque chose que la foule ne pouvait pas voir, mais très vite elle avait reporté toute son attention sur ma personne.

On jeta sur le sol entre Red Jacket et moi une peau de daim éraflée. Le chef indien fouilla dans une de ses profondes poches et en tira une poignée de petits galets, ou du moins c'est ce que je crus d'abord. Quand il les posa sur le cuir, je m'aperçus qu'il s'agissait en fait de dés indiens, des noyaux de prunes sauvages gravés. Ils n'étaient pas cubiques mais ovales et n'avaient que deux côtés : un côté gravé avec des lignes, des cercles, des serpents, des corbeaux ou un cerf ; l'autre vierge.

Les Indiens hululèrent en sautillant. Ils adoraient miser.

Et ils n'étaient pas les seuls, aussi me permis-je un

petit pari sur l'avenir ! Il y avait dix haricots posés sur le cuir.

Red Jacket lança un mot à l'attention de Somerset puis il tourna la tête vers moi. Cecil protesta en langue indienne, mais le chef ne voulait pas discuter. Il fit non de la tête et aboya quelque chose à Somerset.

Pour finir, l'Anglais haussa les épaules.

« Il veut que vous jouiez, Gage. Apparemment, vous avez une certaine réputation.

— Je suis un peu à court d'argent, balbutiai-je.

— Naturellement, c'est votre vie qu'il va falloir miser.

— Que se passe-t-il si je gagne ?

— Vous repartirez avec votre scalp.

— Et si je perds ?

— Alors vous serez passé par les baguettes, une torture appelée le *gantlet* : les Indiens armés de bâtons formeront deux rangs et vous devrez passer entre eux pendant qu'ils vous roueront de coups. Après quoi vous serez attaché au poteau de torture.

— Très généreux, dis-je en m'agenouillant sur le cuir, les poignets toujours ligotés. Comment ça se joue ?

— C'est très simple. Red Jacket met les dés dans un bol en bois et lance. S'il y a plus de côtés blancs que de côtés décorés, le lanceur gagne un haricot. Dans le cas contraire, c'est vous qui en gagnez un. Si c'est sept blancs et trois décorés, ça fait deux haricots. Huit, trois haricots ; neuf, quatre ; et si les dix dés tombent côté blanc, Red Jacket en empoche cinq.

— Et moi, qu'est-ce que je gagne ?

— C'est exactement la même chose, si les haricots

tombent côté décoré, ils sont pour vous. Et c'est le premier qui remporte les dix haricots qui gagne la partie.

— Les chances sont les mêmes des deux côtés, ça peut prendre longtemps, fit remarquer Magnus.

— Au vu de la situation, c'est toujours ça de pris ! rétorquai-je.

— Exactement, dit Cecil. Mais ça peut aussi se terminer en deux lancers. Ce petit divertissement ne va peut-être pas durer si longtemps en fin de compte. »

Une foule d'Indiens se pressa autour de nous et se mit à parier fiévreusement. Red Jacket ramassa les dés, les mit dans le bol qu'il secoua énergiquement et les lança sur la peau tannée. Un rugissement s'éleva pour se transformer aussitôt en murmure. Cinq blancs, cinq décorés. Personne ne gagnait.

Il les ramassa et se prépara à lancer.

« Attendez, je n'ai pas le droit de lancer ?

— Étant donné les circonstances, monsieur Gage, il est plus sûr que vous restiez ligoté. »

Red Jacket lança donc les dés et, cette fois, il y eut six blancs et quatre décorés. La foule hurla, on se serait cru à une course de chevaux ! Le chef empocha un haricot.

Il lança de nouveau les dés et obtint une fois de plus six blancs. Bruits de tambours, applaudissements ! C'était le délire !

« Par John Paul Jones, soufflai-je, je crois que le public n'est pas avec nous. N'oublie pas de dire hourra si on gagne un haricot, Magnus !

— Ils se payent notre tête.

— Tant qu'ils ne nous torturent pas. »

Un autre lancer et, cette fois, ce furent sept dés décorés qui tombèrent sur le tapis. Je gagnais deux haricots et revenais à égalité. La foule grogna de désarroi. Un tel concert de lamentations s'éleva qu'on aurait pu former un chœur de tragédie grecque. Ayant toujours eu de la chance au jeu, je retrouvai ma bonne humeur.

Après deux lancers, nous empochâmes chacun un haricot, puis Red Jacket sortit sept blancs, ce qui lui faisait six haricots alors que je n'en avais que trois. Il n'en restait plus qu'un. La chance semblait vouloir tourner en faveur de ce scélérat. Quant aux spectateurs, ils étaient proprement hystériques.

« Ça semble mal engagé, dis-je à Cecil d'un ton résigné.

— Rien n'est fait. Le jeu se poursuit jusqu'à ce que l'un d'entre vous n'ait plus rien. »

Je remportai le coup suivant et empochai le dernier haricot, puis le coup d'après qui me permit de gagner un des haricots de Red Jacket. Nous étions de nouveau à égalité. À présent, les Indiens murmuraient et se plaignaient. Quels mauvais perdants !

Puis Red Jacket m'en prit deux, puis un que je regagnai et qu'il empocha de nouveau avec celui d'après. Il ne me restait qu'un seul haricot, et lui en avait neuf. Les Indiens dansaient, chantaient en anticipant ma défaite annoncée. Un vrai carnaval napolitain ! Je n'avais plus suscité une telle distraction depuis que Najac et ses voyous franco-arabes m'avaient pendu par les pieds au-dessus d'une fosse à serpents. Une carrière de comédien me tendait les bras.

Red Jacket sourit, ramassa le dé et remonta la manche de sa misérable veste anglaise. Puis il secoua le bol en poussant un cri de victoire. Les Indiens mugissaient déjà par avance.

Cependant, j'avais observé ce sournois avec l'œil du

joueur professionnel. Je dépliai soudain mes genoux et retombai sur le derrière dans le sable. Puis j'assenai un violent coup de pied dans le bol, faisant voler le dernier dé. J'avais toujours mes dollars argent cachés dans la semelle de mes mocassins pour ne pas me les faire chiper par les trappeurs buveurs de *shrub*, et le métal accentua un peu plus la violence du coup.

« Il triche ! hurlai-je. Regardez le dé ! »

En fait, je n'étais sûr de rien, mais à chaque fois qu'il ramassait les dés, il faisait en sorte que je ne les voie pas. Et comme il avait déjà gagné Namida au jeu, j'étais prêt à parier qu'il avait introduit un ou plusieurs dés entièrement vierges dans le jeu. Je repérai le dernier dé et mis immédiatement mon pied dessus, alors que Red Jacket, furieux, tentait de m'en empêcher.

Cecil s'avança et me fit signe de me rasseoir. Je relevai mon pied et il se saisit du dé. Évidemment, les deux côtés étaient blancs.

La foule se tut.

« Bien deviné, monsieur Gage. Si vous aviez eu un geste plus civilisé, nous aurions peut-être même remis en cause la validité de toute la partie. »

Il jeta le dé en l'air, le rattrapa, et le fourra dans sa poche.

« Mais vous vous êtes conduit comme une brute », ajouta-t-il.

Red Jacket avait l'air hors de lui.

« Mais il a triché ! Libérez-nous !

— Au contraire, vous avez perturbé le dernier lancer avant même qu'on ne connaisse le résultat. Nous devons donc nous en tenir au score qu'il y avait avant votre intervention irrévérencieuse. Red Jacket gagne donc neuf à un, il me semble.

— Seulement parce qu'il a truqué le jeu !

— Au lieu de contester normalement, vous perturbez la partie. Votre grossièreté est seule responsable du sort qui vous attend. »

Puis il cria quelque chose aux Indiens qui glapirent de joie, ravis que la torture puisse enfin commencer.

« Vous n'avez pas compris que le jeu était truqué depuis le début, Ethan ? déclara Lord Cecil en se tournant de nouveau vers moi. Vous croyiez vraiment que nous allions laisser un espion franco-américain se promener tranquillement sur notre terrain de chasse, en plein territoire britannique ?

— Pas britannique : espagnol, et maintenant français.

— Si vous pensez que je vais m'arrêter à ce genre de considération.

— Norvégien ! hurla Magnus.

— Comme c'est original. Votre mort constituera un vrai progrès pour l'histoire. »

30

Red Jacket cracha quelques ordres et la tribu forma deux rangées parallèles de la plage aux portes du village qu'entourait une palissade. Les femmes se frayèrent un passage au premier rang, brandissant leurs bâtons et hurlant leur mépris. D'habitude, les femmes attendent de me connaître un peu plus pour agir de la sorte ! Je vis des bouches béantes, des dents blanches et des yeux noirs et sans pitié. Le premier pas allait requérir tout mon courage.

Nous nous apprêtions à être lapidés avant de rejoindre le poteau de torture et le bûcher.

« Ne tombez pas, conseilla Cecil. Ils vous frapperaient jusqu'à ce que vous perdiez connaissance pour compter combien d'os ils peuvent vous briser. Ce sera d'autant plus douloureux quand on vous attachera au poteau.

— Vous pourriez peut-être me montrer le chemin ?

— Pas la peine. À ce jeu, seul l'instinct compte, monsieur Gage. Du moins, c'est ce que m'a confié Girty. C'est un peu mon maître à penser, vous savez. »

Quelqu'un me poussa par-derrière et, les mains toujours liées dans le dos, je m'avançai en titubant.

J'allais devoir courir vite et esquiver les coups les plus puissants et les plus vicieux, tout en gardant le visage baissé pour le protéger. J'enfonçai donc mes pieds dans le gravier de la plage et me ramassai sur moi-même, tandis que mes bourreaux hululaient en attendant mon passage. Soudain, un mousquet fit feu, et je bondis, sous les rugissements des Indiens.

Ma vitesse les surprit et les premiers coups manquèrent leur cible. J'entendis des bâtons frôler mes oreilles. Puis quelques coups m'atteignirent aux bras, au dos et aux cuisses. Quelqu'un tendit une perche pour me faire trébucher, mais j'eus la présence d'esprit de sauter et de retomber dessus. Le morceau de bois se brisa, provoquant un petit cri de surprise. Je mis un coup de tête à un des sauvages et poursuivis ma course en chancelant lorsqu'un coup plus violent m'atteignit au cou. La douleur me donna un sursaut d'énergie. Je me précipitai de nouveau vers l'avant, le torse couvert d'ecchymoses.

« Beau spectacle, Gage ! cria Cecil. Aïe ! Celui-là a dû faire mal !

— La tête ! Visez la tête ! » criait Aurora en signe d'encouragement. Au moins, elle ne leur donnait pas l'idée de frapper en dessous de la ceinture.

J'entendis un immense grondement derrière moi et aperçus Magnus qui avait chargé comme un taureau et avait fait tomber une demi-douzaine de ses agresseurs. Il piétinait à présent ses victimes qui se tortillaient, indignées, sous les rires des autres Indiens. Cette diversion me permit de parcourir les dix derniers mètres sans trop de dégâts supplémentaires. Je franchis tête baissée les portes du village, où m'attendaient cinq ou six soldats en armes placés en demi-cercle. Je tombai à genoux, trop fébrile pour ressentir la douleur. La taille de Bloodhammer lui rendait l'épreuve plus accessible et les barrières humaines s'élargissaient à son passage comme un python en phase de digestion. Il fonçait, entraînant avec lui quelques Indiens. Dès qu'il recevait un coup ou un crachat, il poussait un grognement. Lorsqu'il posait le genou à terre, une simple génuflexion le remettait sur pied et il reprenait sa course en haletant. Enfin, il se dégagea tout à fait et franchit les derniers mètres pour me rejoindre. Sa poitrine se soulevait à toute vitesse et un filet de sang coulait sur sa tempe. Le feu nordique brillait dans ses yeux.

« Ils t'ont cassé une côte ?

— Ils m'ont à peine effleuré. J'ai cassé un nez avec mon talon, je l'ai entendu craquer, répondit-il en souriant, du sang plein les dents.

— Maintenant, il faut saisir la première occasion. Je préfère mourir au combat que sur le bûcher. »

Alors qu'il tentait de se libérer de ses liens, je voyais ressortir les tendons de son cou.

« Si j'arrive à me dégager, on ne sera pas les seuls à mourir. »

Le moment me paraissait bien choisi pour reconnaître quelques torts.

« Je l'admets, en ce qui concerne les femmes, il m'arrive de faire des erreurs de jugement.

— Elle va payer, ne t'en fais pas, affirma-t-il en crachant du sang.

— En revanche, on ne peut pas dire que la vie sauvage améliore la nature humaine. C'est Locke qui avait raison, pas Rousseau !

— C'est parce qu'ils sont corrompus par la poudre et le rhum, répliqua le Norvégien. Ces Indiens sont en voie d'extinction et ils le savent. C'est ça qui les rend fous, ajouta-t-il en dévisageant d'un air mauvais un brave qui se promenait en faisant tourner sa hache. Mais les choses sont différentes, là-bas.

— Où ça ?

— Nous ne nous sommes pas assez enfoncés vers l'ouest. »

Les Indiens nous attachèrent des laisses autour du cou et Cecil fit tranquillement quelques pas devant nous, l'épée dégainée reposant sur son épaule.

« Gage, je n'ai jamais rencontré un espion aussi prévisible.

— Je ne suis pas un espion.

— Après avoir raté notre coup à New York, nous n'avons même pas eu besoin de vous suivre jusqu'à Washington. Nous nous sommes contentés de vous attendre à Détroit, tellement votre mission nous paraissait évidente. Je craignais que les avances de ma sœur ne suffisent pas à vous dissuader de prendre une escorte américaine, mais vous avez pratiquement proposé de venir avec nous. Tss… Tss… Ethan Gage ! Vous étiez à ses pieds jusqu'à ce que vous tombiez sur une squaw, comme un chien distrait par un autre lapin. Et puis, après nous avoir surpris, vous vous êtes dirigé tout droit vers la petite Mandan, exactement comme nous l'avions prévu. Je commence à me demander si le crétin que j'ai sous les yeux et le héros d'Acre sont bien une seule et même personne. Seriez-vous un imposteur ?

— J'ai découvert votre quartier général, répondis-je en regardant autour de moi.

— Ce trou à rats ? Ce repaire de sauvages ? Ces barbares, je les utilise, Ethan. Quand je les aurai aidés à repousser votre nation mercantile et inféodée à l'est des Appalaches, après une insurrection si violente que toutes les rivières de la Monongahela au Mississippi charrieront du sang, alors je m'installerai dans un château à Montréal. Dix mille cabanes vont brûler et dix mille enfants vont se retrouver orphelins et seront incorporés aux tribus. Pontiac passera pour un moine franciscain à côté de Tecumseh quand ce dernier aura terminé son carnage. Et la Grande-Bretagne a de quoi tous les armer. Oui, Ethan, l'Amérique doit être confinée, pour son propre bien et pour le bien du monde. Je ne laisserai pas votre nation égalitaire et puante au mercantilisme concupiscent polluer la civilisation ! L'Amérique sera maîtrisée jusqu'à ce qu'elle disparaisse, tout comme la France doit être maîtrisée ! Maintenant, vous allez mourir. Et quand vous aurez été éventrés et que les chiens auront arraché vos entrailles, nous les enverrons en cadeau à Jefferson. Vous pourrez regarder comment ils s'y prennent pour les fumer afin de les conserver. Eh oui, les vieilles d'ici savent maintenir un homme en vie et conscient pendant qu'on lui inflige ce supplice ! À moins bien sûr que vous ne souhaitiez nous dire ce qui vous amène à la frontière, si loin des salons où vous cultivez votre médiocrité et votre teint pâle. Dites-nous tout, Gage, et comme je suis charitable, j'abrégerai peut-être vos souffrances d'un rapide coup de tomahawk à la tête ! De toute façon, vous parlerez quand les squaws introduiront des charbons ardents dans vos oreilles et dans votre anus et qu'elles enfonceront des échardes dans votre vit flétri. »

Il me faisait penser à ces docteurs qui prennent un plaisir évident à vous décrire le traitement douloureux qui vous attend. En tout cas, il avait bien changé, le gentilhomme radieux que j'avais rencontré chez Alexander Duff.

« Même flétri, il est toujours plus gros que l'asticot que vous servez à votre sœur, gros pervers.

— C'est vrai que vous êtes insolent !

— Les informations obtenues sous la torture ne valent rien.

— Dans ce cas, nous allons commencer par vous défigurer. »

Il fit un signe et un Indien tira sur ma laisse pour que je redresse la tête. J'avais du mal à respirer. Un second s'approcha avec un coquillage aussi tranchant qu'un rasoir.

« J'aime bien que l'on coupe l'œil avant de l'arracher, reprit-il. La douleur est incommensurable. L'œil gonfle et vous n'y voyez plus rien, mais une nouvelle entaille libère le pus, et ça recommence. Je les ai vus faire sur un prêtre : quand ils ont eu fini, ses orbites ressemblaient à une grille rouge et noire. Évidemment, le prêtre n'avait rien à confesser et le troisième jour, il était devenu complètement fou. Mais Dieu qu'on s'est amusés !

— J'ai dit à Aurora que nous étions à la recherche d'éléphants laineux ! » hurlai-je en voyant le coquillage s'approcher dangereusement.

Et alors que j'allais tourner de l'œil, j'aperçus sur le côté ce que Namida avait vu tout à l'heure, et manquai avoir une convulsion.

« De la part de Jefferson, cela ne me surprendrait pas, mais Bonaparte ? Ne me prenez pas pour un imbécile ! Allez, entaillez-le, qu'il ressemble au cyclope norvégien !

— Attendez ! »

Je savais que je devais rester stoïque comme un Romain face à la torture, mais à quoi bon ? Nous poursuivions un mythe, un fantasme, et si je parvenais à gagner une minute ou deux… Nous étions à deux contre deux cents et nous n'avions pas la moindre chance. Mais la chance, ça se provoque.

« On cherche le marteau de Thor !

— Pardon ? »

Il fit signe au sauvage avec son coquillage de s'arrêter, fit tournoyer son épée et en mit la pointe sous mon menton.

« Un marteau ? demanda-t-il incrédule.

— Oui, un marteau appartenant à des dieux nordiques ! C'est pour ça que Magnus est là ! Il pense que des Vikings, des Templiers ou je ne sais quels fous sont venus avant Christophe Colomb et qu'ils ont caché un marteau magique qui permet de devenir le maître du monde ! J'espérais juste pouvoir le vendre !

— Ethan ! s'écria Magnus, dégoûté par mon attitude.

— Il a une vieille carte avec lui. C'est peut-être un fou, mais moi, si je l'ai accompagné, c'est seulement parce que j'avais couché avec la sœur de Napoléon et que je devais quitter la France ! »

Cecil me dévisagea un long moment, hésitant entre stupeur et consternation. Derrière lui, après quelques wigwams et quelques maisons longues, je voyais les poteaux noircis par le feu et des fagots de petit bois prêt à l'emploi. Je me souvenais des incendies horribles à la bataille du Nil, de l'odeur de la chair brûlée et des flammes dans la curieuse chambre du comte Silano aux Tuileries. Je dois l'admettre, rien ne me fait plus peur que le feu.

« Il ment ! beugla Bloodhammer. Torturez-nous ! Vous verrez !

— C'est un mauvais menteur, déclara Aurora qui entra dans mon champ de vision en pointant nonchalamment sur moi le canon de mon long rifle. Quand il ment, il est totalement invraisemblable au lieu d'être convaincant. Ce qu'il vient de dire paraît tellement insensé que c'est peut-être vrai. »

Le regard de Cecil passa de moi à Magnus à plusieurs reprises, comme s'il avait découvert une espèce encore inconnue. Puis il éclata de rire.

« Le marteau de Thor !

— Ce n'était pas un dieu mais une espèce d'ancêtre lointain. Il possédait une arme qui crachait des éclairs.

— Ethan, ça suffit ! gronda Magnus.

— Ne me mettez pas un coup de tomahawk, on peut vous servir de guides…

— Ethan ! »

Cecil éloigna son épée puis me fouetta le visage avec le côté plat. Je ressentis une brûlure plus vive que ce que m'avaient infligé jusque-là les Indiens. J'avais la lèvre éclatée et la joue en feu.

« Vous me prenez pour un imbécile ? hurla-t-il.

— Demandez à Magnus… répondis-je, au bord des larmes.

— Un mythe ! Vous voulez me faire croire que vous cherchez des dieux nordiques en Louisiane ? Que vous avez parcouru dix mille kilomètres pour un fantasme païen ? Et qu'une sœur de Napoléon pourrait ne serait-ce que vous regarder ?

— Cette garce ne pouvait pas se passer de moi.

Pauline. Cette coquine avait déjà une bonne réputation de…

— Silence ! dit-il en me fouettant de nouveau avec son épée, m'arrachant un hurlement.

— Mon frère, il n'est pas assez intelligent pour inventer une histoire aussi absurde, dit Aurora.

— Mais oui ! Regardez-moi ! Je suis un crétin ! »

Je pleurais de douleur et de honte, mais je n'avais pas le choix et, surtout, je n'osais pas regarder ce que je venais d'apercevoir à nouveau.

« J'ai dit silence ! »

Il m'infligea encore un coup d'épée. Je manquai m'évanouir sous la douleur. L'impuissance est quelque chose de terrible.

« Nous devrions regarder cette carte, dit Aurora.

— Et moi, je veux le brûler. Le faire rôtir pendant des jours, pour avoir possédé ton corps.

— Patience, mon amour. J'ai bien conscience d'avoir aiguisé ta jalousie pour pimenter un peu le jeu, mais nous devons savoir tout ce qu'il sait. Je sens qu'on tient quelque chose.

— Je veux le hérisser d'épines et mettre le feu à chaque extrémité. Je veux que les femmes lui écorchent ses attributs virils, déclara-t-il en passant la langue sur ses lèvres.

— Nous avons le temps, mon frère. Nous avons le temps. Mais cette carte ?

— L'étui est dans le canoë. »

Il aboya quelques mots à Red Jacket et un jeune sauvage fila jusqu'à la rive pour le récupérer.

« Laissez-moi vous guider. Un partenariat, vous vous souvenez ? »

C'est alors que Namida, que j'avais complètement

oubliée, se mit à hausser le ton avec Red Jacket. Il lui répondit de façon hargneuse, mais cela ne fit qu'attiser sa colère et elle insista en me montrant du doigt. Il discuta, mais Petite Grenouille s'inséra alors dans la conversation. Que se passait-il ? Les Indiens se mirent à débattre entre eux, ce qui semblait agacer passablement les Somerset. Ils s'adressèrent à Red Jacket qui leur répondit par un grognement.

« Que se passe-t-il ? demandai-je à Namida en français.

— Nous voulons que vous deveniez nos maris.

— Tout de suite ?

— Les veuves ont le droit de sauver un prisonnier pour repeupler la tribu. Nous n'avons pas de mari et ils doivent nous donner l'opportunité d'avoir des enfants. Vous deviendriez des renégats et devriez combattre aux côtés de Red Jacket.

— Et faire partie de la tribu ?

— Mais d'abord vous devez vous marier avec nous. »

Je devais bien avouer que cette option m'enchantait plus que l'autre.

« Tu sais Magnus, Petite Grenouille a un certain charme.

— Ces femmes sont des esclaves et ces hommes sont mes prisonniers, siffla Cecil. Elles n'ont aucune revendication à faire à leur sujet. Red Jacket n'osera pas nous priver de la torture qu'il a promise.

— Vous devez devenir nos maris, s'entêta Namida. Les querelles de Red Jacket avec les autres Indiens ont affaibli sa tribu, tout le monde le déteste. Les femmes savent que leurs hommes viendront me voir si je n'ai pas un homme à moi. »

Une fois de plus, on faisait appel à moi pour rétablir l'harmonie, comme à Mortefontaine. Coucher avec Namida correspondait d'ailleurs précisément au genre de tâches diplomatiques dans lesquelles j'excellais.

Je savais que la jeune femme ne faisait que retarder le déroulement des opérations pour m'aider.

Enfin, le coureur revint avec l'étui de la carte. Pendant que les Indiens débattaient de la possibilité d'un mariage, Cecil sortit la carte et la déroula. Après l'avoir regardée avec Aurora, ils nous jetèrent un coup d'œil par-dessus le bord du parchemin.

« C'est un faux.

— C'est l'encre des Templiers, ignares ! s'exclama Magnus qui de toute évidence avait abandonné l'idée de garder secrètes ses théories grotesques. Vous savez pertinemment que c'est un original.

— Vous délirez, autant l'un que l'autre. C'est encore moins crédible que votre histoire d'éléphants.

— Nous sommes bien d'accord sur ce point, admis-je.

— Et s'ils n'étaient pas complètement fous ? demanda Aurora en jetant un regard dur à Magnus. Ce marteau, qu'est-ce qu'il peut faire ?

— Ne disiez-vous pas tout à l'heure qu'il s'agissait d'un mythe ?

— Je répète : qu'est-ce qu'il peut faire ?

— Personne ne le sait. Mais s'il existe vraiment, des marins du Moyen Âge l'ont jugé suffisamment important pour traverser les océans et le cacher dans un endroit spécial. Un endroit très spécial.

— Il peut tuer des gens ? Beaucoup de gens ?

— C'était l'arme de Thor.

— Et s'ils n'avaient pas tout inventé ? dit Aurora à Cecil.

— Tu plaisantes, j'espère.

— Tu crois vraiment qu'ils auraient préparé cette carte pour étayer leur histoire improbable ? Ça n'a pas l'air d'un faux. Tout cela est tellement grotesque que ça sent la vérité.

— Je ne doute pas une seconde que Gage soit prêt à croire n'importe quoi. Ce n'est pas une raison pour l'imiter.

— On pourra toujours les tuer plus tard. Laissons-les nous emmener là », dit-elle en plantant son doigt sur la carte.

Je l'encourageai d'un signe de tête.

« Non. Je veux la vérité maintenant. Je veux les faire rôtir jusqu'à ce qu'ils parlent.

— Imagine qu'on ne puisse pas trouver le marteau sans leur aide !

— Nous voyageons avec eux depuis des semaines et Gage trouverait le moyen de se perdre dans une pièce fermée ! Nous avons déjà la carte. Si nous leur arrachons tout ce qu'ils savent, nous n'aurons plus besoin d'eux.

— Le rite a dit qu'il avait été plein de ressources en Égypte et en Palestine.

— Dans ce cas, on l'attache au poteau comme prévu, on lui soutire toutes les informations, on étanche la soif de sang des Indiens, et on aura tout notre temps pour chercher le marteau. S'il existe vraiment, dit-il d'un air songeur, il pourrait nous permettre de supplanter la Compagnie du Nord-Ouest, de régner sur Montréal, et même de retourner en Angleterre pour faire taire les prudes et les hypocrites. Nous pourrions vivre comme il nous plairait, mariés par notre propre loi. Et on utiliserait la carte pour justifier leur disparition. Donne-moi une heure, Aurora, une heure au poteau et ils nous diront tout ce qu'ils savent ! C'est impressionnant ce qu'un homme peut dire pour garder ses doigts et ses orteils ! »

Sur ce, il se saisit de la hache à deux lames.

« D'accord, mais dis à Red Jacket de faire taire ces squaws ! répondit Aurora, visiblement énervée par le tumulte que causait Namida.

— Que Red Jacket aille au diable », répondit son frère.

Il lança un ordre et deux guerriers nous relevèrent en tirant sur la laisse pour nous traîner jusqu'aux poteaux, alors que Namida et Petite Grenouille protestaient de toute la force de leurs poumons. Le débat qui animait la tribu virait au pugilat et Red Jacket n'arrivait à apaiser aucun des deux camps.

Cecil, Aurora et nos deux gardes eurent tôt fait de nous éloigner d'une vingtaine de mètres. Nous allions visiblement nous retrouver attachés au poteau avant que le groupe favorable au mariage ne l'emporte. Cependant, c'était la meilleure occasion depuis le début de la matinée, et je commençais à devenir impatient. Quand ? Quand ? Aurora me tenait en joue avec le long rifle et Cecil pointait son épée vers Magnus, la hache dans l'autre main et la carte passée dans la ceinture. Il donna un ordre bref et le guerrier qui m'avait traîné jusque-là trancha les liens qui entravaient mes poignets pour pouvoir m'attacher dos au poteau. Un autre reprit la laisse pour me faire franchir les derniers centimètres avant une mort certaine. Hors de question que je lui facilite la tâche en marchant gentiment ! Je levai les bras. Aurora arma le fusil.

« N'y pensez même pas ou je vous fais sauter le genou ! Ça ne vous tuera pas mais vous souffrirez avant même le début des réjouissances.

— Visez le cœur, Aurora. C'est le moins que vous puissiez faire pour moi. En souvenir du bon vieux temps.

— Non. J'aime quand mes amants gémissent. »

Les Indiens commençaient à s'approcher. Ils se disputaient toujours mais avec moins de véhémence. Namida avait l'air dépitée, ce qui était mauvais signe.

C'est alors que la tête du guerrier qui me tenait le bras gauche explosa.

Pas trop tôt !

31

Une seconde avant, il me tirait vers le poteau ; celle d'après, le haut de son crâne éclatait en un arc-en-ciel de sang et de cheveux. Il s'effondra, raide mort. Je restai un instant abasourdi car je ne m'y attendais plus. Puis je pivotai instinctivement en tenant fermement le second Indien pour le placer dans la ligne de mire d'Aurora.

Elle tira à ce moment précis et le tua net.

Un autre coup de feu éclata et je vis Red Jacket se retourner en se tenant le bras. Les autres guerriers semblaient paralysés. Je saisis le canon de mon long rifle déchargé et, avec une brutalité dont je ne me serais jamais cru capable face à une femme, propulsai Aurora Somerset contre le mur en écorce d'une maison. Elle reçut le coup en plein ventre et, le souffle coupé, elle traversa le mur qui céda sous le choc. Puis je me retournai et parai avec ma crosse le coup d'épée qu'allait me donner Cecil. La rapière se ficha dans le bois et y resta plantée. L'aristocrate était livide de rage et de peur. Je fis tourner mon fusil et brisai son arme. Petite Grenouille se saisit de la hache de Magnus que Cecil avait laissée tomber et trancha les liens du Norvégien. Comme nous nous trouvions entre les Somerset et les autres Indiens, Cecil recula jusqu'aux poteaux de torture, trébuchant sur les fagots de bois en cherchant à attraper le pistolet à sa ceinture. J'en profitai pour récupérer son épée brisée.

Un autre coup de feu et un guerrier s'écroula. Magnus faisait tournoyer sa hache en hurlant comme un Viking enragé. Tel un maelström, il lança une charge contre les Indiens abasourdis en donnant de grands coups. Sous sa chemise déchirée, ses muscles étaient bandés, et les lames de sa hache se teintaient de rouge tandis que des guerriers s'effondraient sur son passage, mortellement touchés. Ils n'avaient ni fusil ni arc, et la hache de Magnus fendait l'air en sifflant. Il s'arrêta un instant, se baissa et ramassa l'étui de sa carte d'un air triomphant.

À quoi cela pouvait-il bien lui servir, puisque Cecil avait toujours le précieux parchemin à la ceinture ?

Je sautai d'un bond par-dessus Aurora, toujours inconsciente, et arrachai la corne à poudre qu'elle avait cachée contre son sein.

« Elle est morte, votre putain ! » dis-je à Cecil pour le provoquer.

J'avais menti, bien sûr, mais j'obtins le résultat escompté : il tira précipitamment, et j'esquivai d'une roulade. C'était le moment ! Avais-je le temps de le frapper avec la crosse de mon fusil ou de le transpercer avec son épée avant qu'il ne recharge ?

« Par ici, les amis ! Dépêchez-vous, mes mousquets sont déchargés ! »

C'était Pierre Radisson qui nous appelait depuis le mur d'enceinte. C'était lui que Namida et moi avions aperçu plus tôt du coin de l'œil.

« Attrapez-les ! » hurla Cecil aux Indiens qui ne réagissaient pas, tandis qu'il continuait à reculer en rechargeant son pistolet.

Le visage grimaçant, il ne quittait pas des yeux le corps inerte de sa sœur.

Il était temps de battre en retraite ! Je lançai le pommeau de son épée dans sa direction. Il se baissa pour esquiver. Pendant ce temps, Magnus, Namida, Petite Grenouille et moi rejoignîmes en courant l'autre côté de la maison longue qu'avait traversée Aurora. Pierre avait ouvert une brèche dans la palissade rudimentaire. Nous nous engouffrâmes dedans puis tirâmes Magnus pour qu'il passe à travers l'étroite ouverture.

« Par Odin, que fais-tu ici ? demanda Magnus.

— Je sauve mes petits ânes ! répondit Pierre en me lançant un mousquet. Ton fusil est déchargé, prends celui-ci ! Eh ! Le Norvégien, aide-moi à installer ce baril ! »

Les Indiens ripostèrent enfin, mais nous avions franchi la palissade et étions provisoirement à l'abri des balles. Je fis feu et tuai un autre guerrier, provoquant la confusion dans leurs rangs. Je vis Red Jacket assis, en train de bander le bras qu'avait touché Pierre, et regrettai instantanément de ne pas l'avoir pris pour cible. Puis il y eut une étincelle et je vis se consumer la mèche qui menait au baril.

« Courez ! Courez comme si vous aviez le diable aux fesses, parce que c'est bien le cas ! » hurla Pierre.

Les braves se précipitaient vers le trou de souris que nous venions d'emprunter. Nous courûmes à travers les bouleaux, insensibles à la fatigue. On entendit une explosion.

Je me retournai. Le baril de poudre avait sauté et

le mur d'enceinte s'était pulvérisé en une pluie de petits morceaux de bois. Les rondins volaient comme des lances avant de retomber. J'entendis des cris et des appels à l'aide tandis que les débris chutaient sur nos bourreaux. Je savais bien que d'autres n'allaient pas tarder à sortir par les portes principales pour se lancer à nos trousses, mais nous disposions tout de même d'une avance d'une centaine de mètres.

La palissade et la maison longue se mirent à brûler.

Nous courûmes jusqu'au canoë que Pierre avait discrètement remonté sur la plage et le tirâmes dans l'eau. Les femmes montèrent en premier, puis moi.

« Magnus ! Où vas-tu ? »

Le Norvégien courait vers le village, en brandissant sa hache. Très vite, je me rendis compte qu'il voulait atteindre les canoës les plus proches. Un coup, puis un autre, et ils étaient momentanément inutilisables. Il en restait certes d'autres plus loin, mais son acte de sabotage nous avait fait gagner de précieuses minutes.

Tandis que Bloodhammer revenait au pas de course, la tête de sa hache s'agitait. Il se jeta à l'eau, éclaboussant partout, et se jeta sur le bord du canoë. Il s'en fallut de peu qu'il ne nous fasse chavirer. Nous le hissâmes à bord avant de pagayer de toutes nos forces pour mettre le plus de distance possible entre nous et le village qui bouillonnait comme un nid de frelons énervés. Des balles sifflèrent.

Les Indiens se précipitèrent aux canoës, les trouvèrent hors d'usage et poussèrent des hurlements de détresse. Puis ils coururent le long de la rive, tandis que leurs maisons fumaient en arrière-plan.

Pendant deux kilomètres, j'espérai que le chaos que nous avions provoqué les dissuaderait de nous suivre.

Mais non. Nous vîmes apparaître derrière nous un, deux, trois puis quatre canoës remplis de guerriers. Les pagaies brillaient au soleil. Je ne voyais pas de veste rouge, mais je distinguai nettement Cecil, en chemise, qui se tenait à l'avant d'un des canoës et encourageait les troupes.

« Au sud, il y a une rivière qui s'enfonce dans les terres, dit Pierre. Mais il faut les distancer d'abord. Le Norvégien, lève-toi et pagaie d'un côté pendant que nous pagayons tous les trois de l'autre. Gage, recharge ton fusil ! »

La crosse était creuse et contenait des balles. J'étais rassuré d'avoir tiré des griffes d'Aurora cette arme que j'aimais tant. Malheureusement, la lame de l'épée de Cecil avait éraflé une fois de plus la crosse en bois d'acacia. Je versai un peu de la poudre que j'avais récupérée sur Aurora. Tout en rechargeant, je me retournai et vis Lord Cecil qui me visait avec son pistolet. Il était certainement furieux du traitement que j'avais infligé à sa sœur, mais même la meilleure volonté du monde ne lui permettrait pas d'augmenter la portée de son arme.

Nous avions cent cinquante mètres d'avance, ce qui était beaucoup trop pour un pistolet. Les quelques tirs des mousquets de nos poursuivants passaient nettement à côté. Mais j'avais en ma possession un fusil de tireur d'élite. Malgré le roulis dû aux coups de pagaies, je visai. Sa chemise blanche ne représentait qu'une tache minuscule. Je retins ma respiration et pressai la détente. La silhouette de mon ennemi se détachait sur le ciel.

Le chien s'abaissa, provoquant une étincelle. Mon épaule absorba le recul et j'attendis une longue seconde pour voir si j'avais fait mouche.

Cecil Somerset tressaillit et tomba à l'eau dans un grand plouf !

Un cri s'éleva et nos poursuivants ralentirent avant de s'arrêter complètement, démoralisés par la chute de leur chef. Ils retournèrent à l'endroit où il était tombé et des mains le hissèrent à bord. Soudain, on entendit un interminable hurlement de femme qui flotta sur le lac comme le gémissement d'une sorcière un soir de sabbat – un cri horrible porté par le souffle de la haine.

Aurora n'était pas morte.

Et si j'avais tué son frère, je savais qu'elle me traquerait sans relâche jusqu'à la mort. La mienne ou la sienne. Nous étions liés à présent, unis pour toujours par quelque chose de plus fort que le désir. Mariés par la haine.

Je baissai mon fusil, pris une pagaie et m'en servis comme si ma vie en dépendait. Car elle en dépendait.

32

Nous passâmes le reste de la journée abrutis par la fatigue. Après la capture, les coups, la fuite et la poursuite, nous étions abattus. Promis à l'enfer, nous avions été secourus juste à temps par Pierre. Tout s'était passé en une seconde, et nous avions l'impression d'avoir reçu un choc suite à une de mes expériences électriques. Un éclair ne nous aurait pas plus surpris.

« Comment as-tu deviné ce qui se passait ? demandai-je à notre sauveur.

— J'ai vu les Somerset qui traversaient le campement en courant au milieu de la nuit, à moitié nus et visiblement inquiets. Ça a attisé ma curiosité. Ces deux-là sont toujours en représentation et font attention à l'image qu'ils donnent d'eux-mêmes. Et là, ils avaient fait tomber le masque. J'ai senti qu'il se passait quelque chose d'extraordinaire. Je les ai vus vous jeter dans les canoës. Je n'avais pas le temps d'aller chercher du secours, alors j'ai pris le plus gros canoë que je pouvais trouver et j'ai suivi.

— Par la tonsure de saint Bernard, tu as eu là une riche idée !

— Mais ce sont les femmes qui vous ont sauvés.

Namida m'a vu et a provoqué un débat pour distraire les Indiens et me laisser le temps d'intervenir. Remerciez plutôt les sacrements du mariage, mes amis ! »

Je me retournai pour observer Namida. Elle pagayait régulièrement. Sur son visage couvert de crasse, des larmes que je n'avais pas vues avaient creusé deux sillons. Elle sourit timidement en croisant mon regard.

« Et Gage leur a tout raconté. Il n'a rien oublié, une vraie commère, dit Bloodhammer.

— C'était pour donner plus de temps à Pierre. »

Ce n'était pas la stricte vérité, mais il faut dire qu'on s'apprêtait à me charcuter l'œil. Et j'avais bien fait, puisque j'avais certes quelques bleus, mais pas de blessure grave. Moi qui pensais avoir tout compris à la vie, celle-ci me surprenait un peu plus chaque jour.

« C'est vrai. Il a placé cet Indien exactement dans ma ligne de mire, dit Pierre en m'adressant un clin d'œil.

— Mais maintenant, ils savent ce qu'on cherche !

— Nous n'avons qu'à arriver avant eux, Magnus, répondis-je gaiement.

— La prochaine fois, essaie de mentir !

— Que veux-tu, je suis la franchise incarnée !

— J'ai aussi bien fait d'apporter ce baril de poudre, poursuivit Pierre. Mais maintenant qu'il a explosé, il ne nous reste plus que nos cornes. Deux mousquets, un fusil et la hache de Magnus.

— Pas sûr qu'il ait besoin de plus, répondis-je en observant l'arme maculée de sang. Magnus, ta place est au VIIIe siècle !

— Nous en revenons tout juste.

— Un simple coup de fusil semble les avoir découragés pour l'instant, dis-je en jetant un coup d'œil derrière nous.

— Avec votre carte, ils sont sûrs de pouvoir retrouver notre trace, répondit Pierre. Quand comptes-tu utiliser ta sorcellerie pour nous sauver ?

— Pierre, si j'étais vraiment un sorcier, tu ne penses pas que j'aurais eu l'occasion de le prouver ? Je suis un savant, pas un magicien. Si je veux utiliser l'électricité, j'ai besoin d'équipement que nous n'avons pas ici, et je n'ai plus en ma possession le livre secret que j'avais trouvé.

— Alors, tu ne sais pas chanter, tu ne sais pas pagayer et tu n'as pas de pouvoirs ? Mon Dieu, j'ai vraiment hérité d'un âne !

— Je sais tirer. Ça s'est d'ailleurs plutôt révélé utile.

— Oui, c'était un très bon tir, peut-être même la seule vraie bonne chose que je t'aie vu faire. Mais ça ne les arrêtera pas. Ils ont besoin de se regrouper, mais ils comptent bien t'utiliser pour les mener au trésor. Si les Somerset ne sont pas morts, cette histoire est loin d'être terminée. Quant à Red Jacket, je crois qu'il n'est que blessé, et ce n'est pas bon signe. Il n'aura de cesse de vouloir se venger.

— S'il nous avait laissés tranquilles, rien de tout cela ne serait arrivé.

— Ce n'est pas la façon dont il voit les choses.

— Et qui vous a parlé de trésor ?

— Tu nous prends pour des imbéciles ? Vous n'êtes ni des prêtres ni des hommes de la compagnie, et pourtant, vous n'avez pas accordé la moindre attention au trajet que nous empruntions. Aucun relevé, aucune carte, aucune question. Les explorateurs glanent des informations, alors que vous, vous les avez cachées. Il y a forcément un trésor à la clé.

— Bon, nous te devons bien une explication.

— S'agit-il d'or indien, comme au Mexique et au Pérou ?

— Non, pas de l'or.

— Des émeraudes, alors ? Comme dans les jungles d'Amérique du Sud ?

— Ni jungle ni bijoux, dans notre cas.

— Quoi alors ? Pourquoi risquons-nous nos vies ? demanda-t-il d'un ton guilleret.

— Pour un marteau.

— Pardon ? s'exclama-t-il en arrêtant de pagayer.

— Un marteau des dieux aux pouvoirs spéciaux. N'est-ce pas, Magnus ?

— C'est vrai. Et maintenant, les Somerset aussi sont au courant. Et il y a plus que ça, petit homme. Je t'emmène voir le nombril du monde.

— Tu veux dire le centre du monde ?

— Mieux. Le jardin d'Éden.

— Il me semblait qu'on en avait été bannis.

— Il ne s'agit pas forcément du même que celui de la Bible, mais d'un endroit divin aux pouvoirs spirituels. Ou peut-être s'agit-il bien du jardin de la Bible, puisque nul ne sait où il se trouvait.

— Vous pensez trouver le paradis dans ces contrées sauvages ? Vous avez déjà oublié le village ?

— Je pense que mes ancêtres nordiques l'ont trouvé, dit-il en tapotant l'étui vide de sa carte qu'il s'entêtait à emporter partout. Et quand nous l'aurons atteint, nous serons tous sauvés. Le trésor ne consiste pas en bijoux, petit homme. Le trésor, c'est la vie elle-même.

— Mais nous sommes déjà en vie, non ? »

Magnus sourit et plongea sa pagaie dans l'eau.

*

Je m'aperçus bientôt que la région du jardin d'Éden se caractérisait par son lot de moustiques et de mouches noires qui profitaient de nos coupures et de nos égratignures pour recevoir la communion. Nous filâmes vers le sud le long de la côte du lac Supérieur. Arrivés à l'extrémité sud-ouest du lac, nous empruntâmes l'estuaire marécageux d'une rivière que Pierre identifia comme la Saint-Louis, à des centaines de kilomètres au nord de la ville du même nom. Au crépuscule, les insectes nous pompèrent plus de sang qu'une armée de médecins mais, malgré la fatigue, il était hors de question de s'arrêter. Nous continuâmes à pagayer tard dans la soirée, le ventre vide. Finalement, la rivière se rétrécit et le courant se renforça.

« Il est temps de se cacher », dit Pierre.

Nous nous enfonçâmes dans un petit marais où nous immergeâmes notre canoë à l'aide de grosses pierres afin de ne pas nous faire repérer. Puis, tels des canards, nous nous installâmes au milieu des roseaux sur un îlot de boue. Nous n'avions rien à manger hormis quelques morceaux de viande séchée qu'avait apportés Pierre – absolument immangeable, sauf si vous mourriez de faim – et il n'était pas question de faire un feu. Nous étions cependant si épuisés que le sol froid et boueux nous paraissait aussi confortable qu'un matelas en plumes. Je sombrai immédiatement dans un profond sommeil hanté par des cauchemars où je tentais de fuir face à d'invisibles et effroyables ennemis.

Pierre me réveilla au milieu de la nuit. La rivière était recouverte d'un manteau de brume et les grenouilles coassaient.

« Regarde ! murmura-t-il. Ils arrivent. »

Je levai doucement la tête. Une lumière tremblotante planait dans le brouillard et glissait vers notre cachette. Une torche ! Je me collai au sol. Un canoë avançait tout doucement : à l'avant, un Indien tenait la lumière et à l'arrière, un autre était agenouillé, armé d'une longue lance légère. Parfois, il l'enfonçait dans les roseaux. Je reconnus les manches de Red Jacket : l'une d'entre elles pendait au-dessus de son bras blessé. Les épaules puissantes des autres braves, couvertes de graisse d'ours, luisaient tandis qu'ils plongeaient leur pagaie dans l'eau avec une précision chirurgicale. Le canoë avançait en silence. Les têtes pivotaient à la recherche d'un signe de notre passage.

Je me reculai dans les roseaux, mais le mouvement effraya un animal – un vison sûrement – qui sauta dans l'eau.

Red Jacket se raidit en entendant le bruit et se retourna brusquement. J'avais l'impression qu'il reniflait l'air pour détecter ma présence. Les hommes s'arrêtèrent de pagayer et se mirent aux aguets. À travers la brume, leur canoë semblait transparent. Je fermai les yeux de peur qu'ils ne reflètent la lumière. J'entendis le chien d'un mousquet qu'on armait. Pierre retenait sa respiration.

Long silence. Enfin, le chef grogna, se retourna, et les hommes se remirent à pagayer. Le canoë disparut dans le brouillard, laissant place à un second, puis un troisième. Après ce qui me parut une éternité, cinq canoës hébergeant trente guerriers étaient passés. Si l'un d'entre eux nous avait repérés, nous n'aurions pas eu la moindre chance. Mais tout s'était bien passé.

Je poussai un gémissement car de ma vie je ne m'étais jamais senti aussi désarmé. Des Indiens hostiles derrière, d'autres devant et quelque part au-delà, les redoutables Ojibwés laissaient place aux encore plus redoutables Dakotas, que les Ojibwés appelaient Sioux : littéralement *les serpents dans l'herbe*. Comme le culte du serpent d'Apophis ! Je ne voyais pas comment rentrer à Grand Portage avant la fin du rendez-vous, et, de toute façon, je ne faisais pas confiance aux Britanniques. Ils auraient cru n'importe quel mensonge des Somerset et d'après ce que je savais, l'Écossais McTavish avait autorisé mon enlèvement. Quel meilleur moyen pour lui de se débarrasser d'un intrus à la fois américain et français ? Je me sentais comme une mouche à une convention d'araignées. Si seulement je n'avais pas convoité Pauline Bonaparte ! Et Aurora. Et Namida.

Je serais plus en sécurité si j'étais eunuque.

« On est piégés ! dis-je à Pierre. Maintenant, on les a aussi devant nous !

— Et tu crois que c'est une mauvaise nouvelle ? Tu aurais préféré qu'on les invite à déjeuner ? Maintenant, c'est nous qui allons les suivre, et non l'inverse. Quand ils feront demi-tour, nous nous cacherons à nouveau pour les laisser passer, et avec un peu de chance, Red Jacket finira par abandonner la partie.

— La chance. C'est donc ça ton plan ? »

La chance – mot doux-amer pour un joueur.

« Red Jacket et sa troupe vont peut-être tomber sur des Indiens hostiles. Il attire les renégats et les mécréants parce que les Ojibwés pensent qu'il est dakota, les Dakotas pensent qu'il est ojibwé et il s'allie tantôt aux uns, tantôt aux autres. Nous ne pouvons qu'espérer que le temps et les circonstances nous permettront de le semer, tout en évitant de nous faire scalper. Mais avant de l'affronter, il nous faut quelque chose de plus : d'autres alliés ou une arme redoutable.

— Magnus pense trouver cette arme.

— Oui, et il pense également trouver le paradis. Espérons que ton géant ne soit pas simplement fou à lier. »

Manger nous aiderait à garder la tête sur les épaules, pensai-je. Aussi me taillai-je une lance dans un jeune aulne et partis à la pêche. À l'aube, je repérai un esturgeon qui se prélassait près du rivage. Je harponnai le monstre et sentis une résistance en transperçant son armure d'écailles. Nous engloutîmes la chair crue comme des sauvages. Pour nous, c'était de l'ambroisie.

Après ce festin, Pierre et moi parlâmes aux autres du passage de Red Jacket.

« Mais c'est par là que se trouve mon peuple », dit Namida en montrant du doigt la direction qu'avait empruntée Red Jacket en remontant la rivière.

Quelque part, à l'ouest, se trouvaient ses cousins awaxawis-mandans.

« Grâce à leurs mousquets, les Ojibwés ont chassé les Dakotas de ce territoire et ont bloqué les Renards et les Sacs au sud, expliqua Pierre en faisant un croquis sur le sable de la rivière. Depuis que la traite des castors a commencé et qu'on peut échanger les peaux contre des mousquets, tous les territoires sont en effervescence. Les Mandans se trouvent plus loin, au milieu des Dakotas, et ces derniers sont les plus dangereux de tous. Vous êtes peut-être à la recherche du paradis, mais vous vous dirigez tout droit vers l'enfer. Alors pourquoi aller dans cette direction ?

— Magnus possède une carte. Selon lui, elle a été dessinée par ses ancêtres nordiques qui nous ont précédés ici.

— Des Vikings ? Au fin fond de l'Amérique du Nord ?

— Des Templiers.

— Qu'est-ce que c'est que ça ?

— Un ordre médiéval de chevaliers intéressés par les objets religieux.

— Hum ! Nous sommes bien loin des terres de la Bible, mon ami, dit Pierre en s'adressant à Magnus. Qu'est-ce qui te fait croire que le jardin d'Éden se trouve ici ?

— Lorsque le premier couple arpentait la terre, celle-ci était vide. Il n'y avait pas de terre biblique ou quoi que ce soit. Le jardin d'Éden peut être n'importe où. Cependant, les Écritures disent qu'il se trouve à la source de quatre grandes rivières, et, d'après ma carte, il y a effectivement de grandes rivières qui partent d'un endroit précis marqué du symbole du marteau de Thor. Si les chevaliers de l'ordre du Temple ont appris cette information géographique dans de vieux manuscrits, cela expliquerait qu'ils aient quitté le Gotland et les persécutions qu'ils y subissaient pour venir jusqu'ici.

— La terre de nos ancêtres se trouve à l'ouest, interrompit Namida. Les esprits vont où le soleil se couche.

— Tiens, tu vois ? dit Magnus.

— Alors toi aussi, tu cherches le paradis ? dit Pierre. S'il existait, tu ne crois pas qu'il attirerait tous les Indiens de la région comme un aimant ?

— Peut-être que cet endroit a quelque chose d'intimidant. Ou peut-être qu'il est bien caché.

— Ah. Merveilleux.

— Aucun Indien ne voudrait se rendre au paradis de l'homme blanc, ajouta Namida. Pour nous, ce serait l'enfer, pas le paradis.

— Voilà ce que je pense, dit Pierre. L'Éden se trouve où tu le cherches. Le paradis est tout autour de toi, ajouta-t-il en montrant la rivière et les marais, gris clair dans le matin. Mais nous sommes aveugles ; aussi aveugles qu'un homme dans une salle plongée dans le noir. Même si cette dernière est remplie de diamants, il ne peut pas les voir. C'est la malédiction de l'homme blanc. Les Espagnols ont marché et marché en quête d'un Eldorado qu'ils auraient pu trouver autour d'une table conviviale à Ségovie, près d'un feu et d'une femme plantureuse. Les Indiens ressentent le paradis mieux que nous, car ils voient des choses que nous ne savons plus regarder. Pour eux, chaque caillou, chaque arbre, chaque lac est animé par le monde de l'invisible. Ils communiquent avec eux lors de leurs quêtes spirituelles. Les arbres offrent des cadeaux. Les cailloux se penchent pour saluer. Les animaux parlent. Mais nous, les Blancs, nous passons à côté sans rien voir, trop occupés à chasser, à couper les arbres et à prétendre chercher le paradis alors qu'on s'y trouve déjà.

— Ces Indiens ne m'ont pas semblé particulièrement angéliques, déclarai-je.

— Mais ces femmes sont des anges, non ? C'est ça que je veux dire. Le bien et le mal ne se trouvent pas en un endroit éloigné où l'on peut se rendre en canoë ; ils se trouvent en chaque homme et se livrent une lutte sans merci. Tu veux trouver le jardin d'Éden, Magnus ? Cherche-le sur cette île boueuse !

— Tu ne pourras pas me convaincre que notre petit déjeuner cru est la nourriture du paradis, répondit le Norvégien en secouant la tête. C'est parce que nous sommes aveugles que nous sommes obligés de voyager. Nous nous sommes éloignés de cet âge d'or du passé et nous devons donc aller plus loin, c'est notre pénitence. Je suis persuadé que ma carte indique un endroit bien réel, un Eldorado spirituel pour lequel mes ancêtres n'ont pas hésité à traverser l'océan.

— Et là, tu trouveras des marteaux, des armes et la vie éternelle ? »

Ah ! Le fameux rêve de la vie éternelle ! Pourtant, notre vie me semblait déjà suffisamment difficile ! Les Français en avaient parlé lorsque nous étions en route pour l'Égypte. Les Templiers en avaient fait une partie de leur quête. Alessandro Silano s'en était approché et avait été littéralement transformé par sa découverte. Et pour tous, la longévité s'était éloignée comme la fin de l'arc-en-ciel.

Je n'étais pas vraiment sûr de vouloir trouver le lien entre l'homme et le paradis, mais il était trop tard. Nous n'avions nul autre endroit où aller.

« Et toi, Ethan Gage ? Quel est ton Eldorado ? demanda Pierre.

— Tout le monde n'arrête pas de me dire qu'il existait jadis un âge d'or plein de secrets oubliés depuis longtemps. Si nous savons d'où nous venons, peut-être saurons-nous où nous allons.

— Et à quoi ça sert de savoir où on va ?

— Ça permet de décider si on a envie d'y aller ou pas. »

33

Ne voyant aucune trace de nos ennemis, nous repartîmes en espérant pouvoir les suivre sans tomber dans une embuscade. Comme la rivière se rétrécissait et que la rive devenait plus rocailleuse, nous tractâmes le canoë dans des rapides peu profonds. La rivière traversait un tunnel d'arbres et tous les ruisseaux adjacents étaient obstrués par des barrages de castors. En fait, la moitié de cette contrée sauvage semblait constituée d'eau. J'aperçus un jeune cerf mais n'osai l'abattre de peur que le bruit ne nous fasse repérer. Nous poursuivîmes notre route, affamés et sur le qui-vive.

La journée touchait à sa fin quand Namida me tapota doucement l'épaule :

« Ils ne sont pas loin, murmura-t-elle.

— Qu'est-ce qui te fait dire ça ? demandai-je en scrutant les environs.

— Des oiseaux se sont envolés. Il y a quelqu'un plus haut, sur la rivière. »

Ces femmes voyaient et entendaient des choses que nous n'aurions jamais soupçonnées.

Je regardai les arbres nerveusement, inquiet que les oiseaux ne trahissent notre présence.

« Il faut quitter la rivière, dit Pierre. Là ! Cet affluent ! On va se cacher et partir en reconnaissance. »

Nous empruntâmes un petit ruisseau totalement surplombé par les arbres. Dans les bois, il n'y avait pas le moindre bruit. Crispé, je m'attendais à recevoir une flèche, mais tout se passa bien. Après cinq cents mètres, nous tombâmes sur un amas de branches et de boue au milieu d'une mare tranquille : un barrage de castor.

Nous entreprîmes de le franchir en portant le canoë.

« Traitez ce barrage comme s'il était en verre, si vous ne voulez pas qu'on se fasse repérer, ordonna le trappeur. Ne pliez pas le moindre brin d'herbe et ne faites pas craquer la moindre brindille ! Nous devons être aussi silencieux que le vent et aussi légers qu'un papillon ! »

Évidemment, la structure craqua sous les pieds de Magnus comme une flûte de champagne. Il glissa, jura et tomba dans l'eau boueuse. Les branches lâchèrent et de l'eau commença à s'infiltrer.

« Parfait, le géant ! Maintenant, je te propose d'allumer un grand feu, au cas où ils n'arriveraient pas à repérer cette trace !

— Désolé, grommela le Norvégien.

— Tu penses que nous devons redescendre la rivière ? » demandai-je.

Petite Grenouille fit non de la tête et s'adressa à Namida. Cette dernière hocha la tête et se tourna vers nous.

« Allez au bout de la mare et cachez-vous ! Ensuite, détruisez le barrage et mangez les castors.

— Mais bien sûr ! s'exclama Pierre. Cette maladresse n'est pas si malvenue ! On va utiliser la mare des castors pour s'enfoncer un peu avant de la vider et empêcher ainsi les canoës de nous suivre. Gage, va avec les femmes et dissimule le canoë. Le géant et moi vous rejoindrons quand nous aurons détruit le reste du barrage.

— Je croyais qu'il fallait le traiter comme s'il était en verre.

— C'était valable avant que la faim se rappelle à moi. »

Je pagayai avec les femmes pendant un kilomètre et demi jusqu'à une berge herbeuse où nous espérions être à l'abri de nos poursuivants. Puis nous tirâmes notre embarcation dans un fourré avant de nous accroupir et d'attendre.

« Comment saurons-nous que les Indiens ne nous ont pas vus ?

— Parce que nous ne serons pas morts », répondit logiquement Namida.

Le niveau de l'eau se mit à descendre : l'entreprise de démolition était en cours. La nuit tomba, mais nous n'osâmes pas allumer de feu. À part le coassement des grenouilles, le silence régnait. Après une nuit agitée, je fus réveillé à l'aube par des voix. Des hommes arrivaient à pied, marchant dans la boue du lac désormais vide. J'armai mon fusil.

C'étaient nos compagnons. Ils portaient un castor mort dans chaque main.

« Nous avons détruit le barrage, drainé le marais et attrapé ces castors alors qu'ils sortaient de leur abri, expliqua Pierre. En fin de compte, c'est une bonne chose que ce géant soit si maladroit, parce que je mourais d'envie de manger de la queue de castor ! Si nous parvenons à trouver du bois extrêmement sec qui ne dégagera pas de fumée, je pense que nous sommes suffisamment loin de la rivière pour faire un feu. »

J'accompagnai Namida et Petite Grenouille dans la forêt et admirai leur capacité à transformer la nature en épicerie. Elles trouvèrent des herbes pour le thé, des racines médicinales, des canneberges et des prunes sauvages pour accompagner le castor. Seul, je serais mort de faim ! Petite Grenouille façonna une casserole à partir de morceaux d'écorces attachés ensemble avec des racines de bouleau et d'épicéa, afin de faire un ragoût. La graisse de la queue de castor était un don de Dieu à nos organismes fatigués et la chair rouge foncé à la texture légère avait le goût du *corned-beef*. Nous mangeâmes à satiété en écoutant Pierre se lamenter de l'impossibilité de transporter et de vendre les peaux.

« Mais bon, que ferais-je de l'argent ? Les Indiens n'en ont pas et sont très heureux comme ça. Voyez, ici, il y a tout ce dont un homme a besoin : un campement, de la nourriture, des femmes et le ciel. D'un autre côté, un trésor ne ferait pas de mal. »

Je comprenais parfaitement son raisonnement. Personne n'est cohérent.

Nous étions certes cachés, mais nous étions également aveugles et ne pouvions savoir si Red Jacket nous attendait quelque part. Nous fûmes donc rassurés d'entendre des coups de feu dans le lointain – un murmure porté par le vent. Nous ne les aurions pas remarqués s'ils s'étaient arrêtés tout de suite. Une bataille se déroulait. Pierre, agile comme un singe, escalada un arbre jusqu'à apercevoir un peu de ciel. Il resta perché là-haut pendant quelques minutes puis redescendit prestement.

« De la fumée.

— Qu'est-ce que ça signifie ?

— Je ne sais pas. Nous avons peut-être de la chance. Il faut observer la rivière. Que l'Américain s'y colle, il n'a rien fait d'utile depuis un moment. »

Le niveau de l'eau remontait à nouveau – preuve que les castors étaient déjà à l'ouvrage. Je fis prudemment le tour en marchant sur des arbres morts pour éviter la boue, puis longeai le ruisseau jusqu'à la rivière. Au moindre souffle de vent, au moindre tremblement de feuille, je m'immobilisais, mais à part des insectes, personne ne m'attaqua.

J'atteignis enfin la lumière qui marquait l'emplacement de la rivière et me tapis à un endroit où je pouvais observer sans être vu. Rien. Quelques coups de feu résonnèrent en amont, mais les tirs se faisaient plus sporadiques.

Une heure passa, puis deux. Enfin, je vis des canoës et tentai de m'enfoncer un peu plus dans le sol. Mon fusil était prêt : si j'étais découvert, j'aurais droit à un seul coup. Il s'agissait des guerriers de Red Jacket, mais les canoës semblaient moins peuplés. Des Indiens étaient affalés, probablement blessés, et ne pagayaient pas. D'autres tenaient des scalps sanglants et regardaient par-dessus leur épaule, visiblement effrayés à l'idée d'être poursuivis. Le chasseur était devenu gibier.

Excellente nouvelle.

La flottille passa, et la rivière retrouva son calme. Je me précipitai pour prévenir les autres. Je les trouvai en train de manger des pommes sauvages, des myrtilles et les restes des castors.

« Je crois qu'il y a eu un affrontement. J'ai vu Red

Jacket et ses hommes redescendre la rivière, ils avaient l'air de battre en retraite.

— Espérons qu'ils ont abandonné, dit Pierre. Maintenant, c'est nous qui sommes devant. »

Nous portâmes le canoë jusqu'à la mare qui se remplissait petit à petit et pagayâmes jusqu'au barrage que reconstruisaient les castors. Les survivants disparurent avec un grand claquement de queue. Nous hissâmes prudemment notre embarcation au-dessus de l'ouvrage réparé et, cette fois, Magnus ne glissa pas. Puis nous redescendîmes le ruisseau jusqu'à la rivière en faisant attention aux éventuels ennemis. Enfin, nous attendîmes la tombée de la nuit pour reprendre notre route vers l'amont.

À chaque virage, je craignais de tomber dans une embuscade, mais Pierre m'assura qu'il était aussi dangereux de nous attarder, aveugles et démunis.

« Il faut savoir ce qui s'est passé. Si les hommes de Red Jacket se sont battus, ils ne tiennent peut-être pas à le suivre plus à l'ouest. J'espère que nous sommes débarrassés de lui.

— Et si certains de ses hommes ont continué à remonter la rivière ?

— C'est le territoire d'autres tribus. Red Jacket est craint, mais personne ne lui fait confiance. Il a beaucoup, beaucoup d'ennemis. Ses hommes ne peuvent pas se permettre de rester là ; ses ennemis deviendront nos amis. À présent, il nous faut suivre la rivière vers le nord-ouest jusqu'à ce qu'elle retourne vers l'est. À ce moment, nous déciderons quoi faire. Je pense que c'est là qu'a eu lieu l'affrontement. »

À la manière des Indiens, nous utilisions les étoiles comme horloge.

« En tout cas, à cette heure-ci, nous sommes moins gênés par les moustiques, déclarai-je en pagayant.

— Les Indiens voyagent souvent de nuit pour les éviter, expliqua Namida. Quand on n'a pas peur de la nuit, on peut voir comme le loup. Regardez ! dit-elle en montrant le ciel avec sa pagaie. *Giwe Danang*. L'étoile Polaire. Dans un mois, elle apportera les premières gelées, et les insectes disparaîtront.

— Alors, est-ce là le paradis pour toi, comme disait Pierre ? demandai-je, obnubilé par ses cheveux de satin et ses bras fins et forts.

— Le paradis ne se trouve pas dans ce monde, mais dans celui d'après. Là où on n'a jamais faim. Ici, il y a l'hiver, la maladie et les mauvais Indiens comme Red Jacket.

— As-tu entendu parler d'un endroit spécial, vers l'ouest ?

— Des légendes parlent d'un arbre immense, dit-elle après deux coups de pagaie.

— Quelle taille ? demanda Magnus qui s'était soudain raidi.

— Tellement grand qu'il touche le ciel, d'après ce qui se dit. Mais les guerriers qui sont partis à sa recherche ne sont jamais revenus. Et il n'est pas facile à trouver. Parfois, il apparaît, et parfois il disparaît.

— Un arbre qui marque l'entrée du jardin d'Éden, et des Indiens aux yeux bleus.

— Mon peuple habite là où le soleil se couche, dit Namida. Ils ne s'intéressent pas à cet arbre.

— Et qu'en est-il de cette fameuse dalle en pierre ?

— Les écritures ressemblent à celles des livres magiques des marchands. Elle est très vieille, elle a été trouvée il y a bien longtemps. Notre tribu l'a prise aux Dakotas qui eux-mêmes l'avaient sûrement prise à quelqu'un d'autre. Un homme-médecine de mon pays la garde jusqu'au retour des hommes qui l'ont gravée. La légende dit que des hommes aux cheveux rouges ont creusé la terre pour trouver du métal et qu'ils ont promis de revenir.

— C'est la preuve de ce que je t'explique depuis notre départ de Paris ! s'exclama le Norvégien, rayonnant.

— Ce ne sera une preuve que quand on l'aura trouvée.

— Namida n'irait pas inventer une histoire pareille ! » répondit Magnus.

Il se tourna vers la jeune femme :

« Tu es plus sage que notre sorcier, lui dit-il.

— Et les éléphants ? As-tu vu des éléphants laineux ?

— C'est quoi un éléphant ?

— Un animal plus gros qu'un élan. Plus gros qu'un bison.

— Rien n'est plus gros », répondit-elle en secouant la tête.

*

À l'aube, nous vîmes de la fumée.

« Il y en a trop », dit Pierre.

Nous cachâmes le canoë et, cette fois, Magnus resta avec les deux femmes tandis que je partais en repérage avec Pierre.

Un massacre. Un campement ojibwé avait subi une attaque. Les wigwams étaient calcinés et les canoës saccagés. Des pots en terre cuite gisaient au sol en mille morceaux, des séchoirs avaient été renversés et des poupées de chiffon étaient piétinées. Un chien infirme boitillait au milieu d'une vingtaine de cadavres scalpés et mutilés qui servaient de petit déjeuner aux corbeaux.

Les victimes étaient criblées de flèches ; Pierre s'approcha pour observer.

« L'œuvre de Red Jacket.

— Les assaillants pensaient nous trouver là, déclarai-je, nauséeux.

— Ils sont tombés sur cette tribu, ne nous ont pas trouvés et une bagarre a éclaté. Ils soupçonnaient peut-être ces Indiens de nous cacher, ajouta Pierre en regardant autour de lui les traces de pas. Ils ont battu en retraite avant que d'autres Ojibwés puissent apprendre la nouvelle et monter une expédition punitive. Red Jacket est fou de s'aventurer si loin au nord pour provoquer une tribu aussi puissante. Tu as vraiment donné un coup de pied dans la fourmilière, Ethan Gage.

— Moi qui cherchais seulement des éléphants laineux. »

La cruauté dont nous étions témoins confirmait ce que nous savions déjà : nous courions un grand danger.

« Il est beau, le jardin d'Éden de ton compagnon », dit Pierre en désignant les cadavres qui gonflaient déjà au soleil.

Nous tirâmes trois coups de feu rapides pour appeler les autres et récupérâmes ce que nous pûmes. Le campement avait été pillé, mais nous trouvâmes du pemmican, des casseroles et même quelques cornes à poudre cachées que les agresseurs n'avaient pas vues. Nous n'avions pas le temps d'enterrer les corps, car Red Jacket pouvait décider de faire demi-tour.

« Mes amis, il est temps de prendre une décision, dit Pierre. Vos histoires sont divertissantes, mais nous nous trouvons face à la réalité de notre situation. Plus notre escapade sera longue, plus nous courrons de dangers. Nous sommes à l'endroit où la rivière fait un coude : si nous continuons à la remonter, nous reviendrons vers le nord-est, donc vers Grand Portage. Nous avons sûrement le temps de revenir au fort, de demander de l'aide et de rentrer à la maison avec les voyageurs.

— Mais la maison, c'est par là pour moi, dit Namida en désignant l'ouest.

— Ta maison, oui. Mais aussi celle des Dakotas, qui ont le même sang que Red Jacket.

— Mon peuple vous protégera.

— Ton peuple est loin, et nous ne savons pas comment le trouver.

— Mais c'est par là que se trouvent l'arbre et la dalle ! s'exclama Magnus.

— Et c'est par là que nous attend une mort lente et impitoyable, le géant. Tes histoires sont fort plaisantes, mais… Toi, Ethan, qu'en penses-tu ?

— Je ne fais confiance à personne, répondis-je en regardant vers l'est avec envie.

— Non ! » s'exclama Namida.

Elle avait l'air contrariée et s'adressa à Petite Grenouille. Les deux femmes secouèrent la tête.

« Vous êtes des lâches et à cause de vous, nous allons redevenir esclaves.

— Il n'est pas question de lâcheté, mais de bon sens, déclarai-je.

— S'il le faut, nous vous rachèterons, ajouta Pierre.

Et nous vous renverrons chez vous au printemps. D'ici là, les deux ânes seront partis et Red Jacket aura oublié.

— Il n'oublie jamais.

— Mais comment voulez-vous partir vers l'ouest ? Il n'y a même pas de rivière ! s'exclama Pierre qui semblait avoir aussi peur de la terre ferme que de Red Jacket.

— À pied. Nous trouverons d'autres rivières. Il y a beaucoup de rivières et de lacs vers l'ouest, le Français.

— Ethan, explique-lui qu'on sera plus en sécurité à Grand Portage. »

Seulement, je n'en étais pas si sûr. Lasses de ces tergiversations, les deux Indiennes avaient ramassé leurs affaires et marchaient dans la direction opposée à celle que voulait prendre Pierre. Petite Grenouille ouvrait la marche.

« Elles n'en ont pas l'air persuadé ! »

Magnus les regarda disparaître dans les arbres, puis il se tourna vers nous et vers notre canoë, avant de se retourner une fois de plus.

« Viens, supplia Pierre. Les Indiens n'iront pas embêter deux squaws. Au pire ils les prendront comme esclaves. Par contre, Red Jacket peut revenir à tout moment. On n'a qu'à trouver des Indiens amis, leur raconter ce qui s'est passé et nous placer sous leur protection. Ils nous escorteront jusqu'à Grand Portage.

— Et on abandonne le marteau ?

— Ce marteau est un mythe. Red Jacket, lui, est bien réel.

— Non, dit Magnus en secouant la tête. Je ne fais pas confiance aux Britanniques, et je ne suis pas allé aussi loin pour m'arrêter maintenant. Les femmes ont raison. Nous devons continuer.

— Mais on ne peut pas y aller en canoë !

— Alors apprends à marcher, petit homme, conclut Magnus en partant sur les traces des deux Indiennes.

— Arrête de m'appeler petit homme ! »

Damnation ! Nous avions la magnifique opportunité de rentrer chez nous avec nos cheveux sur la tête et mon Norvégien optait pour le suicide ! Ce que j'avais entendu au sujet des Dakotas ne me donnait pas envie de me les mettre à dos. Red Jacket et les Somerset avaient notre carte et savaient où nous allions. La forêt froide et humide semblait sans fin. Elle était certainement habitée par des bêtes malveillantes et des monstres cannibales. Mais ces dames voulaient rentrer chez elles et Magnus voulait son marteau. Et moi ? Au point où nous en étions, il aurait été dommage de ne pas aller au moins jeter un coup d'œil à ce fameux trésor. Je soupirai.

« Désolé, Pierre. Nous sommes battus aux voix : trois contre deux. Je dois continuer pour surveiller Magnus. Tu sais aussi bien que moi qu'il est à moitié fou !

— Tu n'as pas toute ta tête non plus si tu t'aventures chez les Dakotas !

— Tu m'as sauvé, je te suis redevable. Prends le canoë, rentre à Grand Portage et si nous trouvons quelque chose qui vaut la peine, je partagerai avec toi. Je te le promets. Retourne avec tes amis.

— Mais c'est vous mes amis, maintenant !

— Eh bien tes amis partent par là.

— Mon Dieu, vous n'êtes pas des ânes, mais des bourriques ! Quand les Dakotas nous auront tous ligotés au poteau, il ne faudra pas venir s'en plaindre à moi !

— Non, ce sera entièrement la faute des femmes, mais toutes celles que je rencontre semblent avoir un caractère bien trempé, dis-je avant de mettre mon fusil sur l'épaule. Tu as fait bien assez pour nous.

— Merde ! Vous allez mourir de faim sans moi. Vous noyer. Vous faire dévorer par les moustiques, écraser par un élan. Non, Pierre doit protéger ses petits ânes. Très bien. Aide-moi à couler notre canoë pour le cacher, parce que tout le monde saura qu'il appartient à Red Jacket en regardant les parures. Prions pour qu'il ne découvre pas que nous sommes partis par là. Et espérons que nous trouverons une autre rivière, un autre canoë, le village des Indiennes, la dalle en pierre et le paradis ! Quelque part à la lisière du monde ! »

Nous nous dépêchâmes pour rattraper les autres ; ce fut chose faite en quelques kilomètres.

« On est loin de ton homme-médecine et de la dalle en pierre ? demanda Pierre à Namida, laquelle prenait de façon très détachée le fait qu'il ait changé d'avis.

— Oui, beaucoup de jours. Il faut aller où les arbres s'arrêtent.

— Eh bien, mes amis, nous y voilà, déclara Pierre d'une voix lugubre. Nous sommes à la limite de l'espace blanc sur votre vieille carte. Je vais donc vous suivre et vous regarder chercher des marteaux dans la prairie. Si vous ne trouvez rien, ça fera une bonne histoire à raconter à mes amis voyageurs, et si vous trouvez vraiment quelque chose, vous pourrez partager avec votre grand ami Pierre. Je serai riche et malheureux, comme les bourgeois.

— Oh, on va le trouver, dit Magnus.

— Et pourquoi tu portes toujours l'étui en cuir alors que tu n'as plus la carte ?

— Cet étui contient plus qu'une simple carte.

— Mais quoi, mon ami ? Qu'est-ce qui est si précieux ? »

Le Norvégien nous dévisagea tous les quatre longtemps. Moi aussi, bien sûr, j'étais curieux. Il y avait un élément supplémentaire de cette quête qu'il ne m'avait pas confié.

« J'apporte quelque chose à Yggdrasil, je ne me contente pas de lui prendre quelque chose. Mais vous allez me prendre pour un fou.

— On te prend déjà pour un fou !

— Je préfère ne pas vous le dire tout de suite, car j'ai peur que mes espoirs soient réduits à néant. Tout ce que je peux vous confier, c'est que si nous trouvons le marteau de Thor, je trouverai peut-être la paix. Ou, sinon la paix, du moins la force de me résigner. Je porte en moi le sang des rois et leurs histoires plus vieilles que le temps, celles qui remontent à l'époque des miracles.

— Voilà qu'il nous parle de miracles, à présent ! s'exclama Pierre, exaspéré.

— Il faut avoir confiance, le Français.

— Je préférerais avoir un canoë. »

34

Jamais depuis le début de notre aventure nous n'avions arpenté un terrain aussi hostile : des forêts impénétrables et des méandres marécageux. Les nuits se rafraîchissaient, mais les journées étaient toujours aussi chaudes et les insectes ne nous laissaient jamais de répit. Comme il n'existait pas de chemin direct, nous utilisions le soleil pour nous diriger vers l'ouest.

« Ces marais décourageront nos poursuivants, dit Magnus.

— Tant mieux, répondit Pierre, parce que pour progresser de deux kilomètres, on passe trois heures à tourner en rond, à nous frayer des chemins et à faire des détours. »

De fait, il nous fallut trois jours et soixante kilomètres de marche pour progresser d'environ trente kilomètres dans la direction souhaitée. Dans les marais, nous avancions en suivant les collines et dans les forêts étrangement silencieuses, nous suivions les traces des élans. Je vis à deux reprises des serpents d'eau s'éloigner en ondulant et pensai immédiatement à Apophis, le dieu serpent égyptien. Nous abattîmes un cerf, mais les repas pris en hâte ne satisfaisaient jamais notre faim persistante. Je me sentais sec comme une trique.

Enfin, l'eau immobile sembla s'agiter d'un léger courant qui faisait fléchir les algues : nous approchions du lit d'une autre rivière. Après une dernière zone de forêt, nous atteignîmes un cours d'eau plus large qui coulait vers le sud. Cette nouvelle rivière était trop large pour qu'on la traverse à la nage, et la perspective de remonter le long des rives broussailleuses ne nous enchantait guère.

« Je n'aurais jamais cru que la terre ferme puisse être aussi humide, dis-je.

— Le canoë reste le seul moyen de transport dans ces régions, répondit Pierre. Avec de l'écorce de bouleau et des racines d'épicéa, on pourrait en construire un, mais ça nous prendrait au minimum une semaine.

— L'écorce se récolte au printemps, pas maintenant, dit Namida.

— Alors quoi ? On débroussaille la rive à coups de hache ? On nage ?

— Non. On fait un feu, on mange, et on attend. L'homme blanc est trop pressé. On va faire à la façon indienne. »

J'hésitais à trahir notre présence, mais Namida m'expliqua que si Red Jacket nous avait suivis dans les marais, nous l'aurions déjà repéré. Nous fîmes donc cuire le gibier, bouillir du riz sauvage et, comme si c'était prévu, un groupe de chasseurs ojibwés s'approcha en canoë, attiré par l'odeur de la fumée et de la nourriture.

« Tu vois ? L'aide arrive quand on l'attend », dit Namida.

Après notre déconvenue antérieure, j'avais très peur

des Indiens. Cependant, nous leur accordâmes l'hospitalité et reçûmes bien plus en retour. Ces hommes étaient aussi différents de la bande de Red Jacket qu'un aubergiste d'un gardien de prison : des visiteurs timides et curieux qui acceptèrent notre nourriture sans se poser de question, car l'entraide était de mise dans la nature. Les plus pauvres se révèlent toujours les plus généreux. Ils étaient quatre et utilisaient deux canoës pour garder de la place pour le gibier et pour les peaux. Les femmes jouèrent les interprètes et nous informèrent qu'en amont, la rivière tournait vers l'ouest. Nous leur achetâmes donc un canoë contre quatre des derniers dollars argent que j'avais cachés dans mes mocassins. Pierre possédait un poinçon à métal et perça des trous au milieu des pièces pour qu'ils puissent les porter en médaillons. Les Ojibwés étaient tellement contents qu'ils nous donnèrent même de la nourriture. Ils nous expliquèrent également que la rivière menait à une série de lacs, de cours d'eau et de portages pour atteindre enfin une autre rivière qui, elle, partait vers l'ouest.

Nous nous remîmes en route, ravis de pouvoir pagayer de nouveau. Nous étions devenus de véritables voyageurs.

« Cette rivière est peut-être le début du Mississippi, mais je n'en suis pas sûr, dit Pierre. Cette région est un labyrinthe de rivières et de lacs, je ne me suis jamais aventuré jusqu'ici.

— Même les cartes que j'ai vues à Grand Portage sont vierges à cet endroit, ajoutai-je.

— Dans ce cas, déclara le Français en montrant la rive ouest, voilà ta fameuse Louisiane, Ethan. Nous sommes aux confins du nouvel empire de Napoléon. »

Si nous le longions, nous progresserions en direction du nord-ouest.

À présent, il n'y avait ni forts, ni cartes, ni certitudes. Je n'aurais pas été particulièrement surpris de voir un éléphant laineux pointer sa tête entre les arbres de la berge. Nous vîmes des élans s'abreuver dans les eaux peu profondes, leurs puissantes mâchoires dégoulinant, et des armadas de canards qui nageaient sur les lacs gris étain. Cet environnement ressemblait vraiment à un jardin d'Éden, et les animaux que nous croisions n'avaient pas encore appris à se méfier des coups de feu.

Nous passâmes à côté de villages d'Indiens aussi pacifiques que Red Jacket était belliqueux. Quand nous accostions pour nous reposer, des enfants s'approchaient et montraient du doigt notre peau blanche et la barbe rousse de Magnus. Les femmes, curieuses, s'approchaient ; tandis que les hommes, plus prudents, restaient en arrière avec leurs arcs, sans animosité aucune. Namida et Petite Grenouille posaient les questions, traduisaient et nous indiquaient le chemin. Elles revenaient toujours les bras chargés de nourriture et de cadeaux. À chaque fois, je donnais une pièce d'argent, jusqu'à ce qu'il ne m'en reste plus.

Quand nous établissions notre campement, le Norvégien grimpait parfois à un arbre dans l'espoir de repérer la trace d'habitations nordiques. Mais il n'y avait qu'une étendue infinie de forêts, de lacs et de collines.

Plus les jours passaient, plus nous reprenions des forces, et plus nous étions rassurés de ne pas repérer de poursuivants. L'épisode douloureux avec Red Jacket semblait appartenir au passé. J'étais presque sûr d'avoir blessé ou tué Cecil Somerset et d'avoir peut-être dissuadé Aurora avec le coup que je lui avais infligé. Quant à Pierre, il avait estropié le chef indien. Nous avions dû les décourager. Nos Indiennes, elles, transformaient la nature en corne d'abondance. J'allais à la chasse et ces dames ramassaient des fruits. Magnus utilisait sa hache pour façonner des broches à viande, des bordages et des dizaines d'autres outils plus utiles les uns que les autres. On faisait infuser les épines de pin pour obtenir un thé rudimentaire. L'écorce interne du tilleul nous fournissait les bandes nécessaires à la confection de récipients. On faisait bouillir de la sève d'épicéa pour colmater les fuites de notre canoë. Les femmes nous apprirent à choisir les berges argileuses abritant des nids d'hirondelles pour établir nos campements, car ces oiseaux voraces dévoraient tous les moustiques qui s'aventuraient dans les parages.

Petite Grenouille avait abandonné l'idée de se rapprocher de Magnus car ce dernier s'obstinait à éviter les femmes. Elle finit par se lier à Pierre, lequel considérait son attitude comme un dû pour nous avoir secourus et accompagnés. Il ne fit pas semblant de tomber amoureux, mais engagea avec elle une relation basée sur le plaisir charnel, caractéristique de la liberté et de la désinvolture des trappeurs.

Le plus naturellement du monde, Namida jeta son dévolu sur moi et devint vite, grâce à la simplicité de la vie au grand air, ma compagne des bois. Je savais bien que des siècles nous séparaient, et je me demandais si ce gouffre pouvait être enjambé. Nos conversations étaient certes limitées – elle n'avait aucune idée de ce que pouvait être une ville ou un roi – mais elle m'apprit à survivre dans son monde et m'expliqua comment ramasser des racines et construire un abri rudimentaire.

Pendant des jours, elle me traita avec une réserve teintée d'affection. Puis, un soir où le soleil couchant embrasait le ciel, elle finit par se décider et vint se planter devant la souche où je m'étais assis pour nettoyer mon fusil.

« Viens avec moi ramasser du bois. »

Pierre haussa un sourcil. Il m'avait dit un jour que le ramassage du bois était un moment privilégié que choisissaient les jeunes pour s'éclipser et faire l'amour dans les bois, loin du regard désapprobateur de leurs aînés.

« Elle a raison, Ethan, allez donc ramasser de quoi démarrer un feu.

— Excellente idée ! Il risque de faire frais cette nuit », répondis-je.

Namida me guida à travers les arbres, agile comme une antilope. Elle marchait les pieds légèrement en dedans, comme tous les Indiens – une technique qui leur permettait de courir plus vite tout en restant discrets. Elle semblait aussi à l'aise dans cette forêt qu'une matrone au marché de Philadelphie. Je la suivis, tout excité. Évidemment, nous ne ramassâmes pas la moindre brindille.

Soudain elle s'arrêta dans un petit vallon moussu et se retourna. Elle sourit, puis m'enlaça. Je la serrai contre moi, émerveillé par ses joues douces, ses surprenants yeux bleus et ses cheveux cuivrés. Cette femme était un curieux mélange et me faisait penser à une déesse tombée du ciel. Nous nous embrassâmes. Doucement d'abord, son nez et son visage se pressaient contre le mien, puis avec fièvre.

« Tu m'as sauvé la vie, murmurai-je. C'était courageux de nous demander comme maris pour permettre à Pierre de nous tirer de ce mauvais pas.

— C'est toi qui m'as sauvé la vie, et maintenant, tu me ramènes chez moi.

— Je connais des femmes qui croient en la providence, Namida. Est-ce le cas des Indiennes ?

— Je ne connais pas ce mot.

— Le fait que le Manitou ou le destin voulait qu'on se rencontre et qu'on s'aide mutuellement. Que notre rencontre était écrite, en quelque sorte.

— Je ne comprends pas le but. Ça veut dire que nos choix ne servent à rien. C'est moi qui t'ai choisi. J'ai décidé que tu étais un homme bon.

— Qu'est-ce qui te fait penser ça ? »

Je pense vraiment être quelqu'un de bien, mais il est toujours agréable de se l'entendre dire.

« Personne ne t'obéit. Personne ne te craint. »

Pas exactement le genre d'impression qu'on veut donner à une femme, mais cela semblait plaire à Namida.

« C'est vrai que je suis affable », ajoutai-je avant de l'embrasser encore.

Ses lèvres répondirent à mon baiser, d'abord doucement, puis passionnément. Elle se colla à moi, et m'enserra avec ses bras et ses jambes. Nous roulâmes dans un lit de mousse encore chaud du soleil de la journée. Je lui ôtai sa tunique et elle releva les hanches pour s'allonger dessus. Sa peau avait la couleur du miel. À chercher le jardin d'Éden, j'avais trouvé Ève. Elle se releva pour défaire les lacets de ma chemise et de mon pantalon.

« Pierre a dit que tu m'as jeté un sort, déclarai-je, que tu m'as donné des graines à manger pour m'attirer.

— Tu penses vraiment que c'était nécessaire ?

— Il faut croire que non.

— Mais c'est vrai, je t'ai jeté un sort. C'est le seul moyen pour une femme d'attendrir un homme. Maintenant chacun apportera son pouvoir à l'autre. »

Elle sourit. Sa douceur était tellement frappante que j'en eus le souffle coupé.

Le don de soi ! Rien à voir avec l'avidité dont avaient fait preuve Pauline et Aurora. Malgré ma tendance à prendre les mauvaises décisions, j'avais trouvé une femme qui me considérait comme son égal. J'étais en train de tomber amoureux.

Nous roulâmes dans la mousse pendant que les autres attendaient, en vain, qu'on rapporte du bois.

Quand, enfin, nous les retrouvâmes, ils étaient déjà allés en chercher eux-mêmes.

35

Nous pagayâmes toujours plus vers l'ouest, passant d'une rivière à un lac pour retrouver une autre rivière, au milieu d'un paysage plat et boisé préservé par le temps. Au petit matin, la brume s'accrochait aux roseaux jusqu'à l'apparition du soleil qui la transformait en perles de rosée et nous réchauffait les muscles. Les lacs étaient d'un bleu pur et abritaient une telle quantité de poissons que, près des berges, on voyait l'eau bouillonner. L'eau était si claire qu'on pouvait la boire sans danger. Quand nous abattions un animal, nous utilisions sa graisse pour nous protéger des insectes et sa peau pour rapiécer nos vêtements. Nous étions serrés dans notre embarcation, mais parfois Namida s'appuyait sur moi pour se reposer et Petite Grenouille faisait de même avec Pierre. Plutôt que de s'arrêter pour fumer la pipe, nous accostions sur des îles herbeuses où nous nous allongions en observant les nuages paresseux. Seul Magnus paraissait impatient. Les journées se raccourcissaient.

La rivière finit par se transformer en un ruisseau qui prenait la direction du sud. Pierre décida qu'il était temps de nous diriger plus à l'ouest. Nous rencontrâmes un autre groupe de chasseurs ojibwés et, une fois de plus, leur fière allure me frappa, comparée à la déchéance des Indiens croisés dans l'Ohio et à Détroit. Musclés, le teint hâlé, ils semblaient parfaitement adaptés à leur environnement et se conduisaient d'une manière naturelle que je leur enviais, même si j'étais alors incapable d'expliquer pourquoi. Pourquoi me paraissaient-ils si différents de la masse immense des hommes civilisés ?

Ce fut alors que je compris la qualité fondamentale qui les caractérisait : ils étaient libres. Ils avaient certes conscience du rythme des saisons et de la course quotidienne du soleil, mais ils n'avaient ni emploi du temps, ni destination, ni ambition. Pas plus qu'ils n'avaient de maître, de dogme ou de cause. Ils vivaient, tout simplement. Le ciel et la forêt constituaient leur église, ils étaient loyaux à leur famille et à leur clan, leur destin était aussi capricieux que le temps et la magie était leur science. Ils n'étaient intransigeants que sur un seul point : leur indépendance. Ils voulaient pouvoir se promener librement au gré de leurs envies et de leurs besoins. C'est vrai, il leur arrivait de souffrir, d'avoir faim et d'avoir froid, mais comme j'enviais leur manière de vivre dans le présent, dans un monde sans véritable histoire et sans futur angoissant ! Et pourtant, cette vie ne pouvait être la mienne, car je n'étais pas né pour cela ; alors même que je me trouvais au milieu de cette nature, je ne parvenais pas à oublier complètement l'attrait de Washington et de Paris, les armées lointaines, les généraux ambitieux et un futur avec Zébulon Henry et ses intérêts composés. Pourquoi tenais-je tant que cela à retrouver ce monde-là ?

Parce que le premier m'effrayait : un espace infini, un silence absolu, la certitude de ne jamais m'enrichir et de rester suspendu dans un présent cotonneux. On ne se refait pas. Les Indiens de Détroit et de Grand Portage avaient été corrompus, mais je les comprenais. Ma race avait troqué la liberté contre la sécurité, la simplicité animale contre la prévisibilité de la civilisation. J'avais été chassé du paradis, mais j'avais l'assurance de placements à intérêts composés ! En somme, j'enviais cette liberté sauvage autant que je la craignais. J'étais fondamentalement pour la possession de la Louisiane, mais seulement si elle pouvait être contrôlée. Je ne me sentais pas à l'aise dans cet environnement. Parfois, la nuit, j'entendais des esprits se déplacer dans les bois. Dès que je m'éloignais de la rivière et que la nuit tombait, je perdais tout sens de l'orientation. À chaque moment, je craignais qu'une créature sauvage ne jaillisse d'un fourré.

Je n'osais pas confier cela à Pierre.

Nous suivîmes le conseil des Indiens et portâmes notre canoë pendant toute une journée jusqu'à une autre rivière qui, elle, coulait vers l'ouest. Le paysage s'éclaircissait en une savane infinie de bois et de prairies foisonnant de gibier. Deux jours plus tard, nous vîmes notre premier bison. Ces animaux flânaient en toute insouciance avec leur immense bosse et leurs épaules qui se terminaient en un arrière-train félin, comme si deux animaux avaient été combinés pour n'en former qu'un seul. Leur tête, couverte de poils sombres et frisés, était surmontée de cornes redoutables et leurs grands yeux noirs nous observèrent avec méfiance tandis que nous passions à côté. Le vent faisait frémir les trembles.

« C'est le territoire des Dakotas », déclara Pierre.

Après les bisons, je n'aurais pas été surpris de tomber sur un troupeau d'éléphants laineux derrière la colline suivante. Parfois, je me mettais debout sur les herbes hautes de la berge et je me croyais en Afrique. Le paysage et le ciel étaient complètement ouverts, d'énormes nuages blancs traversaient le ciel comme d'immenses bateaux et des sauterelles bruissaient dans l'herbe et décollaient tels des poissons volants quand je faisais un pas.

Le climat aussi était surprenant : après plusieurs jours d'un temps magnifique, de gros nuages noirs apparaissaient soudain à l'horizon pour former un rideau opaque qui cachait le soleil. La température chutait alors brusquement, le vent se levait, agitant l'herbe de la prairie, puis forcissait jusqu'à faire mal aux oreilles. Après un roulement de tonnerre, des éclairs venaient zébrer le ciel. Immanquablement, Pierre et Magnus me jetaient des regards pleins d'espoir.

« Puisque je vous dis que je n'ai pas d'équipement ! La science dépend des instruments et des machines ! »

Ils voulaient de la sorcellerie.

Après les premiers éclairs, la pluie ou la grêle s'abattait soudain et nous cherchions à nous abriter alors qu'au-dessus de nos têtes, la tempête bouillonnait et le ciel se teintait de gris, de vert et de violet. Une fois, nous vîmes même une vrille noire descendre jusqu'au sol comme un immense doigt, formant un curieux entonnoir en forme de corne de bélier. Et puis la tempête s'éloignait aussi vite qu'elle était arrivée et les grondements disparaissaient derrière nous. Le soleil refaisait son apparition, l'herbe dégageait de la vapeur, la chaleur revenait et des nuées d'insectes reprenaient leur envol.

Nous étions successivement trempés par la pluie et par la sueur, affamés puis écœurés par la viande que nous devions ingurgiter avant qu'elle ne se gâte, fatigués par le trajet puis agités au moment de dormir sur un sol dur. La nuit, Namida se collait à moi pour se tenir chaud et quand nous nous éclipsions pour faire l'amour, elle s'accrochait à moi de toutes ses forces comme si elle avait peur de me laisser partir.

Pourtant, je savais au fond de moi que cette histoire devait prendre fin.

Alors que l'excitation de Namida et Petite Grenouille croissait au fur et à mesure que le paysage leur paraissait plus familier, Magnus montrait des signes d'inquiétude.

« Où sont les grands arbres ? Ça ne peut pas être là.

— Il faut que tu lises les mots anciens, insista Namida. Cette chose que tu appelles le code. Viens, viens, il faut trouver mon village et la pierre ! »

Après la traversée de la rivière Rouge du Nord, nous nous rendîmes compte que le danger derrière nous n'avait pas disparu.

Pierre reconnut le cours d'eau car il était orienté exactement dans la direction qu'indiquait son nom, le nord. Ses berges étaient surmontées de peupliers et l'herbe y était si haute qu'elle nous dépassait.

« C'est celle-ci qui remonte jusqu'à la baie d'Hudson ? demanda Magnus.

— Oui, mais pas directement. Si c'est de là que

venaient tes Scandinaves, ils ont dû passer précisément ici. La rivière Rouge remonte pour se jeter dans le lac Winnipeg. De là, toujours en direction du nord, c'est la rivière Nelson qui va se jeter dans la baie d'Hudson. Nous nous trouvons au beau milieu de l'Amérique du Nord, mais on peut se rendre en bateau jusqu'en Europe.

— Le marteau se trouve donc vers le sud ? demanda Magnus.

— Qui sait ? Il nous faut la pierre et le code.

— C'est encore loin ? demanda Magnus à Namida.

— Une semaine, peut-être.

— On peut s'y rendre par bateau ? demanda Pierre.

— Mon village se situe à côté d'une rivière, mais je ne sais pas par où elle passe. Si nous marchons par là, dit-elle en montrant le sud-ouest, nous devrions la trouver.

— Marcher ? Encore ? s'exclama Pierre. Je n'aime pas l'idée de me promener sur l'herbe comme une mouche sur du papier !

— C'est pourtant par là qu'il faut aller, dit Magnus.

— Alors ramenons ces gentilles jeunes filles jusque chez elles », ajoutai-je.

Nous traversâmes donc la rivière Rouge en canoë et déchargeâmes le peu d'affaires que nous avions avant d'abandonner notre embarcation.

« Je me sens comme un marin naufragé, se lamenta Pierre.

— Marcher dans cette prairie équivaudra à naviguer en pleine mer, le rassurai-je. Nous serons en sécurité avec le peuple de Namida. Du moins je l'espère. »

On trouvait encore des arbres dans la vallée, mais bientôt, nous escaladâmes une falaise pour nous retrouver sur une steppe qui s'étendait à l'infini, avec pour toute végétation de l'herbe sèche et quelques fleurs sauvages qui tentaient de survivre. De là-haut, la rivière Rouge ressemblait à un grand serpent ocre qui s'étendait du nord au sud.

Comme nous n'avions pas de bois à disposition, Petite Grenouille nous expliqua comment utiliser la bouse de bison séchée comme combustible. Nous fûmes surpris de voir que cela dégageait beaucoup de chaleur et très peu de fumée.

Nous progressâmes ainsi sans laisser de trace dans l'immensité déserte que nous traversions, en écoutant Pierre pester contre l'avilissement que représentait la marche. Mon esprit s'était habitué à la monotonie du trajet. J'observais paresseusement se former un autre orage à l'ouest et constatais qu'il n'y avait pas d'abri dans les environs. Soudain Namida, qui fermait la marche lors de l'ascension d'une colline aussi abrupte qu'une vague, se plaqua au sol en poussant un cri d'alarme. Petite Grenouille et Pierre l'imitèrent immédiatement en entraînant Magnus et moi qui n'avions pas réagi.

« Les Dakotas ! »

Je levai la tête. Derrière nous, dans un vallon, un groupe d'une douzaine de guerriers dakotas se promenait tranquillement à cheval. C'étaient les premiers cavaliers indiens que nous croisions : ils faisaient penser à des centaures avec leur torse nu, leurs peintures et leurs plastrons en os. Ils avaient des lances et des arcs, mais seuls deux guerriers semblaient porter un fusil. En cas d'affrontement, j'aurais le temps d'abattre les deux tireurs avec mon long rifle avant d'être à portée de leur mousquet. Au bout de leurs lances pendaient quelques scalps. Ils ne nous avaient pas encore repérés.

« Si ça se trouve, ils vont passer à côté sans nous voir.

— Dans ce cas, pourquoi viennent-ils exactement dans notre direction ? me répondit Magnus.

— Ils ont dû repérer nos traces, et ils savent que nous sommes sans défense, dit Pierre. Nous sommes à pied.

— On tire ou on parlemente ?

— Ils sont trop nombreux pour qu'on les affronte. Tu penses pouvoir t'en occuper ? dit-il en se tournant vers Namida.

— Non. Ce sont les ennemis des Mandans. »

Les Dakotas parurent hésiter et firent halte à deux kilomètres de nous. L'un d'eux se retourna et poussa un cri. D'autres Indiens apparurent, plus loin, et j'espérai un instant que ce nouveau groupe les dissuaderait de nous attaquer. Les deux bandes se rejoignirent mais soudain, Pierre poussa un cri et je crus défaillir : même si nous étions loin, je pouvais distinguer la veste rouge de Red Jacket. Ce n'étaient plus des Ojibwés en canoë qui étaient à nos trousses, mais des Dakotas à cheval. Notre ennemi avait poussé à l'ouest pour recruter de nouveaux poursuivants !

« Ils ont découvert notre canoë et nous ont suivis », dit le Français.

Je regardai plus à l'ouest. Le ciel s'obscurcissait de nouveau. Mais où se cacher sur cette prairie sans fin ?

Et pourquoi Red Jacket nous avait-il suivis si loin ? Le marteau. Les Somerset étaient-ils toujours en vie ? Lui donnaient-ils des ordres ? Je ne les voyais pas.

« Quel est ton plan, sorcier ?

— Je peux peut-être atteindre Red Jacket, ça ferait fuir les autres.

— Les Dakotas ne fuient jamais. »

Un grondement de tonnerre résonna dans la prairie. Je jetai de nouveau un coup d'œil à la tempête qui s'approchait.

« Dans ce cas, je vais m'assurer l'aide des éclairs. Regardez ! »

D'énormes nuages violets en forme de châteaux forts fonçaient droit sur nous ; le contraste était saisissant entre les donjons blanc brillant et les fondations d'un noir menaçant. Un rideau transparent indiquait l'endroit où la pluie ou la grêle tombait. De l'autre côté, le ciel était encore bleu, comme s'il faisait à la fois nuit et jour.

« Nous ne pourrons pas atteindre la tempête à temps ! s'écria Namida.

— C'est elle qui va nous atteindre. Regardez comme elle approche vite. »

La vitesse à laquelle la tempête fonçait sur nous était d'ailleurs inquiétante. Cet orage avait quelque chose de différent.

« C'est Thor qui vient nous sauver, murmura Magnus.

— Non, il va tuer ! Regardez ! » s'écria Namida.

Une fois de plus, un nuage étrange en forme d'entonnoir s'était formé. À l'endroit où l'extrémité touchait le sol, un tourbillon de débris volait comme des fétus de paille pendant la moisson. Puis il parut se disloquer et disparut.

« Qu'est-ce que c'était ?

— Un vent tueur, aussi méchant que Wendigo le cannibale ! Il faut fuir ! »

Je regardai les Dakotas. Ils nous avaient repérés, mais eux aussi observaient la tempête, et leurs chevaux trépignaient. Le vent soufflait fort à présent, l'herbe s'agitait et rapidement nous fûmes plongés dans la pénombre. Dans le coin de ciel bleu qui subsistait à l'est, j'aperçus le groupe de quarante cavaliers monter sur une crête et s'arrêter : leurs silhouettes se dessinaient contre la lumière et ils semblaient hésiter à fondre sur nous.

« Non ! Nous devons courir vers la tempête !

— T'es pas fou ? hurla Pierre.

— Je suis un sorcier ! Allez, Magnus ! Allons à la rencontre de Thor ! »

Nous prîmes les femmes par la main et courûmes, en rang, vers le mur de tempête. Fébriles, les Dakotas poussèrent des cris et lancèrent leurs chevaux à notre poursuite, mais le cœur n'y était pas.

Le vent rugissait à présent et d'énormes gouttes d'eau nous giflaient le visage. Nous étions transis de froid et le vacarme était assourdissant. Un autre entonnoir atteignit le sol, puis un autre. Le tonnerre gronda et, pendant un instant, la prairie lança des éclairs d'argent. Toutes les tempêtes de la terre s'étaient rassemblées en un endroit précis ! D'énormes grêlons se mirent à tomber et le vent se mit à hurler. Je me retournai et eus le temps d'apercevoir Red Jacket exhorter les autres à charger à travers le rideau argenté. Certains de nos poursuivants tombaient de cheval. La panique gagnait leurs rangs.

Soudain, un entonnoir se forma juste devant nous. Je n'avais jamais vu phénomène plus impressionnant.

Le vent formait un tourbillon de nuage et de poussière qui aspirait tout vers le haut et se déplaçait comme un homme ivre. Celui-ci se rapprochait dangereusement de nous. Le hurlement gagna encore en intensité. Namida et Petite Grenouille pleuraient.

« On va tous mourir !

— Il faut qu'on passe, ça nous séparera des Indiens, répondis-je. »

C'était la seule solution à laquelle je pouvais penser pour faire peur à Red Jacket.

« Espèce d'âne, on va se faire aspirer ! »

Mais nous n'avions pas le choix. Je traînai mes compagnons vers une crevasse que j'avais repérée dans la prairie et qui se remplissait d'eau et de grêlons. Je me jetai dans le trou.

« Cachons-nous ici ! »

Au-dessus, le tourbillon semblait atteindre le ciel. C'était un immense nuage hurlant qui avalait tout sur son passage ; une manifestation de la puissance de Dieu. Nous nous serrâmes dans la petite crevasse argileuse au moment où le bruit du maelström atteignait son paroxysme.

Cette masse noire semblait même avoir avalé l'air. J'avais du mal à respirer, et mes oreilles me faisaient souffrir le martyre. Le vent tourbillonnant produisait des grincements horribles.

« Rampez ! Tenez bon ! Fermez les yeux ! C'est Thor ! »

Et là, au bord de ce tourbillon noir, sur la crête entre la terre et le ciel où l'herbe même semblait prise de spasmes, n'était-ce pas un éléphant ?

Je n'en ai pas la preuve, et le souvenir reste flou. Mais pendant un instant, j'aperçus une bête immense avec une trompe et des défenses incurvées qui barrissait ; un animal pesant et touffu, un monarque des plaines, un seigneur de la création, un vestige d'un autre âge. Pendant un instant, je vis les éclairs se refléter sur l'ivoire de ses défenses. Pendant un instant seulement. Et puis le rideau de pluie me le cacha et je retournai au dur combat que je menais contre les éléments.

Nous nous serrions de toutes nos forces les uns contre les autres, tremblants, et le monde disparut en un tourbillon de poussière plus puissant que n'importe quelle machine. Nous le sentîmes nous tirer par les jambes et nous plantâmes nos ongles dans le sol, arrachant des mottes de terre pour ne pas être aspirés. Je risquai un coup d'œil vers le cataclysme et là, au sommet de ce mur noir et tourbillonnant, j'aperçus une lueur de bleu. Le paradis ? La Valhalla ?

Enfin, le phénomène fut derrière nous. Des éclairs zébraient toujours le ciel et la pluie tombait à verse, faisant fondre les grêlons. Nous sortîmes de notre trou, à bout de souffle. Et après un long moment, nous relevâmes la tête pour regarder l'entonnoir.

Il avait disparu. Le jour refaisait son apparition ; le gris remplaçait le noir. À l'est, à l'endroit où nous avions vu les Indiens, subsistaient quelques éclairs.

Épuisés, nous n'eûmes que la force de nous blottir les uns contre les autres. Doucement, le jour reprit ses droits et, à l'ouest, le soleil sortit même pour éclairer par-derrière le rideau noir qui poursuivait sa route vers l'est.

Et Red Jacket et ses Indiens ? Nous n'avions aucun signe d'eux.

« Ils ont filé, s'exclama Pierre, émerveillé. Ils savaient que tu étais électricien, et ils ont détalé comme des lapins ! »

Enfin, je me mis debout. Ah, que Franklin ne m'avait-il enseigné plus douces compétences !

36

Nous arpentions à présent des terres jamais foulées par aucun homme blanc, hormis peut-être une poignée de Scandinaves grisonnants quelques siècles auparavant. Depuis que nous avions quitté l'Ohio et ses arbres gigantesques, l'ouest n'avait cessé de s'ouvrir : chaque vue était plus dégagée et le ciel même semblait plus vaste. Plus que jamais, nous avions la sensation de traverser un espace infini, vide et primitif. Le monde était réduit à ses éléments les plus rudimentaires : la terre et le ciel. Les nuages les plus lointains plongeaient derrière un horizon qui semblait se courber. C'était à cela que devait ressembler notre planète avant l'arrivée du premier homme. Les rares arbres étaient nichés dans des ravins sinueux pour échapper au vent incessant et l'herbe formait des vagues sur cet océan de vert. Cependant, plus les trois Blancs que nous étions semblaient perdus, plus Namida et Petite Grenouille se sentaient rassurées. Leur village ne devait plus être très loin !

Elles espéraient ; je doutais. Devant nous, l'Amérique s'étendait dans un vide absolu.

Qu'était censé faire Napoléon de tout cet espace ?

Je retournai du bout du pied la terre noire. Les fermiers de Jefferson pouvaient peut-être en tirer quelque chose, mais pour les impérialistes français, ce terrain était aussi hostile que les sables égyptiens. Et il n'y avait même pas de fourrure.

Je ne voyais pas plus d'éléphant, de montagne de sel ou de volcan en éruption devant nous que de Dakotas derrière. La prairie avait été comme balayée. La nuit, les faibles braises de notre feu constituaient la seule source de lumière sur la plaine déserte. Le seul véritable éclairage se trouvait au-dessus de nos têtes : c'était la voûte céleste argentée qui scintillait dans l'air froid. Au début de notre voyage, les couples dormaient ensemble – à une ou deux reprises, Magnus nous avait d'ailleurs observés avec une nostalgie jalouse – mais à présent, nous nous entassions comme des moutons pour nous tenir chaud. Il fallait que nous soyons loin à l'arrivée des premières neiges.

« Combien de temps nous reste-t-il avant l'hiver ? demandai-je à Pierre.

— Nous devons faire vite, mais la question sera surtout de savoir si nous aurons le temps de faire le chemin du retour. D'ailleurs, où comptez-vous aller ?

— Magnus en Norvège. Et moi à Washington puis à Paris.

— Et le pauvre Pierre dans tout ça, qui se trouve à des milliers de kilomètres de ses compagnons ? Je me sens comme un pèlerin naufragé qui n'a nulle part où passer l'hiver.

— Tu peux rentrer avec nous.

— Ah oui ? Et Namida ? Et Petite Grenouille ? Ce n'est pas si simple de vivre à la croisée des mondes.

*

Jour après jour, nous nous enfoncions un peu plus dans les plaines, à pied. Je rêvais d'un cheval. Et puis, un matin, nous nous réveillâmes et notre voyageur avait disparu.

Dans la quiétude qui précède l'aube, il nous fallut un moment pour nous rendre compte que Pierre n'était plus là. Petite Grenouille s'adressa à Namida dans leur langue natale, puis toutes deux se mirent à arpenter en courant l'espace où nous avions établi notre campement. L'inquiétude grandissait.

Magnus et moi, nous nous levâmes, angoissés. Notre camarade s'était peut-être éloigné pour faire ses besoins ou pour suivre la trace d'un animal. Mais les trois fusils se trouvaient à l'endroit où nous les avions laissés et il n'avait pas pris sa gourde.

Aucune trace. Et pourtant, la vue était parfaitement dégagée.

« Pierre ! Pierre ! »

Nos cris nous paraissaient dérisoires face à l'immensité de la prairie.

Silence.

« Pieeeerre ! »

Il n'y eut que le vent.

« Il a dû retourner à son canoë, dit Magnus sans conviction. Il détestait la marche.

— Sans arme ? Et sans prévenir ? »

Nous nous éloignâmes chacun dans une direction, en prenant bien soin de ne pas nous perdre de vue.

« Pierre ! »

Nos appels semblaient avalés par le vide.

Nous nous retrouvâmes pour prendre un petit déjeuner froid. Petite Grenouille avait l'air désespérée.

« Il est peut-être parti en éclaireur », avança Magnus.

Personne ne répondit.

« Il a dormi avec nous cette nuit. Il ne s'est quand même pas envolé ! »

Je me mis à examiner notre campement. Je ne suis ni un pisteur ni un trappeur et nous avions piétiné notre petite colline en allant ramasser des bouses de bison et puiser de l'eau dans une petite mare située à quelques pas. Mais là, ces traces ? Et là ? Et là encore ? L'herbe était aplatie, quelqu'un avait rampé jusqu'au campement.

Un frisson me parcourut l'échine. Je me rendis compte que des hommes nous avaient rendu visite, des hommes avec des couteaux, des hommes que les Ojibwés qualifiaient de serpents. Et ces hommes avaient enlevé l'un d'entre nous sans le moindre bruit. Je touchai ma gorge. Pourquoi n'était-elle pas tranchée ? Pourquoi Pierre et pas nous ?

« Il a été enlevé. Les Dakotas.

— Nous serions tous morts s'il s'agissait des Dakotas, répondit Namida qui, pour la première fois depuis notre rencontre, semblait véritablement terrifiée. Quelque chose a changé. Les Anglais diaboliques doivent être en vie : ils ont dû trouver les Dakotas et leur ordonner de ne prendre qu'un seul d'entre nous.

— Mais pourquoi ? Pourquoi ne pas tous nous capturer ou tous nous tuer ?

— Parce qu'ils veulent suivre notre trace, répondit gravement Magnus. Ils vont torturer Pierre pour apprendre ce qu'il sait, et ensuite ils l'utiliseront comme monnaie d'échange contre le marteau. Les serpents veulent investir le paradis. Et quand ils y entreront, Ethan, quand ils découvriront le secret de mes ancêtres, alors ce sera le Ragnarök.

— C'est quoi le Ragnarök ? demanda Namida.

— La dernière bataille entre les dieux et les hommes, expliqua Magnus. La fin du monde. »

Le vent de la prairie parut soudain plus froid.

« Pieeeerre ! »

Nous rassemblâmes nos affaires et reprîmes notre route, imaginant des yeux nous épiant dans ce vide qui n'en finissait pas.

*

Avant le jardin d'Éden, le purgatoire. Avant la Valhalla, l'enfer du Nilfheim, le monde du brouillard.

Voilà ce qui nous attendait quand, contre toute attente, nous découvrîmes sur la berge d'une rivière inconnue qui serpentait dans la prairie le village awaxawi de Namida et Petite Grenouille. Nous nous trouvions si loin de tout point de repère et de toute piste qu'il m'aurait fallu un sextant ou un chronomètre de marine pour calculer notre emplacement, en supposant que je sache comment les utiliser. Namida, elle, reconnaissait des courbes subtiles et des collines auxquelles je n'aurais jamais prêté attention. Plus nous approchions de son village natal, plus elle faisait preuve d'enthousiasme.

« Regardez, là ! Le ravin ! Regardez ! Un bourgeon de peuplier ! Écoutez ! C'est le chant des oiseaux de la rivière ! »

Au-dessus, perché sur une falaise, le village ressemblait à une forteresse médiévale. Une palissade surplombant une douve protégeait des attaques les petites huttes rondes en torchis couvertes de gazon. La vallée était une véritable oasis et le long de la rivière s'étalaient entre les bosquets d'arbres des champs de maïs et de haricots. Cependant, alors que nous approchions, nous nous aperçûmes que tout était silencieux. Pas un chien n'aboyait. La joie initiale de Namida et de Petite Grenouille s'estompa vite et laissa place à une inquiétude grandissante.

« Il s'est passé quelque chose », murmura Namida.

Devant l'entrée, un homme était allongé.

Nous nous approchâmes doucement et nous arrêtâmes à bonne distance pour l'observer. Son ventre était gonflé et sa peau était couverte de petites pustules rouges et purulentes. Il avait la bouche ouverte et ses yeux regardaient le vide.

« La variole », marmonna Magnus.

Les femmes éclatèrent en sanglots.

Nous pouvions voir que cette première victime n'était pas la seule. À l'intérieur, d'autres jonchaient le sol. Une femme était allongée, morte. Elle avait les seins nus et grêlés, et tenait dans les bras son enfant inerte qui avait dû pleurer pour réclamer du lait qui ne venait plus. Un vieil homme était assis, bien droit, et avait les yeux fermés comme s'il ne voulait pas voir cette scène d'horreur. Un guerrier gisait au sol, roulé en boule.

En Europe, la variole était une maladie épouvantable qui emportait sans discernement rois et gens du peuple, mais en Amérique, c'était le fléau absolu des tribus.

« Ainsi meurent les Mandans », déclarai-je d'un ton grave.

D'abord le massacre du village dans la forêt par

Red Jacket et ses hommes. Et maintenant, ça. La race indienne semblait se dissoudre devant mes yeux.

Namida et Petite Grenouille étaient hébétées : choquées et effrayées, elles ravalaient des sanglots en pensant à ceux de leur famille qui avaient dû subir le même sort. Elles restaient plantées là, comme si un mur invisible les empêchait d'ouvrir la porte du village. Et c'était tant mieux, car pénétrer dans les lieux aurait été un suicide pur et simple.

« Magnus, éloigne les femmes. Si elles attrapent la maladie, elles mourront dans les heures ou les jours qui suivent. Je vais aller voir s'il reste des survivants et si je trouve la pierre.

— C'est moi qui vous ai entraînés ici, dit-il, le visage livide. C'est moi qui prends le risque.

— Non. Moi, je suis immunisé.

— Pardon ?

— On m'a inoculé une forme plus douce de la maladie pour que je ne puisse pas attraper ça, expliquai-je en désignant le cadavre à l'entrée. C'est un Anglais du nom de Jenner qui a découvert ce traitement. J'étais en Terre sainte quand le sérum est arrivé en France. Ayant été témoin des ravages que pouvait causer la variole en Égypte et en Italie, j'ai décidé de tenter l'expérience après la campagne de Marengo. Et voilà, maintenant, je suis immunisé !

— Et comment ça fonctionne ?

— Une simple piqûre à l'épaule, répondis-je en enlevant ma chemise dépenaillée. Tu vois la bosse ? »

Le Norvégien fit une sorte de signe en voyant la cicatrice et recula, entraînant avec lui les deux femmes.

« Enfin de la sorcellerie ! » s'exclama-t-il.

Je n'étais pas certain d'être véritablement immunisé,

mais j'avais été confronté à la variole par le passé et je ne l'avais jamais attrapée. Si les hommes de Red Jacket étaient à nos trousses et que les proches de nos Indiennes étaient morts, nous étions sans défense. Il fallait accomplir notre mission le plus vite possible, à commencer par trouver cette fameuse dalle en pierre. Nous avions besoin de quelque chose, qu'il s'agisse d'un indice menant au marteau de Thor ou d'une excuse pour rebrousser chemin.

Entrer dans le village se révéla une expérience sinistre. La variole frappe les Indiens avec une vivacité effrayante et les tue net. Des femmes s'étaient écroulées alors qu'elles tissaient à côté du feu. Deux hommes étaient tombés à côté de la palissade, comme s'ils avaient cherché à l'escalader dans l'espoir insensé de s'enfuir. Une femme gisait au sol à côté de la jarre d'eau brisée qu'elle devait transporter. L'odeur d'excréments et de putréfaction emplissait l'air – puanteur âcre de la mort triomphante. Je m'aperçus alors que le silence était brisé par le bourdonnement affreux des mouches.

À l'intérieur des huttes, seules les portes et les cheminées laissaient filtrer le jour, mais cela suffisait à confirmer la vision d'apocalypse. Les corps étaient recroquevillés contre les murs comme s'ils avaient cherché à échapper à la lumière. Tous avaient le visage couvert de pustules, la bouche ouverte pour avaler une dernière bouffée d'air, les yeux vides et les doigts et les orteils tordus par la douleur.

Mais pas de dalle en pierre. Je retournai chaque couverture, sondai chaque réserve de maïs, en vain. L'inquiétude faisait battre mon cœur à tout rompre.

Ce n'était pas la fièvre qui me faisait grelotter, c'était la peur.

J'allais abandonner ma quête macabre quand j'entendis une voix en provenance de la hutte la plus éloignée de l'entrée du village. Un survivant ? Je me faufilai à l'intérieur en rampant et trouvai un vieillard adossé que j'avais cru mort lors de ma première visite. Il était squelettique et couvert de pustules, mais il respirait encore. Il avait les yeux curieusement clairs, de longs cheveux gris et – plus étrange encore – une fine barbe. Il ressemblait à un chef ou à un sage. Je le laissai marmonner dans sa langue natale le temps d'effectuer une seconde inspection des lieux. Là encore, pas de dalle. Rien. Cependant, cet homme était peut-être l'homme-médecine dont parlait Namida. Les femmes pouvaient-elles l'interroger ? J'avais la chair de poule à l'idée de toucher sa peau putride, mais je finis par l'allonger sur une peau de bison pour le traîner à l'extérieur. Il ferma les yeux et gémit comme un enfant, mais je n'avais pas de meilleure idée. Je le tirai sur le chemin de terre qui traversait le village et sortis par la porte d'entrée en passant à côté du cadavre de la sentinelle. J'appelai mes compagnons.

« Namida ! J'ai trouvé un survivant ! Mais n'oublie pas qu'il peut te contaminer, ajoutai-je en tendant le bras pour la maintenir à distance.

— C'est Lune Jaune, répondit-elle les yeux embués de larmes. Il est si vieux… Je pensais qu'il serait le premier à partir. Et c'est le dernier qui reste. C'est notre homme-médecine.

— Demande-lui ce qui s'est passé. »

La conversation était entrecoupée par les halètements du vieillard qui peinait à respirer.

« Des hommes du village sont partis vers le Missouri pour échanger des fourrures. Quand ils sont revenus avec des couvertures, tout le monde est tombé malade.

— Est-ce qu'il a toujours la pierre avec les inscriptions ? demanda Magnus.

— Ceux qui ont rapporté les couvertures sont morts en premier. Il a essayé de fabriquer un remède, mais…

— La pierre ! »

Les mains du Norvégien serraient le manche de sa hache. Namida reposa la question.

Les paroles de l'homme-médecine n'étaient qu'un murmure. Il faiblissait. Moi-même, je me sentais comme un bourreau, à le faire parler ainsi en plein soleil.

« Quand les gens ont commencé à mourir, il a déplacé la pierre jusqu'à une grotte près de la rivière. Quelqu'un ou quelque chose la garde. »

Elle se pencha pour tenter d'entendre ce que disait le vieillard et je la retins de peur que la maladie ne contamine l'air qui les séparait.

« Ils ont repéré des Dakotas qui passaient à cheval dans les parages. Un homme avec une veste rouge. »

Je jurai dans ma barbe.

« Et cette grotte, où se trouve-t-elle ?

— Il dit que tu as la puissance de l'esprit parce que tu n'as pas eu peur d'entrer dans le village malade.

— A-t-il vu Pierre ? Se trouvait-il avec Red Jacket ? »

Mais le vieil homme ne respirait plus. Je frissonnai. Je me sentais comme un charognard. Les plaines qui nous entouraient me parurent soudain plus menaçantes, l'herbe avait viré au brun et le niveau de la rivière était bas. Nous approchions de l'hiver et la disparition de Pierre m'avait bouleversé. Je me souvins de Talma, l'ami que j'avais perdu en Égypte et dont on m'avait livré quelques jours plus tard la tête dans une jarre.

Les choses n'auraient pas pu plus mal se passer.

37

« De quelle grotte parlait-il ? » demandai-je, car autant j'étais adepte de la chasse au trésor, autant j'avais horreur de fureter dans des trous ; et malheureusement, les deux semblaient souvent aller de pair.

« Il y en a plusieurs le long des berges. Les oiseaux et les animaux s'en servent comme abris et les enfants jouent dedans », répondit Namida.

Nous descendîmes jusqu'à la rivière qui coulait paresseusement vers l'est. En aval, après un bosquet de vieux peupliers, le cours d'eau avait creusé dans les couches d'argile et de gravier d'étroites gorges surplombées par des falaises abruptes. Ces dernières étaient constellées de cavités : certaines étaient aussi petites que des nids d'hirondelles et d'autres assez grandes pour y installer un campement. Le vieillard n'avait pas eu le temps de nous dire pour laquelle il avait opté, mais nous n'avions le choix qu'entre une demi-douzaine de grottes. En effet, les autres étaient soit trop étroites pour qu'un homme puisse y pénétrer, même en rampant, soit trop larges pour servir de cachette.

J'observai l'entrée de celles qui nous intéressaient avec la sagesse que confère l'expérience.

« Il y a des serpents dans le coin ?

— Oui, répondit Namida.

— Je n'aime pas les serpents. »

Pas plus que je n'aimais le feu, les coups de fusil, la boxe, les duels à l'épée, les femmes vindicatives et les supérieurs ambitieux, mais il n'était pas nécessaire de dresser un inventaire. Ce que j'avais dit était suffisamment clair.

« Les trésors des elfes étaient gardés par des dragons, dit Magnus.

— C'est gentil de partager ton savoir, Bloodhammer. Mais à moins d'avoir effectivement un dragon, je ne comprends pas pourquoi notre homme-médecine aurait choisi une cachette aussi évidente.

— Il se savait mourant. Il n'avait pas le choix.

— C'est quoi, un dragon ? demanda Namida.

— Un gros serpent.

— Ah. Alors, il faut un bâton. »

Comme c'était la seule solution, nous coupâmes un morceau de bois pour sonder les grottes avant d'entrer. Nous tombâmes effectivement sur un nid de serpents à sonnette qui, malheureusement, ne gardait rien du tout.

Une fois arrivée à la dernière grotte, notre branche se révéla trop courte pour en atteindre le fond. L'entrée faisait la taille d'un tonneau et comportait des marques de griffures. Quelque chose de lourd y avait été traîné.

« Ça doit être celle-ci », déclarai-je.

La grotte avait l'air profonde et très sombre. J'hésitais.

« J'y vais, dit Namida. Enfant, je jouais ici.

— Mais le vieillard a parlé d'un gardien, non ?

— C'est ma pierre, déclara Magnus. Écartez-vous !

S'il y a une dalle gravée à l'intérieur, j'ai assez de force pour la traîner à l'extérieur.

— Tu veux mon fusil ?

— Je préfère ma hache. Pas besoin de la recharger. »

Il se coula donc à l'intérieur en utilisant son énorme hache comme canne d'aveugle.

« Ça s'élargit ! »

Je vis ses mocassins disparaître dans l'obscurité. Et puis plus rien.

Namida se mit soudain à genoux pour examiner quelque chose par terre.

« Tu trouves ? demandai-je à Magnus.

— Ça pue. Ah, j'ai quelque chose.

— Ça siffle ?

— Non, c'est une dalle très lourde. Viens m'aider ! »

Je déglutis et me penchai pour entrer.

« Des crottes d'ours », dit Namida derrière moi.

Soudain, un rugissement retentit.

J'avais entendu dans ma vie des bruits traumatisants, mais la profondeur et la férocité gutturale de celui-ci faisaient froid dans le dos. Je ne savais pas la nature capable de produire un tel hurlement ! De l'entrée de la grotte, nous entendîmes d'abord un immense vacarme, puis un rugissement féroce, un cri humain et un grondement accompagné d'un bruit sourd.

« Magnus ! »

J'armai mon fusil.

L'entrée de la grotte explosa.

Bloodhammer sortit à reculons tel un boulet de canon en faisant voler la terre et les graviers à l'entrée de la cavité. Il roula dans les éboulis jusqu'à la rivière en tenant dans ses bras un objet massif et apparemment très lourd. Sa hache fila dans les airs comme un fétu de paille.

C'est alors que chargea l'ours le plus formidable que j'avais jamais vu. Je ne savais d'ailleurs pas que ces animaux pouvaient atteindre une taille pareille. Il était absolument massif, d'une teinte dorée, et les muscles de son dos formaient une immense bosse. Je pus voir des étincelles quand ses pattes armées de griffes de la taille de poignards arabes labourèrent le sol. Curieusement, il portait autour du cou une grosse laisse en cuir. C'était donc lui, le fameux gardien ! Les femmes hurlèrent, je fis de même, et eus à peine le temps d'armer mon fusil et de tirer.

Des poils et de la chair jaillirent à l'endroit où avait pénétré la balle. L'animal se tourna alors vers moi, la gueule grande ouverte, écumant.

Je savais à présent pourquoi cette grotte servait de cachette. Le vieil homme-médecine avait choisi la tanière d'un grizzly ! Il avait dû le droguer pour l'amener là et l'attacher, et Magnus l'avait réveillé. La bête avait rompu l'épaisse corde aussi facilement que s'il s'était agi d'un fil.

Le monstre se jeta alors sur moi. Je sentis son haleine fétide et eus le réflexe d'enfoncer le canon de mon fusil dans sa gueule. La douleur le perturba et son coup de patte manqua son but. Il mordit l'arme et secoua vigoureusement la tête. Il finit par l'arracher et la jeta au loin. Je lui donnai alors un coup de tomahawk à la hanche qui lui fit autant d'effet qu'une piqûre de moustique. Il ne me restait plus qu'à attendre la mort. Tout autour de moi n'était que fourrure, musc, poussière et ce rugissement cacophonique qui menaçait de me crever les tympans. L'ours avait cent fois plus de force que moi.

Soudain, l'animal poussa un rugissement encore plus puissant et se dressa sur les pattes de derrière.

Namida avait récupéré la hache de Magnus et l'avait plantée dans le dos du grizzly.

L'animal gronda et se contorsionna pour se débarrasser de l'instrument de torture. Ses grands coups de patte n'arrivaient pas à l'atteindre. Le sang jaillissait.

Les yeux encore baignés de larmes, Petite Grenouille se mit à lui lancer des pierres.

Finalement, l'ours se remit à quatre pattes et se retourna pour affronter ces nouveaux assaillants. Il parut m'oublier un instant, et j'en profitai pour ramper en direction de mon fusil en me demandant si j'aurais le temps de le recharger avant qu'il ne soit trop tard.

C'est alors qu'avec un grand cri de Viking, Magnus remonta la pente en tenant au-dessus de sa tête un objet immense et lourd. Il grogna, se hissa et abattit une dalle en pierre sur la tête du monstre. On entendit un gros craquement et le grizzly s'effondra lourdement en grognant, surpris par ce coup qui aurait réduit en bouillie la cervelle de n'importe quel autre animal. Je saisis mon fusil et me relevai en retirant la baguette pour le recharger.

Vive comme l'éclair, Namida se précipita vers la bête, récupéra la hache et la lança à Magnus. Ce dernier attrapa l'arme au vol et, le visage empourpré par la rage et les efforts déployés, la leva et frappa de toutes ses forces. Le coup fut parfait : la lame s'enfonça de trente centimètres dans le dos de l'ours, lui brisant la nuque. Les pattes du géant se ramollirent comme si un câble avait été rompu, et il s'effondra sur le ventre en me lançant un regard où se lisaient à la fois surprise et regret.

Les mains tremblantes, je finis de recharger, au cas où. Un dernier grognement s'échappa de la gorge de la bête et la flamme s'éteignit dans ses yeux. La dalle en pierre se trouvait toujours sur le crâne de l'ours et la hache de Bloodhammer semblait jaillir de sa fourrure.

« Par les cornes du Minotaure ! m'exclamai-je. Comment n'as-tu pas été éventré dans cette grotte ?

— J'avais attrapé la dalle avant qu'il ne se réveille. J'ai donc pu contrer son premier coup. Après, il s'est libéré d'une espèce d'entrave et m'a assené un coup qui m'a fait atterrir à l'extérieur. Il avait la force de dix hommes, Ethan. L'esprit de Thor l'habitait !

— Dans ce cas, Thor a failli nous dévorer ! Sans ton satané caillou, on y passait tous ! m'exclamai-je en regardant la dalle qui gisait sur le crâne de l'ours comme une pierre tombale. Jetons donc un œil à ta découverte ! »

Magnus traîna la dalle par terre et la retourna.

« Les symboles magiques ! » dit Namida.

Je notai dans ma tête de lui donner les griffes du grizzly pour qu'elle s'en fasse un collier. *Il est toujours sage de tirer profit des pires situations*, me répétait Franklin, et les femmes adorent les bijoux.

Pendant ce temps, Magnus passait les doigts sur la pierre pour en dégager la poussière. Puis il me regarda d'un air triomphant.

« Des runes nordiques ! »

38

J'utilisai mon long rifle comme règle pour mesurer la dalle : soixante-dix-neuf centimètres de long, quarante et un centimètres de large et quinze centimètres d'épaisseur, pour un poids d'au moins quatre-vingt-dix kilogrammes. Pas étonnant que l'ours s'y soit cassé les dents ! La moitié d'un des côtés était lisse et couverte de lettres étranges que je n'avais jamais vues auparavant : rien à voir avec notre alphabet, les hiéroglyphes égyptiens ou l'écriture mystérieuse du Livre de Thot. La gravure était grossière et peu profonde. Si cet objet s'était trouvé sur ma route, j'aurais pu passer à côté sans le remarquer.

« Qu'est-ce que tu veux dire par ruines nordiques ? demandai-je.

— Des runes : R-U-N-E-S, épela Magnus. C'est un alphabet nordique qui remonte aux Vikings du Moyen Âge. Et cet artefact s'appelle une pierre runique. Les Vikings les fabriquaient pour commémorer un événement, vanter leurs hauts faits, annoncer mariages et naissances, déclarer leur foi ou raconter un voyage ou une traversée. On en trouve des milliers en Scandinavie. Si ces Indiens en possèdent une, ça prouve que mes ancêtres sont passés par ici. Tout ceci appartient à la Norvège ! s'exclama-t-il en regardant fièrement autour de lui.

— Tu peux tout garder, répondis-je en jetant un coup d'œil au cadavre de l'ours. Et la pierre, nous indique-t-elle le chemin ?

— Si ce sont les hommes du marteau de Thor qui l'ont gravée, c'est fort possible. Je vais la traduire. »

Les femmes, elles, s'occupaient de débiter l'ours. Nous avions failli être dévorés vivants, mais elles l'avaient déjà oublié et ne voyaient plus que l'opportunité d'un festin tombé du ciel. Le sens pratique des Indiens m'étonnait toujours.

« N'oublie pas de garder les griffes, elles t'assureront un charme sauvage.

— Regarde Ethan, il y a d'autres runes sur la tranche de la pierre.

— On ne pourra pas leur reprocher d'être avares en coups de burin !

— Tu sais, les ciseleurs qualifiés travaillaient vite, et certaines personnes voulaient que leurs mots durent. »

Magnus griffonna des mots dans la boue et, quand il eut fini, il nous lut sa traduction :

« Huit Goths et vingt-deux Norvégiens en voyage d'exploration depuis le Vinland, vers l'ouest. »

Il fit une pause pour nous expliquer :

« Le Vinland est une terre qu'ils ont découverte sur la côte est du Canada. C'est de là qu'ils ont dû partir.

— Oui, comme nous. Poursuis.

— *Nous avions établi notre campement près de deux îles rocailleuses à une journée au nord de cette pierre. Un jour, nous allâmes à la pêche. À notre retour, nous trouvâmes dix hommes morts, rouges de sang. AVM délivre-nous du mal.*

— AVM est écrit en lettres latines, fis-je remarquer.

— *Ave Maria* sans doute. Il ne faut pas oublier que ces hommes étaient chrétiens, du moins en partie. Des catholiques, à l'époque. Les anciennes runes commençaient à être remplacées par l'alphabet que nous connaissons.

— En tout cas, il n'y a pas d'île rocailleuse dans cette prairie. De toute évidence, cette pierre a été déplacée. Namida a dit qu'elle avait été prise aux Dakotas, et qui sait où ces derniers se l'étaient procurée ?

— Leurs îles se trouvent sûrement sur un lac, mais ça ne nous dit pas où il est. Voilà ce qu'indique la tranche de la pierre : *Nous avons dix hommes à la mer pour surveiller nos navires, à quatorze jours de cette île. Année 1362.*

— 1362 ? N'est-ce pas la date indiquée sur ta carte ?

— Alors ! Tu me crois maintenant ! »

C'est une chose de partir à la chasse au trésor, mais c'en est une autre de se rendre compte qu'on a une vraie chance de le trouver. Je débordais d'enthousiasme.

« Mais pourquoi ?

— Je te l'ai dit, répondit Magnus. Le marteau de Thor. Un chef-d'œuvre façonné par les nains à l'époque de l'âge d'or.

— Les nains ?

— Oui. Les nains Eitri et Brokk forgèrent le marteau de Thor dans leur caverne. Son seul défaut est un manche très court, car Loki, déguisé en mouche, piqua les paupières de Brokk.

— Et comment comptes-tu le retrouver ? demandai-je, particulièrement peu intéressé par son histoire de nains.

— Je ne sais pas, dit-il en s'asseyant, épuisé après son combat avec l'ours. Si la pierre a été déplacée, *quatorze jours de la mer* n'a pas beaucoup de sens.

— Pire encore ! Il nous a fallu des mois pour arriver ici. *Quatorze jours de la mer* désigne un endroit à des milliers de kilomètres en direction de l'est ou du nord, non ? Si ce sont bien les mêmes Scandinaves qui ont gravé cette pierre, nous ne sommes pas du tout à côté de ton marteau.

— Ou du jardin d'Éden. »

Il eut soudain l'air si abattu que j'éprouvai de la pitié pour lui. Quant à moi, je ne me sentais pas mieux : quelques minutes auparavant, je me voyais déjà en train de ramasser un trésor viking, et à présent, tout était fichu !

« Nous aurons essayé, Magnus. »

Il ne répondit pas.

« Si les Somerset sont en vie, repris-je, eux non plus ne sont pas au bout de leur peine ! »

Il fixait tristement la pierre runique.

Notre situation n'était guère enviable. Perdus dans une contrée sauvage à côté d'un ours mort et d'un village décimé par la maladie, certainement poursuivis par des sauvages et un couple d'Anglais pervers, à plus de mille cinq cents kilomètres de la civilisation, disposant de très peu de nourriture, de vêtements, d'armes et de poudre. Nos seuls alliés étaient deux Indiennes qui faisaient rôtir le foie de l'ours sans se soucier de monter la garde. Quant à notre seul indice, il pesait cent kilos.

Comme à mon habitude, je m'entourais des personnes les plus douteuses et courais à ma perte. Je descendis à la rivière pour me laver. Si ces Indiens avaient domestiqué le cheval, je serais déjà en train de partir d'ici au triple galop. Mais, hélas, les Mandans étaient des fermiers sédentaires. Et je n'avais rien à rapporter à Jefferson : je n'avais vu ni volcan ni montagne de sel.

C'est alors que Magnus poussa un cri.

Je me précipitai avec mon fusil, mais c'était la pierre qu'il montrait du doigt.

« J'ai trouvé ! J'ai trouvé ! J'ai trouvé ! »

Il improvisa une drôle de danse qui en Norvège devait passer pour une gigue. C'est vrai que les Vikings ne sont pas connus pour avoir inventé le ballet.

« Par Jupiter, qu'est-ce que tu as trouvé ?

— C'est un code, Ethan ! Un code secret, comme tu l'avais prédit ! Tu vois, certaines de ces lettres ont des marques en plus, comme des points et des barres obliques. Au début, je ne comprenais pas pourquoi, mais si tu prends les sept premières lettres marquées, tu sais ce que ça forme ?

— Magnus, je ne sais pas lire les runes.

— *Gral thar !* s'écria-t-il d'une voix tonitruante qui n'aurait pas manqué d'alerter Red Jacket s'il était dans les parages.

— Arrête de crier ! lui dis-je en jetant un regard inquiet en direction des falaises. Et alors, ce mot, c'est bon signe ?

— Ça signifie *Graal*. Et les autres sont des symboles cisterciens pour la sagesse et le Saint-Esprit. En clair : *Leur Graal, la sagesse et le Saint-Esprit*. »

Je frissonnai. J'avais déjà entendu le mot *Graal* auparavant, en Égypte et en Terre sainte, et comme saint Bernard, il n'arrêtait pas de résonner dans ma vie. Mais que pouvait-il faire là, en plein territoire dakota ? Plus je vieillissais, plus la vie me semblait bizarre : les symboles et les présages venaient toujours bousculer ma petite existence tranquille et vaine.

« Mais qu'est-ce que ça veut dire ?

— Ça veut dire que ces hommes ont caché – ou ont trouvé – le Graal qui représentait leur mission sacrée. Et si la carte que j'ai trouvée au Gotland est exacte, ce Graal est le fameux marteau, et il se trouve à l'endroit où les rivières partent vers le nord, le sud, l'est et l'ouest.

— Mais Magnus, nous ne sommes pas au jardin d'Éden, répondis-je, scrutant toujours les falaises brunes rongées par l'érosion.

— C'est vrai, mais il se trouve à l'endroit d'où vient cette pierre. C'est là qu'ils ont caché le marteau et probablement essayé de fonder une colonie. Mais les démons infestaient déjà ce pays, des ennemis qui ont laissé *dix hommes morts, rouges de sang*. Ou la maladie, comme on a vu dans ce village. Il s'agissait d'un paradis qui pouvait être violé. Un paradis où s'était déjà insinué le serpent.

— Magnus, tu ne crois pas que tu interprètes un peu trop ce qui est écrit sur cette pierre mystérieuse ?

— Quand ils disent la *mer*, ils ne parlent pas de l'océan, insista mon compagnon. Aucune tribu indienne n'irait transporter ce morceau de caillou sur une telle distance, et puis ça ne correspond pas à l'endroit indiqué sur la carte par le symbole du marteau. Non, notre but est proche, à quatorze jours de deux *mers* qui se trouvent à côté d'ici.

— À quelles mers fais-tu allusion ? demandai-je, conscient que mon ami avait perdu la raison.

— Le lac Supérieur en est une. Namida ! appela-t-il. Qu'est-ce qui se trouve à deux semaines à l'ouest de l'endroit où nous avons été capturés sur le lac Supérieur ?

— Je ne sais pas, tout dépend du trajet et du canoë. Mais ce sera à l'est d'ici, dit-elle en désignant de la main l'endroit par où nous étions arrivés.

— Exactement. Et également à deux semaines au sud du lac Winnipeg, ce lac immense dans lequel se jette la rivière Rouge. Cet endroit aussi se trouve à l'est par rapport à nous. Nous avons dû nous enfoncer à l'ouest pour trouver la pierre, Ethan, mais je parie qu'elle se trouvait initialement dans un territoire avec des bois, des prairies et des lacs, cet espace vierge marqué du marteau de Thor sur ma carte. Si tu traces deux lignes – une qui part du lac Supérieur vers l'ouest et l'autre qui part du lac Winnipeg vers le sud – tu verras qu'elles se croisent environ à la même distance. Et c'est là que nous le trouverons !

— Le Graal ?

— Pas le Saint-Graal, un Graal, un des trésors des Templiers : le marteau. Un signe nous indiquera le chemin car c'est notre destin de trouver l'arme de Thor, tout comme c'était notre destin de trouver cette pierre. Sinon, comment aurions-nous pu réussir ?

— Parce que nous avons réussi ? »

Mon ami était un éternel optimiste, mais pour une fois qu'il voulait se diriger vers l'est, je n'allais pas me plaindre.

« Après la disparition de Pierre, j'ai eu peur que les dieux ne nous aient abandonnés. Mais à présent ils nous montrent le chemin, comme la colonne de feu montrait le chemin à Moïse.

— Magnus, je doute que nous puissions nous comparer à Moïse. Et je doute également que Moïse ait eu à affronter des grizzlys.

— Ce n'était qu'une épreuve pour nous tester. Maintenant, nous devons chercher notre propre colonne de feu. Quelque part se trouve un signe qui nous indiquera la présence du marteau de Thor.

*

Magnus insista pour que nous emportions la pierre avec nous.

« Mais elle est plus lourde que Petite Grenouille !

— Elle renferme peut-être d'autres secrets que nous n'avons pas su déceler. Ce n'est pas toi qui avais déchiffré un livre ancien à partir d'indices gravés dans une vieille dalle en pierre ? Alors tu es bien placé pour savoir que ce n'est pas un caprice de ma part. »

Magnus faisait allusion au Livre de Thot que j'avais pu déchiffrer grâce à la pierre de Rosette, mais la seule véritable innovation avait été de faire exploser le haut de la pierre. Cela m'avait paru nécessaire à l'époque.

« Peut-être, mais je n'ai pas traîné la pierre avec moi. Je l'ai copiée sur le dos de mon amante. »

Je regardai Namida et imaginai à quoi ressemblerait sa peau décorée de runes. Je gardais de cet épisode avec Astiza un souvenir profondément érotique.

« Cette pierre est la preuve matérielle que mon peuple était là avant les Espagnols, les Français et les Britanniques, alors nous ne copierons rien. Nous allons la montrer au monde entier, une fois que nous aurons retrouvé le marteau. Nous serons aussi connus que Christophe Colomb. La Norvège pourra récupérer l'Amérique du Nord et devenir une des grandes puissances mondiales. »

Rien n'était moins sûr. Les gens n'aiment pas qu'on bouleverse l'ordre des choses, et, en général, ce n'est pas la gloire qui vous attend. Si vous cherchez le succès, dites aux gens ce qu'ils croient déjà. Ce n'est pas pour rien que les révolutionnaires se font crucifier, ou pire.

« Magnus, on ne peut pas transporter cette plaque sur mille cinq cents kilomètres.

— Nous allons la remorquer, répondit-il vivement. Cette rivière semble couler vers le sud-est et c'est justement par là que nous devons aller. Au village, il y avait une pirogue en peuplier. Ce sera suffisant pour nous quatre, et pour la pierre, on peut construire un radeau. Nous allons trouver le marteau, descendre le Mississippi et tout dévoiler à Oslo !

— Tu ne préférerais pas un endroit un peu plus chaud, comme Paris ou Naples ? »

Mais Magnus était trop occupé à donner des ordres. Petite Grenouille se mit à dépecer l'ours, Namida partit couper des branches de saule et Magnus déroula la laisse en cuir que portait l'ours.

« Va chercher le canoë ! » me dit-il.

Dans le village toujours aussi lugubre, je trouvai le bateau qu'il avait repéré. Je me rendis alors compte que cette épidémie était survenue au même moment que notre mission, alors que les Somerset se doutaient que nous irions vers le village de Namida. Curieuse coïncidence. En étaient-ils responsables ? Avaient-ils fait en sorte que les Indiens contractent la maladie en propageant un virus sur le Missouri, là où ils faisaient du commerce, afin de nous empêcher de leur demander de l'aide ? Étions-nous involontairement responsables de ce massacre ?

J'examinai une fois de plus les falaises environnantes avec la sensation étrange d'être observé, mais elles étaient aussi désertes qu'un bar à vin à La Mecque. Je mis le canoë à l'eau et pagayai pour rejoindre les autres.

Entre-temps, ils avaient nettoyé la peau d'ours répugnante de son sang et l'avaient disposée sur un cercle fait de branches de saules. Le résultat formait une soucoupe d'un mètre vingt de diamètre qui ressemblait à un bouclier très concave que la graisse d'ours rendait à la fois étanche et malodorant.

« Ça ressemble au canot que j'ai utilisé pour m'échapper de l'île à Mortefontaine.

— C'est vrai. C'est un radeau gallois : le bateau le plus rudimentaire qui soit, mais rapide à construire et facile à manœuvrer. Tu ne trouves pas curieux que ces femmes connaissent des techniques qu'on ne trouve qu'à des milliers de kilomètres ?

— Tu penses que les Gallois ont apporté ce savoir-faire avec eux ?

— Je sais seulement que nous ne sommes pas les premiers Blancs, ici. Nous avons trouvé ces ancêtres que nous cherchions, Ethan. Maintenant, il ne nous reste plus qu'à trouver l'endroit qu'ils étaient venus chercher.

— Ton soi-disant jardin d'Éden.

— Le nombril du monde, le centre sacré, le cœur.

Le paradis pour certains, le purgatoire pour d'autres. Il prend la forme qu'attend celui qui le cherche.

— Aussi insaisissable que l'extrémité de l'arc-en-ciel.

— Et où l'or nous attend », conclut-il avec un clin d'œil.

Pendant un court instant, je vis en lui l'infatigable Odin qui parcourait le monde en quête de savoir et d'aventure.

Le radeau gîta sur l'eau jusqu'à ce qu'on y place la pierre runique. Le poids stabilisa le frêle esquif qui se mit à voguer comme une frégate. Magnus utilisa la laisse en cuir pour le tracter, et nous quittâmes enfin le sinistre village en laissant derrière nous l'ours qui ne ressemblait plus qu'à un tas de viande. Alors que le courant nous emmenait vers le sud-est, le vent de la prairie faisait murmurer les peupliers.

Une lueur d'espoir s'était rallumée en moi.

Nous suivîmes la rivière – que des trappeurs appelaient la Sheyenne, selon Namida – qui serpentait au milieu de terres basses où se succédaient bois, bancs de sable et prairies inondables. Sur le côté, les talus étaient herbeux. J'avais peur de Red Jacket, mais cet univers semblait désert. Notre voyage me paraissait de moins en moins réel, comme si nous glissions doucement vers une époque mythique. La vallée que nous traversions était surplombée par un ciel bleu profond et les feuilles qui tombaient doucement sur l'eau me faisaient penser aux pétales de rose à Mortefontaine. Des vols d'oies sauvages passèrent au-dessus de nos têtes en cacardant : elles migraient vers le sud. Je ne savais plus quel jour ou quel mois nous étions et j'aurais été incapable de deviner quel siècle nous traversions. En Orient, au moins, on trouvait des ruines, mais ici, le monde n'en était qu'à ses balbutiements et ne connaissait pas l'existence du calendrier et de l'horloge.

39

Le troisième jour, peu après le lever du soleil, nous rencontrâmes notre plus sérieux obstacle jusqu'à présent : une rivière vivante perpendiculaire à la nôtre. La migration des bisons.

Un immense troupeau de bêtes noires et hirsutes se déplaçait vers le sud et leur route coupait la rivière devant nous, formant un mur de cornes et de bosses. Les animaux majestueux se découpaient devant le soleil levant et engendraient une marée aussi puissante et inexorable que celle de la mer. Nous nous arrêtâmes pour réfléchir à une solution.

« Il leur faudra des jours pour traverser, dit Namida. Les bisons sont plus nombreux que les étoiles.

— Et si on essaie de passer, ils vont nous piétiner, ajoutai-je.

— Le problème, c'est que nous n'avons pas plusieurs jours devant nous », intervint Magnus.

Et comme si notre situation n'était pas suffisamment catastrophique, une flèche tirée depuis les fourrés situés sur la rive nord de la rivière vint se ficher dans le canoë.

Une embuscade !

Nous étions pris au piège. Nos ennemis avaient suivi notre piste à cheval et attendu que nous ayons la pierre runique avec nous, puis ils étaient partis en éclaireurs pour repérer le troupeau de bisons et nous avaient tendu un guet-apens. Astucieux. Il fallait donc nous montrer plus malins.

Un Indien se dressa derrière les roseaux, arc à la main, arrogant comme un duc d'Espagne. J'épaulai alors mon fusil, tirai, puis tapai dans le dos de Magnus.

« Pagaie ! Vers les bisons !

— Mais ils vont nous faire chavirer ! s'exclama Namida. On va se noyer !

— Si on reste ici, on va servir de cible et on finira sur un poteau de torture ! Alors allons-y ! »

Nous étions à présent entourés par les guerriers qui sortaient des buissons en poussant des cris. Une volée de flèches fendit l'air et seule la détermination soudaine de Magnus à pagayer nous évita la mort. Plusieurs traits vinrent se briser contre la dalle en pierre, deux de plus se fichèrent à l'arrière du bateau et les autres criblèrent l'eau. S'ensuivirent des coups de feu. Les balles se mirent à pleuvoir, provoquant des gerbes d'eau autour de nous et soudain, Petite Grenouille poussa un petit cri, lâcha sa pagaie et agrippa son épaule.

Elle saignait, mais la blessure était superficielle, je lui lançai donc ma pagaie.

« Ne t'arrête pas ! »

Je fis feu avec nos deux mousquets et deux autres Indiens s'effondrèrent dans un cri. Nous filions à présent dans les eaux peu profondes. Magnus et les femmes pagayaient de toutes leurs forces en direction du troupeau immense, comme si nous avions hâte de nous faire encorner. Notre accélération prit les Dakotas au dépourvu et, au fur et à mesure que la distance augmentait, leurs tirs se faisaient moins précis. Ils quittèrent la berge en courant en direction des collines où ils avaient certainement attaché leurs chevaux. Je savais ce qu'ils avaient en tête : semer la panique dans le troupeau pour qu'on se fasse piétiner.

« Ethan, on ne passera jamais ! hurla Magnus. On est face à dix mille bêtes, et il doit y en avoir cent mille derrière !

— Passe-moi ta hache !

— Quoi ? Pour quoi faire ?

— De la sorcellerie ! »

Je regardai derrière. Les Dakotas galopaient vers les bisons. Ces derniers, déjà affolés par les coups de feu, représentaient à la fois notre pire crainte et notre meilleure chance de nous en tirer. Je rechargeai les fusils, les jetai au fond de notre embarcation et saisis la hache de Magnus.

« Que vas-tu faire ? » demanda Namida, effrayée, les yeux braqués sur le mur de fourrure qui descendait la berge en dérapant pour plonger dans la rivière.

Leur masse impressionnante provoquait des remous spectaculaires et, au milieu de la rivière, des centaines de cornes se dressaient comme des piquets menaçants. Quand ils passaient à côté de nous, nous pouvions lire dans leurs grands yeux noirs qu'ils hésitaient entre fuir et charger.

« Pagayez plus vite !

— Ethan ?

— Plus vite ! »

Nous essuyâmes d'autres tirs. Les balles sifflaient

à nos oreilles. Je pris un mousquet et ripostai pour maintenir les Indiens à distance.

Puis je plissai les yeux et regardai droit devant. La rivière coulait plein est et le soleil était donc exactement en face de nous. En périphérie du troupeau, de vieux mâles nous dévisageaient furieusement en montrant leurs cornes et en grattant le sol pour protéger les femelles et les petits qui traversaient derrière.

« Ils vont nous attaquer !

— Ne vous arrêtez pas ! »

Les grognements des bêtes s'approchaient et on pouvait sentir leur odeur fétide et étouffante.

« Ethan ! » gémit Namida.

Je levai la hache.

Comme je l'ai déjà expliqué, Magnus avait l'habitude de la polir comme s'il s'agissait d'un objet en argent hérité de ses aïeux. Il la chérissait plus qu'aucun homme ne chérit sa femme ou son cheval. La lame brillait comme un miroir et, après son combat avec l'ours, il avait pris soin de l'astiquer soigneusement, de sorte qu'à présent elle réfléchissait parfaitement le soleil.

Je l'inclinai et, aussitôt, une lumière aveuglante éblouit la dizaine de milliers de bisons hésitants. Les bêtes affolées eurent l'impression que notre canoë avait explosé en une gerbe luminescente. Elles tressaillirent en mugissant avant de s'emballer. L'instant d'après, la plaine entière tremblait sous les sabots des animaux épouvantés qui fuyaient dans toutes les directions. Ceux qui se trouvaient au milieu de la rivière trépignaient pour éviter notre charge et tentaient désespérément d'échapper aux rayons aveuglants. Je continuai à faire miroiter la hache. Je me sentais comme une walkyrie. L'eau bouillonnait. Le troupeau finit par s'écarter.

Je me retournai. Derrière nous, la confusion était à son comble : des milliers de bêtes continuaient à descendre des collines tandis que d'autres faisaient demi-tour pour regagner la rivière, écrasant sur leur passage les Indiens qui s'étaient lancés à nos trousses. Ces derniers firent feu pour diriger les bisons vers nous, mais cela ne fit qu'ajouter à la panique. Les bovins couraient en tous sens, faisant voler la poussière dans l'air matinal. Un cheval se cabra, désarçonnant son cavalier qui se fit aussitôt encorner.

Nous en profitâmes pour nous faufiler entre les bisons qui nageaient pour regagner la rive. Des cornes et des têtes massives passèrent à côté du canoë. Les animaux parurent surpris par notre culot et par le curieux radeau que nous remorquions. Soudain, l'un d'entre eux se jeta à l'eau pour nous charger. Je brandis la hache et l'abattis sur son crâne. Puis je me saisis d'un mousquet et fis feu. Le bison trébucha puis s'effondra, déclenchant un nouveau courant d'animaux paniqués. Un filet de sang se répandit dans l'eau.

Entre nous et nos poursuivants se dressait à présent un rideau de cornes qui nous permettrait de prendre de l'avance. La confusion était extrême et les Dakotas se faisaient balayer. Je continuai à brandir la hache, faisant miroiter le soleil jusqu'à ce que, enfin, nous soyons passés. Derrière nous s'élevait un mur de poussière qui nous cachait au regard de nos assaillants. Nous pagayâmes encore quelque temps, puis le calme régna de nouveau : le troupeau et les Indiens étaient hors de vue. Nous nous laissâmes alors porter par le courant pour reprendre nos esprits, notre curieux radeau toujours accroché à l'arrière du canoë.

« Ce n'était pas de la sorcellerie, ça, haleta Magnus, c'était ma hache !

— La sorcellerie, c'est ce que j'ai fait avec. Tu sais, Magnus, la magie, c'est avant tout des bonnes idées. »

*

Après une série de méandres, nous rejoignîmes enfin la rivière Rouge qui se jetait plus au nord dans le lac Winnipeg. D'après le souvenir que nous avions de la carte approximative de Magnus, le marteau devait se trouver plus à l'est. Nous remontâmes donc le courant vers le sud jusqu'à trouver un affluent qui filait dans la direction souhaitée. Bloodhammer essayait de deviner le chemin qu'avaient emprunté ses Norvégiens et ses Goths, mais comme les cours d'eau serpentaient comme des pâtes italiennes, il était difficile de dire si nous approchions de notre destination. D'autant plus que celle-ci se résumait à un vague symbole sur une carte que nous n'avions plus.

Le ruisseau était lent et marécageux et, plus nous progressions vers l'est, plus les plaines infinies disparaissaient pour laisser place à un paysage plus familier avec des arbres, des prairies et des mares. La moitié de ces espaces était couverte de forêts et, parfois, la rivière s'élargissait pour former un petit lac.

C'est alors que nous vîmes notre pilier biblique, notre porte d'entrée vers le jardin d'Éden.

D'abord, je crus qu'il s'agissait d'un nuage noir à la forme curieuse qui se découpait contre le ciel bleu de l'automne. Puis je m'aperçus que, malgré la brise qui soufflait, il restait immobile. En fait, il n'était pas exactement immobile, car en nous approchant, nous réalisâmes qu'il tournoyait lentement autour d'un point central, tel un puissant tourbillon visqueux. La rotation me faisait penser aux nuages redoutables en forme d'entonnoirs que nous avions rencontrés dans la plaine. De fait, celui-ci aussi était sombre et paraissait animé par une force puissante. Cependant, ce cylindre de nuages était bien plus large et pivotait paresseusement autour d'un axe invisible. Alors que nous approchions, quelques éclairs suivis de grondements de tonnerre semblaient vouloir nous indiquer que nous étions indésirables.

Anxieux, nous observâmes le phénomène.

« J'ai entendu parler de cet endroit, dit Namida. L'orage qui ne s'arrête jamais. Personne ne va là. Et ceux qui y sont allés ne sont jamais revenus.

— Bah ! Nous avons un sorcier avec nous, plaisanta Magnus.

— Et le sorcier a l'impression que notre destination ressemble plus à l'enfer qu'au paradis, répondis-je.

— Ce n'est que la maison de Thor.

— Veux rentrer maison, dit Petite Grenouille dans un français hésitant. Retourner village. »

La balle qu'elle avait reçue à l'épaule la faisait souffrir et elle avait de la fièvre.

« Non, c'est ici la maison, l'endroit où tout a débuté, répliqua le Norvégien, les yeux brillants. C'est ici que sont nés les dieux et les rois, les héros et les sirènes. Nous approchons du siège de la vie éternelle. Il faut continuer, Petite Grenouille, car ici, tu pourras être soignée. »

La vie éternelle ? Je ne voyais là qu'un orage,

magnifique certes, mais malveillant. À la lueur des éclairs, les nuages se teintaient de vert et de violet. Ils se déplaçaient vers le haut et vers le bas comme s'ils étaient attirés telles des planètes par l'axe qui se trouvait à l'intérieur. Puis le soleil fit son apparition à l'ouest et un arc-en-ciel formidable se forma.

« Bifröst ! s'écria Magnus. Le pont de feu qui relie Asgard, le royaume des dieux, et Midgard, le royaume des hommes ! C'est un signe de bienvenue !

— Ce n'est qu'un arc-en-ciel, Magnus. De la lumière et de la pluie.

— Un arc-en-ciel qui mène à un trésor ! Venez donc, si vous ne me croyez pas ! »

Impossible de faire demi-tour à présent. Nous pagayâmes à travers une mosaïque de lacs et de ruisseaux pour nous approcher le plus près possible. Par trois fois nous dûmes effectuer un portage et traîner la pierre runique dans la boue avant de nous remettre à pagayer. Difficile de dire si cet orage mystérieux se trouvait plus loin que nous le pensions ou s'il reculait au fur et à mesure, mais nous avions l'impression de ne pas avancer. Finalement, quand le ruisseau sur lequel nous nous trouvions se transforma en marécage, nous tirâmes une dernière fois le canoë et le radeau sur la berge.

« Hors de question que je laisse la pierre ici ! dit Magnus. Je ne tiens pas à ce qu'on me la vole !

— Mais comment allons-nous la transporter ?

— Construisons un travois, proposa Namida. C'est la technique qu'utilisent les miens pour transporter quelque chose à travers la plaine. Les Dakotas les tractent avec des chevaux, mais nous utilisons des chiens.

— Ici, il n'y a ni chevaux ni chiens.

— Non, mais il y a un géant. »

Nous coupâmes des branches et les attachâmes ensemble pour former un triangle au centre duquel nous plaçâmes le radeau en peau d'ours et la pierre. Sans roue, c'était la meilleure solution.

Quand le soleil couchant teinta le cylindre de nuage d'une lueur orangée, nous nous installâmes pour dormir. Une brise fraîche se leva. Petite Grenouille n'arrivait pas à dormir et fixait les éclairs. Quand je me réveillai à minuit, elle ne dormait toujours pas et arborait un air résigné. Je m'approchai d'elle et lui tapotai le bras.

« La mort », murmura-t-elle.

40

Nous nous réveillâmes le lendemain matin, entourés par la brume et le silence. Comme tout le reste, le nuage mystérieux était invisible. Le brouillard enveloppait notre campement et de l'eau gouttait partout. Nous avions la sensation de nous trouver dans une cave remplie d'horloges : tic tac, tic tac. Pas de cri d'oiseaux. Pas de vent. L'impression était angoissante. C'est peut-être à cela que ressemble effectivement la mort, pensai-je. Petite Grenouille qui avait fini par s'endormir ouvrit doucement les yeux. Elle avait le front brûlant.

« Pourquoi ce silence ? » demanda Namida.

Nous nous tournâmes vers Magnus.

« Je ne sais pas », répondit-il.

Moi, je savais. Ou du moins avais-je peur de savoir. Quand un homme pénètre dans la nature, parfois celle-ci se tait : les animaux retiennent leur souffle tandis que passe l'effrayante créature. Ils attendent et observent pour voir sa réaction. Nous aurions dû entendre les oiseaux chanter ce matin, mais il n'y avait eu que le silence.

« Je pense qu'on est toujours surveillés. Red Jacket n'a pas abandonné et il est tout près. »

En effet, un cri d'oiseau retentit soudain dans les marais. Un autre lui répondit, plus bas sur la rivière. Les femmes tressaillirent. Des signaux indiens.

« C'est bon signe, tenta de nous rassurer Magnus. Ils attendent encore pour nous tuer. Ils vont se contenter de nous suivre jusqu'à ce que nous ayons trouvé le trésor.

— Et ensuite ?

— Ensuite nous trouvons le marteau et la donne change. »

Magnus utilisa la cordelette en cuir qui avait servi à tracter le radeau pour se confectionner un harnais rudimentaire et traîner le travois.

« Partons à la recherche de ce que ces salauds veulent que nous trouvions ! »

Sur ce, il partit au petit trot à travers les arbres. Entouré par la brume, il ressemblait à un fantôme. Puis il arriva dans une clairière et poursuivit sa course. Derrière lui, les branches du travois creusaient deux sillons parallèles dans l'herbe humide. Comme il avait l'air de savoir où il allait et que ce n'était pas mon cas, je me mis à courir à mon tour, suivi de près par les deux Indiennes.

« Magnus, tu ne penses pas qu'il serait plus simple d'abandonner la pierre ?

— C'est la preuve que mon pays est arrivé en premier.

— Mais qu'est-il donc arrivé à tes Norvégiens s'ils ont effectivement découvert des pouvoirs ancestraux ?

— Qui sait ? Une pierre qui parle de *dix hommes morts, rouges de sang* est une première indication. La maladie ? Un combat contre les Indiens ? Les deux ?

Ou peut-être ont-ils réveillé une force malveillante qu'ils n'ont pas su dompter.

— Le Wendigo, dit Namida.

— Ou bien ils ont tout simplement accompli leur mission, poursuivit Magnus, imperturbable. L'un d'entre eux au moins est retourné en Scandinavie, puisqu'il existe une carte. Et d'autres ont fini par vivre avec les Indiens. Tu savais que tes ancêtres étaient des Templiers ? dit-il soudain en se retournant vers Namida.

— Qu'est-ce qu'un Templier ? »

Il secoua la tête et reprit sa course.

« Comment sais-tu tout ça ? insistai-je.

— Du sang de Templier coule dans mes veines. Mes ancêtres étaient des nobles qui ont perdu tous leurs droits il y a des siècles, mais quand j'étais petit, on me racontait des histoires : mes aïeux détenaient des pouvoirs que nous avons oubliés depuis. Et jusqu'à ce que je découvre cette carte, ce n'étaient que des histoires. Et puis j'ai entendu des rumeurs d'expéditions françaises ayant fait de nouvelles découvertes en Égypte et en Terre sainte. J'ai appris qu'un savant américain se trouvait à la cour de Napoléon. C'était un signe d'Odin ! Une carte du Moyen Âge représentant l'Amérique sauvage et un Américain avec toutes les compétences nécessaires prêts à m'accompagner ! Je dois admettre qu'en tant que héros, tu es assez décevant, Ethan. Mais tu as un certain sens de la persévérance. Même ton désir des Indiennes nous a aidés, puisqu'il nous a permis de découvrir la pierre runique. Les voies des dieux sont impénétrables.

— Et tu utilises aussi cette formule païenne quand les choses tournent mal ?

— Pour l'instant, tout va bien.

— C'est vrai que nous nous sommes presque fait assommer, tirer dessus, brûler et piétiner.

— *Presque* ne compte pas. Regarde-nous, nous touchons au but !

— Mais Magnus, ce n'étaient pas vraiment des dieux ou des êtres surnaturels. C'est du mythe, tout ça.

— Et comment définis-tu le surnaturel ? Imagine que ton mentor Benjamin Franklin se soit retrouvé à la cour de Salomon pour y faire des expériences électriques. Tu ne crois pas que les Juifs auraient crié au miracle ? Nous autres chrétiens avons créé un abysse : les hommes sont faibles et Dieu est tout-puissant. Et si cet abysse n'était pas aussi grand qu'on le pense ? Imagine qu'il existe des êtres entre ces deux extrêmes. L'histoire est peut-être plus profonde qu'on ne le croit et remonte à des époques plus brumeuses que ce brouillard, des époques où ce qu'on qualifie de *mythes* étaient alors des *faits*. Quelle preuve de plus te faut-il ? dit-il en désignant la pierre derrière lui. Celle-ci est tellement concrète que j'ai assommé un ours avec !

— Mais ce que tu dis va à l'encontre de la définition même de l'histoire.

— Exactement, répondit le Norvégien. Et c'est pour ça que nous sommes ici, toi et moi, à deux doigts de la résurrection, et qu'il n'y a personne d'autre.

— La résurrection ?

— Je ne t'ai pas tout dit. Pas encore.

— C'est vrai que la résurrection ne serait pas un luxe si Red Jacket est dans les parages, parce qu'il nous massacrera jusqu'au dernier.

— Sauf si on a le marteau. »

La température de l'air chuta soudainement, et je remarquai que nous marchions sur un tapis de grêlons. L'orage mystérieux de la veille devait en être responsable. La glace était toujours gelée et le sol était blanc. Notre respiration formait de petits nuages de fumée.

Nous hésitâmes, comme si quelque chose nous retenait.

Puis, dans un grognement, Magnus s'élança et gravit une petite pente en traînant derrière lui le travois. Nous l'imitâmes. Nous eûmes alors la sensation d'avoir franchi une barrière invisible, une feuille de papier transparent. L'air se réchauffa et, alors que nous pénétrions dans un petit bois de bouleaux blanc et jaune en cette fin de saison, le brouillard commença à s'estomper.

Les arbres étaient aussi imposants que des colonnes. À cet endroit, la grêle avait fondu, mais les premières feuilles mortes scintillaient par terre comme des pièces d'or. À droite et à gauche, des fleurs tardives pointées vers les cieux formaient un tapis violet sous les troncs blancs. Des rochers moussus apparaissaient dans les derniers halos de brume. Ce spectacle magnifique nous fit taire, et le frottement du travois me parut un sacrilège dans ce temple naturel. Alors que nous montions doucement, le jour reprit des forces et nous inonda de lumière. La rosée conférait à la scène un aspect satiné.

Notre ascension finit par nous mener sur la crête d'une petite falaise de granit et, alors que le soleil commençait à nous réchauffer et que le brouillard se retirait dans les arbres, nous pûmes profiter d'une vue extraordinaire.

J'en eus le souffle coupé. Nous surplombions un vallon boisé de bouleaux et de trembles où s'éparpillaient clairières et points d'eau. La cuvette naturelle où il se trouvait le cachait au reste du monde. Mais ce ne fut pas ce qui nous frappa le plus. Au centre, sur une petite colline, se dressait un arbre d'une taille inimaginable. Abasourdis, nous ne pouvions pas en détacher nos yeux.

Il était si grand que nous dûmes pencher la tête en arrière de plus en plus. Il montait jusqu'au ciel. À côté, les autres arbres de la forêt – que dis-je ? du monde – passaient pour des nains. Un frêne gigantesque dont la cime se perdait dans les nuages. Je n'avais aucune idée de sa taille, mais il devait être visible à trente kilomètres à la ronde. Cependant, à cause du nuage et de la brume, nous ne l'avions pas vu avant. Plus haut que la flèche d'une cathédrale. Ses branches faisaient la taille d'une rue. À part peut-être les anciens Scandinaves, personne n'aurait osé soupçonner ou imaginer une telle aberration de la nature. La base du tronc battait en circonférence le plus gros donjon et les branches auraient pu abriter une armée. Nous ne savions pas si c'était nous qui nous étions transformés en fourmis ou si c'était l'arbre qui s'était gonflé comme une montgolfière.

« Yggdrasil ! » murmura Magnus.

Impossible ! L'arbre mythique qui portait les neuf mondes, dont Midgard, le monde des hommes ? Ce monstre ne pouvait pas être aussi grand. Et pourtant, il n'avait rien d'ordinaire, puisqu'il surplombait la forêt de la même façon que les arbres surplombent les buissons. Mais pourquoi ? Le frêne est un des arbres les plus nobles ; son bois souple et résistant permet la fabrication des arcs, des flèches, des tonneaux et des poignées de hache, mais malgré sa grande taille, ce n'est pas d'ordinaire un arbre très épais. Et pourtant, nous avions affaire à un colosse.

« C'est vrai qu'il y a assez de bois pour construire toute une flotte, mais pas pour soutenir le monde. Ce n'est pas Yggdrasil.

— Il y a assez de bois pour indiquer l'emplacement du marteau de Thor, répondit Magnus. Assez de bois pour servir de pont vers la puissance. Tu commences à me croire, maintenant ?

— C'est là que se trouve ton marteau ?

— Où d'autre ? Quel meilleur point de repère ?

— Pourquoi cet arbre est-il si grand ? demanda Namida.

— C'est là tout le mystère, répondit mon compagnon, le regard brillant.

— Et ça, qu'est-ce que c'est ? demandai-je en montrant du doigt un petit rocher percé d'un trou du diamètre d'un mât.

— Ah ! Ah ! Une preuve de plus ! C'est une pierre d'amarrage !

— Comment ça marche ?

— Le soir, pour amarrer leurs bateaux, les Vikings passaient une corde munie d'un piquet dans le trou. On en voit partout en Norvège.

— Oui, mais nous ne sommes pas à côté de la mer, Magnus.

— C'est exact, alors pourquoi se trouve-t-elle ici ? J'imagine qu'elle sert de point de repère pour trouver le marteau de Thor au cas où l'arbre ne marcherait pas. Il doit y en avoir plusieurs autres de part et d'autre de l'arbre. En les reliant, tu trouveras ce que tu cherches à l'intersection des lignes.

— Astucieux.

— Une preuve de plus. »

Il longea la crête de la petite falaise jusqu'à son extrémité en traînant toujours la pierre runique derrière lui. Nous lui emboîtâmes le pas jusqu'à descendre dans le vallon. Nous traversâmes alors une clairière pour nous retrouver sous l'ombre du géant.

De toute évidence, l'arbre était très vieux. Je n'aurais su dire si la terre avait déjà porté un phénomène d'une telle circonférence. Je comptai cent pas pour en faire le tour. D'énormes racines partaient du tronc et formaient de véritables murets. Les plis et les sillons de l'écorce auraient pu abriter un homme et les nœuds étaient aussi gros que des citernes. On aurait pu facilement se servir des crevasses naturelles de cette falaise végétale comme prises pour grimper jusqu'aux premières branches. Celles-ci se trouvaient à une dizaine de mètres du sol et formaient de formidables passerelles. Le feuillage vert jaune annonçait le changement de saison et les niveaux de branchages étaient si nombreux qu'il était impossible de voir la cime depuis le sol.

« Ce phénomène révolutionne la botanique, déclarai-je. Aucun arbre normal ne peut atteindre une telle taille.

— Peut-être étaient-ils tous aussi impressionnants à l'âge des héros. Tout était plus grand alors. Souviens-toi de ce que disait Jefferson au sujet des animaux préhistoriques. Ce spécimen est certainement le dernier rescapé.

— Mais si c'était vraiment le cas, comment tes Templiers ont-ils pu deviner que cet arbre se trouvait ici ?

— Je n'en ai pas la moindre idée.

— Et où se trouve le marteau ?

— Aucune idée non plus. Peut-être là-haut, dit-il en montrant les branches du doigt. Ou à l'intérieur. D'après la légende, quand Ragnarök annonce la fin du monde, un homme et une femme – Lif et Lifthrasir – se cachent dans le tronc d'Yggdrasil, survivent à l'holocauste et au déluge pour repeupler la terre.

— Enfin une note d'espoir ! »

Ce colosse pouvait-il être escaladé ? Je m'éloignai de l'enchevêtrement de racines pour l'examiner plus attentivement. Alors même que le brouillard se dissipait au soleil, un étrange halo de nuages se formait au sommet comme si le frêne attirait la tempête. Je m'aperçus que c'était pour cela que nous ne l'avions pas vu la veille. Je me demandai si le sombre orage que nous avions observé hier allait se répéter.

Je m'aperçus également que la cime de l'arbre semblait tronquée, comme coupée net. Il était impossible de discerner le sommet, mais on distinguait nettement un bout noirci : la foudre avait dû le frapper. Évidemment ! Comme c'était le plus grand objet aux alentours, il faisait office de paratonnerre naturel. Ce qui était curieux, en revanche, c'était que l'arbre aurait dû être plus marqué par les coups de foudre incessants qui devaient le frapper. Au cours de la seule journée de la veille, il y avait eu suffisamment d'éclairs pour le réduire en poussière. La façon dont il avait pu atteindre une telle taille était proprement incompréhensible.

Cela n'avait pas de sens.

Je rejoignis mes compagnons.

« Il se passe ici un phénomène étrange. L'arbre semble attirer les nuages et les orages, et pourtant la foudre ne l'a toujours pas abattu.

— Je n'aime pas ça, dit Petite Grenouille. Namida a raison. Le Wendigo, mangeur de chair humaine, doit vivre ici.

— Absurde, dit Magnus. Nous sommes dans un endroit sacré.

— Le Wendigo emmène ses victimes dans des lieux comme celui-ci.

— Le Wendigo n'existe pas.

— Mais tes fables, elles, seraient réelles ? railla Namida. Petite Grenouille dit vrai. Il y a ici quelque chose de redoutable.

— Dans ce cas, cherchons le marteau et filons, déclarai-je. Il faut faire vite avant que Red Jacket ne nous trouve. Je vais grimper. »

J'utilisai les crevasses dont le vieux tronc était sillonné pour me hisser jusqu'à la première branche et m'y accrocher fermement. Elle était large comme un parapet et je me perchai dessus pour faire de grands signes au trio qui m'attendait en bas. En vérité, je n'étais pas rassuré, car je n'avais effectué qu'une infime partie de l'ascension et la chute paraissait déjà très longue.

Il valait mieux ne pas y penser et continuer à grimper. Ce que je fis.

Parfois, je me contentais de passer de branche en branche comme sur une échelle ; d'autres fois, je devais m'aider des profondes fissures pour grimper telle une araignée jusqu'à la plate-forme suivante. Le tronc était si tordu, creusé et jalonné de nœuds qu'il m'assurait un nombre suffisant de prises : j'étais devenu une mouche humaine ! J'étais l'écureuil Ratatosk qui faisait le va-et-vient entre le dragon Nidhögg et l'aigle sacré situé au sommet pour faire passer leurs messages respectifs ! Je montais sans m'arrêter, toujours plus haut, m'éloignant du sol à présent caché par le feuillage et m'approchant d'un ciel que je ne voyais toujours pas. Je progressais dans un cocon de feuilles ; à sa manière, l'arbre était accueillant et douillet. Cependant, il avait également subi les assauts du temps et, parfois, j'atteignais une branche à moitié cassée qui tenait encore et constatais à ma plus grande stupéfaction que les anneaux étaient espacés de pratiquement un centimètre et demi – preuve que le géant croissait à une vitesse extraordinaire.

Plus j'avançais, moins j'allais vite : la hauteur me donnait le vertige et je commençais à avoir les muscles endoloris. À près de cent mètres du sol, le tronc et les branches étaient toujours épais et solides et j'apercevais à présent des morceaux de ciel à travers les feuilles. Je m'aperçus alors que je me trouvais vraiment très haut. La sensation était effrayante. Autour, la forêt ressemblait à un pré. Mes compagnons étaient invisibles et quelques oiseaux voletaient en dessous. Comme la veille, les nuages s'amoncelaient autour de l'arbre pour former une masse sombre menaçante. Le vent se leva et le donjon de verdure se mit à osciller. J'eus alors la sensation de gravir le mât d'un bateau dans la houle et fus pris de haut-le-cœur.

Je resserrai mon étreinte et poursuivis mon ascension.

Enfin, je dépassai la dernière couche de feuillage. Je vacillais à plus de trois cents mètres du sol, mais je touchais au but. À travers des trous dans les nuages, je pus admirer à perte de vue la vaste prairie, les arbres, les lacs argentés et les clairières. Cependant, le temps se gâtait de plus en plus et les nuages s'épaississaient. Je me demandai si cet Yggdrasil était invisible de loin.

Non. Mon regard perçut un mouvement. Un groupe de cavaliers approchait. L'un d'entre eux portait un vêtement rouge vif, une goutte de sang sur la prairie.

Je pouvais désormais faire le tour du tronc avec mes bras. Mais il n'y avait pas l'ombre d'un marteau. En revanche, ma première impression se confirmait : le sommet était tronqué. Pourquoi ?

Je gravis les cinq derniers mètres et me hissai sur un dernier nœud aussi fin qu'un mât. Je regardai en contrebas si Red Jacket était toujours en vue mais le sol était déjà caché par les nuages. Un mur circulaire de nuages se mit à tourner doucement autour de l'arbre, tel un immense cylindre transparent. Le soleil donnait au sommet une couleur argentée mais plus bas, tout était sombre. J'entendis un grondement sourd. L'orage ! Il fallait faire vite ! Une lueur brillante scintillait au-dessus de moi. Un fil doré jaillissait du sommet de l'arbre et brillait ardemment.

La cime avait bien été frappée par la foudre, mais il n'y avait là rien de surprenant. Cependant, je me demandais comment il se trouvait toujours debout après les milliers de décharges qu'il avait dû recevoir.

Je gravis les derniers centimètres, terrorisé à l'idée qu'un éclair ne brise net la fine perche où je me trouvais. L'envergure des oscillations devait approcher les cinq mètres.

C'est alors que je trouvai enfin la réponse à la question que je n'arrêtais pas de me poser. Le fil doré que j'avais aperçu était en fait un petit câble torsadé en métal qui formait une excroissance sur le bois.

À première vue, il s'agissait d'un alliage de cuivre, d'argent et de fer.

Si je n'avais pas été électricien, disciple de Franklin, ce fil m'aurait simplement paru curieux. Mais j'avais été frappé par la foudre ! Ce que j'avais sous les yeux était, à n'en pas douter, un paratonnerre datant du Moyen Âge. Les Templiers de Bloodhammer, ou des utopistes nordiques avaient installé un câble sur cet arbre. Le métal attirait les éclairs, et si ce fil métallique était suffisamment long, il conduisait l'électricité jusqu'au sol. Il devait traverser l'arbre dans toute sa hauteur.

C'était sous les racines du géant que se cachait l'objet de notre quête.

Les poils de mes bras se hérissèrent et je ressentis que l'air était chargé d'énergie. Les nuages se faisaient de plus en plus noirs. Plus par instinct que par prudence, je me laissai glisser jusqu'à la première branche à laquelle je m'accrochai comme un singe. Bien m'en prit car un éclair frappa la cime de l'arbre dans un vacarme épouvantable. Je fermai les yeux, aveuglé.

L'arbre tressaillit. Je ressentis un choc terrible mais l'électricité avait parcouru le fil et le bois en avait absorbé la plus grosse partie. Je haletai, choqué, mais je tins bon.

Le picotement passa, le câble grésillait toujours.

De grosses gouttes de pluie se mirent à tomber.

Il fallait descendre, et vite.

41

Je descendis aussi vite que possible tout en choisissant mes prises avec attention car au moindre faux pas, c'était la chute mortelle. Après ce qui me parut durer une éternité, je parvins enfin à portée de voix de mes compagnons et criai :

« Magnus, il y a quelque chose sous l'arbre !

— Quoi donc ?

— Le tronc est traversé par un fil en métal qui attire la foudre ! Je pense que ça permet de charger quelque chose situé en dessous ! Il faut se dépêcher si on veut le trouver, Red Jacket arrive ! »

Le temps que j'atteigne les premières branches à la force des bras et me laisse tomber sur le tapis de feuilles et de terre meuble, Magnus avait de nouveau fait le tour du tronc.

« Cet Yggdrasil est aussi bien planté que le rocher de Gibraltar, dit-il.

— Pas étonnant, tes Scandinaves étaient là il y a pratiquement quatre cent cinquante ans. »

Je me rendis compte en prononçant ces mots que, pour la première fois, je ne mettais pas en doute l'existence d'explorateurs nordiques et que j'acceptais leur venue comme un fait établi.

« Cet arbre a beaucoup grandi depuis, repris-je. Et si on en croit la théorie de Bertholon, l'électricité a dû accélérer sa croissance. En poussant, il a entraîné avec lui un câble en métal qui lui sert de paratonnerre. Je pense que le fil a atteint sa taille maximale et que les coups de foudre répétés empêchent l'arbre de poursuivre sa croissance. Logiquement, ce câble doit être relié à un objet situé en dessous.

— Je ne vois pas le câble dont tu parles, répondit Magnus en scrutant les branches.

— C'est parce qu'il se trouve à l'intérieur du bois ! Il part de la cime et descend jusqu'au sol. Quant à l'objet relié à l'extrémité du fil, il devait avoir beaucoup de valeur pour que tes ancêtres se donnent la peine de mettre en place un tel stratagème. Et s'il avait effectivement beaucoup de valeur, il leur fallait un moyen rapide pour le récupérer. Je pense qu'il y avait jadis sous l'arbre une porte ou un tunnel », ajoutai-je en examinant moi-même la base du géant.

Les Indiens arrivaient, il fallait faire vite.

« Là, peut-être, à l'endroit où cette racine forme un arc. L'arbre a grandi, le bois a dû recouvrir l'ancienne entrée. Je sais qu'il a l'air solide, mais…

— Dans ce cas, dit Magnus, on va la retrouver, cette fameuse porte. Yggdrasil, je te demande pardon. »

Sur ce, il prit sa hache et s'approcha d'une cavité à la base du tronc, près d'une énorme racine.

« Le bois a une drôle de forme, ici. Il est plein de bosses. »

Il leva son arme et l'abattit. Un gros craquement retentit et l'arbre gémit.

« S'il y a effectivement un tunnel, il va nous falloir des torches, ajouta-t-il en poursuivant son ouvrage.

— Avec Petite Grenouille, on va ramasser des branches, dit Namida.

— Comment tes Templiers savaient-ils qu'il leur fallait venir ici, au beau milieu d'un continent inexploré ?

— Ils ne le savaient pas. Ils connaissaient l'existence de ce continent par les Vikings, et après le vendredi noir de 1307, ils se sont dispersés pour échapper à la mort et ils ont emporté leurs artefacts avec eux, dit-il en reprenant sa respiration entre deux coups de hache. Les Indiens leur ont parlé de ce territoire de chasse d'où partaient des rivières en direction du nord, du sud, de l'est et de l'ouest… S'agissait-il de l'emplacement originel du paradis ? Peut-être pas, mais ils étaient hors d'atteinte de leurs persécuteurs et possédaient une technologie avancée par rapport aux tribus locales primitives. Ils avaient de l'acier et les Indiens n'en avaient pas. Et ils rêvaient de fonder une utopie basée sur l'énergie de l'objet qu'ils avaient apporté avec eux.

— Le marteau de Thor…

— Exactement, dit-il en faisant voler les copeaux en tous sens. Ils s'en sont peut-être servis pour combattre les Indiens. Ou ils l'ont enterré quand ils se sont rendu compte qu'ils n'étaient pas assez nombreux. Mais j'ai une autre théorie : n'ayant pas le temps de construire une pyramide, une tour, ou n'importe quel autre point de repère pour pouvoir retrouver leur marteau, ils ont utilisé d'anciens secrets pour le relier à un arbre qui servirait de phare aux futurs Templiers tout en terrifiant les Indiens pour les dissuader de s'approcher.

— Un phare caché par ses propres orages, les orages qu'il provoque.

— Oui, et les orages eux-mêmes font office de phare. Si cet arbre n'est pas Yggdrasil, c'est une machine qui permet d'alimenter l'objet que nous sommes venus chercher.

— Comment ça, *alimenter* ? »

Pour toute réponse, il indiqua le ciel d'un signe de la tête.

Les nuages s'amoncelaient, il faisait de plus en plus sombre. Un roulement de tonnerre retentit. Chaque jour, au moment où le soleil atteignait son zénith, l'énergie de l'arbre créait son propre orage, et, chaque nuit, elle créait son propre hiver. Des éclairs similaires à ceux que produisait le marteau de Thor zébrèrent le ciel. Mais peut-être avais-je tout faux : et si c'étaient les éclairs qui alimentaient le marteau de Thor et non l'inverse ?

« On a de la visite ! » prévint Namida.

En effet, on devinait du mouvement entre les arbres situés sur la colline brumeuse par où nous étions arrivés. Comme nous, Red Jacket et ses Dakotas allaient être stupéfaits par ce colosse de la nature et son cylindre de nuages. Je devinai qu'ils allaient d'abord hésiter, puis qu'ils ramperaient dans les hautes herbes pour observer. Une ou deux balles devraient suffire à les ralentir un peu plus.

J'armai mon fusil.

« Dépêchez-vous ! » supplia Petite Grenouille.

La hache s'abattait à présent avec une régularité métronomique. Les coups du Norvégien étaient précis : les copeaux voletaient comme des confettis et les feuilles mortes tombaient en flocons. À côté du géant, la hache faisait figure d'aiguille, mais chaque coup le faisait tressaillir comme si jamais, au cours des siècles de son existence, il n'avait subi un tel manque de respect. Qui osait l'attaquer ainsi ? L'idée de creuser un tunnel pouvait paraître absurde, mais les efforts de Magnus n'étaient pas vains : la consistance du bois changeait.

« Après l'écorce et la première couche, le bois est vermoulu, dit Magnus en reprenant sa respiration. J'enlève de gros morceaux à chaque coup. Cet arbre n'est pas aussi solide qu'il y paraît. »

Un autre grondement retentit et je ressentis le même frisson étrange que dans la Cité des Fantômes, au sud de Jérusalem. L'air crépitait comme s'il était vivant.

L'herbe de la clairière s'agita, découvrant partiellement les renégats de Red Jacket. Je visai et fis feu. Le mouvement s'arrêta. Je m'accroupis derrière une racine pour recharger.

« Accélère, Magnus ! »

Quelques fusils aboyèrent en retour, dégageant un petit nuage de fumée. Les balles se fichèrent dans le tronc. Bloodhammer jura comme s'il s'agissait de quelques insectes agaçants. Les femmes tressèrent des torches rudimentaires avec les brindilles qu'elles avaient ramassées puis les allumèrent à l'aide de silex et d'acier. Quant à moi, je continuais à tirer pour maintenir nos poursuivants à distance, mais ceux-ci restaient tapis dans l'herbe, invisibles.

« Il y a un trou ! » s'exclama Magnus.

Nous nous retournâmes. Sous la majestueuse racine se dessinait l'entrée d'un terrier, légèrement plus large que la grotte de l'ours. L'arbre avait effectivement poussé par-dessus.

« Prends les femmes avec toi et allez jeter un coup d'œil ! criai-je. Moi, j'empêche Red Jacket et ses hommes d'approcher ! »

J'épaulai de nouveau mon long rifle, pressai la détente et sentis le recul rassurant contre mon épaule. L'odeur de poudre brûlée m'envahit le nez. Tirer ainsi sur mes ennemis me détendait. D'une part, ces gestes familiers m'occupaient, et d'autre part, cela me permettait de maintenir nos poursuivants à distance. Lorsqu'ils ripostaient, je pouvais voir de la fumée s'élever depuis les hautes herbes, mais eux restaient invisibles. Ils avaient la présence d'esprit de ne se déplacer qu'après avoir fait feu.

Enfin, Magnus appela :

« On a besoin d'un électricien !

— Alors, viens me remplacer ! »

Magnus sortit de son trou et attrapa mon fusil d'une main. Il agitait l'autre comme s'il s'était brûlé.

« C'est très étrange », dit-il en s'essuyant la bouche pour enlever la terre qui s'y trouvait.

Je me précipitai dans le tunnel. Les parois étaient étayées par ce que je pris d'abord pour des racines, avant de m'apercevoir qu'il s'agissait d'une tout autre matière : de l'ivoire. Les Scandinaves avaient consolidé le plafond du passage avec des défenses de mastodontes. Avaient-ils trouvé les éléphants ? Un cimetière ? Ou avaient-ils eux-mêmes exterminé les derniers mammouths ?

Il faisait plus sec que prévu et une odeur de brûlé se dégageait. Je marchai à tâtons en direction de la lumière des torches et retrouvai Namida et Petite Grenouille. Elles se tenaient accroupies dans une salle basse de plafond qui devait se trouver exactement sous le centre du tronc et observaient, fascinées, un curieux appareil. Des racines descendaient du plafond jusqu'au sol pour former une cage en bois de la taille d'un coffre de marine. Au-dessus, un fil brillant aussi épais qu'une penne partait du plafond pour plonger dans un cylindre en bois de la taille d'un petit tonneau. Le fil ne faisait qu'un tour autour de la bobine. Je devinai que le câble – qui devait à l'origine former des milliers de tours – s'était déroulé au cours des siècles au fur et à mesure de la croissance de l'arbre. Une fois la bobine vide, le géant avait cessé de grandir et avait subi les assauts de la foudre, puisque le paratonnerre ne pouvait monter plus haut.

Mais ce n'était pas cela qui fascinait les deux Indiennes.

En effet, sous la bobine, le fil était relié à la lourde tête d'un… marteau !

Il était plus gros qu'un marteau de charpentier, mais plus petit qu'une masse. Il faisait en longueur la taille de mon avant-bras. La tête plate et émoussée semblait avoir été forgée à partir d'un minerai d'argent et devait peser au moins sept kilos. D'autres fils étaient enchevêtrés parmi les racines et, debout sur son manche en métal, le marteau ne semblait tenir droit que grâce à une force électrique.

« Le marteau de Thor », déclarai-je, n'en croyant pas mes yeux.

Ou le marteau de quelqu'un d'autre, d'ailleurs. Il était relié au paratonnerre qui surmontait cet arbre monstrueux de la même manière que j'avais connecté mes bouteilles de Leyde au générateur à manivelle lors du siège de Saint-Jean d'Acre, en Palestine. Fasciné, je tendis la main pour m'en saisir, mais Namida m'arrêta.

« Non ! Regarde ce qui se passe ! »

Soudain, un éclair aveuglant produisit des étincelles qui me rappelèrent le feu d'artifice de Mortefontaine. La pièce trembla et on entendit une explosion sourde dans le lointain : c'était le tonnerre qui répondait. Puis les étincelles retombèrent, laissant place à un marteau chargé d'électricité et scintillant. L'objet bourdonnait. Doucement, la lueur s'estompa.

« Ce sont les éclairs qui le nourrissent, expliqua Namida. Et l'arbre aussi, je pense. Magnus a essayé de toucher le marteau et il s'est brûlé. »

L'arme était donc constamment chargée et prête à l'emploi. Cela me rappela la façon dont j'avais chargé l'épée électrique que j'avais utilisée pour le duel contre Ned lors du siège de Saint-Jean d'Acre. La fameuse force fondamentale qui anime la nature ! Nous possédions donc une arme exceptionnelle, mais comment s'en saisir sans se blesser ? J'essayai d'imaginer ce qu'aurait fait le vieux Benjamin Franklin, mais l'écho des coups de feu à l'extérieur m'empêchait de me concentrer.

« Il faut prêter main-forte à Magnus. »

Nous sortîmes donc en rampant pour trouver Magnus accroupi derrière une des énormes racines. Nous le rejoignîmes.

« Tu as le marteau ?

— Non, je ne sais pas comment l'empoigner. »

Nos poursuivants s'étaient rapprochés et prenaient moins la peine de rester à couvert.

« On en a besoin !

— Magnus, nous ne sommes pas des dieux. »

Je récupérai mon fusil et lui tendis un mousquet. Je tirai. Un cri s'éleva puis plus rien ne bougea. Enfin, j'entendis la voix de Cecil, curieusement déformée et nasale.

« On a Pierre ! »

Notre ami français était en vie !

Et mon ennemi aussi.

« Ne tirez pas ! » ordonnai-je à mes compagnons.

L'aristocrate anglais se dressa doucement en tenant Pierre fermement. Ce dernier avait été roué de coups : la chemise décousue, le pantalon en lambeaux, il avait les yeux tuméfiés. À le voir, on avait l'impression qu'il n'avait pas marché pour traverser la prairie, mais qu'il avait été traîné. Ses mains étaient ligotées.

Petite Grenouille était en état de choc. Ses yeux noirs embués de larmes jetaient des regards désespérés en direction de notre tunnel.

Cependant, Pierre n'était pas le plus effrayant.

Non, c'était Cecil Somerset. La balle que j'avais tirée lors de la poursuite en canoë avait fait éclater son beau et fier visage. Sa joue droite n'était plus qu'un cratère. Il lui manquait des dents et une partie de la mâchoire supérieure, et à la place de son œil droit se trouvait une orbite vide. La plaie rouge et jaune était infectée et purulente, et Cecil plissait l'autre œil pour chasser les insectes qui tournaient autour de lui, attirés par la chair en putréfaction. Notre fringant aristocrate ressemblait à présent à un monstre effrayant. Combien de temps pourrait-il survivre avec une telle blessure ? La volonté seule le maintenait en vie, car il désirait plus que tout au monde ce qui se trouvait sous cet arbre. Il avait toujours l'épée brisée, passée à sa ceinture.

Une autre silhouette se dressa dans l'herbe. Aurora ! Son maquillage avait disparu, ses cheveux étaient gras et elle avait les habits sales et en haillons après des jours de cheval. Malgré tout, je la trouvais toujours aussi belle avec son bronzage d'amazone. Ses traits fins et son visage harmonieux me faisaient oublier la haine qu'elle suscitait en moi et je ne pouvais m'empêcher de la trouver désirable. Elle aussi tenait à la main un fusil de chasse et, comme si elle cherchait à accentuer le fossé qui s'était creusé entre nous, elle me mit en joue sans l'ombre d'une hésitation.

Red Jacket se leva à son tour, un tomahawk à la main. Dans l'étrange lumière, sa veste élimée était toujours aussi éclatante. Il portait toujours le bras en écharpe et me dévisageait avec une haine sans nom. S'il le pouvait, il m'arracherait le cœur. Sa bande de renégats dakotas et ojibwés se dressa enfin. Avec leurs cicatrices et leur air vindicatif, ils ressemblaient plus à des pirates qu'à des princes de la plaine. Tout en eux respirait l'avidité et la grossièreté. Ces gens-là n'avaient vraiment rien de commun avec les fiers guerriers qui nous avaient aidés lors de notre trajet en canoë.

« Eh bien ! Nous voilà tous réunis !

— Nous voulons te voir mourir, Gage ! cria Cecil d'une voix rendue rauque par la blessure et la douleur. Et nous voulons te voir souffrir ! J'ai avec moi vingt excellents guerriers qui n'attendent que mon signal ! Cependant, nous vous laisserons la vie sauve à tous – Bloodhammer, les Indiennes et même le petit Pierre ici présent – en échange de l'objet que vous avez trouvé. Je dois dire que le rite ne s'attendait certainement pas à cela », ajouta-t-il en regardant l'arbre.

Un autre éclair jaillit de la cime, suivi d'un roulement de tonnerre. Il illumina le visage de Somerset, nous offrant une vision d'horreur.

« Le rite égyptien savait ce que nous cherchions ?

— Le rite égyptien sait qu'Ethan Gage est toujours à la recherche de quelque chose. »

Pour un homme à qui il manquait la moitié du visage, je trouvais Cecil bien impudent. Ses Indiens, en revanche, semblaient moins à l'aise. Eux aussi avaient été surpris par l'arbre gigantesque aux orages étranges et à l'ombre menaçante. Eux aussi pensaient au Wendigo.

« Tu m'as appelé *petit Pierre* ? s'exclama notre compagnon. Personne ne surnomme ainsi le grand Pierre Radisson !

— Silence ! »

Puis Cecil se mit à le fouetter avec une cravache. Il le fouetta et le fouetta encore comme s'il cherchait à décharger sa propre douleur et sa propre frustration sur son prisonnier. Petite Grenouille poussa un petit cri.

Je frissonnai de dégoût. Je rassemblai tout mon sang-froid pour ne pas abattre Cecil sur place, car je savais que les autres en profiteraient aussitôt pour tuer Pierre et se précipiter sur nous sans me laisser le temps de recharger. Le voyageur resta debout, les yeux fermés, et subit son châtiment sans ciller.

Magnus, qui avait confié les mousquets à Namida et à Petite Grenouille, se saisit de sa hache, prêt à lancer l'assaut comme un guerrier viking.

« Pas tout de suite. »

Fatigué par l'effort, l'Anglais finit par mettre un terme au supplice. Pierre grimaçait sous la douleur. Contrairement à la passion qu'on pouvait lire dans l'œil unique de Bloodhammer, celui de Cecil reflétait une folie destructrice.

« Je ne suis pas quelqu'un de patient, siffla Cecil. Le rite sait très bien que les Templiers cherchaient à assembler quelque chose, alors que vous n'en avez pas la moindre idée. Abandonnez, laissez-nous ce que vous avez trouvé, et tout ira pour le mieux. Vous pourrez récupérer ce Français pleurnichard et toute cette maudite prairie si ça vous chante ! Je vous la laisse, à vous et aux sauvages ! Donnez-le-nous, et nous pourrons de nouveau être amis, dit-il avec un sourire que sa plaie rendait plus effrayant que la pire des grimaces. Peut-être même vous laisserai-je ma sœur.

— Ne l'écoute pas, dit Magnus.

— Ne t'en fais pas, ces gens-là trichent même aux dés ! Pour commencer, dites à votre sœur d'arrêter de me tenir en joue, dis-je à Cecil en me tournant vers lui.

— Dans ce cas, baissez votre arme, Gage ! Sauvez la vie de vos amis ! Il est temps d'agir en hommes civilisés ! Oublions le passé ! dit-il avec le même horrible rictus.

— Laissez partir Pierre et je me tiendrai tranquille.

— Tenez-vous tranquille et on le laissera partir ! »

Aurora baissa son fusil. Je l'imitai. Cecil poussa Pierre qui avança vers nous d'un pas titubant. Puis il s'arrêta.

« Je suis déjà mort. Je suis prêt pour l'autre vie, Ethan. Ne leur donne pas ce que vous avez trouvé. Ce sont des gens mauvais, ils ne doivent pas l'avoir. »

Ses mots flottèrent dans l'air. Il refusait d'avancer, et nous ne savions pas comment réagir.

Et puis tout se précipita.

Aurora gronda, épaula son fusil et tira dans le dos du

Français qui tomba à genoux. Petite Grenouille poussa un hurlement indigné, fit feu à son tour et manqua sa cible. Je crus qu'elle allait charger, mais elle lâcha son mousquet et se précipita dans le tunnel. Namida tira, elle aussi, et un Indien s'effondra.

Je me précipitai au sol pour éviter une volée de balles et de flèches qui vinrent se ficher dans le tronc monumental, mais Magnus poussa un grognement et se retourna : il avait été touché par au moins un des projectiles. Namida s'allongea également pour recharger. Puis, alors que Somerset se jetait sur Pierre en brandissant son épée pour le scalper, je le mis en joue et lui logeai en pleine poitrine la balle qu'il semblait attendre. Il laissa tomber son épée et tomba en arrière.

Ivre de colère, Aurora poussa un hurlement terrible.

Malgré sa blessure, Magnus courait vers elle en silence, sa hache à la main.

Soudain, la terre trembla.

Nous eûmes la sensation qu'une vague avait secoué l'arbre. Le sol gronda. Des éclairs encore plus impressionnants que ceux que nous avions vus jusque-là fendirent l'air au-dessus de nous, provoquant des étincelles en frappant les branches. Un gémissement épouvantable retentit derrière moi. Je m'immobilisai. C'était Petite Grenouille qui hurlait ! Effrayée, Namida s'accrochait à une racine plus fermement qu'au bastingage d'un navire pendant la tempête. Yggdrasil – ou quel que soit le nom de cette brindille démesurée – se balançait furieusement ; partout, ses racines sortaient du sol : le géant se léchait les babines. Un tremblement de terre ? La secousse fit tomber Magnus à genoux. Quant à Aurora, elle savait que son fusil était vide et tâchait de s'éloigner en rampant.

À part Red Jacket, tous les Indiens hurlaient et reculaient.

Puis Petite Grenouille sortit du trou, les vêtements fumants. Elle passa devant moi et se précipita vers Magnus en vociférant dans sa langue.

Elle brandissait le marteau !

Son bras était gonflé et couvert de cloques, et elle chancelait plus qu'elle ne chargeait. Elle avait attrapé le marteau au milieu de la cage d'écorce et de câbles pour venger son amant et avait payé son audace au prix fort. Elle tomba au sol et le marteau lui glissa des doigts. Les Indiens s'immobilisèrent et contemplèrent cette arme qui brillait comme si elle sortait de la forge. Red Jacket chargea à son tour avec son tomahawk ; il savait que nos fusils étaient déchargés. Je sortis à mon tour ma hachette. Nous allions enfin régler nos différends, comme nous aurions dû le faire lorsqu'il m'avait frappé à Grand Portage.

Je n'aurais jamais osé m'approcher du marteau de Thor, mais Magnus s'en saisit. Lorsque l'énergie de l'objet le traversa, il poussa des hurlements de douleur. Les poils de sa barbe et ses cheveux se dressèrent sous l'effet de l'électricité, la main qui tenait le manche se mit à fumer et lui-même sembla gonfler. Cependant, malgré la brûlure, il leva l'arme et se mit à faire des moulinets.

Le ciel s'embrasa. Des éclairs fusèrent tout autour de l'arbre : certains atteignirent Yggdrasil mais la plupart frappèrent le sol. Le vent hurla de plus en plus fort, et les nuages, à peine menaçants quelques instants auparavant, se mirent à bouillonner et à tourbillonner. Les Indiens prirent leurs jambes à leur cou mais Red Jacket poursuivit sa course. En passant à côté de Petite Grenouille, il lui porta à la tempe un coup de tomahawk d'une cruelle précision. Elle s'effondra, morte. Je m'accroupis, prêt à parer. C'est alors que Magnus lança le marteau de toutes ses forces : le sol s'embrasa instantanément.

Namida et moi fûmes projetés contre le tronc du frêne comme si nous avions reçu un coup de poing. Magnus recula également. Mais les éclairs frappèrent Red Jacket de plein fouet et avec une telle puissance qu'il s'arrêta net, comme s'il avait heurté un mur invisible. Sa veste prit feu. Puis ses yeux se mirent à bouillir, sa langue enfla comme une miche de pain dans le four et lui aussi fut projeté en arrière sur quatre mètres. Ses mocassins volèrent.

Le marteau de Thor avait fonctionné !

Par un curieux effet de magnétisme entre l'arme et son porteur, l'outil mystique revint dans la main de Magnus. Le Norvégien l'attrapa en poussant un cri de douleur. Il semblait lui-même chargé d'électricité : ses vêtements fumaient et le marteau, le ciel et l'arbre se mirent à grésiller. Il fit un tour sur lui-même et un éclair formidable jaillit de la tête du marteau pour frapper le sol. Autour de l'arbre, le feu s'étendait et les Indiens qui n'avaient pas été tués par le rayon d'énergie fuyaient à présent pour échapper aux flammes. Magnus, qui hurlait toujours en se tordant de douleur, rassembla ses dernières forces pour prendre de l'élan et lancer le marteau aussi loin que possible : l'arme tournoya dans l'air.

Puis le ciel explosa.

Des éclairs convergèrent vers le marteau et entrèrent en collision dans un coup de tonnerre colossal. La déflagration m'assourdit momentanément. Autour de moi, tout devint blanc, puis noir. Enfin, je vis le marteau tomber à côté de Magnus et rebondir au sol. Nous n'osions plus nous en approcher. L'arme irradiait comme si elle avait été arrachée au soleil, et grésillait par terre. Brûlé, blessé, souffrant, et encore abasourdi, Magnus avança jusqu'à l'arbre en titubant et en se protégeant le visage contre l'incendie qu'il avait déclenché.

Le ciel devint noir, tandis que le feu, qui dévorait la clairière et progressait à la fois dans notre direction et dans celle des fuyards, fournissait l'unique source de lumière. À travers la fumée, j'aperçus Aurora qui brandissait son fusil déchargé en vociférant au moment où les flammes allaient l'engloutir. À cet instant, je recouvrai mon ouïe et je l'entendis m'appeler et me promettre que nous nous retrouverions en enfer. Bientôt, la fumée fut partout et les flammes se mirent à lécher les premières branches d'Yggdrasil. Nous avions déclenché l'holocauste et nous allions périr brûlés.

Ragnarök. La fin du monde.

42

« Réfugions-nous sous l'arbre ! ordonna Magnus, la barbe fumante. Vite ! »

Nous empruntâmes donc le tunnel en défenses de mammouth jusqu'à la salle. Cette fois, le marteau n'était plus dans sa cage de racines et de fils. Ces derniers fumaient à présent, et au-dessus, l'arbre semblait pris de convulsions. Quant à Magnus, il avait l'air affreusement brûlé.

« Petite Grenouille l'a attrapé pour venger la mort de Pierre, dit Namida, la voix tremblante.

— Et ça lui a coûté la vie », ajoutai-je.

De la fumée commençait à s'infiltrer dans notre terrier, et la température augmentait considérablement.

« Ce n'est pas le paradis que nous avons trouvé, Magnus, c'est l'enfer. »

D'instinct, je rechargeai le long rifle qui semblait soudé à ma main. Combien de fois m'avait-il sauvé la vie ?

« Non. Non. C'est bien le paradis, je le sais ! répondit mon compagnon. Le marteau était la pomme, nous n'aurions jamais dû y toucher ! Mais la puissance du dieu du ciel est toujours ici. Le fil qui nous relie au paradis est toujours là ! Ça va marcher, Ethan, ça va marcher !

— Qu'est-ce qui va marcher ? demandai-je, inquiet de voir que l'équilibre mental de mon ami ne s'arrangeait pas.

— Signe va pouvoir ressusciter !

— Pardon ?

— C'est l'arbre de la vie, Ethan. C'est ça qu'étaient venus chercher les Templiers nordiques ! Ils étaient à la recherche des vestiges du jardin d'Éden et de la jeunesse du monde qu'ils espéraient trouver ! Le marteau était en quelque sorte une graine qui recueillait l'énergie du ciel, et l'arbre était une fontaine de jouvence ! Ils n'ont pas eu le temps de faire fonctionner l'arbre car les Indiens les ont attaqués, mais l'arbre a poursuivi sa croissance pendant quatre cent cinquante ans. Et maintenant, Ethan, maintenant, je peux la faire revenir !

— Faire revenir ta femme morte ?

— Oui, avec l'enfant qu'elle portait dans le ventre ! répondit-il avant de brandir fièrement l'étui de sa carte. Tu m'as demandé pourquoi j'avais emporté ça avec moi alors que c'était vide, me rappela-t-il, en en déchirant l'extrémité de ses doigts brûlés. Les textes sont ambigus, mais je pense qu'ils font référence à la résurrection. Ou alors au néant. Ethan, je n'ai jamais aimé personne comme j'ai aimé Signe, pas même une demi-seconde ! » m'avoua-t-il.

Il versa un peu de poudre grise dans la paume de sa main.

« Ce sont ses cendres ! Ne t'avais-je pas dit qu'il s'agissait du plus grand trésor de la terre ?

— Non ! Quel est ton projet, au juste ?

— Reculez, tous les deux ! Je vais pénétrer dans la cage avec elle et attraper le fil, mais cette fois, je pense qu'il va nous guérir ! C'est ce qu'assurent les textes anciens !

— Magnus, c'est de la folie !

— L'électricité va la faire renaître ! Pourquoi sinon crois-tu que les Templiers aient créé cela ?

— Mais Cecil a parlé d'un dessein qui nous était inconnu !

— Ce sont les Somerset qui sont aveugles, coincés dans une cave sombre avec des bijoux qu'ils ne peuvent pas trouver. Signe et moi allons enfin nous retrouver, d'une façon ou d'une autre. Je vais servir de conducteur aux éclairs. Je vais toucher le doigt de Dieu ! Reculez, au cas où ça ne fonctionnerait pas.

— Magnus, Signe ne sera jamais ressuscitée !

— Et tu crois que cette vie m'intéresse si je ne peux pas la retrouver ? »

Sur ce, il pénétra dans la cage et s'approcha du câble qui courait jusqu'à la cime de l'arbre. Pour la première fois depuis notre rencontre, il semblait avoir trouvé la paix. Odin le borgne avait enfin trouvé ce pour quoi il avait arpenté le monde.

Je pris la fuite.

Alors que je tirai Namida vers la sortie du tunnel enfumé, je le vis tendre une main vers le câble, de la même manière qu'Adam avait tendu la main vers le Tout-Puissant. Dans l'autre, il serrait les cendres de sa femme.

« Reviens, mon amour perdu ! » s'écria-t-il.

Soudain, un rugissement retentit. Un bruit tellement puissant qu'en comparaison, les coups de tonnerre que nous avions entendus juste avant paraissaient dérisoires. Heureusement pour nos tympans, la déflagration fit s'effondrer sur Namida et moi le plafond en terre du tunnel, ce qui étouffa le son. Magnus avait déclenché l'apocalypse et, en un instant, nous fûmes plongés dans l'obscurité. Nous étions enterrés vivants, et le sol remuait comme un chien qui s'ébroue.

Je m'accrochai à l'Indienne que j'avais traînée dans cet enfer, furieux de ne pas avoir obéi à mon instinct. J'allais finir enseveli dans une prairie inconnue. Jamais je ne pourrais faire mon rapport sur les éléphants laineux, et jamais je ne pourrais dévoiler les projets des Britanniques et vanter les charmes des femmes autochtones !

Puis, comme l'avait promis Magnus, nous fûmes ressuscités.

Cela ne se passa cependant pas comme dans la Bible : la terre entra en éruption et nous fit remonter vers la surface alors qu'un amas de racines aussi gros qu'un village était arraché du sol. Après l'obscurité suffocante au moment où le tunnel s'était effondré, ce fut la lumière de notre renaissance, dans un tumulte de terre, de pierre et de bois. Les racines s'agitaient et de grands geysers de terre faisaient remonter le sol. Je ressentis plus que je n'entendis un craquement titanesque, comme si des milliers de tonnes de bois s'étaient fracassées par terre, décuplant les vibrations du sol. Puis des feuilles en flammes tombèrent du ciel d'orage telles de petites bougies, éclairant les ténèbres de poussières et de nuages. Je recrachai de la terre et pris une profonde inspiration.

Enfin s'établit un silence que seul venait briser le crépitement d'une pluie fine. À moins qu'il ne se soit agi d'un bourdonnement dans mes oreilles.

Je me redressai, tremblant. Namida et moi étions couverts de terre : nous étions noirs et nous en avions dans les oreilles et dans les yeux. Mon fusil jaillit du sol comme un piquet sale. Nous nous trouvions au fond d'un cratère suffisamment grand pour accueillir un lac d'une taille respectable. L'immense frêne, l'Yggdrasil des temps modernes, avait été projeté dans les airs par l'expérience de Magnus avant de retomber au sol. Il s'étendait sur quatre cents mètres au milieu de la prairie tandis que les flammes léchaient toujours les branches. En basculant, il avait creusé une tranchée dans le sol et avait laissé un trou immense en forme de disque à l'endroit des racines. Partout autour du tronc, des fissures s'étaient formées.

Le plus grand arbre de la planète était mort.

De Magnus, nous n'avions pas la moindre trace. Le tunnel avait évidemment disparu dans l'explosion. Aucune trace non plus de la cage, du fil métallique, des cendres de Signe et du Norvégien lui-même. Magnus avait touché du doigt la Valhalla, et puis il avait disparu.

Je ne savais pas ce qui était advenu de lui. Avait-il été enterré avec sa femme dans une sépulture commune au fond du cratère ? Vaporisé par l'énergie déclenchée ? Ou bien ressuscité dans un endroit meilleur ?

Et moi, alors ? Comme toujours, on me laissait dans ce monde cruel.

Oublier son chagrin avait été en fait le véritable éden de Bloodhammer. Il voulait mettre un terme à son deuil, d'une façon ou d'une autre. Et il avait réussi. La Norvège, la royauté, le trésor ? Tout cela n'avait au final que peu d'importance. Magnus avait trouvé le paradis qui l'acceptait.

Namida et moi rampâmes jusqu'au bord du cratère, tremblants. Je traînai mon fusil abîmé et enlevai la terre qui se trouvait dans son canon avant de m'en servir comme béquille. Puis j'aidai l'Indienne.

L'incendie qui s'était déclenché à la base de l'arbre était éteint, faute de combustible. Quelques feux subsistaient encore, mais s'éteignaient sous la bruine. Nous retrouvâmes les corps de Petite Grenouille, Pierre et Cecil sur le sol nu près de l'arbre que l'incendie n'avait pas atteint, et les restes fumants de Red Jacket. D'autres corps calcinés jonchaient la clairière dévastée. Quant aux autres Dakotas et à Aurora Somerset, ils avaient disparu.

Je retrouvai le marteau, curieusement inerte et rabougri. L'apocalypse qu'il avait subie l'avait réduit à un simple morceau de fer froid d'un gris terne. La façon dont nous nous en étions servis l'avait anéanti.

« Il l'appelait le marteau de Thor, dit Namida en regardant l'arme avec émerveillement.

— Ce n'est plus qu'un bout de métal, maintenant.

— Il y a des choses que les hommes ne devraient pas trouver. »

Elle repensa aux amis que nous avions perdus et des larmes lui roulèrent sur les joues.

Je regardai vers le ciel. Les nuages s'étaient rassemblés en une chape grise, et la pluie s'intensifia.

43

Couché sur le sol, le tronc était aussi long et haut que la double muraille de Constantinople, mais l'incendie et la chute avaient fracassé cette colonne à la croissance extraordinaire en immenses morceaux difformes. La pluie ruisselait déjà à l'intérieur des trous béants. Il pourrirait vite et, quand il aurait disparu, qui pourrait jamais le remplacer ? Sans électricité et sans marteau à disposition, personne. L'emplacement des racines se transformerait en lac, l'arbre disparaîtrait dans le sol et l'herbe calcinée repousserait. Il ne resterait aucune trace du jardin d'Éden si particulier de Bloodhammer. Ou s'agissait-il de son Ragnarök ? La frontière entre les deux paraissait bien ténue.

La pierre runique se trouvait toujours là, oubliée dans l'agitation générale. Les flammes l'avaient léchée sans l'endommager. Dans une ou deux générations, quand l'arbre aurait complètement disparu, elle constituerait l'unique preuve de mon aventure.

La hache de mon Norvégien se trouvait là, elle aussi. Namida, encore étourdie, la ramassa par le manche et la traîna comme un enfant promène sa poupée.

Et puis, alors que nous errions en titubant autour

des vestiges de l'arbre, nous remarquâmes parmi ses racines à présent à l'air libre quelque chose qui nous avait échappé.

En s'effondrant, l'arbre n'avait pas seulement emporté avec lui des tonnes de terre mais également des rochers de la taille de fourragères qui semblaient faire partie inhérente du végétal. L'eau se répandait déjà dans l'entrelacs des racines : ces dernières ne tarderaient pas non plus à tomber. Mais ce que nous vîmes était si étrange que nous frissonnâmes en nous demandant si cet endroit n'était pas effectivement maudit.

À côté des défenses de mastodontes qui avaient survécu à l'explosion se trouvaient des squelettes humains, de la même couleur gris-marron que le bois qui les entourait. La chair et les cheveux avaient disparu depuis longtemps, mais les armures qu'ils arboraient prouvaient qu'il ne s'agissait pas d'Indiens. Nous pouvions discerner très précisément la rouille sur les boucliers. À côté, enchevêtrés dans les racines, se trouvaient également des vestiges de plastrons, d'épées, de cottes de mailles et de casques. Nous avions trouvé les Scandinaves ! Certains semblaient avoir été inhumés en demi-cercle autour de ce qui devait avoir été, quatre cent cinquante ans auparavant, un jeune arbre, lui-même relié à une machine électrique enterrée sous un tumulus.

« Des corps, dis-je à Namida.

— Les étrangers aux cheveux roux, murmura-t-elle en contemplant les vestiges des armures.

— Oui. Des Blancs, comme moi.

— Si loin de chez eux.

— Magnus aurait dit qu'ils rentraient à la maison.

— L'homme blanc est bizarre : il cherche toujours à rentrer à la maison. Mais le monde est le monde, où qu'on se trouve. Le paradis se situe à l'endroit où on le crée. Pourquoi l'homme blanc voyage toujours aussi loin, sans jamais se reposer, et avec autant de violence ?

— Pour trouver la paix.

— Ils devraient faire la paix là où ils sont.

— Les Templiers étaient des guerriers. Les Vikings aussi. Tout comme les Ojibwés et les Dakotas. C'est comme cela. Ainsi sont les hommes, si différents des femmes. »

En fait, je n'étais pas vraiment concentré sur mon explication, car la frénésie s'était soudain emparée de moi alors que je regardais en l'air en direction des squelettes suspendus et des armures rouillées. De l'or ?

J'en avais bien trouvé au milieu du désert, parmi les restes du chevalier Montbard, dans la Cité des Fantômes, alors pourquoi pas ici ? Mon cœur se mit à battre la chamade, mon corps ne me faisait plus souffrir.

« Les Blancs devraient se sentir chez eux là où ils se trouvent.

— Namida, je crois que nous avons trouvé un trésor. »

Et avant qu'elle ait pu m'arrêter, je saisis une racine et me mis à grimper en direction du squelette à la lueur dorée. D'aucuns considèrent comme un sacrilège de troubler les morts ; moi, je pense que cela ne les dérange plus. Allais-je enfin être récompensé de tous mes efforts ? Mais pourquoi enterrer de l'or ? Les Templiers en avaient-ils apporté en Amérique ? Ou l'avaient-ils trouvé là, comme pouvaient le laisser penser les mystérieuses mines de cuivre sur l'Isle Royale ? Était-ce le précieux métal qui les avait attirés jusque-là plutôt que le jardin d'Éden ?

« Il y a quelque chose au milieu des ossements !

— Redescends ! Ce sont les os qui rendent cet endroit maudit !

— Mais non ! Pas maudit, sacré ! Ce n'est qu'une sépulture.

— C'est un lieu diabolique ! Le marteau était maléfique, regarde ce qu'il a fait ! Laisse-les, Ethan ! Il faut partir, vite ! Ici, il n'y a que des mauvais esprits !

— Non, c'est le moment de récupérer quelque chose du naufrage.

— Noooon, il faut partir, je le sens !

— Bientôt, c'est promis. J'y suis presque ! »

Je m'approchai des restes humains. Le crâne arborait le fameux rictus troublant caractéristique des squelettes. J'étais tellement habitué à cet aspect macabre de la chasse au trésor que cela ne me dérangeait plus. Du revers de la main, j'époussetai l'armure. Une paillette d'or s'envola.

Je m'arrêtai. Le trésor paraissait bien volatil. Je déplaçai la terre avec précaution et m'aperçus qu'il s'agissait en fait d'une feuille d'or beaucoup plus fine et plus large que je n'avais imaginé. Un disque d'or du diamètre d'un bras, et aussi fin que du papier.

D'une certaine façon, j'avais effectivement affaire à du papier.

De la taille et de la forme d'un bouclier.

Et sur le métal, je distinguai des inscriptions en bas-relief. Il ne s'agissait pas de runes mais de lettres latines.

L'astuce employée par les Templiers me rappela la

façon dont j'avais caché le Livre de Thot aux yeux de tous, dans la voile en coton d'un navire égyptien. Là, la feuille d'or – le précieux métal ayant été certainement choisi pour sa résistance aux aléas du temps – avait été glissée entre les couches de bois et de métal d'un bouclier. On l'avait délibérément cachée.

Mais dans quel but ?

Elle contenait probablement des informations qui devaient rester secrètes jusqu'à ce que la bonne personne la découvre.

Ils n'avaient sans doute pas prévu que ce serait moi.

Je regardai plus attentivement. C'était bien du latin, mais là où je me trouvais, les inscriptions étaient inversées, comme sur un miroir : le bouclier avait été enterré, sa partie écrite faisant face au ciel, et je regardais dans le mauvais sens. Je brisai une racine et me mis à creuser autour du bouclier vermoulu. La couche d'or était aussi fragile qu'une feuille séchée.

« Ethan, dépêche-toi !

— Il y a des inscriptions, comme sur un livre !

— Un livre ? Qu'est-ce que c'est ?

— Un objet dans lequel on peut conserver une idée pour la transmettre à quelqu'un qui ne l'a jamais entendue et qui se trouve à des kilomètres ou des années de là ! »

Évidemment, cela n'avait aucun sens pour elle et ne faisait que mettre en évidence le fossé qui nous séparait, elle, la femme de la prairie, et moi, l'homme des salles de jeu. Qu'allions-nous devenir ? Devais-je la renvoyer vers les siens ? Pouvais-je l'emmener avec moi au palais présidentiel ou à la cour de Napoléon comme une vulgaire Pocahontas ? Devais-je la confier aux Mandans ? J'en étais là de mes réflexions quand, enfin, je parvins à dégager complètement le bouclier du sol. Je redescendis prudemment en tenant la feuille en lambeaux, aussi friable qu'un vieux journal, jurant à chaque fois qu'une paillette d'or s'envolait. Arrivé au sol, je dégageai la rouille et le bois pourri qui restaient et tâchai de déchiffrer le message.

Je ne suis pas un intellectuel. D'ailleurs, quand j'étais à Harvard, je passais plus de temps à espionner les demoiselles de Cambridge qu'à étudier la vie des Césars. Et par conséquent, je ne savais pas plus lire le latin qu'expliquer les *Principia* de Newton. Cependant, je crus reconnaître certains mots. *Poséidon*, par exemple, et *Atlantic*. Non, ce n'était pas ça. Je plissai les yeux. Était-ce *Atlantic* ou *Atlantis* ? Juste à côté, un autre mot qui m'était familier, mais j'étais incapable de me souvenir où je l'avais entendu : *Thira*. Et un autre : *hasta*. Cela me fit penser à un poème ancien. Ça ne voulait pas dire une lance, en latin ? Je me souvins que Silano avait trouvé quelques vers en latin qui avaient aidé à découvrir le Livre de Thot. Ces Templiers nordiques avaient-ils laissé derrière eux, à des milliers de kilomètres, un indice en latin menant vers un autre trésor ? Mais pourquoi enterrer cet indice au même endroit que le marteau ? On ne cache pas la carte au trésor avec le trésor ! Il y avait également des mots curieux tels que *Og*.

Qu'est-ce que pouvait bien signifier ce message ?

Cela n'avait aucun sens. À moins que le marteau de Thor ne constitue pas le vrai trésor, ou du moins pas le trésor ultime. Ce grand arbre n'était peut-être qu'une balise.

Je me souvins de ce que m'avait dit Magnus. Les Templiers avaient été anéantis et dispersés. Tous les objets, les trésors, les livres qu'ils possédaient avaient donc été dispersés avec eux. J'avais trouvé le Livre de Thot dans un sarcophage souterrain en plein désert, et le marteau de Thor à l'autre bout du monde, au beau milieu de l'Amérique. Jamais deux sans trois, d'après le dicton ! Cecil avait dit que les Templiers cherchaient à assembler quelque chose. S'il existait effectivement d'autres objets, il paraissait logique que les Templiers aient caché une indication sur leurs pérégrinations à l'endroit précis où ils devaient tous se retrouver et se rassembler : l'arbre mythique, Yggdrasil.

Je gémis intérieurement. Cette aventure n'était pas terminée.

L'inconvénient quand on travaille sous les ordres de quelqu'un, c'est qu'on ne peut pas abandonner.

Soudain, un sifflement retentit à mon oreille, immédiatement suivi d'une détonation : on me tirait dessus. Un trou perça le bouclier rouillé et les fragiles inscriptions dorées se désagrégèrent.

« Attends ! » hurlai-je.

Mais Aurora Somerset galopait vers nous comme une possédée, les cheveux au vent. Folle de chagrin, elle montrait les dents et ses yeux verts lançaient des éclairs. Elle chevauchait un poney indien. Elle jeta le mousquet et tira la rapière brisée de son frère. De son autre main, elle brandissait une lance. Le tranchant irrégulier de l'épée brillait comme un tesson de bouteille. Aurora criait vengeance !

Je cherchai mon fusil du regard. Je l'avais posé contre une racine ; jamais je ne pourrais l'attraper à temps. Je me mis à courir au moment où son poney entamait la descente du cratère.

Je ressentis alors une douleur aiguë au mollet. Je trébuchai et tombai de tout mon long.

La lance à la pointe de silex m'avait traversé la jambe.

Incapable de me déplacer à cause de la lance, je me tassai en attendant qu'elle me piétine.

Mais ce n'était pas vers moi qu'elle galopait. Elle se précipitait vers le parchemin doré. Savait-elle de quoi il s'agissait ? Elle se baissa à la manière des Cosaques pour l'attraper.

Mais au moment où elle allait s'en saisir, son cheval poussa un hennissement et rua, la projetant vers l'avant. Monture et cavalier se fracassèrent sur l'objet que j'avais découvert, dans une gerbe de terre. Les inscriptions dorées volèrent en éclats comme des confettis. Aurora poussa un gémissement indigné en glissant au milieu des débris. Le cheval était sur le dos et se tordait de douleur. J'aperçus sur ses sabots des filaments dorés. Namida apparut alors, brandissant la lourde hache du Norvégien. Elle l'abattit sur la gorge du poney, le tuant sur le coup.

Elle avait utilisé l'arme de Magnus pour faire trébucher le cheval.

Aurora se redressa péniblement et se précipita immédiatement sur l'Indienne, la rapière à la main. Elle frappa et Namida para le coup avec la hache. Cependant, la lame racla le manche et Namida lâcha prise. Les deux armes tombèrent.

Mon fusil !

Dans un cri de douleur, j'arrachai la lance plantée dans mon mollet et rampai dans la terre et les graviers jusqu'à mon long rifle. Les deux femmes luttaient dans la boue pour récupérer l'épée brisée d'Aurora.

« Namida, éloigne-toi pour que je puisse tirer ! »

L'Indienne attrapa les avant-bras de son adversaire et la poussa de toutes ses forces : Lady Aurora bascula sur un côté, la rapière à la main, tandis que Namida se recroquevillait pour me permettre de tirer. Allongé par terre, je levai mon fusil et visai. Aurora aussi était allongée sur le sol : ce n'était pas un tir facile, et je n'avais qu'une chance. J'appliquai la crosse contre mon épaule, visai et pris une profonde inspiration. Puis je m'arrêtai de respirer et pressai la détente…

Le coup partit.

Et à ce moment précis, un objet apparut dans ma ligne de mire. La balle ricocha. C'était raté.

Aurora Somerset avait soulevé la hache de Magnus en guise de bouclier et hélas, cela avait fonctionné. L'aristocrate me lança un sourire triomphant.

Puis elle se jeta sur Namida comme une tigresse avant que l'Indienne ait pu réagir. Elle l'attrapa par les cheveux et lui appliqua la pointe de la rapière sur la poitrine.

« Non ! » hurlai-je au désespoir.

Ma blessure m'empêchait de me jeter sur elle, il m'aurait fallu une bonne minute pour recharger le long rifle et j'étais trop loin pour l'atteindre avec la lance. J'étais impuissant, et mon ennemie le savait.

« Je veux que tu souffres comme j'ai souffert, cracha Aurora. Je veux que tu te souviennes de ta squaw comme je me souviens de mon pauvre Cecil. »

Sur ce, elle plongea l'épée dans la poitrine de la pauvre Namida et poussa un hurlement de victoire, à la manière d'une fée maléfique.

J'avais vécu un certain nombre d'horreurs dans ma vie, mais Aurora avait raison : celle-ci me brûla jusqu'au plus profond de mon être. Au moment où la lame la transperça, Namida ouvrit de grands yeux de faon apeuré. Son cœur explosa, le sang jaillit. Aurora en avait les mains couvertes et m'offrait la vision d'une monstrueuse Lady Macbeth. Le coup d'épée étouffa le cri aigu de Namida et sa bouche se figea dans un dernier rictus de surprise. Le sang se mit alors à couler sur sa robe en daim, ses yeux se révulsèrent et devinrent vitreux.

Je me souvins des premiers mots qu'elle m'avait adressés.

« Sauve-moi. »

Mon cœur chavira.

« Espèce de monstre ! » grondai-je.

J'attrapai la lance et me mis à ramper vers cette sorcière dont j'avais été épris, cette maudite harpie qui avait causé la mort de tous mes amis. Magnus avait raison, certaines douleurs morales sont pires que la mort, et je souhaitais à cet instant en finir avec Aurora ou qu'elle en finisse avec moi.

« Viens ici ! Qu'on règle ça une bonne fois pour toutes ! »

Elle se releva, repoussa le corps de Namida comme un vulgaire sac de pommes de terre, et me lança un sourire diabolique.

« Qu'as-tu lu ?

— Comment ? »

Je m'attendais tellement peu à cette question que j'arrêtai un instant de ramper. Derrière moi, le sang qui s'échappait de ma jambe formait un serpent écarlate. La douleur se fit plus lancinante.

« Tu l'as lu en entier ? »

Je compris qu'elle parlait du manuscrit doré. Je ne

savais pas comment elle avait pu être informée de sa présence – et de celle des squelettes de Templiers – à cet endroit.

« Tu… savais ?

— Qu'est-ce que ça racontait, Ethan ? Que disait le message ? demanda-t-elle, tenant toujours à la main l'épée brisée de laquelle gouttait le sang de celle que j'avais aimée.

— Tu crois vraiment que c'est à toi que j'irai le raconter ? »

Elle partit alors d'un grand éclat de rire démoniaque et mit un coup de pied dans les fragments qui avaient été éparpillés par la chute du cheval.

« Tu n'auras pas le choix. Tu n'auras pas le choix parce que je te suivrai. »

Puis, avec un large sourire et un regard brillant de haine et de désir que je ne savais pas comment interpréter, elle me salua avec sa rapière brisée, se retourna, et s'éloigna tranquillement.

« Attends ! Reviens, bon sang ! Finissons-en !

— Oh, Ethan ! dit-elle en riant. Nous sommes loin d'en avoir fini. Quand on voit la carte, les textes anciens commencent à prendre tout leur sens. Ce qui se murmurait tout bas dans le rite.

— Aurora ! »

Elle fit tournoyer le manche de sa rapière comme une ombrelle.

Je jetai la lance qui retomba à mi-chemin entre elle et moi. Elle aurait facilement pu se retourner et foncer sur moi avant que je ne puisse la récupérer. Elle aurait pu me torturer comme un taureau blessé, m'infliger blessure sur blessure jusqu'à ce que, trop épuisé, je me vide de tout mon sang et finisse par expirer.

Mais elle n'en fit rien. Elle ne se retourna pas, et ne dit pas un mot de plus. Elle continua de s'éloigner en balançant les hanches, visiblement satisfaite. Je n'aurais pas été surpris de l'entendre siffloter.

Elle me voulait vivant.

Elle voulait que je poursuive ma quête.

Et quand enfin j'eus atteint mon fusil et l'eus rechargé, Aurora Somerset avait disparu entre les arbres.

44

Le souvenir de ce qui se passa ensuite reste flou. J'étais encore sous le choc : j'avais perdu beaucoup de sang, subi une décharge électrique, vu mourir celle que j'aimais, découvert un village indien ravagé par la maladie, et j'avais été stupéfait de voir que le marteau existait bel et bien. Bref, je ne savais plus où j'en étais. Que signifiait ce message que j'avais trouvé, ces inscriptions latines qu'un poney terrassé avait anéanties ? Que voulait-il dire ? Je n'en avais pas la moindre idée. Qu'est-ce qu'Aurora pensait que je savais ? Je le savais encore moins. Où était-elle allée ? Elle avait disparu entre les arbres, comme si elle n'avait jamais existé.

J'étais désespérément seul. Pas un Indien, pas un bison, pas une volute de fumée.

Je bandai ma jambe blessée comme je pus et lapai l'eau boueuse d'une flaque. La pluie continuait à tomber.

Puis je m'agenouillai et entrepris de creuser trois tombes à l'aide de la hache de Magnus pour enterrer Pierre, Petite Grenouille et Namida. Je me fis la réflexion que c'était là de la bonne terre, parfaite pour les paysans de Jefferson. Un bon endroit pour établir la démocratie.

Et quel prix avaient payé mes amis pour cette information topographique !

Et Napoléon ? Cette région pourrait avaler des armées entières.

Je commençais à me faire une idée de ce que devrait devenir la Louisiane.

Je laissai mon esprit divaguer ainsi jusqu'à ce que j'aie terminé mon ouvrage. Je commençai par Namida. Je l'allongeai aussi délicatement que possible et lui fermai les yeux. Puis je passai à Petite Grenouille, qui avait dompté le feu divin pour venger son petit Pierre. Et enfin, je m'occupai de ce dernier. Ses vêtements étaient légèrement brûlés et sa peau était à vif après le traitement que lui avait infligé Cecil Somerset. Je n'avais pas su les protéger. Aucun des trois.

Sous la pluie, je rebouchai les deux premiers trous et m'attaquai au dernier quand, soudain, Pierre toussa et recracha la terre que je venais de lui jeter dessus.

« Qu'est-ce que tu fabriques, petit âne ? »

Je me jetai en arrière comme si j'avais affaire au diable en personne. Par les éclairs de Franklin ! Puis le Français battit des paupières et plissa les yeux pour se protéger de la pluie.

« Qu'est-ce que je fais dans ce trou ?

— Mais tu es mort ! Aurora t'a tué ! »

Les fantasmes de résurrection de Magnus s'avéraient-ils exacts ? Par quelle magie ?

Le voyageur se redressa doucement et regarda autour de lui, stupéfait : le cratère, le cadavre du poney indien, l'entrelacs de racines, le tronc gigantesque d'Yggdrasil qui s'étendait sur toute la clairière.

« Mon Dieu ! Qu'as-tu encore causé comme désastre, l'Américain ? »

Je n'osai le toucher, de peur d'avoir affaire à un fantôme et que ma main ne traverse sa poitrine. S'agissait-il d'une hallucination ?

« Mais elle t'a tiré dessus, non ? »

Il tourna la tête comme pour essayer de voir la blessure qu'il avait dans le dos, puis il fit une grimace et grommela :

« Je crois que c'est là-dessus qu'elle a tiré, mon ami. Et après, je me suis évanoui.

— Là-dessus ?

— Ça fait un mal de chien. »

Toujours assis dans la boue, il passa la main sous sa chemise en lambeaux et en tira à grand-peine un fil de coton auquel était accroché un objet…

Tordu autour d'une balle.

« Je l'ai arraché à Cecil, un soir qu'il cherchait à me taper dessus. Tu aurais dû le voir, avec son œil en moins et l'autre qui jetait des éclairs ! Je l'ai donc volé et je l'ai caché sous ma chemise. Quand il s'est rendu compte qu'il avait disparu, ça l'a rendu fou. Moi, ça me donnait une raison de garder le sourire pendant les séances de torture ! Je n'aurais jamais cru que ça me serait si utile ! Je dois avoir un bleu énorme et du sang, mais la balle n'a pas pénétré la chair. »

Il me tendit le symbole tout tordu que j'avais vu au cou de Cecil lorsqu'il faisait l'amour avec sa sœur : une pyramide avec un serpent entrelacé. La balle en plomb tirée par Aurora avait complètement aplati le médaillon.

« Au final, c'est à moi qu'il a porté chance ! Et à toi, car qu'est-ce que tu ferais, tout seul dans la nature, sans le grand Pierre pour te protéger ? » railla-t-il en grimaçant.

Je me jetai sur lui, non pas pour voir s'il était bien réel, mais pour le prendre dans mes bras. Je riais et pleurais en même temps. Il était en vie !

« Et Petite Grenouille ? Où est-elle ? »

Je lui racontai donc qu'il ne devait la vie sauve qu'au courage de la petite Indienne.

*

Je laissai Pierre reprendre ses esprits – son dos n'était qu'une immense ecchymose – et l'abandonnai à son chagrin quelques instants pour enterrer trois autres choses.

Non, il ne s'agissait pas des restes de Cecil et de Red Jacket. Après tout, Aurora, malgré son amour pervers pour son frère, ne s'était pas occupée de lui offrir une sépulture. Cette femme ne donnait décidément pas dans le sentiment. Ce seraient les coyotes et les corbeaux qui se partageraient leurs dépouilles.

Non, les choses que je voulais enterrer, personne ne devait jamais les retrouver.

L'une était la pierre runique. Elle était trop lourde pour que je l'emporte avec moi. J'ignorais pourquoi je tenais à la cacher, mais si Aurora avait voulu lire la feuille d'or en latin, elle pouvait aussi s'intéresser aux runes. Je ne savais d'ailleurs même pas si elle était au courant de notre découverte. Je tirai donc la pierre jusqu'au travois qui avait miraculeusement échappé aux flammes, la fis rouler dessus puis la traînai sur près de deux kilomètres, jusqu'à un endroit où on ne pourrait pas la retrouver si facilement. J'utilisai de nouveau la hache pour creuser un trou sur un monticule d'herbe et vérifiai qu'Aurora ne m'observait pas. Puis j'enfouis la dalle. Peut-être un arbre allait-il un jour pousser par-dessus.

L'opération terminée, je retournai chercher les étranges pierres trouées que les Scandinaves avaient placées autour de l'arbre. J'utilisai le travois pour les rapporter et les disposai de sorte qu'elles indiquent l'endroit précis où se trouvait la pierre. Cela paraissait la meilleure solution si j'avais à l'avenir besoin de la récupérer.

Je jetai la hache à deux lames dans une mare. Elle nous avait bien servi par le passé, mais elle présentait une éraflure à l'endroit où la balle d'Aurora avait ricoché, et je ne tenais pas à ce qu'elle me rappelle le prix de mon échec. Qu'elle rouille en paix !

Et le marteau de Thor ? Il paraissait tout à fait inerte à présent, simple morceau de métal fondu, mais je décidai que le monde n'en avait pas besoin. Et j'avais peur que des éclairs puissent le ramener à la vie. Je trouvai un rocher en granit, isolé dans la clairière. Je creusai un petit tunnel dessous et y cachai l'objet. Il y avait bien d'autres rochers curieux dans la région, mais je ne pris pas la peine de graver celui-là. Le marteau pouvait dormir en paix en attendant le véritable Ragnarök.

Je ramassai les paillettes d'or et en formai une petite bille de la taille d'un raisin. Cela me servirait de mise à la prochaine partie de cartes.

Enfin, Pierre et moi récitâmes une dernière prière avant de partir en direction de l'est. J'utilisai la lance comme béquille et mon fusil comme porte-baluchon. J'avançais en claudiquant. Pierre, lui, se tenait voûté comme un vieillard : son torse n'était qu'un amas de bleus et de douleur. Nous ne parcourûmes que cinq kilomètres le premier jour, mais nous étions soulagés d'avoir échappé à l'étrange jardin d'Éden de Magnus Bloodhammer. Les nuages tourbillonnants avaient disparu avec la chute de l'arbre, mais pas le sentiment de perte que nous éprouvions.

J'avais la sensation que les portes du jardin d'Éden se refermaient derrière nous. Je me retournai et ne vis que le ciel vide qui s'étendait à l'ouest à perte de vue.

« Pierre, je suis désolé de ne pas l'avoir tué quand je lui ai tiré dessus dans le canoë. Il s'en faut toujours d'un cheveu.

— C'est mieux ainsi, car son exécution aurait été trop clémente. Tu lui as volé sa fierté et l'as remplacée par la honte. Ce qui s'est passé autour de cet arbre devait arriver, Ethan. Cette fin était inévitable. »

Le deuxième jour, je traquai du gibier et rapportai d'abord un raton laveur, puis un cerf. Les Indiennes nous avaient appris à repérer les plantes comestibles et nous ramassâmes donc les racines et les baies que nous pouvions trouver en cette fin de saison. À présent, il y avait du givre le matin et la chute des feuilles s'accélérait. Le quatrième jour, nous dûmes traverser un premier champ de neige précoce.

J'avais pris soin de dépecer le cerf et quand nous arrivâmes à la rivière, nous construisîmes un autre coracle gallois. La tâche nous prit une journée complète et si Pierre avait été plus lourd, nous aurions sombré aussitôt, mais l'embarcation flottait tant bien que mal dans les eaux calmes. Je profitai de ce que le courant nous portait pour reposer ma jambe blessée. J'utilisai la crosse de mon fusil comme gouvernail.

J'étais toujours rongé par le chagrin, mais mon corps commençait à récupérer des forces.

Pierre se tailla une pagaie et se mit à parler de construire un canoë.

Aurora nous suivait-elle ? Rien ne semblait l'indiquer. Peut-être avait-elle sombré dans la folie et était-elle morte en arpentant la prairie.

La rivière traversait des lacs et devenait de plus en plus large. Le troisième jour, nous nous aperçûmes qu'il s'agissait de la rivière que nous avions remontée avec notre deuxième canoë. Nous mîmes donc cap au sud-est. Nous dépassâmes enfin un village indien. Hébétés, nous regardâmes les enfants jouer joyeusement sur la rive, pendant que les hommes pêchaient et que les femmes faisaient à manger et tissaient. L'horreur que nous venions de traverser n'avait pas influencé le reste du monde. Tous les villages étaient normaux, heureux. Là, de ce côté de la frontière, les Blancs et les Indiens ne se sautaient pas encore à la gorge.

Pourquoi ne m'arrêtai-je pas ? Car il s'agissait là du véritable jardin d'Éden, non ?

Je ne m'arrêtai pas car j'étais un disciple de Franklin, un savant, un homme de science qui devait rapporter ses découvertes. Je ne m'arrêtai pas car j'étais le subalterne opportuniste de Napoléon, l'explorateur et naturaliste de Jefferson, l'espion incontrôlable et électricien de Sir Sidney Smith. J'étais le héros de Mortefontaine ! Je ne m'arrêtai pas car j'aimais Namida et Astiza : l'une était morte, mais l'autre, que j'avais perdue en Égypte, pouvait peut-être être retrouvée. Je ne m'arrêtai pas car j'étais plus un homme du Palais-Royal et du palais présidentiel qu'un homme du wigwam et de la prairie. Et, enfin, je ne m'arrêtai pas car Aurora

Somerset pensait qu'il y avait encore quelque chose à trouver, quelque chose qui avait encore plus de valeur que le marteau de Thor.

Si je parvenais à la retrouver, je la forcerais à me dire ce dont il s'agissait.

Avec la générosité qui caractérisait les pauvres de ce pays sauvage, les Indiens nous donnèrent un vieux canoë et nous poursuivîmes notre route, nous arrêtant à quelques reprises pour poursuivre notre périple à pied et passer une cascade.

Deux semaines après notre départ de la clairière, nous tombâmes sur le campement de quatre trappeurs français qui descendaient à Saint-Louis pour passer l'hiver au chaud. Ils nous informèrent que la rivière sur laquelle nous nous trouvions et qui allait en s'élargissant était bien le Mississippi. Nous les saluâmes en français et je leur dis que j'étais un éclaireur envoyé par Jefferson et Napoléon.

« De ce côté de la rivière, tu es l'éclaireur de Napoléon, mon ami, dit l'un d'entre eux. Le drapeau espagnol flotte toujours sur Saint-Louis, mais d'après les rumeurs, le drapeau tricolore devrait le remplacer d'ici peu. Et de l'autre côté, ajouta-t-il en montrant la berge orientale, tu es l'éclaireur de Jefferson. C'est ici que se rejoignent les empires !

— En fait, il n'est pas éclaireur : c'est un âne et un sorcier, dit Pierre.

— Un sorcier ? À quoi ça peut bien servir ? Un âne, je vois plus. D'ailleurs, nous en aurions bien eu besoin lorsque nous nous trouvions loin de tout ! »

Nous ne fîmes pas allusion au marteau et à notre aventure, mais ils eurent l'air intéressés quand je leur racontai la quantité de gibier et de fourrure qu'on pouvait trouver plus haut sur le Mississippi. Je les avertis qu'il y avait également de nombreux Dakotas, et le seul fait d'évoquer le nom de ces féroces guerriers suffit à dissuader les trappeurs de s'aventurer de ce côté-là.

Pierre déclara qu'il était trop tard pour tenter de rattraper ses compagnons. Nous décidâmes donc de partir vers le sud juste avant l'arrivée de l'hiver. Le 13 octobre – la date anniversaire de la trahison des Templiers par le roi Philippe le Bel – nous arrivâmes en vue de la digue de Saint-Louis où les bateaux accostaient et déchargeaient leur marchandise avant d'être remis à l'eau. Comme Détroit, cette enclave française avait cent ans, mais contrairement à Détroit, elle s'étendait plutôt qu'elle ne disparaissait. Des Français réfugiés après les agrandissements successifs des territoires américains et britanniques s'étaient installés là pour commencer une nouvelle vie au sein de l'empire napoléonien. La ville ne se trouvait qu'à quelques kilomètres au sud de la jonction entre le Mississippi et le Missouri : difficile d'imaginer un point plus stratégique. Si Bonaparte voulait récupérer la Louisiane, il devrait revendiquer le contrôle à la fois de Saint-Louis et de la Nouvelle-Orléans. Et si Jefferson voulait atteindre le Pacifique, il faudrait que son émissaire Meriwether Lewis passe impérativement par Saint-Louis.

Ainsi s'acheva mon aventure à l'ouest. J'étais épuisé, abattu, pauvre, je n'avais aucune preuve que les éléphants de Jefferson avaient bien existé, et je ne pouvais pas décemment révéler ce que j'avais trouvé, puisque cela pourrait se révéler utile à l'incorrigible chasseur de trésor que j'étais. *Thira ? Og ?* Comme toujours, je ne comprenais rien aux codes secrets. Je pris mon premier bain chaud depuis des mois, mangeai du pain blanc aussi léger qu'un nuage et dormis dans un lit au-dessus du sol.

Mes nouvelles bottes me faisaient mal aux pieds.

Pierre me dit qu'il n'inviterait plus jamais d'ânes fous dans son canoë. La situation fut assez particulière pendant quelques jours, car nous avions été meilleurs amis et il savait que j'avais aussi hâte de retrouver les grandes villes qu'il avait hâte de retrouver sa liberté de voyageur. Nous portions tous deux en nous le chagrin et la culpabilité pour les femmes que nous avions perdues, mais les hommes ne savent pas aborder ces sujets. Je me demandai si je devais persuader le petit Français de venir avec moi à Paris. Mais un matin, il n'était plus là. Il n'avait pas dit au revoir, mais avait laissé à côté de mon lit le médaillon avec la pyramide et la balle – signe qu'il était parti de son plein gré et qu'il n'avait pas été enlevé.

Le reverrais-je un jour ?

À Saint-Louis, je rencontrai William Clark, un habitant de Louisville en visite. Il s'agissait du jeune frère du révolutionnaire bien connu George Rogers Clark. Ce Clark-là avait jadis combattu les Indiens et, malade, il avait fini par s'installer dans le Kentucky pour y couler des jours paisibles. C'était un homme sympathique aux traits durs qui vint me trouver en apprenant que j'avais arpenté la partie nord de la Louisiane.

« Je suis impressionné, monsieur, très impressionné, me dit Clark en me serrant la main comme si c'était celle du président. Mais pour le héros de Saint-Jean d'Acre et de Mortefontaine, ce n'était certainement pas grand-chose, si ?

— Héros, il faut le dire vite, monsieur Clark, répondis-je en sirotant une bouteille de vin français qui me rappelait les délices de Paris. La moitié de ce que j'entreprends semble tomber en cendres.

— Ah ! Mais c'est là le lot de tous les hommes. Je suis persuadé que ce qui fait la différence entre un homme qui réussit et un homme qui échoue, c'est que le premier n'abandonne jamais. Vous n'êtes pas d'accord ?

— Vous semblez avoir la sagesse de Franklin, mon mentor.

— Vous avez connu Franklin ? Quel homme ! Un titan, monsieur, un véritable Salomon ! Et qu'aurait dit Franklin de la Louisiane, selon vous ?

— Que la vie à Philadelphie est plus confortable !

— Ha ! Ha ! Et je crois qu'il n'aurait pas eu tort ! Philadelphie est sûrement plus confortable que le Kentucky également, mais ah ! Le Kentucky… Quelle beauté ! Et tant de possibilités !

— Comme la Louisiane, j'imagine.

— Mais seuls les Américains pourraient en profiter, vous ne pensez pas ? Regardez les Français. Ce sont de braves gens, mais des trappeurs dans l'âme, pas des fermiers. Ils suivent le courant, comme les Indiens. Le nombre d'Américains qui descendent l'Ohio en une semaine dépasse largement le nombre de Français qui habitent Saint-Louis ! Oui, les Américains auront tôt fait de peupler la rive est !

— Vous pensez vraiment ? Je dois faire mon rapport auprès de Jefferson et de Napoléon.

— Dans ce cas, il faut que vous rapportiez l'inévitable, dit-il en prenant une gorgée de vin. Dites-moi donc ! Ça vous a plu, là-bas ? »

Je réfléchis un instant et décidai d'être honnête :

« Ça m'a fait peur.

— Moi, ça m'attire. J'aimerais vraiment voir ces territoires que vous avez arpentés, Ethan. Je me suis laissé dire que notre nouveau président était intrigué, et je connais bien son secrétaire, un certain Lewis. Ah, comme j'aimerais partir de nouveau ! Mais bon, j'ai une famille et des problèmes de digestion ! Je ne sais pas, conclut-il en tapotant des doigts sur la table, le regard perdu en direction de l'ouest. Alors, qu'allez-vous dire à Napoléon ? »

Que je devais trouver Og, pensai-je.

« Que la Louisiane représente une excellente occasion, mais une occasion différente de ce qu'il envisageait. Je pense que je lui dirai qu'il y a de l'argent à gagner, répondis-je, imaginant déjà le rapport que j'allais présenter. Et puis, j'expliquerai à Thomas Jefferson comment faire une bonne affaire. »

Note historique

Le 8 novembre 1898, un fermier immigré du nom d'Olaf Ohman défrichait une terre près du village de Kensington, dans le Minnesota, quand il mit au jour une dalle de la taille d'une stèle funéraire prise dans les racines d'un peuplier. En l'examinant, il s'aperçut qu'elle était gravée de caractères nordiques, ou runes. En voici la traduction :

Huit Goths et vingt-deux Norvégiens en voyage d'exploration depuis le Vinland, vers l'ouest. Nous avions établi notre campement près de deux îles rocailleuses à une journée au nord de cette pierre. Un jour, nous allâmes à la pêche. À notre retour, nous trouvâmes dix hommes morts, rouges de sang. AVM délivre-nous du mal.

La tranche portait l'inscription :

Nous avons dix hommes à la mer pour surveiller nos navires, à quatorze jours de cette île. Année 1362.

L'authenticité de la pierre runique de Kensington, exposée dans le petit musée d'Alexandria, dans le Minnesota, suscite depuis plus d'un siècle un débat animé. Des explorateurs scandinaves ont-ils effectivement atteint le nord du Grand Ouest américain quelque 130 années avant le premier voyage de Christophe Colomb ? Ou la pierre est-elle l'œuvre d'un faussaire habile ? Le fermier, qui ne tira jamais profit de sa découverte, affirma jusqu'à sa mort ne pas être l'auteur des inscriptions. Mais si la pierre est un faux, doit-on admettre qu'elle fut enterrée plusieurs décennies avant d'être trouvée, de sorte que l'arbre ait le temps de pousser autour d'elle, alors qu'aucun colon blanc n'habitait encore la région ? Et dans le cas contraire, fut-elle déplacée de son lieu d'origine ? Et pourquoi des Scandinaves de l'époque médiévale auraient-ils fait le voyage jusqu'à ce lieu géographiquement sans intérêt de l'ouest du Minnesota ?

Les érudits contempteurs de l'idée qu'il ait pu exister des contacts entre Europe, Asie et habitants de l'Amérique précolombienne sont depuis plusieurs décennies submergés de témoignages fragmentaires et de théories ingénieuses. Celles-ci tendent à montrer que des voyages transatlantiques et transpacifiques ont effectivement eu lieu durant cette période, la découverte la plus convaincante dans ce domaine étant celle du site de colonisation scandinave de l'Anse aux Meadows, à Terre-Neuve, dont l'existence atteste que des explorateurs vikings ont bel et bien atteint l'Amérique au Moyen Âge. Par ailleurs, des pierres runiques ont été exhumées dans le Maine, l'Oklahoma, l'Iowa, les deux Dakota et le Minnesota, ainsi que des fragments métalliques d'armes et d'outils d'origine européenne. Et quelque deux cents pierres percées de trous identiques à celles qu'utilisaient les anciens Scandinaves pour amarrer leurs bateaux ont également été trouvées dans le nord du continent américain.

Comme il est indiqué dans le présent roman, les théories selon lesquelles d'autres Européens – y compris des Israélites ! – ont précédé Colomb en Amérique remontent au moins à l'époque de Jefferson. L'explorateur français Pierre de la Vérendrye dès 1733, et le peintre George Catlin en 1832 glosèrent tous deux en leur temps sur le teint relativement clair de certains Indiens mandans et sur le fait que les villages de ce peuple rappelaient davantage les hameaux de l'Europe médiévale que les campements typiques des Indiens de la Prairie. Les femmes mandans comptaient, disait-on, parmi les plus belles du continent et faisaient en outre l'objet d'un généreux partage – ce qui fut pour quelque chose dans la décision que prirent Lewis et Clark d'hiberner auprès de ces tribus. Tout ceci a alimenté la théorie que des gènes à tout le moins scandinaves ou gallois s'étaient frayés un chemin jusqu'au fleuve Missouri. Par malheur, aucune étude systématique ne put être menée sur ce point, les Mandans et leurs cousins awaxawis ayant été totalement anéantis sous les effets conjugués de la variole et des raids dakotas avant les années 1840.

Selon certaines légendes, un certain prince Madoc du pays de Galles aurait appareillé pour le Nouveau Monde avec une flotte de dix navires en 1170, et saint Brendan aurait atteint en 512 les « Îles Fortunées », en faisant voile vers l'ouest à partir de l'Irlande. Il existe d'autre part un débat entre préhistoriens à propos des extractions de cuivre dans la région des Grands Lacs, dont le volume serait trop élevé pour être attribué à l'usage autochtone.

Certains anthropologues ont également formulé des théories suivant lesquelles le peuplement originel de l'Amérique aurait pu être constitué non seulement d'Asiatiques ayant franchi le détroit de Béring, en partie asséché pendant la dernière glaciation, mais aussi d'ancêtres européens ayant traversé l'Atlantique Nord par sauts de puce successifs d'une île à l'autre. À quoi il convient d'ajouter que l'on ne cesse de reculer dans le passé la date de la première apparition humaine dans l'hémisphère occidental au fur et à mesure des nouvelles découvertes.

L'hypothèse surprenante que des Scandinaves (ou des Gallois) aient pu accéder au centre du continent devient au moins vraisemblable si l'on considère la configuration du système fluvial nord-américain. Kensington se situe en effet sur la ligne de partage des eaux entre le bassin de la Red Nelson, orienté vers le nord et la baie d'Hudson, et celui du Mississippi, qui se déverse dans le lointain golfe du Mexique. Le bassin du Saint-Laurent et des Grands Lacs offre lui aussi une voie de pénétration depuis l'Atlantique, les portages y étant suffisamment brefs pour que l'on puisse traverser le Minnesota en canoë de la façon qui est décrite dans le roman. Possible n'est pas synonyme de probable, bien entendu, mais les théories de Magnus Bloodhammer relatives à l'exploration du continent ne sont pas aussi invraisemblables qu'on pourrait le croire *a priori*. Nombreuses sont les légendes qui courent parmi les peuples amérindiens, du Pérou au Canada, autour de la venue de visiteurs à la peau blanche dans un passé très ancien. D'autres, ailleurs dans le monde entier, font allusion à un âge d'or perdu où des personnages mythiques auraient transmis la connaissance à l'humanité. Est-il exclu que les mythes aient un fond de vérité historique ?

Pour la thèse qui fait des Nordiques du Minnesota des Templiers fuyant la Scandinavie – et pour l'interprétation plausible de certains caractères bizarrement formés qui rendent énigmatique le message de la pierre – je suis redevable à Scott Wolter, géologue de son état, à sa femme Jan Wolter, ainsi qu'à l'ingénieur Richard Nielsen, tous trois spécialistes des runes de Kensington. Leur ouvrage, *La Pierre runique de Kensington : Nouvelles preuves incontestables*, livre une analyse géologique, scripturale et historique de la pierre, fondée sur leurs recherches approfondies menées dans l'île de Gotland pour tenter d'établir le caractère authentiquement médiéval des runes découvertes par Olaf Ohman. Pour une introduction nuancée et plus concise au débat, on pourra lire *La Pierre runique de Kensington*, d'Alice Beck Kehoe.

Quant aux rapports fascinants entre la franc-maçonnerie, les origines des États-Unis et le plan de la ville de Washington, ils ont été étudiés dans bon nombre de livres et de films documentaires. L'intérêt de Jefferson pour l'éléphant laineux, les volcans du Missouri et les montagnes de sel est, lui, historiquement attesté.

La Maison Blanche n'était pas connue sous ce nom avant que les Britanniques l'incendient pendant la guerre de 1812 et que sa carcasse restaurée soit repeinte.

La Norvège ne devait retrouver son indépendance

qu'en 1814, alors que les guerres napoléoniennes faisaient rage.

Les références aux mythes scandinaves sont empruntées aux légendes elles-mêmes. Pour ce qui est du monstre botanique découvert par Magnus et Ethan, je me suis référé aux nombreuses expériences connues d'« électroculture », science étudiant l'effet des champs électriques sur la végétation, parmi lesquelles figure la machine électro-végéto-mètre, que Bertholon conçut en 1783. À en croire des expériences plus tardives, l'orientation de racines poussant dans de l'eau serait modifiée par la présence d'un courant électrique. Mon Yggdrasil « électrique » est, bien sûr, pure fiction. Mais, sachant que la hauteur des arbres est limitée par la pesanteur qui fait obstacle à la remontée de l'eau et des nutriments dans le tronc, je me suis amusé à imaginer un arbre « électromoteur », utilisant l'énergie supplémentaire que lui procurent les éclairs pour vaincre cette difficulté.

Enfin, si la plupart des Indiens figurant dans ce récit sont des êtres menaçants, conformément à l'image véhiculée par les historiens de l'époque, je me dois de préciser que les études actuelles portant sur les Amérindiens les peignent comme des êtres complexes, capables du pire comme du meilleur, à l'instar des ethnographes européens ayant écrit à leur propos. Des captifs blancs ont décrit un monde indigène caractérisé par une liberté, un sens de l'humour, une vitalité et une douceur étonnants chez des gens exposés en permanence au risque de mourir de faim, de froid, à la guerre ou sous la torture. Nous n'avons qu'une idée parcellaire de ce qu'étaient les sociétés amérindiennes à l'état « naturel », car elles furent très rapidement affectées – et infectées – par l'invasion européenne. Le vide apparent de l'Ouest résultait des épidémies microbiennes qui décimaient déjà les populations indiennes avant même l'arrivée de la plupart des explorateurs. Les armes à feu révolutionnèrent l'art de la guerre tribale au moment où toutes les tribus se mettaient en mouvement pour fuir l'avancée des Européens. Les Dakotas (autre nom des Sioux) ne devinrent des cavaliers des hautes plaines qu'après avoir été chassés des forêts de l'Est par d'autres peuples, tels les Ojibwés (ou Chippewas), qui avaient obtenu des fusils avant eux. Ce furent les Espagnols qui introduisirent le cheval sur le continent. Ethan Gage parcourt les contrées à l'ouest du Mississippi trois ans avant Lewis et Clark, mais même l'Ouest inexploré qu'il découvre a profondément évolué par rapport à ce qu'il devait être avant Colomb. S'il y a jamais eu un paradis en Amérique, ses portes avaient déjà commencé à se fermer trois siècles avant Ethan Gage.

Mais, comme le suggèrent Pierre et Namida, peut-être le paradis se trouve-t-il là où nous le créons.

Composé par Nord Compo
à Villeneuve-d'Ascq (Nord)

CPI
BRODARD & TAUPIN

à La Flèche (Sarthe)
en juillet 2014

POCKET – 12, avenue d'Italie – 75627 Paris Cedex 13

N° d'impression : 3006617
Dépôt légal : mai 2013
Suite du premier tirage : juillet 2014
S23023/04